LIGNE 9

GUY KONOPNICKI

Ligne 9

ROMAN

JEAN-CLAUDE GAWSEWITCH ÉDITEUR

ISBN : 2-253-11568-1 – 1re publication - LGF
ISBN : 978-2-253-11568-7 – 1re publication - LGF

Saint-Martin

La boule retomba une dernière fois. C'était sans appel. Perdre n'avait guère d'importance pour Joseph. Mais il sentait monter la nausée, à cause d'un type qui ne l'avait pas lâché de la soirée et qui ricanait, à chaque coup du sort. Joseph avait beau se déplacer, se planquer derrière un groupe, à l'autre extrémité de la table, il revenait toujours. Et ce n'était même pas un de ces petits escrocs guettant la dernière pièce d'un flambeur, pour proposer un prêt. Rien qu'un cave, qui prenait le mot « club » au pied de la lettre. Club de jeu, cercle privé, ce n'étaient que des mots, inscrits sur la porte du 33, boulevard Saint-Martin, conformément à la loi sur les jeux, qui interdit les casinos à l'intérieur de Paris. Mais ce crétin imaginait qu'il pouvait y lier des connaissances et, pour briser sa solitude, il avait jeté son dévolu sur Joseph, cherchant un sourire complice, en réponse à ses mots d'esprit.

— On n'a pas vu ça depuis Roncevaux, mon vieux, des Francs fauchés par centaines !

Pourquoi cet inconnu se croyait-il autorisé à l'appeler « mon vieux » ? La familiarité devenait insupportable dans la débâcle. Roncevaux ! Inutile de sonner de l'olifant, le Sarrasin, croupier impitoyable, d'une voix de fausset, appelait déjà de nouveaux jeux.

En un instant, Joseph était devenu un intrus. Nul ne songeait à l'expulser, mais il se sentait déjà étranger à cette grappe humaine qui, en écho à l'habituel « faites vos jeux », hurlait le nom des couleurs de l'arc-en-ciel. Cent sur le rouge. Vingt sur le jaune… Rien ne va plus ! Rien, en effet ! Joseph n'avait plus une thune à balancer dans le panier. Il était temps de s'éclipser.

Il lui restait un ticket de métro. Inutile sésame ! On ne sentait plus les vibrations provoquées par le passage des rames. Elles étaient si perceptibles, au fond de ce trou, que certains flambeurs attendaient le calme de la nuit. Joseph, au contraire, pariait sur les derniers tremblements de la boule, il comptait sur le métro pour corriger les lancers du croupier. La chance avait tourné, juste après les ultimes grondements. Il avait continué, incapable de s'extraire à temps de ce bouge creusé près d'une station fantôme.

L'escalier s'enfonçait profondément sous le boulevard et Joseph imaginait, derrière le mur, les guichets à jamais fermés au public. Peut-être y trouvait-on encore des réclames d'autrefois, la petite fille du chocolat Menier, la blancheur Persil et même les affiches de la Défense passive, datées de l'époque où les quais de Saint-Martin étaient devenus inutiles. En septembre 1939, les employés du métro n'échappaient pas à la mobilisation générale, ils quittaient les guérites de poinçonneurs pour une autre vie souterraine, dans les casemates de la ligne Maginot. La RATP avait alors tiré les grilles de plusieurs stations, qui demeurèrent longtemps comme des blessures de guerre. Presque toutes revivent aujourd'hui, même Cluny et Bel-Air. Mais la Porte-Saint-Martin a définitivement disparu.

Sous terre du moins. On n'a tout de même pas rasé le petit arc de triomphe célébrant la prise de la Franche-Comté par Louis XIV. Conquête essentielle, par laquelle Besançon fut arraché au roi d'Espagne. Les rues et les sous-sols de Paris doivent bien plus qu'un monument à cette annexion ! Besançon, vieille ville espagnole…

Que serait Paris, ses pavés et ses marbres, ses égouts, Notre-Dame, la rue des Filles-du-Calvaire et celle des Feuillantines, si Hugo n'était pas passé par là !

Les rues et l'histoire de Paris consolaient toujours Joseph de ses pertes de jeu. Pour oublier la boule et ses chutes, il repéra ce qu'il y avait d'hugolien dans le quartier Saint-Martin. Au nord, le faubourg mène droit à l'ancienne prison Saint-Lazare où les filles Thénardier séjournent régulièrement. De l'autre côté, la rue Saint-Martin est pratiquement à l'équerre de Notre-Dame de Paris, en passant par la cour des Miracles. Sur le boulevard, du côté des numéros impairs, les immeubles possèdent deux entrées, ce qui peut s'avérer fort utile pour un éternel fugitif comme Jean Valjean, qui pourrait s'échapper par la rue Meslay et disparaître par quelque regard d'égout, à moins d'emprunter le passage du Pont-aux-Biches et de se fondre dans les ruelles sombres.

Privé de station, le quartier semblait voué à une lente agonie, on pouvait craindre qu'il ne survive pas aux derniers fabricants de chaussures accrochés à la rue Meslay. Pourtant, l'entrée principale du métro, du côté des numéros impairs du boulevard Saint-Martin, s'intégrait parfaitement au trottoir surélevé : une construction unique, une entrée troglodyte percée dans la muraille. Un décor planté en un temps qui voyait le métro flâner sous les Grands Boulevards, s'arrêtant, comme les anciens omnibus, devant tous les lieux de spectacle et de plaisir. Caf'conc', bordels, revues de music-hall ! Ce métro-là ne conduisait pas toujours au boulot ! Ce n'était pas seulement une station que l'on rayait des plans, Montand pouvait toujours chanter les Grands Boulevards, le Paris des Années folles n'était jamais revenu de la guerre.

Ce n'était rien, Saint-Martin, une simple halte sans

autre correspondance que celle des deux lignes associées, Charenton-Balard, Mairie-de-Montreuil/Pont-de-Sèvres, trajets parallèles de République à Richelieu-Drouot. Comment survivre entre deux grandes gares souterraines ? À l'est, République qui, outre les deux lignes partiellement jumelles, en offre trois autres, de Bagnolet à Levallois, de Mairie-des-Lilas à Châtelet et de Pantin à Place-d'Italie. À l'ouest, Strasbourg-Saint-Denis forme un parfait carrefour entre la grande ligne est-ouest et le trajet nord-sud, Porte-de-Clignancourt, Porte-d'Orléans. Une ligne prétentieuse, reliant trois gares, celles de l'Est et du Nord, et Montparnasse, passant à Saint-Germain-des-Prés et se targuant d'être la seule à offrir une halte au milieu de la Seine, sur l'île de la Cité.

Tout Parisien a sa ligne. Joseph Kaplan était un enfant de la 9, mais on ne disait pas la 9, les terminus servaient de noms de baptême. Mairie-de-Montreuil/Pont-de-Sèvres ! Une traversée de Paris est-ouest et inversement, par la rive droite. Il évitait, autant que possible, les correspondances, franchissait rarement la Seine : domicile, travail, loisirs et jusqu'aux amours, tout pouvait tenir entre la mairie de Montreuil et le pont de Sèvres. Tout. Cela faisait déjà quelques années que Joseph Kaplan n'avait pas quitté la capitale, fût-ce pour quelques jours.

Il remonta sur le boulevard, fit quelques pas, regardant fixement le profil des quatre géants de pierre, étranges cariatides, de l'autre côté, sur la façade du théâtre de la Porte-Saint-Martin. La carotte rouge du tabac brillait encore à Strasbourg-Saint-Denis, mais il était inutile de marcher dans cette direction. D'autres soirs, il pestait contre la mauvaise qualité des cigares exposés dans une vitrine dépourvue d'humidificateur. Mais il n'avait même pas gardé de quoi se payer un paquet de Camel.

Il disposait encore de trois cigarettes et, en les cherchant, il retrouva, au fond de sa poche, quelques reçus du

PMU. Tout n'était peut-être pas perdu puisqu'il n'avait pas consulté les résultats. Il s'était peut-être refait sans le savoir, les chevaux avaient déjà couru quand il était descendu au multicolore. Il avait eu un moment de chance. Par deux fois, il avait touché l'étoile, vingt-quatre fois la mise. Il s'était obstiné, comme toujours. Jusqu'à sa dernière pièce de dix francs. Comme s'il ne connaissait pas les pièges du multicolore, la roulette du pauvre, le tombeau des malins ! Un jeu toléré, pratiqué en des établissements considérés comme des cercles privés, une roue de couleurs, comme à la foire, et la boule tournait, sautillait sur le rouge pour tomber sur le jaune. C'était bien pire que les numéros de la roulette, cet arc-en-ciel dansant dans les yeux du flambeur ! Une force d'attraction, jouant de toutes les nuances d'une palette pour attirer la mise vers cette foutue étoile qui n'était jamais ressortie. Une chance sur vingt-cinq d'empocher vingt-quatre fois la mise. Il ne l'avait pas lâchée de la soirée, l'étoile, dédaignant les gains misérables des couleurs, mais elle n'était jamais revenue.

Qu'avait-il perdu, au fond ? Ce que d'autres refilaient aux agences de voyages pour aller tremper leurs orteils dans une mer turquoise, danser au bord d'une piscine et se goinfrer à volonté dans quelque pays de misère. Ce club des vieux boulevards était bien plus exotique que les bazars d'Afrique, les souks et les minarets de Marrakech, les bordels d'Asie et les vahinés de Polynésie, ces mirages pour petits-bourgeois que l'on commençait à chartériser.

Vestige d'une ancienne vie nocturne, là où les anciens cafés avaient, déjà, laissé place aux banques, l'eldorado des flambeurs accueillait un échantillon d'humanité qui valait le déplacement. Le personnel formait un casting digne des meilleures séries B, toutes époques confondues. Edward G. Robinson dans le rôle du croupier, Al Pacino en videur, Peter Lorre barman et Bette Davis à la caisse, interdisant l'entrée à toute autre personne de sexe féminin, en vertu d'un ancien règlement. La clientèle se composait de petits macs dont les tiroirs-caisses arpentaient les trottoirs du quartier, et l'on trouvait, sous la tenue correcte exigée, tout ce que Paris comptait de demi-sels, d'irréguliers et de migrants bossant au noir, vivotant de petits trafics et de combines foireuses dont ils engloutissaient les bénéfices sur le tapis vert. Inutile de chercher le frisson dans les bouges des ports lointains, on était à Macao et à Bangkok, entre les Cinghalais, les Chinois, les Levantins et les Turcs.

Joseph aurait pu se préserver, comme ces touristes qui s'offrent quelques jours de frisson au bout du monde et qui pestent quand l'avion du retour accuse une demi-heure de retard. Rien ne l'obligeait à jouer tout ce qu'il avait, à se retrouver démuni au point de refuser les offres des taxis en maraude.

Mieux valait penser à autre chose. Pourquoi les trottoirs du boulevard sont-ils surélevés à cet endroit, laissant la chaussée en contrebas, telle une rivière bordée de digues ? Un tripot, face à un magasin de vêtements coloniaux pour voyageurs au long cours, quelques vieilles putains fatiguées, on se croyait, décidément, entre deux môles bordant un chenal oublié des marées. Paris avait tenté de soigner ses blessures ici, à en juger par la date gravée au fronton du théâtre de la Renaissance : 1872 ! Trois théâtres groupés, des cafés et de larges trottoirs où Joseph imaginait sans peine les camelots, les bateleurs et les chanteurs des rues poussant la goualante en tournant la manivelle d'un orgue de Barbarie. Depuis, la barbarie avait frappé. Celle du fric ! La plus meurtrière de toutes ! Au sortir des années soixante et soixante-dix du XXe siècle, elle laissait dans Paris plus de trouées sacrilèges que toutes les guerres et les révolutions des siècles passés. La capitale avait pourtant connu les obus des Prussiens pendant le siège et, six mois plus tard, les incendies allumés par le désespoir des communards, quand les canons versaillais faisaient exploser les façades ! La Grosse Bertha, les stukas, les bombardiers de la RAF et de l'US Air Force n'avaient pas réussi à défigurer la ville. Paris, épargné à la Libération, devait être ravagé, vingt ans plus tard, par les spéculateurs et les édiles corrompus. Détruire le théâtre de l'Ambigu et, de l'autre côté de la République, l'Alhambra, le dernier music-hall populaire !

Chaque fois qu'il sortait ratissé, Joseph descendait les marches, traversait le boulevard Saint-Martin, pour remonter devant l'immeuble lamentable construit sur l'emplacement de l'ancien théâtre de l'Ambigu. Il y restait toujours des centaines de mètres carrés « à louer ou à vendre », éventuellement divisibles, ça ne leur avait pas porté chance, aux promoteurs, ils avaient certainement perdu beaucoup plus que lui. Des bureaux vides, inutiles, pour lesquels on avait détruit l'ouverture des Grands Boulevards, le premier d'une succession de théâtres. Sans doute était-ce par superstition que l'on avait épargné la statue de Johann Strauss et même celle du baron Isidore Justin Taylor, auteur dramatique oublié, mécène des théâtres et fondateur des premières sociétés de secours aux artistes.

Tournant le dos aux anciennes portes glorifiant le Roi-Soleil, Jo marcha lentement sur un chemin familier. Nul besoin de réfléchir pour rentrer chez lui, Haussmann avait ouvert des perspectives que les ingénieurs du métro avaient suivies, en plaçant des repères au long du trajet. En vrai Parigot, il évaluait les distances en stations de métro, mesure aléatoire mais rassurante. Il n'y en avait que sept sur son chemin, en considérant qu'il partait de République, puisque Saint-Martin ne comptait plus.

Au pied de la grande statue de la République, œuvre de Morice, les flics ramassaient les derniers fêtards de cette nuit du 13 au 14 juillet. Elle était cernée par les CRS, cette colossale République de bronze, gardée par un lion, entourée des allégories de la Liberté, de l'Égalité et de la Fraternité. Le podium dressé par une station périphérique masquait le socle orné de bas-reliefs retraçant l'épopée du peuple souverain depuis le serment du Jeu de Paume et la prise de la Bastille. On avait guinché sur la musique live des groupes à la mode et, visiblement, ça s'était gâté. La fête nationale se délitait dans une odeur de gaz lacrymogène. Celle des fins de manifs, autrefois, au même endroit.

En passant devant les poulets, Joseph ajusta machinalement sa cravate. La chaleur du sous-sol avait mis sa chemise en piteux état, la veste elle-même en avait pris un coup. On transpire quand on se fait éponger. Mais il lui restait assez de prestance pour passer au milieu du ratissage nocturne des loquedus. Il n'avait rien à craindre et, cependant, il conservait un réflexe de peur à la vue d'un contrôle policier. Il avait des papiers, un domicile et des moyens d'existence qu'il avait bien le droit de perdre en un soir.

Joseph contourna la place par le nord, longeant *Les Magasins Réunis* et *L'Hôtel Moderne*. Il traversa l'avenue de la République pour s'engager sur le boulevard Voltaire qu'il lui fallait suivre de bout en bout pour atteindre sa piaule, de l'autre côté de la Nation. Le baron Haussmann méritait bien l'éternelle reconnaissance des ivrognes et des flambeurs ! La ligne droite n'est pas le plus court chemin pour traverser le XIe arrondissement de Paris où le tracé des rues ignore tout d'Euclide. Mais il préférait marcher tout droit vers l'est, vers cette lueur rouge qui embraserait bientôt le ciel.

La grande lueur ! Sa première compagne, bien avant le

temps des tapis verts, des champs de courses, des brèmes, des boules et des billes. Un autre jeu qui lui avait fait perdre bien plus que des billets froissés ! Il appelait ça le Grand Jeu, quand il croyait encore ressembler aux aventuriers de la Révolution, quand il suivait régulièrement les cortèges, sur ce même parcours, de la République à la Nation. Il lui était même arrivé de marcher en tête, ou presque, dans la seconde ligne des guides de la classe ouvrière. Un autre temps, des clameurs, des slogans et des chants qu'il lui semblait entendre encore, en traversant la place de la République, pour atteindre le boulevard Voltaire.

Mairie-de-Montreuil

Joseph Kaplan avait d'abord imaginé une vie aussi droite que le boulevard Voltaire, si bien qu'il avait franchi le boulevard Davout, dépassé Robespierre, négligé la Croix-de-Chavaux pour se fixer au terminus. Question de ligne, quand tout le monde marchait vers Billancourt, il s'était installé, pour quelques années, près de la mairie de Montreuil. Et même à l'intérieur : on l'avait élu au conseil municipal, tâche qu'il avait acceptée, en dépit de son peu d'intérêt pour les problèmes de voirie. Le parti voulait que le camarade Kaplan soit en prise avec les problèmes concrets des masses populaires. Le parti ! Il avait suivi sa ligne pendant des années, du métro Bonne-Nouvelle à la mairie de Montreuil, de son travail à *L'Humanité* à l'appartement qu'on lui avait attribué près du square Lénine, à Montreuil. Il avait trouvé une compagne pour partager cette vie, elle avait un prénom qui sentait bon la Seine-Saint-Denis, Micheline ! Une grande fille au visage rieur, bonne militante, qui travaillait avec ardeur dans les services du département rouge. La version séquano-dyonisienne de Maroussia !

Montreuil, *L'Huma*, Micheline ! Il n'en restait rien, pas même la nostalgie.

En avançant dans la nuit, Joseph revoyait une autre veille de 14 juillet, celle de 1964. Cela faisait presque vingt ans, dix-neuf années exactement, et, en 1964, il avait dix-neuf ans. Le souvenir surgissait d'un autre monde... Des milliers de fleurs rouges portées par la foule des grands jours. Un de ces enterrements dont le mouvement ouvrier avait le secret. Une procession de masse s'était formée devant l'immeuble de *L'Humanité*, boulevard Poissonnière, elle dessinait un trait noir, continu, de Bonne-Nouvelle à Saint-Martin, traversait la place de la République, s'étirait sur le boulevard Voltaire et montait au Père-Lachaise par la rue de la Roquette.

Le fils du peuple venait de mourir !

En tête du cortège, porté par quatre mineurs du Pas-de-Calais, un immense portrait de Maurice Thorez. Venue des corons, une clique ouvrière marchait devant le corbillard, alternant les marches funèbres, *Le Chant des survivants* et la chanson que Maurice entonnait dans les banquets, *Le P'tit Quinquin*.

Une garde d'honneur précédait le bureau politique. Les vétérans, d'abord, vieillards qui se souvenaient du congrès de Tours, de juin 36 et du maquis. Les jeunes ensuite, une délégation soigneusement sélectionnée : quatre jeunes filles de France, trois ouvriers, un paysan et un étudiant. L'étudiant Joseph Kaplan ! Il n'était pas très fier de cette place d'honneur qui récompensait une petite trahison. Les étudiants communistes s'étaient révoltés contre les dirigeants du parti. Ils exigeaient une déstalinisation totale et immédiate. Joseph Kaplan les avait d'abord suivis, puis il était rentré dans le rang, unité, camarades, unité, ne brisons pas le parti, il évoluera, doucement.

En attendant, il importait de manifester sa fidélité à la classe ouvrière, à son parti et à son guide, Maurice Thorez, celui de France que nous aimons le plus.

Joseph se trouvait juste derrière le corbillard orné d'une immense gerbe d'œillets rouges qui dessinaient la faucille et le marteau. Derrière lui, le bureau politique, au grand complet, semblait commander l'impressionnant silence de cette foule qui montait vers le Père-Lachaise. Pour Maurice, des dizaines de milliers d'ouvriers avaient quitté les chaînes et les ateliers. En 1964, les grandes usines attendaient le mois d'août pour fermer leurs portes et accorder les trois semaines de congés payés, si bien qu'en juillet les métallos pouvaient marcher dans le cortège funèbre, ceux de Renault Billancourt et ceux de chez Citroën, à Grenelle.

Ils étaient encombrants, ces souvenirs, par cette nuit de l'été 1983.

Joseph revoyait les banderoles, sur la place de la République. Union départementale CGT de Seine-et-Oise, syndicats des métallos de la Seine… Tout avait changé, même les départements !

Joseph Kaplan avait été le bon petit étudiant choisi pour accompagner Maurice jusqu'au carré des dirigeants communistes, en face du mur des Fédérés. Dans le vieux cimetière, une immense clameur était montée, *L'Internationale* chantée par des voix innombrables.

Vingt ans plus tard, Joseph n'était plus qu'un dirigeant déchu, un renégat, un de ces intellectuels petits-bourgeois qui prétendaient donner des leçons aux travailleurs. Il avait pu se ranger derrière Maurice Thorez, il avait ensuite soutenu avec conviction la nouvelle politique de Waldeck Rochet. Ce communisme-là avait de l'allure, Joseph l'avait défendu, parfois à contre-courant de sa génération, préférant la sagesse de Waldeck aux délires de la Révolution culturelle. Ils ricanaient, les étudiants de Mai 68, quand Joseph Kaplan prenait la parole à la Sorbonne. Un communiste du parti ! Mais il croyait, lui, à la force tranquille des travailleurs, aux ouvriers, à la CGT. Il regardait de haut ces étudiants qui se prenaient pour des héros, parce qu'ils avaient lancé quelques pavés sur les flics et érigé quelques barricades. À cette parodie de révolution, à tout prendre, il préférait un engagement inscrit dans une longue histoire. Il s'y était jeté, totalement, quand il n'avait pas vingt ans, et il avait cru que ce serait sa vie. Il avait vécu en révolutionnaire professionnel, pendant quelques années, sa jeunesse, jusqu'à ce moment du déchirement, plus douloureux que toutes les brûlures de la passion.

L'idée que Joseph Kaplan se faisait de l'histoire ne pouvait prendre les traits de Georges Marchais. Son arrivée à la tête du Parti communiste annonçait la fin de l'aventure, celle qu'il avait cru prolonger en devenant journaliste à *L'Humanité* et conseiller municipal de Montreuil.

Joseph regrettait d'être né à la toute fin des temps héroïques, il s'imaginait en bras de chemise, coiffé d'un béret, aux portes de Madrid ou, un peu plus tard, dans une cave de Paris, tournant la manivelle d'une ronéo à alcool. À chacun de ses numéros de pitre, Marchais piétinait les rêves de Joseph. Cet homme avait ignoré le Front populaire et la guerre d'Espagne, il avait vécu peinard avant d'aller régler les moteurs des bombardiers, chez Messerschmitt. La farce cessait d'être drôle, les morts n'étaient plus à table, camarades d'Espagne, soldats rouges tombés sur les glaces de la Neva, partisans fusillés au mont Valérien… l'épopée n'était plus qu'une grimace ! Micheline, elle, ne comprenait pas que Joseph se laisse influencer par les ennemis du parti. Pourquoi était-il tourné vers le passé, au lieu de s'accrocher aux combats du présent ? Elle ne voulait pas l'entendre lorsqu'il rentrait de ses voyages en URSS, dénigrant tout ce qu'il avait vu. Comment pouvait-il oublier les conquêtes des travailleurs soviétiques, qui ne connaissaient pas le chômage ? Mais pourquoi ricanait-il, Joseph, quand Micheline lui parlait de la condition des femmes sous le socialisme ?

En dépit de tout, Joseph était parti plusieurs fois à la

rencontre du grand peuple soviétique, des vainqueurs de Stalingrad et des héros de l'espace. Il avait vu d'effroyables mégères se disputer des betteraves au marché de la Taganka, des ivrognes vomir sur la neige, des putes rôder aux abords de l'hôtel Rossia, des trafiquants et des parasites en tout genre troquer de la vodka contre des jeans et des cigarettes américaines. Il se sentait ridicule, au Kremlin, à écouter des discours vides de sens, ponctués d'applaudissements rituels. Pionniers au foulard rouge, officiers chamarrés de médailles, cosmonautes auréolés de gloire, Joseph aurait voulu y croire encore. À l'issue des réunions, les plus hauts dirigeants se précipitaient vers les buffets, pour s'empiffrer de saucisson et de poisson fumé. Joseph avait éprouvé une véritable nausée en sentant l'haleine d'un héros de l'Union soviétique qui lui donnait l'accolade rituelle. Il empestait la vodka et l'oignon à 10 heures du matin. Pourtant, au retour, il s'accrochait à ses convictions, écrivait des textes cinglants contre Pinochet, il cherchait des raisons d'espérer encore, en saluant les œillets de Lisbonne ou la chute de Saigon.

Et puis… Un incident s'était produit, au cours d'un repas fraternel à la mairie de Montreuil. Un banquet sous les fresques réalistes de la salle des fêtes ! Georges Marchais venait présider une soirée d'hommage à Jacques Duclos, quelque temps après la disparition du petit pâtissier. Joseph Kaplan était installé à la table d'honneur, face à une photo géante de Maurice et de Jacques, en tête d'une manifestation place de la Nation, en 1936.

« On » avait demandé à Joseph de prononcer une brève allocution, pour accueillir le camarade Marchais. « On » avait les traits du camarade Jean, tirant sur son fume-cigarette comme sur l'embout d'un narguilé. Il était venu en éclaireur, il comptait sur le camarade Kaplan pour donner le ton de la réunion. Un ton offensif, disait-il. On ne pouvait plus nier l'évidence : le secrétaire général avait travaillé dans les usines de guerre de l'Allemagne nazie. L'adversaire de classe exploitait son passé de manière éhontée. Il fallait donc solliciter l'histoire et prendre la défense de cet ouvrier exploité.

Joseph Kaplan tentait de se dérober.

Comme toujours lorsqu'il savait parfaitement qu'il trichait avec l'histoire et, surtout, avec lui-même, Jean cherchait à surprendre à force de paradoxes. Était-ce donc un crime que de nourrir sa famille plutôt que de rejoindre le maquis ? La légendaire malhonnêteté intellectuelle de Jean avait longtemps fasciné Joseph. Elle avait même été, à ses yeux, le signe distinctif des aristocrates rouges, capables de s'élever au-dessus du sentiment commun. Mais cette fois, ça ne passait pas.

Le camarade Jean s'en apercevait, si bien qu'il dégaina l'arme suprême, le chantage à la fidélité.

— Tu n'as pas été choisi au hasard, camarade Kaplan ! C'est un travail politique difficile… L'honneur du parti est en jeu. Il faut faire comprendre que Georges était un déporté du travail !

Déporté ! Joseph ne pouvait tricher avec ce mot. Un titre que, jusque-là, le parti refusait à ceux du STO. Le parti pouvait tout changer, sauf cette veste rayée ornée d'un triangle rouge que la mère de Joseph conservait soigneusement dans un placard.

Rosa Kaplan avait été arrêtée, enceinte, après un fameux coup de main des FTP-MOI contre les bureaux de recrutement de la main-d'œuvre. Joseph était né au milieu des débris humains, dans le vacarme des canons de l'Armée rouge.

Les invités du banquet s'installaient. Micheline arrivée parmi les premiers, très excitée à l'idée de prendre place à la table d'honneur, trouva Joseph griffonnant quelques mots sur un papier.

— J'avais peur d'être en retard et de rater ton discours !

— Oh, tu ne seras pas déçue ! grinça Joseph.

Une vague d'applaudissements, venue de l'entrée, gagna bientôt toute la salle. Les convives, debout, saluaient l'arrivée du secrétaire général.

Joseph s'avança vers le micro. Sous prétexte de s'en tenir à l'ordre du jour, il rendit hommage à Jacques Duclos et, à travers lui, à tous les dirigeants et militants communistes de la Résistance. En parlant, il regardait fixement le secrétaire général. L'évocation de Ceux de la Résistance, du « parti des fusillés » avait bercé l'enfance communiste de Joseph. On lui demandait de faire appel à cette mémoire pour démontrer que Georges Marchais était le digne continuateur de cette épopée. Les mots restaient coincés dans sa gorge. Il ne pouvait prononcer le nom du secrétaire général qu'il était censé accueillir, il s'en tenait au passé. Et c'était une provocation.

Il y eut quelques applaudissements, venus sans doute de camarades qui n'avaient pas écouté. Marchais, blême de colère, ne bronchait pas. Joseph ne regagna pas sa place et se dirigea sereinement vers la sortie, ce qui l'obligeait à traverser toute la salle. Il y eut des murmures, puis un silence pesant. Joseph marchait lentement, s'amusant des regards qui se détournaient sur son passage.

Micheline se mit en travers de son chemin, cherchant à le retenir, en bonne militante, convaincue qu'il ne pouvait se conduire ainsi. Il était fatigué, il avait craqué…

— Cette fois, lui dit-il simplement, le parti ne peut pas compter sur moi. Tu m'en vois désolé ! Retourne avec eux et laisse-moi passer !

En provoquant le secrétaire général du parti, il cessait, à l'instant même, d'être un permanent. Alors qu'il se retournait pour contempler cette grande table qu'il quittait à jamais, Joseph crut apercevoir le regard triste de

Jean sur le visage courroucé qu'« on » lui montrait. Mais il savait que, dans ces moments-là, Jean n'existait plus.

Un dirigeant se précipita au micro pour noyer l'incident dans un flot de paroles vides, dénonçant pêle-mêle les campagnes anticommunistes et l'attitude des dirigeants socialistes. Quelques paroles rituelles et tout rentrerait dans l'ordre. Les volailles du Sud-Ouest feraient le reste, on ne pouvait douter qu'elles seraient dignes d'un hommage à Jacques Duclos. Ils parleraient de tout, sauf du camarade Kaplan.

C'était fini pour lui ! Joseph descendit l'escalier monumental de la mairie, marcha en automate et se retrouva sur le quai du métro Mairie-de-Montreuil. Il monta dans la première rame, regarda la liste des stations, qu'il connaissait pourtant par cœur. Il faudrait bien descendre quelque part. L'univers familier de la ligne le rassurait, il regardait défiler les stations. La tristesse l'envahit à Bonne-Nouvelle. C'était l'heure du bouclage à *L'Humanité*, on mettait en pages le discours que le secrétaire général prononçait au même moment à Montreuil. La nouvelle du forfait de Joseph alimentait certainement les conversations. À quel moment déciderait-on de débarrasser son bureau ? Il n'y laissait guère d'objets personnels, excepté les cadeaux rapportés des pays frères. Il n'allait pas traverser la salle de rédaction pour récupérer quelques cigares cubains, un reste de vodka polonaise, un buste de Lénine, souvenir d'un séjour à Moscou, et la médaille commémorative de Dimitrov, cadeau d'une délégation bulgare. Naturellement, il était hors de question de grimper au service du personnel pour récupérer sa dernière paye, en comptant, comme un salarié, les derniers jours de sa vie de révolutionnaire professionnel. Il avait quitté le parti sans un sou en poche, il avait aimé cette sensation de vide qu'il retrouvait, parfois, au sortir des salles de jeu et des champs de courses.

Il n'était pas rentré à Montreuil, ce soir-là. Micheline l'avait cherché. Assurément, il était malade. Il fallait qu'il se soigne, ce n'était pas possible de se laisser aller de la sorte, de craquer sous la pression de l'ennemi de classe.

Joseph avait passé des jours et des nuits à arpenter ces rues chargées d'histoire, de part et d'autre du boulevard Voltaire. Les ateliers se vidaient lentement dans la rue des Immeubles-Industriels, les ouvriers vêtus de bleu se faisaient rares. Sa rupture politique s'accompagnait d'une rupture sentimentale, mais cela n'avait qu'une importance relative. Ce n'était jamais que Micheline, la bonne camarade qui partageait sa vie. Un malentendu de plus dans sa vie amoureuse ! Quelques mois de vie presque conjugale.

Comme toujours, l'histoire avait bien commencé, avec la canicule de juin 1976. Un air brûlant, chargé de désir. Joseph donnait un cours pour les cadres du parti de Seine-Saint-Denis lorsque Micheline était entrée, en s'excusant de son retard. Elle était grande, bien foutue, et, de toute évidence, elle savait dégotter des fringues, entre les soldes et les fripiers du marché de Montreuil. Il l'avait regardée, sans s'interrompre. Comment ne pas voir cette jupe légère, longue et à moitié boutonnée sur le devant, ce corsage prometteur, à même la peau, manifestement. La chaleur s'alliait à une mode libératrice pour ruiner les fabricants de soutiens-gorge. Micheline se laissait caresser par le regard de Joseph, elle ne pouvait s'empêcher de le regarder fixement, tandis qu'il parlait.

Ce n'était pas la première qu'il draguait ainsi, en jouant de son talent d'orateur. Le sujet, cette fois, s'y prêtait. Les communistes, l'art et la culture. Il pouvait faire rire son auditoire en raillant les fautes du passé, la lourdeur du réalisme socialiste, et il faisait rêver Micheline en citant de jolis textes d'Aragon, comme s'il les disait pour elle seule.

En descendant de la tribune, il s'était avancé, elle avait feint la surprise, mais elle ne s'était guère montrée farouche lorsqu'il lui avait proposé de finir la soirée ailleurs. Elle était mariée, à un brave gars qu'elle connaissait depuis l'enfance. Elle étouffait avec lui, il travaillait trop et nourrissait des rêves étriqués. Acheter un pavillon, construire une bonne petite vie… Elle s'était jetée dans le militantisme, son mari ne comprenait pas. Il restait indifférent à cet air chargé de libertés nouvelles. Joseph, lui, savait parler de ces nouveaux droits du désir.

Connaissait-elle Roger Vailland ? Il était temps de réconcilier la Révolution avec le libertinage. Leur première soirée s'était prolongée très tard, jusqu'au premier métro. C'était, disait-elle, la première fois qu'elle faisait l'amour dans une chambre d'hôtel, que Joseph prétendait avoir trouvée par hasard, rue Caumartin.

Elle avait eu une scène violente en rentrant chez elle. Où pouvait-elle se réfugier, sinon chez Joseph, square Lénine, à Montreuil ? C'était un peu trop rapide pour lui, mais il avait saisi cette occasion de normaliser sa vie. Le célibat n'était guère habituel pour un permanent du parti installé dans une banlieue rouge. Sa solitude commençait à faire jaser, c'était une marque d'individualisme petit-bourgeois. Micheline arrivait à point pour former avec lui un couple communiste. Brave fille, pensait-il.

Micheline avait encore la foi des néophytes, quand Joseph portait déjà un regard désabusé sur l'engagement de sa jeunesse. Elle œuvrait dans une officine chargée de vanter l'action du conseil général de la Seine-Saint-Denis. Logement, santé, espaces verts, colos, il fallait que les masses connaissent leur bonheur de vivre dans la banlieue rouge ! Elle n'aimait pas que Joseph se moque de son travail en lui chantant *Les Gosses de Bagnolet*, comptine des années cinquante, sur l'air des *Gars de la marine*. « Les gosses de Bagnolet sont tous en bonne santé / Depuis qu'à la mairie de l'ordre a été mis / Les élus ouvriers ont bien su apprécier. » Succès garanti dans les dîners d'intellectuels critiques, les copains de Joseph, que Micheline trouvait cyniques et quelque peu effrayants. Ils pratiquaient tous un humour anticommuniste qu'elle ne supportait pas. Mais à ce jeu, Joseph était le plus terrifiant. Dans un dîner bien arrosé, alors qu'elle montrait aux camarades une brochure dont elle était fière, avec des photos de cités, de piscines et de crèches, il avait commenté, dans un éclat de rire, une des plus belles réalisations du 93. Des logements spacieux et confortables à Drancy !

— Tu as raison, hurlait-il, c'est vraiment formidable, Drancy ! Ma mère ne l'avait pas compris ! Elle n'y est restée que quelques semaines !

Et il avait ajouté : « Je suis dans la continuité familiale ! Ma mère a pris le train à Drancy et moi, la Micheline à Montreuil. »

Les pires calembours déchaînent toujours de terribles fous rires, et Micheline était en larmes au milieu d'une assemblée hilare. Pourquoi n'avait-elle pas claqué la porte ? Joseph lui semblait si loin du militant qu'elle aimait.

Il la méprisait parce qu'elle était le miroir de lui-même ! Une gardienne de la ligne. Micheline défendait son petit confort banlieusard. Ce n'était pas la sécurité d'un emploi au service du parti qui retenait Joseph mais l'illusion de n'avoir de comptes à rendre qu'à l'histoire. Et, sans doute plus encore, cette importance que l'on se donne en regardant les foules depuis la tribune, en parlant devant les masses, et même en signant de son nom dans un journal que les militants achetaient par devoir. L'URSS s'enfonçait dans le marasme, les régimes communistes passaient de l'horreur au grotesque. Il ne restait que la version française du parti. Joseph y servait la messe, à la manière d'un abbé libertin, un temps persuadé que les travailleurs avaient besoin de ça ! Il avait espéré les amener, doucement, vers une autre foi, plus rationnelle.

Mais il ne pouvait rester, lui, sous les ordres du petit mécano des zincs de la Luftwaffe.

Micheline avait été prise de vertige lorsque Joseph avait fait le grand saut. Elle avait regagné sa place à la table du banquet, certains camarades ne demandaient qu'à la consoler. Elle avait écouté bravement les discours avant de rentrer, square Lénine, dans un appartement vide.

Pendant plusieurs jours, Micheline avait attendu un signe de Joseph. Il avait fini par lui téléphoner depuis une cabine du métro, il semblait si loin, déjà. Il avait ri lorsqu'elle lui avait demandé ce qu'il allait devenir, sans cette sécurité que le parti offrait à ses serviteurs ! Et puis, il y avait les copains du quartier, ceux de la cellule, qui se réunissaient chez eux ! Est-ce qu'il reviendrait, au moins, pour s'expliquer ?

Après quelques jours d'errance dans les rues, Joseph était retourné à Montreuil pour se faire exclure, en bonne et due forme. Il avait besoin de cette exclusion comme d'autres ne peuvent se passer d'une scène de rupture. Il savait qu'aucune déchirure sentimentale ne laisserait jamais autant de vide, on ne remplace pas le parti comme on substitue une femme à une autre.

Joseph éprouva une véritable jouissance en vivant, à domicile, une séance d'exclusion. Il exigea même de Micheline qu'elle aille jusqu'au bout et participe au vote. Puis il lui avait laissé la sécurité, sans regret, avec le trois pièces HLM de Montreuil en prime. Sitôt l'exclusion votée, il avait déménagé à la cloche de bois, le soir même, enfournant ses fringues et l'essentiel de ses bouquins dans une 4L fatiguée, inutile vestige d'une vie banlieusarde, bientôt revendue à la porte de Montreuil. Il savait ce qu'il emmenait et ce qu'il abandonnait.

Joseph avait dédaigné les disques de Jean Ferrat dédicacés à la fête de l'Huma, mais il s'était mis à chanter, pour couvrir les cris de Micheline : « Pourtant que la montagne est belle… » Il avait embarqué les œuvres croisées d'Aragon et Elsa, reliées chez Messidor, entassé Marx et Lénine dans les cartons, et pris le plus grand soin des vieilles éditions du *Musée Grévin*, des *Beaux Quartiers* et, plus encore, de son exemplaire de *Blanche ou l'Oubli*. Il y avait une dédicace sur la première page de *Blanche*. Quelques mots d'Aragon adressés à lui seul. « À mon jeune camarade, pour qui viendra le temps de l'oubli ! » Il se revoyait, tremblant d'émotion, « comme à son premier rendez-vous un jeune homme qui me ressemble… »

C'était à Montreuil, une fois de plus, à la fin d'un congrès de l'Union des étudiants communistes. Joseph avait accueilli Aragon à la tribune et il avait osé solliciter une dédicace. Était-ce bien le temps de l'oubli qui venait ? Il lui restait des souvenirs, le cendrier fabriqué dans l'acier d'un B52 abattu au Vietnam, la signature de Fidel sur une photo du Che, la médaille commémorative de Stalingrad et le 33 tours des chants de la guerre d'Espagne. Vestiges d'une vie qu'il devait fuir.

Quoique suivie d'une vraie déprime, cette fuite avait été le plus grand des bonheurs. Quelques jours d'errance. Dans les années soixante-dix, il y avait toujours des filles qui ouvraient leur lit, des copains qui prêtaient des piaules de fortune, et l'on trouvait encore des petits boulots dont Joseph avait fait un art de vivre. Jamais rien de fixe, des gains que le jeu amplifiait ou ruinait. Un fameux trotteur de Vincennes lui avait donné de quoi payer la caution d'un ancien atelier transformé en studio, du bon côté des Maréchaux.

Maintenant qu'il vivait d'expédients, Joseph persistait à regarder le monde de toute sa hauteur, en brûlant sur les tapis verts ce qui avait tant d'importance pour les autres. Au multicolore, il n'avait jamais perdu que le salaire d'une quinzaine de jours passés à rectifier la syntaxe des âneries publiées par un journal en survie, un quotidien qui se croyait toujours populaire. Il était rewriter, appellation anglo-barbare d'un métier qui consistait pourtant à traduire en français les sabirs journalistiques. On disait alors d'un texte mal écrit qu'il relevait du serbo-croate, Tito venait de disparaître, la Serbo-Croatie passait encore pour le lointain territoire d'un communisme d'opérette.

Joseph se sentait léger quand il perdait. Il entendait bien se refaire ailleurs, autrement, il lui faudrait jongler un peu avec son compte en banque, en profitant des jours fériés. Et puis, en cette période de congés, il retrouverait sans mal quelques jours de travail. Il ne quittait jamais Paris pendant l'été, il s'en éloignait de moins en moins souvent.

L'essentiel, à ses yeux, était de demeurer à l'écart de son époque. Pas de carrière, seulement quelques moyens de vie. Des cours et du rewriting. Divers travaux de plume. Une thèse d'histoire, pour éviter le gel cérébral. Au moins n'avait-il pas changé de ligne lorsqu'il avait déménagé de Mairie-de-Montreuil à Buzenval, réintégrant Paris en suivant toujours la 9, Mairie-de-Montreuil/Pont-de-Sèvres. La plus longue, la plus lente des trajectoires du métro, sur la rive droite, sans jamais franchir la Seine. Une valeur sûre dont les extrémités ne variaient pas. Sur d'autres trajets, Charenton-Écoles avait perdu son statut terminal au profit de Créteil, de laborieuses prolongations détruisaient peu à peu les anciens repères, le Pont-de-Neuilly, l'Église-de-Pantin et la Porte-de-Vanves.

La ligne 9 avait dépassé la porte de Montreuil à l'époque du Front populaire, au moment où l'on construisait des immeubles de brique, sur l'ancienne zone. Joseph ne s'aventurait plus au-delà de cette extrémité.

En s'engageant sur le boulevard Voltaire, il lui restait à franchir Oberkampf, Saint-Ambroise, Voltaire, Charonne, Boulets-Montreuil, Nation, pour parvenir enfin, de l'autre côté des colonnes du Trône, dans son refuge, entre Buzenval et Maraîchers.

Oberkampf

Joseph était décidé à se laisser glisser jusqu'au bout en flâneur nocturne. La nuit allongeait le boulevard et l'absence du métro se faisait douloureuse. Joseph était pourtant coutumier de ces longues marches nocturnes. Il s'arrêta à la hauteur d'Oberkampf, devant le café *Au Métro*, intrigué par les cônes de lumière allumés en haut de l'escalier de la station. Ce n'était pas encore l'heure de la première rame, les grilles demeuraient fermées. Il se félicita intérieurement d'avoir si rapidement atteint le combat supérieur, Oberkampf. Il savait pourtant que la rue ne célébrait pas une bataille mais un homme, Christophe Philippe Oberkampf, émigré allemand naturalisé français, teinturier et pionnier de la réussite par l'innovation industrielle. Grâce à lui, les généraux et les courtisans de l'Empire pouvaient arborer des galons et des rubans de toutes les couleurs quand les Anglais barraient la route des Indes. Ce qui lui avait valu d'être l'un des premiers civils à recevoir la Légion d'honneur, épinglée sur sa redingote par Napoléon en personne.

Le hasard avait voulu que la rue Oberkampf abrite une population d'immigrés qui, à leur tour, travaillaient le tissu et portaient souvent des noms allemands. Il y avait là une mercerie proprement féerique où tailleurs et couturières venaient s'approvisionner en talonnettes, galons, fils de tous calibres et de toutes couleurs, agrafes, boutons, passementerie et fermetures Éclair. Un peu plus haut, la statue de la Grisette de Paris veillait sur le quartier, à l'endroit précis où le canal Saint-Martin disparaît sous terre pour ressortir dans le port de l'Arsenal.

Ce fut en franchissant le canal couvert, au croisement de Voltaire par le boulevard Richard-Lenoir, que Joseph alluma la première des trois cigarettes sauvées du désastre. Il n'était guère pressé, il vivait sans contrôle à domicile, sans gonzesse fixe, disait-il, employant toujours le féminin de « gonze », plutôt que « nana ». Ses amours jalonnaient le parcours, il commençait à envisager une étape impromptue. Paola ? L'Italienne, la belle artiste, qui payait les années de plomb d'un exil doré ? Elle vivait du côté de Charonne, mais Joseph ne pouvait débarquer sans la prévenir. Il y avait un autre homme, qu'il connaissait certainement. Un camarade, peut-être même un ami. Joseph ne devait pas savoir. Paola menait le jeu entre l'un et l'autre, et faisait passer les messages quand la voie était libre. Elle avait un don pour le secret, Paola, la police italienne n'avait jamais réussi à mettre la main sur la douce créature qui expédiait aux journaux des communiqués frappés de l'étoile rouge. Elle était même parvenue à passer entre les mailles du filet quand les flics encerclaient la planque milanaise des Brigades rouges. À Paris, elle utilisait son expérience clandestine pour vivre ses désirs. Ses rencontres avec Joseph étaient toujours imprévisibles, mais c'était elle qui décidait.

Il restait bien la toute dernière des conquêtes. Comment s'appelait-elle, Sandrine ou Cendrine ? Pourquoi ne pas lui faire une petite surprise ? La fille n'était guère passionnante, mais elle créchait tout près, rue de la Folie-Méricourt. Il était un peu tôt pour la réveiller avec des croissants, aucun soupirail de boulangerie n'était encore éclairé. Et puis elle risquait de ne pas apprécier.

Elle lui avait demandé de passer dans la soirée, il s'était fendu d'un « peut-être ». Il se montrait si peu disponible qu'elle le croyait marié, ce dont elle s'accommodait volontiers. La maîtresse idéale ! Avec, toutefois, quelques défauts majeurs : elle était journaliste de mode, si bien qu'elle les suivait toutes, jusque dans sa manière de vivre.

Elle était très fière d'apposer sa signature au bas de papiers que Joseph préférait ne pas lire. Cendrine, c'était bien ça, travaillait dans un de ces magazines dont Joseph récrivait parfois les principaux reportages. Il l'avait trouvée émouvante, un soir, alors qu'elle marchait devant lui, entre la rue du Louvre et le métro Montmartre. La mode, justement, opérait une impitoyable sélection. Les filles portaient de petits pantalons moulants, caleçons de coton flirtant avec l'indécence. Il n'y avait pas d'approximation possible, la vérité des valseurs s'exposait dans les rues. Comment ne pas voir celui de Cendrine, ne pas suivre ses fesses parfaites ? Elle prenait la même ligne, dans la même direction, à une heure de pointe. Il l'avait rejointe sur le quai, jouant la surprise.

Il avait fallu engager la conversation sur des sujets supposés communs. La presse, le journal qui les employait. Diverses fadaises sur l'air du temps. Tout ça pour arriver à lui parler de sa silhouette, en pensant en fait à son très joli cul. La pression de la foule les serrait l'un contre l'autre. Il était descendu avec elle à Oberkampf, en prétendant qu'il cherchait un livre introuvable sauf, peut-être, à la librairie anarchiste de la rue Amelot. Une librairie anarchiste, comme c'était excitant, elle voulait voir ! Joseph avait jeté son dévolu sur les Mémoires de Nestor Makhno, il avait offert à Cendrine un recueil de vieux textes libertaires sur l'amour et la sexualité. Il lui avait montré quelques curiosités des rues, vestiges de vieilles maisons, passages insoupçonnés entre les grandes artères.

Dragues routinière, facilitée par sa connaissance parfaite du quartier Oberkampf. Provinciale fraîchement débarquée à Paris, Cendrine ne savait pas qu'elle vivait dans une rue où, quelques années plus tôt, on entendait le bruit des machines à coudre sur chaque palier. Et elle adulait les grands couturiers qu'elle tenait pour les artistes des Temps modernes ! Joseph ne s'intéressait pas vraiment à la mode, mais il savait tout des tables de coupe, des patrons de kraft, des finitions à la main, des ourlets, du surfilage, des boutonnières. Il mettait une pointe d'accent yiddish quand il parlait des tissus, *la pire laine, la crétone, la dralon, la popeline, la sva natirelle, la confektionne pour damesse*, ça, il connaissait, *dans la rie la Folie-Mérocour, la rie la Chémin-Vert, voye mamaselle, y en aveye partout la bitiques da mercérie, da passemonterie, on trouveye la fermétire éclair, la biton, la zagrafes, la zégvilles et la zépingles. Y en avait aussi la maroquinevrie, la fitrine pour la chapou…* Elle l'avait trouvé surprenant, drôle, sensuel. Elle était spécialiste de mode, il en savait plus qu'elle sur les essayages, les retouches, la manière de rendre une couture invisible. Joseph lui parlait de ce bout de XIe arrondissement qui, pour lui, s'exprimait en yiddish, une langue qui se prononçait en coupant le fil avec les dents, en tournant les lèvres vers l'intérieur pour retenir les épingles, en arrangeant les fronces ou le plissé. Un verre à une terrasse, de fausses confidences devant les seiches en sauce saké d'un restaurant chinois rue Oberkampf, et elle était mûre pour visiter un hôtel discret, une vieille maison de rendez-vous dissimulée au fond d'une cour, boulevard Richard-Lenoir. Elle prétendait, naturellement, que c'était la première fois qu'elle faisait l'amour à l'hôtel, à deux rues de chez elle.

Il l'avait revue, il avait encore couché deux fois avec elle. Ce n'était pas vraiment le nirvana, mais elle était très douce. Pourquoi avait-elle détruit si vite la part de mystère du premier soir ? Joseph préférait l'hôtel, mais elle le voulait dans ce petit appartement dont elle semblait fière parce qu'elle l'avait décoré elle-même, avec des riens, qui ne donnaient pas grand-chose. Cendrine croyait avoir du goût. Elle savait certes s'habiller, ce qui n'était pas trop difficile parce qu'elle était assez bien faite et disposait des cadeaux et des diverses combines offerts aux journalistes par les marchands de mode. Pour la décoration d'intérieur, c'était autre chose. Elle avait disposé un peu partout des souvenirs de ses voyages de presse, preuves de son appartenance à une espèce que Joseph méprisait, ces rédacteurs toujours prêts à vanter des produits cosmétiques et à s'extasier sur les nouvelles lignes de vêtements, quand les marques leur offrent des séjours à Marrakech ou à l'île Maurice. Rien ne manquait chez Cendrine, ni le plateau de cuivre sur pieds marchandé dans un souk, ni le corail des mers chaudes, ni les macramés, souvenirs d'une croisière en mer Égée à l'occasion de la promotion d'un bain moussant au nom vaguement hellène.

La fille, tout de même, avait de l'allure, et il ne s'agissait jamais, pour Joseph, que d'occuper la fin de la nuit en attendant le premier métro. Que risquait-il à sonner en pleine nuit à l'heure où, les deux fois précédentes, il s'était prestement rhabillé pour filer chez lui ?

Joseph fit un détour, histoire de voir s'il y avait de la lumière dans la rue de la Folie-Méricourt. Il y en avait. Était-ce la bonne fenêtre ? Et… si elle n'était pas seule ? La perspective de monter quatre étages pour se retrouver dans une situation ridicule le laissa hésitant.

En dépit des dictons et de la superstition des flambeurs, il est assez rare qu'une fin de nuit agréable suive une soirée catastrophique ! Il avait refusé Cendrine quand elle s'offrait à lui, il avait obéi à un principe : ne jamais avouer à une femme la solitude d'un jour férié. Deux ou trois demi-nuits ensemble et elle avait des vues sur son 14 Juillet ! Pour qui se prenait-elle ? Si bien que Joseph s'était retrouvé seul, au milieu des pétards et des musiques de bal. En vérité, le vertige du jeu l'obsédait depuis le matin. Son compte était créditeur, il avait reçu la paye de quelques travaux de plume et il avait aussitôt retiré tout ce qu'il pouvait. Le chargé de clientèle de la banque avait tenté de lui vendre un nouveau système de placements, Joseph l'avait toisé de tout son mépris et il avait aussitôt investi sur des paris simples, gagnants et placés, ainsi que sur les couplés urbains. Il s'était enfermé chez lui, décidé à attendre les résultats en se plongeant dans la lecture. Mais le désir était revenu dans la soirée. Il avait sauté dans le métro, la station République était fermée au public, pour cause de bal républicain, précisément, il était descendu à Strasbourg-Saint-Denis pour se précipiter tête baissée dans le sous-sol du cercle de jeu, boulevard Saint-Martin.

À ce moment-là, aucune Cendrine ne pouvait le détourner d'une boule sautant d'une couleur à l'autre. Elle, il l'avait gagnée sans se fatiguer, elle avait une très jolie courbe de reins, il aurait pu passer une gentille soirée, avec une gentille gonzesse, au lieu de balancer son pognon chez les voyous. Mais il craignait l'ennui d'une soirée sans enjeux ! Il l'avait déjà baisée, il n'y avait plus de suspense.

En pleine nuit, c'était différent ! Cendrine, brusquement, retrouvait quelque attrait parce qu'il y avait de la lumière derrière sa fenêtre. Tant pis pour le risque, on paye pour voir, se dit Joseph. Il monta l'escalier et appuya tranquillement sur la sonnette. Elle ne dormait pas mais était dans un état second, dont la cause flottait dans tout l'appartement. Cela sentait le shit, Cendrine avait passé la soirée avec quelques amis, ils avaient dégotté quelques barrettes et ils étaient montés chez elle pour fumer.

Les amis en question étaient affalés sur les coussins du living. Une fille franchement laide, un couple littéralement collé et un jeune journaliste que Joseph reconnut. Celui-là ne risquait pas de le concurrencer auprès de Cendrine, si du moins lui prenait l'envie de remettre ça.

La décoration de la pièce comportait décidément à peu près tout ce que Joseph détestait. Des meubles bas, vaguement asiatiques, et des coussins recouverts d'un tissu oriental rose. Sans parler des posters, touche quelque peu infantile chez une trentenaire, et des bougies parfumées qui mélangeaient leurs effluves à ceux du shit. À l'arrivée de Joseph, le couple affalé sur les coussins resta sans réaction. La fille laide se leva machinalement pour l'embrasser, il accepta sans grand plaisir cette familiarité. Le pisse-copie se leva également, souriant au nouveau venu.

— On se connaît, non, tu es un confrère ? demanda-t-il joyeusement en forçant inutilement sur ses intonations efféminées.

— Tout dépend de ce qu'on entend par confrère, répliqua Joseph.

— Oh ça va, je ne t'ai rien proposé ! Je ne pique pas les jules des copines ! Et… il était temps que tu viennes… Elle n'a pas arrêté de parler de toi.

Cendrine était hors d'état d'adresser le moindre reproche à cet amant épisodique qui débarquait en pleine nuit. Elle lui proposa même un reste de joint baveux, offre qu'il refusa avec dégoût. La répulsion que lui inspirait le papier à cigarette imprégné de toutes les salives avait toujours préservé Joseph de la drogue.

Cendrine lui désigna une bouteille de scotch, un magnum acheté dans quelque duty-free d'aéroport. C'était un breuvage d'une marque courante, l'un des plus médiocres, mais au bout de la nuit, les poches vides, on devient moins exigeant. Sauf pour la propreté des verres. Joseph dédaigna ceux qui se trouvaient sur la table basse, en dénicha un autre dans la cuisine et le rinça soigneusement avant de se servir.

Cendrine tenait des propos incohérents, mais elle retrouva un peu de lucidité pour demander à Joseph de se mettre à l'aise au lieu de rester debout, son verre à la main. À l'aise… Joseph se sentait totalement étranger au milieu des amis de Cendrine, qui se révélèrent tous de jeunes journaleux d'une espèce qu'il n'appréciait guère. Arrivistes le jour, babas cool la nuit, ils avaient choisi cette voie pour être dans le vent et ils rêvaient de percer dans les médias. On pouvait entrer dans ce métier sans passion pour les événements contemporains et sans goût ni disposition particulière pour l'écriture. L'éphèbe était le seul personnage digne d'intérêt et également le seul à peu près en état d'engager une conversation. Il avait préparé un nouveau pétard, s'était étonné de voir Joseph refuser l'offre une seconde fois, préférant se rouler une cigarette de pur tabac, avec l'inévitable Drum des camés. Il avait raillé les plaisirs illusoires du cannabis, qui, selon lui, avait moins d'effet qu'un bon havane avec un verre d'alcool. De la drogue, ils en étaient venus à quelques banalités sur l'usage qu'en avaient fait les poètes et les musiciens de jazz.

Joseph avait fini par prendre place sur un des coussins, il avait horreur de se retrouver si près du sol. La dizaine d'années qui le séparait de cette bande dressait un mur entre deux mondes. Cette génération n'avait connu que la queue de comète des révoltes. Drogues douces, musiques planantes, bandes dessinées, sexualité vaguement libérée. Ils avaient des idées molles, rêvaient d'un monde pelucheux où l'on produirait de l'électricité avec du vent pour ne pas abîmer la nature. La chasse était à leurs yeux plus effroyable que la guerre. Rousseau revu par Chantal Goya. La bonne nature peuplée de lapins incapables de tuer un chasseur ! Ils débitaient leurs fadaises dans la fumée débilitante, infligeant un démenti aux légendes qui attribuent des vertus créatrices aux vapeurs du cannabis. Joseph n'était pas d'humeur à les provoquer, avec ses vieux rêves de poudre et son admiration pour les héros des guerres révolutionnaires.

Il n'attendait rien d'autre que l'heure du premier métro. Un peu de whisky, du tabac, un ticket en poche, tout allait bien. Cendrine et ses invités se passaient le pétard, ce n'était pas le premier de la nuit, si bien qu'ils ne tardèrent pas à dissoudre leurs paroles évanescentes dans la somnolence.

Cinq heures… Joseph fredonna la chanson de Dutronc et Lanzmann. « Paris s'éveille… » Mais le métro ne reprend que trois quarts d'heure plus tard !

Cendrine ne tenait plus sur ses jambes, Joseph l'aida à atteindre sa chambre et l'allongea sur le lit, en feignant de ne pas entendre la voix plaintive qui lui demandait de rester. Elle n'avait consommé que du shit, il n'y avait donc pas de danger à la laisser seule. Il retourna dans le living, le couple shooté s'endormait dans un enlacement obscène. Le laideron s'était levé en titubant, elle demanda à Joseph s'il comptait rester et, ravie de la réponse négative, alla s'effondrer sur le lit de Cendrine. L'heure du premier métro s'annonçait enfin.

Ces paumés ordinaires n'avaient même pas le charme des flambeurs misérables que l'on croise dans les cercles de jeu. Joseph avait hâte de rentrer, il n'y avait plus rien à espérer de la nuit finissante. Il partit vers le métro Oberkampf avec le charmant pédé qui, réveillé par la brise matinale, le saoulait de paroles. Il confiait ses peines avec une totale impudeur, on ne voyait pas ce qui pouvait l'arrêter. Fort heureusement, il ne prenait pas la même direction, il habitait sur l'autre rive et grimaçait à l'idée d'un long trajet comportant deux changements.

Joseph était le premier passager, seul sur le quai, direction Montreuil. La première rame partant de Pont-de-Sèvres à 5 heures 40, il avait tout le temps de griller une Camel, ce qui était parfaitement licite.

Deux femmes en uniforme de la RATP se postèrent sur le quai à la hauteur du panneau « Tête des trains ». Des filles de la R'tap, en langage parigot. Manifestement, elles partaient prendre leur service plus loin sur la ligne. Cette vision renvoyait Joseph à une question qui le taraudait depuis l'enfance. Comment les employés des gares souterraines se rendaient-ils à leur travail ? Ils ne pouvaient pas tous attendre le premier métro, puisqu'ils devaient ouvrir les stations avant le passage de la première rame. Passe pour ces guichetières. Dans la plupart des stations, la vente des billets attendait le deuxième métro, il y avait une tolérance qui permettait d'emprunter le premier gratuitement. Mais comment les autres traminots arrivaient-ils ? Il y avait là un nouveau mystère de Paris ! Toutes les stations ouvraient leurs grilles au même moment et les premiers trains partaient simultanément de chaque terminus. Toute une organisation souterraine se préparait à faire vibrer Paris aux premières heures de la journée, quelques centaines d'employés surgissaient brusquement pour ouvrir les grilles et inonder les souterrains de lumière. Miracle quotidien. Pensées matinales, renouvelées au bout de chaque nuit blanche.

Joseph monta dans le dernier wagon du premier métro. Il y avait beaucoup de monde, essentiellement des jeunes, retour de fête, vers Montreuil. Une femme assez âgée, lourdement fardée, dont on se demandait ce qu'elle pouvait bien faire à cette heure dans le métro. Deux flics, manifestement en fin de service, au vu de leurs traits tirés, montèrent à Voltaire. L'un descendit à Nation, l'autre poursuivait son voyage lorsque la rame parvint à Buzenval. Joseph regretta le temps où le wattman, raté-piste préposé à l'ouverture des portières, relâchait la pression d'air comprimé avant l'arrêt complet, ce qui permettait de sauter en marche. Toute une technique, rendue inutile par les nouveaux dispositifs de sécurité.

La cuisson du pain parfumait la rue des Vignoles lorsqu'il parvint à son refuge, un vaste studio, assez haut de plafond pour comporter une mezzanine dont il avait fait sa chambre à coucher. Il se débarrassa de ses vêtements, passa un long moment sous la douche, pour noyer la crasse dont il se croyait toujours imprégné lorsqu'il sortait du tripot. Mais il se félicita de s'être perdu au jeu, c'était tout de même autre chose que les plaisirs débilitants de toutes les Cendrine. La fréquentation de ces gens était bien plus dégradante que celle des cercles de jeu. La faune des flambeurs était une véritable aristocratie, en regard de ces ados des années soixante-dix qui, dix ans plus tard, persistaient à tirer sur leur joint tout en s'intégrant doucement, sans la moindre révolte. Leur seule vue avait permis à Joseph d'oublier le malaise qui résultait de ses pertes. Heureux de ne pas leur ressembler, il se hissa péniblement jusqu'à son lit.

Maraîchers

Joseph avait dormi quelques heures d'un excellent sommeil. Réveillé par la Patrouille de France qui traversait le ciel de Paris, il pesta contre Tanguy et Laverdure et, surtout, contre Marcel Dassault qui n'avait jamais été capable d'inventer l'avion silencieux.

Il se souvint du bristol blanc dont l'enveloppe avait produit une forte impression sur le facteur. Celui-ci avait tenu à lui remettre en main propre, c'était la première fois qu'il distribuait une lettre portant cet en-tête : « Le Président de la République ». Il y voyait la preuve du changement, Giscard, disait-il, n'aurait jamais écrit à un gars de la rue des Vignoles.

Joseph lui-même était fort surpris de recevoir le carton d'invitation de la garden-party présidentielle. Pourquoi se souvenait-on de lui au troisième 14 Juillet depuis l'installation de François Mitterrand à l'Élysée ? Il fallait qu'il sache. Il se rasa et se sapa en conséquence. Costard sombre, cela s'imposait. Il hésita sur la couleur de la cravate : la rouge des meetings d'autrefois était un peu trop voyante, il en trouva une plus festive, en plusieurs tons mais avec une dominante carmin, c'était la moindre des choses. La curiosité le poussait hors de son refuge. Il s'y trouvait bien, pourtant.

Un véritable luxe, ce rez-de-chaussée sur cour, avec une entrée dans la rue des Vignoles et une autre dans la rue de la Réunion ! On le dérangeait rarement à cet endroit. Il n'y avait jamais fait brancher le téléphone. Les télégraphistes pédalaient encore dans les rues de Paris, on lui expédiait des petits bleus quand il y avait du travail pour lui. Les proches savaient qu'on pouvait aussi laisser des messages en face, chez Ahmed, au Soleil de la Réunion. Sa cantine.

Une enseigne doublement trompeuse. On n'y servait pas d'aileron de requin. Les anciens propriétaires, venus du Cantal ou de l'Aveyron, imaginaient sans doute que la place et la rue de la Réunion rendaient hommage à la lointaine colonie, l'ancienne île Bourbon, rebaptisée île de la Réunion par la Convention nationale en 1793. Malice des rues de Paris, et tout particulièrement de celles du XXe arrondissement, qui trichent avec la Chine et la Réunion ! La rue de la Chine n'est que la rue de la chine, sans majuscule, l'empire de la brocante et non l'Empire du milieu, ou alors celui du milieu, toujours sans majuscule, un territoire de ferraille et de fourgue où l'on allait chiner. La rue de la Réunion, quant à elle, ne devait rien aux navigateurs intrépides qui affrontaient le cap de Bonne-Espérance pour découvrir de nouveaux rivages. Le percement de cette voie en 1849 avait permis la réunion du grand et du petit Charonne, après la destruction du château du seigneur Martin de Bragelongne. Facétie involontaire des édiles, la rue Alexandre-Dumas se termine à l'emplacement de la demeure de ce Bragelongne, qui n'était pas le vicomte de Bragelonne, mais le prévôt des marchands de Paris, un homme assez important pour recevoir le mari de la reine Margot. Plus tard, le château de Charonne fut aussi le refuge d'un autre personnage d'Alexandre Dumas, Richelieu, qui y séjourna fréquemment entre 1632 et 1636.

Le parc et les jardins maraîchers avaient été depuis longtemps recouverts par un enchevêtrement de taudis et de logements ouvriers bâtis dans la hâte, entre les ateliers et le chemin de fer de petite ceinture. Au début du XXe siècle, on perçait de beaux axes, comme la rue des Pyrénées, bordée d'immeubles proprets, le hasard faisait le reste, entassant le travail et la misère en retrait des artères principales. L'époque était coloniale, si bien que la place et la rue de la Réunion ont été gratifiées d'une majuscule.

Ultérieurement, l'imagination exotique des bougnats a ajouté le soleil sur l'enseigne d'un commerce fort bien situé, à l'angle des rues des Vignoles et de la Réunion. Ce soleil-là était celui de Joseph, plus qu'un bistro, une famille, un endroit où l'on pouvait croire que Paris ne changerait jamais.

Le comptoir de bois ciré recouvert de zinc était d'origine, il n'avait pas changé depuis l'époque où les clientes sirotaient l'absinthe pendant que le patron remplissait leurs seaux de charbon. Les coups de badigeon successifs avaient épargné une fresque naïve représentant le mont Lozère, et, comme la couleur était quelque peu passée, le vert viré au jaune évoquait plutôt les Aurès.

Le Kabyle qui avait racheté le fonds en 1975 n'avait pas pris la peine d'effacer les anciennes inscriptions de la devanture. Bois et charbons. Maison Puech. Vins et spiritueux. Il avait seulement remplacé « tripoux et charcuteries d'Auvergne » par « spécialité de couscous ». Pour la tripe, c'était une question de recette, le boyau de mouton à la mode berbère valait bien celui du bœuf façon auvergnate.

Quand il s'était fait éponger, Joseph pouvait toujours manger et prendre ses cigarettes à crédit. Ahmed n'avait pas de jour de fermeture, il ne connaissait ni les dimanches, ni les fêtes inscrites en rouge sur le calendrier des postes. Quand l'ardoise s'allongeait un peu trop, il demandait à Joseph de lui rédiger son courrier. Une manière d'intérêts de crédit, entre amis. Réclamations aux fournisseurs, demandes de délais pour les charges sociales, quelques petits mots pour donner des nouvelles aux amis qui demeuraient au bled. Joseph était devenu l'écrivain public du bistro kabyle, l'ami des joueurs de dominos, tentant parfois, pour se refaire, d'être aussi rapide qu'eux à découvrir le chiffre, à poser d'un coup sec le petit rectangle. Thé à la menthe, cuvée du Président, épais rouge d'Algérie ou petite bière de comptoir, dominos et belote, Ahmed était son dix de der, son dernier atout quand il ne restait rien. Si l'espoir de se refaire s'évanouissait au vu des résultats des courses, il n'avait pas à s'inquiéter pour son week-end.

Comme toujours, Ahmed accueillit joyeusement Joseph lorsqu'il s'installa au comptoir pour commander son double noir et ses Rothman rouges, les seules cigarettes blondes qu'on pouvait se procurer dans ce bistro. C'était une marque sud-africaine, contraire à ce qui lui restait de principes, mais à crédit on ne discute pas. Il attrapa *Le Parisien* sur le zinc, alla directement aux pages courses, sans un regard pour la liste des régiments appelés à défiler sur les Champs-Élysées.

Il avait tout de même un joli couplé dans ses tickets de la veille, à quoi s'ajoutait un cheval placé dans la troisième et un gagnant pas trop mal payé dans la septième. Les gains étaient fort loin de compenser les pertes de la nuit précédente. Mais il y avait assez pour repartir sur les prochaines tout en gardant un peu de monnaie. De quoi retrouver le moral. Et puis ce couplé, il l'avait conseillé à Ahmed qui était prêt à payer sa commission. Ricard ? 51 ? Casa ? Non merci, Ahmed, c'est trop tôt, un autre café, ça va ! Comment tu sens le cheval irlandais à Deauville ? Comment pour une place ! Tu joues trop petit ! Tu sais ce que disait Brecht ? Oui, c'était un Allemand, un rouge ! Nous lui devons une maxime qui s'applique à la fois aux révolutions et au PMU : quand les petits voient petit, ils sont perdus. Quand on a une petite mise, mieux vaut oublier les favoris, ils payent en dessous du taux des caisses d'épargne. L'Irlandais, s'il rentre, c'est du quarante gagnant, si vingt te suffisent, joue-le pour une place.

Joseph étudia rapidement le tiercé du jour, prépara un champ réduit sur l'Irlandais et fila au PMU, rue des Pyrénées, vers le métro Maraîchers. Il encaissa ses gains, rejoua la moitié de la somme et fourra le reste dans sa poche.

Parvenu devant les marches du métro, Joseph se souvint du carton d'invitation posé sur la table. On ne pouvait sans doute pas entrer dans ce genre de pince-fesse sans montrer patte blanche. Ils risquaient même d'exiger une pièce d'identité, comme dans les cercles de jeu. Joseph repartit en direction de la rue de la Réunion, il remarqua au passage qu'il y avait un peu d'agitation au local de sa dernière organisation politique, 42, rue d'Avron. Ses anciens camarades étaient bien capables de se réunir un jour férié. Il les avait quittés sans trop de fâcheries, contrairement aux précédents. Eux, visiblement, poursuivaient toujours leurs chimères, persuadés que dans ces petites pièces si bien tenues s'élaborait une parole essentielle pour les travailleurs du monde entier. Ce n'était pas plus absurde que d'aller jouer au multicolore ou au poker, mais il y avait quelque temps déjà que Joseph s'était éloigné de cette Alliance marxiste révolutionnaire et de l'énigmatique camarade Pablo. C'était venu tout seul. Le sentiment de la vanité de l'action minoritaire. Ce groupuscule l'avait sauvé de la dépression absolue, après son exclusion du Parti communiste. Deux ou trois cents adhérents à travers le monde, un chef historique qui avait connu Trotski en exil et qui, depuis, avait toujours trouvé à s'employer auprès de la dernière révolution triomphante. Chez Tito ou chez Ben Bella.

Pendant quelques mois, les réunions de la rue d'Avron lui avaient donné l'illusion de peser encore sur les événements. Mais Joseph était allé voir de près cette opposition ouvrière de Pologne, sur laquelle le groupe fondait tant d'espoirs. Avant de partir, il avait eu une discussion difficile avec son père. Lui ne serait jamais retourné à Lodz, même pour une heure. Comment Jo pouvait-il croire que le renouveau du socialisme viendrait des ouvriers polonais ?

Il voulait voir de ses propres yeux, il avait vu. Il n'avait jamais été aussi mal à l'aise que dans cette église de Lodz, où il avait assisté à une réunion clandestine de Solidarnosc, tout près de ces rues juives où son père était né. Il n'y avait aucune trace, aucun souvenir. Joseph n'avait même pas cherché à poser de questions sur le passé. Il savait que nul ne répondrait. Il était revenu rue d'Avron rendre compte de son voyage. Non, il ne croyait pas que la révolution viendrait de ces ouvriers qui se pressaient à la messe du dimanche. Et ce n'était encore rien, la messe ! Ils étaient à genoux devant la Golf Volkswagen louée à Berlin-Ouest. À Lodz, seize soupapes, c'était bien plus subversif qu'un pape ! Les catalogues de voitures occidentales remplaçaient les images pieuses.

L'ennui l'avait gagné. Les rêves des peuples devenaient médiocres.

Passe pour les Polonais ! Mais les Tchèques, qu'il avait tant admirés en 1968, s'étaient métamorphosés en moins de dix années. Par un étrange retour de l'histoire, la liberté commençait pour eux à Munich. À Prague, Anna, une intellectuelle dissidente, avait fait une requête bizarre à Joseph, venu lui apporter des journaux et des livres.

— S'il te plaît... à ton prochain voyage... apporte-moi *Elle* et *Marie-Claire*.

Comment expliquer ça à Pablo, qui donnait des rendez-vous clandestins au Café de Cluny ? La camarade de Prague, la prof de solfège, celle sur qui nous comptions ! Elle veut ressembler aux femmes des magazines, elle reste en extase devant les photos de mode. Jo avait déployé des trésors d'imagination pour passer les contrôles de police avec des ouvrages interdits sur le territoire tchécoslovaque, *L'Aveu* d'Arthur London et un appel à la dissidence rédigé à Rome par Jiri Pelikan. Anna lui demandait des journaux féminins édités à Paris.

Il n'osait dire à Pablo et aux autres camarades qu'il la comprenait, cette jolie Pragoise qui fabriquait elle-même ses vêtements à partir des modèles découpés dans *Elle*. C'était sa manière de résister à la grisaille des démocraties populaires. Joseph avait passé une nuit délicieuse avec Anna, dans le petit appartement qu'elle partageait avec une collègue, en face de la statue de Klement Gottwald, génial organisateur du coup d'État de Prague. Ils avaient ri ensemble lorsqu'elle avait dévoilé ses sous-vêtements de kolkhozienne. L'érotisme n'était pas le premier critère fixé par le Plan ! Les formes parfaites d'Anna subissaient l'oppression d'un tissu synthétique rose, produit par un combinat chimique de Karl-Marx-Stadt (RDA). Pour libérer deux trésors, Jo avait dû affronter six rangées de triples agrafes, fabriquées dans cet acier trempé dont le communisme était si fier ! Elle rêvait de lingerie parisienne, Anna, elle voulait que Jo lui parle des vitrines de Paris, de la mode et de ces merveilles que l'on trouvait dans les magasins, des marques dont elle connaissait les noms.

Que pouvait-il dire, rue d'Avron, aux rejetons des juifs polonais qui formaient le dernier carré des marxistes révolutionnaires ? Ils avaient presque tous grandi, comme

Jo, entre la table de coupe et la machine à coudre. Joseph avait cent fois imaginé un discours… « Camarades… croyez-vous vraiment que les femmes de Prague et de Varsovie attendent le retour du socialisme véritable ? Elles envient notre légèreté. » Il savait que la seule critique progressiste du socialisme soviétique était un film d'Ernst Lubitsch, *Ninotchka*. Le meilleur film politique jamais réalisé ! Greta Garbo abandonnant ses oripeaux de commissaire politique pour une robe légère, offerte par un grand bourgeois parisien !

À Prague, les femmes rêvaient en feuilletant les magazines de mode. Les camarades de Joseph ne les entendaient pas, eux dont les parents fabriquaient des robes, de la lingerie de soie et des manteaux de fourrure. Enfants des artisans de la mode, devenus médecins ou professeurs, ils avaient perdu leur pari sur l'histoire. Ils n'avaient misé que leur jeunesse, qui s'achevait, doucement. Et ceux qui s'accrochaient encore craignaient pardessus tout la solitude qui ne manquerait pas de suivre la dislocation du groupe. Jo n'était pas passé de l'autre côté, comme on disait dans l'organisation à propos des traîtres véritables. Il avait seulement perdu le désir de rester près d'eux.

Ne plus penser en groupe. Exister seul. Joseph s'était préparé à cette douleur, si bien décrite par Roger Vailland en 1956, au retour de Moscou. Mais il n'avait jamais envisagé la solitude. Il avait tant critiqué ces permanents du parti qui acceptaient tout pour continuer, même sans y croire, il les comprenait désormais. Ce n'était ni par routine, ni même par crainte du chômage qu'ils persistaient. On ne change pas facilement une vie rythmée par les réunions, les meetings, les campagnes politiques. Et comment accepter la fin de la comédie ? Il faut un jour se regarder comme un être ordinaire, après s'être considéré comme le sel de la terre, l'avant-garde du prolétariat mondial préparant la libération de l'humanité tout entière !

Se préoccuper de choses triviales. Gagner sa vie. Mais que faire de cette vie ? Jo avait trouvé un programme provisoire, il avait repris ses études et soutenu une thèse universitaire, entre histoire et littérature, sur deux héros dignes d'Alexandre Dumas, son père, le général Dumas, « son parrain », le maréchal Brune. Joli travail qui, selon le jury, méritait publication. Mais qui s'intéressait au général Dumas, au fils d'un noble et d'une négresse de la Dominique devenu général en 1793 ? Quelle figure romanesque, pourtant ! Il valait bien tous les cadets de Gascogne, ce jeune homme qui débarquait à Paris, en 1776, avec un nom d'aristocrate, de La Pailleterie, une taille de géant et une peau de nègre. Fils d'esclave et de sang bleu, reconnu par son père, engagé au régiment des dragons de la reine, il se nomma Dumas, choisissant la roture comme synthèse d'un sang bleu et africain à la fois.

Pour dépasser un tel père, Alexandre Dumas se devait d'inventer d'Artagnan, Athos, Aramis, Edmond Dantès, l'abbé Faria et le trésor de Monte-Cristo ! Joseph avait recherché les faits d'armes de ce soldat de la Révolution, dans l'armée du Rhin, sur les Pyrénées, en Italie et en Égypte avec Bonaparte. Le général Dumas, chevalier géant dominant les batailles d'Italie, chargeant du Pô jusqu'au Frioul ! Il préfigurait les mousquetaires de son fils par ses victoires à Mantoue, à Blixen et au Tyrol, défendant à lui seul un pont face à un gros de cavaliers autrichiens qui prirent la fuite, épouvantés par la force et la fureur de ce grand nègre en habits bleus. Bonaparte le baptisa Horatius Coclès du Tyrol et l'emmena en Égypte. Et l'on vit le général Dumas entrer à cheval dans la mosquée du Caire, au soir de la bataille des Pyramides, pour annoncer le triomphe des soldats de la Raison. Avait-il vraiment osé dire à Bonaparte qu'il n'admettait pas les dictatures ?

Joseph imaginait le général Dumas en véritable républicain, hostile au 18 Brumaire et, sans doute plus encore, au rétablissement de l'esclavage par le mari de Joséphine, coquette enrichie par la sueur des nègres.

Les années quatre-vingt du XXe siècle s'avançaient dans le culte de la réussite marchande, de la publicité et des vedettes du disco. Joseph Kaplan rêvait, lui, des années quatre-vingt du XVIIIe siècle. Alexandre Dumas n'avait pas seulement un père, il avait aussi un parrain. Du moins l'auteur des *Trois Mousquetaires* avait-il décidé, en faisant le récit de son assassinat, que le maréchal Brune était son parrain parce qu'il était le seul grand officier de l'Empire à s'être intéressé au petit orphelin laissé par le général Dumas, mort dans un accident de chasse en 1806. Joseph avait découvert un héros presque idéal en la personne de Guillaume Brune, ouvrier typographe devenu journaliste pendant la Révolution, ami de Danton au Club des cordeliers, volontaire en 1791, général en 1796, maréchal en 1804 et seul titulaire de cette dignité à ne pas être affublé de titres de noblesse. Il connut la disgrâce en 1807, pour une simple histoire de mots. Vainqueur de la Suède, Brune avait imposé au vaincu une contribution à l'entretien des « armées de la République » et non des « armées impériales ». Il reprit cependant du service, lors des Cent-Jours, pour combattre les Bourbons. Magnifique Brune, qui maintenait le drapeau tricolore à Toulon plus d'un mois après Waterloo, tenant tête aux troupes royalistes du duc d'Angoulême qui le laissa sortir avec les honneurs de la guerre. Honneurs suivis d'un autre : son assassinat par des ultras, en Avignon, fit de lui le seul maréchal d'Empire victime de la Terreur blanche.

Joseph avait vainement proposé une biographie du maréchal Brune à des éditeurs qui lui répondaient : c'est passionnant mais beaucoup trop pointu ! Il avait finalement trouvé un débouché pour ses connaissances : un journal de jeu qui lui achetait des quiz et des grilles de mots croisés historiques. Général français né à Brive-la-Gaillarde, il remporta les batailles de Bergen et Stralsund. Cinq lettres. Brune était une mine inépuisable. Joseph trouvait dans ce personnage le héros qu'il avait vainement cherché autour de lui dans l'action politique. Un précurseur injustement oublié, même par Michelet, qui n'a pas un mot pour la réquisition des chevaux et des voitures organisée par Brune, pour amener rapidement les Volontaires au-devant du duc de Brunswick. La logistique des premières victoires de la Révolution, c'était Brune. L'histoire consolait Joseph de la médiocrité des combats contemporains.

Les mois, les années s'étaient écoulés. Finalement, l'alternance tant attendue s'était produite quand il s'était éloigné de la vie publique. Ses anciens camarades étaient au pouvoir depuis deux ans et, pourtant, il vivait comme un exilé, quelque part dans Paris, à l'endroit où tout avait commencé pour lui, dans ces rues qu'il avait arpentées, au long de sa jeunesse, où il avait collé des affiches, vendu le journal et distribué des tracts. Il ne s'était jamais approché de ce nouveau pouvoir, alors même qu'il en connaissait la totalité du personnel.

Et puis il y avait eu cette invitation. Sans doute quelque copain d'autrefois qui lui faisait signe, qui en appelait aux anciens pour les entraîner dans une nouvelle aventure. Sa curiosité l'avait emporté sur ses préventions à l'encontre des parvenus du nouveau pouvoir. Cela n'engageait pas à grand-chose, croyait-il, d'aller voir de près ce que devenaient les camarades installés sous les ors de la République.

Buzenval

Le carton en poche, il partit vers le métro Buzenval, simple question de logique. Habitant à égale distance de deux stations, il était naturel de choisir celle qui se trouvait dans le sens de la marche. L'entrée du métro Buzenval avait l'avantage de ne ressembler à aucune autre. On ne pouvait pas la démonter, comme les édicules de Guimard, on atteignait les escaliers par le hall d'un immeuble, à côté d'un ancien cinéma transformé, comme tant d'autres, en supermarché. Le Buzenval avait été une des dernières chimères de Joseph. Il avait animé un comité de sauvegarde, conçu un projet de rachat et organisé un festival de films policiers pour prouver l'attachement du public à son vieux cinoche. Et puis rien, comme toujours, comme dans tous ces combats pour sauver l'esprit du XXe arrondissement ! On avait chargé les rangées de fauteuils de velours dans les bennes à gravats, on avait cassé la façade pour installer des portes vitrées surmontées d'une enseigne banale. Le Buzenval avait disparu, avec sa grande toile peinte annonçant le film de la semaine, ses vitrines de photos, l'horaire des séances et le prix des places, corbeille, orchestre ou avancées, les moins chères, collées à l'écran. Qui voulait encore de cette salle de cinéma où l'on entendait le métro pendant le film ? L'emplacement était idéal pour un supermarché. Rentrer du boulot, faire ses courses, filer dans sa cuisine.

Est-ce que les gens regardaient encore l'étonnant fronton de la station de métro, ce bas-relief accroché à un immeuble modern style ? Un profil des soldats qui avaient défendu âprement le village de Buzenval, commune de Rueil-Malmaison, quand les Prussiens approchaient de Paris en 1871. Il salua ces braves, qu'il avait longtemps confondus avec les fédérés, ceux du mur, soldats de cette même armée, fusillés pour avoir choisi le peuple de Paris contre Monsieur Thiers. D'autres, en voyant ces profils de militaires, imaginaient Buzenval en quelque contrée lointaine alors qu'il ne s'agissait que de la Seine-et-Oise en 1871, des Hauts-de-Seine ensuite. Et le peintre des pachas et des fantasias de Tanger, Henri Regnault, simple fantassin d'un régiment de ligne, était tombé là, tué d'une balle dans la tête.

Buzenval n'était qu'une bataille dérisoire, un combat perdu. Tant d'artères portent des noms de victoires ! Marignan, Rivoli, Friedland, Marengo, Valmy, Jemmapes, la Marne, et beaucoup d'autres. Il faut aller au fond du XXe arrondissement pour trouver une rue commémorant une défaite. La rue de Buzenval ! Il y a bien une rue d'Alésia, mais les Français sont tout à la fois gallo et romains, leurs ancêtres putatifs se trouvaient donc des deux côtés !

Rien ne convenait mieux à Joseph que de vivre à Buzenval, une défaite héroïque, un combat sans espoir. Et la station Buzenval a été bâtie à l'angle de cette défaite du 19 janvier 1871 et d'une victoire inutile remportée un mois plus tôt, au nord-est du département de la Seine, sur le plateau d'Avron, que les Prussiens bombardèrent sans répit en novembre et décembre 1870 sans jamais parvenir à l'enlever ! Rue de Buzenval, rue d'Avron ! *Avroune* ou même *Avroum*, déformé par l'accent des juifs d'Europe centrale, c'était le nom de son père, Avroum, c'est-à-dire Abraham. Mais on ne l'appelait pas Abraham, on utilisait son nom de guerre, Eddy.

Joseph descendit l'escalier interminable, heureux de vivre dans un quartier desservi par une ligne profonde, s'offrit un carnet, en demandant machinalement des « secondes ».

— Il n'y a plus de classes, monsieur..., dit l'employée en souriant.

Les classes avaient été abolies, mais seulement dans le métro parisien, c'était une de ces mesures dont la gauche était fière. Pour Jo, c'était encore un rêve évanoui. Enfant, il les regardait avec envie, les wagons rouges des premières, en se demandant ce qu'il risquerait à tricher. Mais il n'avait jamais osé. On lui avait fait confiance, quand il était entré en sixième, au lycée Charlemagne, on l'avait laissé prendre le métro tout seul. C'était un bouleversement dans sa vie. Jusque-là, c'était tout juste s'il avait le droit de traverser la rue des Pyrénées sans tenir la main de sa mère. Une nouvelle vie avait commencé quand il avait présenté sa carte hebdomadaire au poinçonneur.

— Tu sais où tu vas, mon grand ?

Il savait, bien sûr. Il le connaissait, le poinçonneur. Pas celui des Lilas, celui de Buzenval. Un camarade de papa, un gars de la cellule Marcel-Rayman – un autre copain de papa, mais qui n'avait pas eu de chance, il avait été fusillé et l'on avait donné son nom à la cellule du Parti communiste qui se réunissait au local de la rue des Orteaux.

Il n'était plus le petit Jojo que Rosa couvait craintivement. Elle avait été fière de lui, à la remise des cartes, dans l'arrière-salle du Réveil de Montreuil, sur la Porte, au coin du boulevard Davout, quand il avait récité un extrait de *Front rouge*, ces vers d'Aragon qui revenaient à chaque nouvelle trahison des socialistes. « Hourra l'Oural !... Feu sur les ours savants de la social-démocratie ! Feu sur Léon Blum... »

Il avait actualisé le propos. « Feu sur Guy Mollet ! »

Les camarades avaient applaudi ce gamin de onze ans qui comprenait tout, ils avaient pesté avec lui contre ces fumiers de socialistes qui envoyaient le contingent en Algérie. Rosa, tout de même, était un peu gênée par ce gros mot que Jo avait glissé à la fin du poème : « Feu sur le général Massu qui pue du cul ! »

Mais les camarades avaient chanté, tous ensemble, sur l'air des *Républicains* :

Massu si tu continues
La classe ouvrière te bottera les fesses
Massu si tu continues
La classe ouvrière te bottera le cul.

Tous ceux de la cellule étaient fiers de lui en ce temps-là. Il avait été brillamment reçu à l'examen d'entrée en sixième. Année scolaire 1956-1957. Il était admis à Charlemagne, un grand lycée prestigieux où l'on apprenait le latin. Les autres n'avaient pas besoin de prendre le métro, ils allaient au cours complémentaire de la rue Vitruve ou, au mieux, à Arago, place de la Nation, un lycée avec une section « arts et métiers » et des classes « modernes », sans latin. Pour avoir droit aux études classiques, les fils de prolos devaient s'éloigner du quartier, alors que les filles avaient Hélène-Boucher, tout en bas du XXe, sur le cours de Vincennes, au terminus de l'autobus 26.

Aucun voyage ne lui avait jamais donné de sensation plus forte que sa première correspondance en solitaire à Nation, surtout ne te trompe pas, tu prends la direction Neuilly et tu descends à Saint-Paul. Depuis, il avait pris les métros de New York et de Londres, celui de Moscou, il était même passé plusieurs fois d'un monde à l'autre, à Berlin, par le U-Bahn. Mais le souvenir de l'aventure demeurait associé au quai du métro Buzenval, direction Pont-de-Sèvres, à une époque où les portes extérieures vantaient le Byrrh, où les bancs de la station invitaient à boire du Cinzano tandis que les couloirs déclinaient toujours le fameux Dubo... Dubon... Dubonnet. Joseph s'installa sur la banquette de plastoc, en rêvant aux anciens bancs de bois, aux wagons verts et rouges. À ce métro sans pneus, si bruyant qu'il troublait les westerns au-dessus, au Buzenval.

Ce métro lui avait ouvert les portes de l'aventure quand, adolescent, il choisissait une station au hasard, visitait les alentours et repartait ailleurs, vers une autre station. Pourquoi avait-on, par endroits, enlevé les carrelages blancs et les noms des stations, en réserve blanche sur fond bleu ? Où étaient donc passés les distributeurs de cachous Tissot et de réglisse Florent ? Par un effet de saison, les affiches publicitaires invitaient à l'évasion. De la verdure pour une femme sportive buvant de la Vittel. Des destinations de rêve, au prix Nouvelles Frontières. Un cow-boy dans la fumée d'une Marlboro. Et ce métro, est-ce qu'il menait encore à l'aventure en s'enfonçant dans un tunnel sombre que n'égayait plus aucun slogan ?

En cette matinée de 14 Juillet, Joseph trouva sans difficulté une place assise. Au départ de Buzenval, il n'y avait, dans le wagon, qu'une famille africaine qui ne dépassa pas République. Quelques passagers montèrent à Nation, dont un groupe de jeunes qui traînaient des sacs à dos. Ils se disputaient en comptant les stations sur un plan : fallait-il, pour rejoindre la gare de l'Est, changer à République, direction Pantin, ou à Strasbourg-Saint-Denis, direction Clignancourt ? Ils interrogèrent Joseph, qui ne rendit pas leur choix plus commode.

— Entre République et Gare de l'Est, dit-il, il n'y a qu'un arrêt, Jacques-Bonsergent. La situation est équivalente, à partir de Strasbourg-Saint-Denis, le métro ne fait halte qu'à Château-d'Eau.

— Donc, triompha le plus grand de la bande, c'est bien ce que je disais ! En changeant à République, on gagne une station, puisqu'on ne va pas jusqu'à Strasbourg-Saint-Denis.

— Ce n'est pas forcément plus rapide, objecta Joseph, le couloir de correspondance est légèrement plus long à République, et il se peut qu'un jour férié les rames soient plus fréquentes sur Clignancourt que sur Pantin.

— Merde, dit un des gamins, que feriez-vous, à notre place ?

— Personnellement, j'évite, autant que possible, les correspondances et je ne prends jamais de train à la gare de l'Est.

— Oui, insista le gamin, mais nous allons dans les Vosges, le train part de la gare de l'Est…

— Les voyages, c'est toujours un problème, fit Joseph. Prenez République, à mon avis, vous ne risquez rien, vous êtes en avance.

Il avait parlé avec autorité, si bien que les ados descendirent à République. Joseph aurait volontiers disserté pendant une heure sur les avantages comparés des deux correspondances.

Pour lui, c'était direct, un peu long, mais direct. La lecture du *Matin de Paris* ne tenait pas le trajet. Un peu mince, *Le Matin* du 14 juillet, même en tenant compte des annonces relations couplées avec *Le Nouvel Observateur*. Enseignante du secondaire, jolie, cultivée, aimant théâtre, sorties, lib., idées de gauche, cherche compagnon, même profil, universitaire de préférence. Libérée et de gauche, elle cherchait tout de même un prince charmant d'une condition légèrement supérieure à la sienne.

Joseph passa à la page hippique, qui l'inquiéta, parce que Daniel Lahalle, excellent pronostiqueur, déconseillait presque tous les chevaux qu'il avait choisis.

Il revint en arrière, sur d'autres pronostics, ceux de la rubrique politique, qui anticipaient les propos de François Mitterrand lors de la traditionnelle interview au journal de 13 heures. En dépit d'une situation politique difficile, le président de la République pouvait évoquer quelques sujets consensuels, comme le soutien, de plus en plus ouvert, apporté par la France au régime laïque de Saddam Hussein dans sa guerre contre la République islamique d'Iran. Les armes que l'on exhibait sur les Champs-Élysées faisaient des merveilles, sur l'Euphrate. Il y avait aussi les droits de l'homme, à l'aune desquels on jugerait de l'évolution du régime soviétique sous Youri Andropov. Pour le reste, la politique intérieure, le tournant de la rigueur, la montée du chômage et la grogne des communistes, on pouvait parier que François Mitterrand resterait évasif et se contenterait de ces formules creuses et élégantes dont il avait le secret.

Joseph avait lu l'essentiel à Chaussée-d'Antin. Il jeta un regard au *Café de la Plage*, bande dessinée de Régis Franc, puis posa le journal sur la banquette et rêvassa jusqu'à Miromesnil.

Miromesnil

Joseph était l'un des rares voyageurs à sortir ce matin-là de la station Miromesnil, à l'angle de la rue La Boétie. Il lui restait à marcher vers le faubourg Saint-Honoré.

Le chemin vers le palais présidentiel s'annonçait sous de bien médiocres augures. On tournait le dos à La Boétie pour emprunter des artères dédiées à des hommes qui, en disparaissant, ne faisaient pas pleurer les philosophes. Miromesnil convenait très bien à l'Élysée : c'était l'auteur d'une réforme sans grand effet. Armand Thomas Hue de Miromesnil, garde des sceaux sous l'Ancien Régime, avait supprimé, en 1774, la « question préalable », torture qui tenait lieu d'instruction judiciaire. On ne torturait plus avant les procès, mais seulement après ! Cette demi-abolition des supplices survenait douze ans trop tard pour le chevalier de La Barre, à qui on avait arraché la langue pour lui faire avouer son impiété. On comprend que Miromesnil ait préconisé des méthodes plus efficaces pour faire parler les suspects. Après quoi, on pouvait les écarteler ou les briser sur la roue, mais en ayant pris soin de les déclarer coupables. Pourquoi Miromesnil a-t-il une rue quand le docteur Guillotin s'en passe ? Paris aime les ministres !

Joseph devait aussi emprunter l'avenue Delcassé. Ministre des Affaires étrangères sous la Troisième République, ce Delcassé avait tout fait pour plonger l'Europe dans le chaos de 1914. On lui devait le désaveu infligé au commandant Marchand après Fachoda, l'entente cordiale avec les Anglais et l'alliance franco-russe. Tous les ingrédients de la guerre, auxquels il ajouta, le moment venu, des subsides à un nommé Mussolini, ardent partisan de l'entrée en guerre de l'Italie aux côtés des Alliés. Fort heureusement, l'avenue Delcassé croisait la rue de Penthièvre, où se trouvait le siège du PMU, ce qui permit à Joseph de se demander combien d'invités du président entreraient, comme lui, à l'Élysée avec des coupons de tiercé dans la poche.

Place Beauvau, un barrage de police filtrait les bagnoles rutilantes, les Renault 25 à cocarde et les Mercedes arborant les plaques vertes du corps diplomatique. Sans doute Joseph était-il le seul à avoir utilisé le métro pour se rendre à la garden-party présidentielle. Ils étaient si fiers de leurs limousines officielles, ces élus de la vague rose qui jusque-là s'étaient contentés de Renault 5 assurées à la MAIF !

Joseph serait bientôt sur le perron, celui où l'on photographiait les gouvernements, sur ces marches qui faisaient rire Jacques Prévert. Il ne savait pas comment les monter. Avec une certaine nonchalance, peut-être. Gravir les marches du dîner de têtes, le jour du 14 Juillet, ma poupée faut se secouer, on va rater le défilé, il appelait Boris Vian et Prévert à son secours, pour surmonter l'épreuve.

Autour de lui, les gens avançaient d'un air décidé. Ceux qui avaient l'habitude, ceux qui faisaient semblant, ceux qui masquaient leur noviciat au bout d'une longue préparation mentale, ceux qui montraient leur fierté de venir, enfin, sur ces pierres sacrées… « Ceux qui pieusement, ceux qui copieusement !… » Ceux qui « tricolorent » étaient du nombre, ils étaient même en nombre.

Des marches impossibles, un perron impraticable… Les graviers surtout, les graviers qu'il entendait crisser sous ses pas…Un dîner de têtes, le dîner de têtes ! Et lui, Joseph

Kaplan, pieusement ou copieusement ? C'était donc vrai qu'ils crissaient, les graviers ! Son propre pas sonnait comme une fausse note ! L'impression de chanter faux, de passer juste à côté de la partition, ou même de se tromper d'instrument. Le reste de l'orchestre semblait avoir avalé le diapason et le métronome. Le personnel politique, les hauts fonctionnaires, les grands et petits commis de l'État, les parlementaires, les attachés des cabinets, les représentants des autorités religieuses, tous ceux-là et beaucoup d'autres se mêlaient aux hirondelles de luxe, à la cohorte des mondaines et des professionnels du buffet. Les intellectuels étourdis par le pouvoir avançaient au milieu des vedettes de la télévision qui virevoltaient autour des militaires.

Ficelles, étoiles, galons ! Il n'avait jamais su reconnaître les signes du grade, excepté les deux étoiles, à cause du Général, mais tous ces galons, ça voulait dire quoi, au juste ? Ces types en grande tenue ! C'était assez étrange de voir tant de bérets de paras émerger d'une foule de personnalités de gauche. Et même des képis blancs !

Ça existait donc toujours, la Légion, comme au temps du sirocco maudit, du sable chaud et du bagne de Biribi ! Il ne manquait que les zouaves, les spahis et la clique du bataillon d'Afrique ! Allons-y pour les honneurs du pied, debout les morts, andromaquons, let's dreadnought, première tentative de participation à un dîner de têtes. Chacun s'était fait une mine de circonstance, vraiment, ils étaient devenus méconnaissables en quelques mois, ces camarades transformés en gens importants.

Marcher au milieu de l'État lui-même, des secrétaires, sous-secrétaires, super et sous-ministres, conseillers spéciaux, directeurs, administrateurs, patrons de ceci et de cela, tous chargés de missions essentielles. Lui dans la meute des invités du président.

Joseph Kaplan. C'est-à-dire rien. Pas grand-chose. Coco en débâcle, en retraite très anticipée. Intello en chambre, depuis quatre ou cinq ans, refusant obstinément de reprendre du service. Regardant les lambris de l'Élysée, le salon, les buffets dressés dans les jardins.

Ce n'était pas un dîner, une simple garden-party, la garden-party du président, le 14 Juillet côté privilégiés... Ah ça ira ! Ça ira ! Ça va comme tu veux... Ça va, ça va bien pour nous !

On s'était souvenu de lui, puisqu'il avait reçu un carton. Un petit signe. Comment l'avait-on retrouvé ? Les renseignements généraux, la brigade des jeux, le fichier des chèques postaux ?

Il avait disparu de la vie politique depuis si longtemps... Depuis une époque où il était question de militantisme, où le mot « carrière » était rigoureusement banni. Des années enfouies. Quelques lignes dans *Le Monde* pour dire sa lassitude, faire ses adieux aux camarades, au grand rêve. Le rituel. Puisque *L'Huma* refusait de publier ses états d'âme. La presse bourgeoise, l'ennemi... Un petit texte qui était resté quelques jours dans sa poche avant d'atteindre la boîte aux lettres de la rue des Italiens. Il avait franchi le Rubicon un soir, en flânant sur les Grands Boulevards, il avait déposé ses feuillets lui-même dans la boîte aux lettres. Il avait continué à fréquenter son petit cercle marxiste et il avait disparu du paysage militant.

Plus de Joseph Kaplan. Introuvable. Planqué. Pas très loin. Il était revenu de son exil dans la ceinture rouge, résidence forcée des cadres du parti, il avait regagné Paris, XXe arrondissement.

Il n'était plus contraint de vivre dans les cités de l'avenir radieux. Il était retourné au pays, entre la porte de Montreuil, la place de la Réunion, juste en dessous du Père-Lachaise. Pas de téléphone, donc pas d'annuaire. Il fallait le hasard pour le rencontrer. On lui avait bien proposé de reprendre du service, Kaplan, un homme comme vous, un homme de votre âge, ce n'est pas pensable ! La logique lui commandait de passer d'un appareil à l'autre. Il avait été professionnel du communisme, il s'était perdu quelque temps dans un groupuscule, on lui suggérait donc de mettre son talent au service de la force montante, d'accompagner les socialistes dans leur course au pouvoir. Son refus était incompréhensible. Son choix de la solitude. Sa manière de vivre, dans un ancien atelier d'outillage, rue des Vignoles, sa façon de vivoter, tantôt rewriter de presse, tantôt prof dans les stages de formation pour adultes. Comment avait-il pu rater le train de l'histoire, se placer en marge de la réussite générationnelle ?

Quelques textes confiés à des revues qui survivaient rarement à leur deuxième numéro, deux petites plaquettes de poésie chez un éditeur qui ne devait pas tarder à déposer le bilan. Quelques articles dans une revue d'histoire, reprenant toujours les mêmes thèmes. Comment Alexandre Dumas enquêta sur les derniers jours du maréchal Brune, qu'il considérait comme son parrain. Brune et Edmond Dantès : les Cent-Jours et la trahison dans l'œuvre d'Alexandre Dumas.

Bien des anciens amis tenaient pour absurde cette passion qui le portait vers les révolutionnaires ombrageux, vers les vaincus, les victimes de la Terreur blanche et de la Semaine sanglante. Car enfin, il avait été dirigeant politique tôt, il savait évaluer une situation, élaborer une ligne, parler, écrire, convaincre. Il n'avait jamais cessé de dévorer les journaux, d'étudier attentivement les résultats d'élections cantonales partielles publiées dans *Le Monde* du lundi après-midi, sachant que la vérité des rapports de force se trouvait là plus que dans les sondages.

Pour Jo, quelque chose s'était brisé. Il traînait la nostalgie et la culpabilité de l'ancien communiste. Il conservait quelques principes inexplicables. Le luxe n'était tolérable à ses yeux que lorsqu'il provenait du trottoir ou du champ de courses. Il ne détestait rien tant que les parvenus de la politique. Il riait de ces métamorphoses autour de lui, celle des copains de la Sorbonne qui avaient crié à la trahison, en 1965, quand le parti avait appelé à voter pour François Mitterrand.

Il lui fallait cependant entrer fièrement à l'Élysée, traverser cette cour entre deux haies de gardes républicains. Juste devant lui, mais c'est Roland qui montre son invitation aux flics ! Allez Roland, on leur chante… « Nous en avons marre de voir vos flicards quadriller nos boulevards !… Nous sommes des gauchistes, des aventuristes, marxistes-léninistes anarchistes ou trotskistes… »

En sortant du métro Miromesnil, il avait songé à prendre le large, à marcher, une fois de plus, au long de ces rues qui ne tarderaient pas à être désertes et même délicieusement sinistres. Paris des jours de fête en été. Les rues silencieuses, les volets à peine entrebâillés, en attendant le bal et le feu d'artifice. Des touristes. Les Américaines, traînant d'épouvantables sacs à dos… Des filles vêtues de shorts informes découvrant des jambes trop musclées prolongées par d'ignobles chaussures de sport ! Barbarie des marcheuses, parées pour la randonnée au cœur des villes ! La saison, cependant, attirait également la grâce latine. Les filles du Sud visitent Paris vêtues en citadines, elles n'adoptent pas l'accoutrement de ces Calamity Jane !

Avec un peu de chance, il trouverait une belle Italienne ou une Espagnole. Traîner, marcher, draguer dans les rues et les cafés. Demeurer solitaire, plutôt que de plonger dans ce monde qu'il refusait, pour d'obscures raisons. Faire l'anar, persister à faire l'anar, en fredonnant une vieille chanson de Béranger, *À mes amis devenus ministres*…

Il avait hésité. Il s'était reproché cette bouffée de gauchisme avant de descendre jusqu'à la place Beauvau et de montrer patte blanche aux poulagas qui barraient le faubourg Saint-Honoré. Puisqu'il avait pris le métro de Buzenval à Miromesnil, autant aller jusqu'au bout. Une ligne directe, sa ligne de vie, de toujours, de Mairie-de-Montreuil à Billancourt. Toutes ces stations, chargées de sens et de souvenirs. Nation. Charonne. République. Bonne-Nouvelle. Et tous les Saint-Machin, Ambroise, Denis, Augustin, Philippe-du-Roule…

Miromesnil, juste avant ce mystérieux du Roule. La rue La Boétie, la salle Gaveau, l'avenue Delcassé. La rue de Penthièvre. La place Beauvau, le faubourg Saint-Honoré. Les beaux quartiers. Les vitrines. L'autre monde. Loin des bistros de jour et des bars de nuit. À l'écart des itinéraires habituels de Joseph. Ne pas arriver trop tôt. Ne pas arriver trop tard.

En présentant son carton au garde républicain, faubourg Saint-Honoré, il constata qu'il n'avait pas droit à la porte principale, réservée aux ambassadeurs et aux représentants des corps constitués. De Gaulle était bien sorti par-derrière, assurant la célébrité de la grille du Coq, Joseph pouvait accepter d'entrer par le côté.

Il trouva, rue de l'Élysée, une foule de costumes de lin, de vêtements neufs achetés la veille, en solde, sur la rive gauche. De jolis tailleurs d'été, quelques chapeaux à fleurs et même une ou deux voilettes. Un dos presque nu, juste devant lui. Jo possédait un croisé six boutons depuis un an déjà, il avait eu le temps de lui imprimer ces quelques plis imperceptibles qui permettent d'éviter de se sentir endimanché. Il avait acheté le costard pour accéder au Prestige, le restaurant le mieux placé de l'hippodrome de Vincennes, avec vue plongeante sur le poteau d'arrivée.

Foule de têtes connues. Au moins le pouvoir avait-il l'avantage d'embourgeoiser le vêtement des femmes. Elles n'avaient pas tardé à prendre de l'assurance, les pétroleuses, surtout quand leurs jules étaient devenus députés socialistes ! Joseph regardait l'étrange chassé-croisé : les militants de gauche, qui s'habillaient désormais en dignes représentants de la majorité présidentielle, et puis les bourgeois, les hauts fonctionnaires, les stars des médias qui mettaient dans leur tenue ce petit brin de négligé considéré comme un signe d'allégeance au pouvoir. Chic, mais sans cette raideur caractéristique de la réaction.

Joseph sentit, tout près de lui, le regard haineux d'un ancien camarade, proche conseiller d'un ministre communiste. Ce regard le rassura. Il était donc toujours un traître, une charogne ! On ne l'avait pas oublié. Dans le petit aréopage du ministre, on parlait déjà à voix basse… Kaplan sorti de sa boîte ? Ils préparent donc quelque chose. Ce devait être vrai, sans que Kaplan le sache. Qui avait eu l'idée de le tirer de l'oubli, de le ramener dans ce monde ? Sans doute l'un de ces anciens étudiants gauchistes transformés en hommes de cour. Quelqu'un se manifesterait certainement au cours de la réception. Il chercha les visages connus.

Un officier s'approcha de lui. Se présenta. Attaché au cabinet militaire de la présidence. Comment, Joseph Kaplan ne le reconnaissait pas, ce jeune capitaine qui, quelques années plus tôt, l'avait expédié devant le tribunal permanent des forces armées ! On lui avait collé un mois de forteresse pour menées subversives… à cause d'une brochure des jeunesses communistes qu'il diffusait dans les chambrées « pour un statut démocratique du soldat ». Unc réponse plutôt modérée au slogan trotskiste : « Soldat, sous l'uniforme, tu restes un travailleur ! » L'officier ignorait que Joseph s'était fait pincer délibérément, à la demande du parti. Les trotskards avaient des « martyrs », ils mobilisaient la jeunesse en exigeant leur libération. Donc, il fallait absolument que des communistes se retrouvent derrière les barreaux pour que le parti ne soit pas débordé. Joseph, discipliné, avait apporté *L'Huma* dans la caserne et distribué les brochures sous le nez de son capitaine.

Champagne pour les retrouvailles. Bavardage mondain, sur l'état réel des armées soviétiques, sur l'incertitude qui demeurait, un an après la mort de Leonid Brejnev. Il était de gauche, l'officier, enfin républicain, il ne fallait pas lui en vouloir pour quelques semaines de taule ! Une autre époque ! Il était vraiment heureux de rencontrer Jo, un gars couillu, qui lui en avait fait voir !

— À l'époque, mon bonhomme, j'aurais pu te coller un mois de plus, pour m'avoir traité de gueule de vache !

— Gueule de vache, j'ai dit ça, moi ?

Deux phrases de Clemenceau suffisaient à solder les comptes du passé. Une pour la justice militaire… une autre pour le vieillissement des convictions ! Au vestiaire l'anar, le solitaire méprisant la mode, le pouvoir, la réussite.

Ici, on ne l'imaginait pas jouant avec des liasses de billets au Pari mutuel, picolant le soir avec quelques vieux demi-soldes de la révolution qui refusaient de rentrer dans le rang. Un ancien de *L'Huma* devenu journaliste vedette de la télé le salua avec chaleur. Comme si rien ne s'était passé. Ni les affrontements, ni le temps. Ils étaient de nouveau du même côté, n'est-ce pas ? Ils échangèrent quelques mots de connivence à propos des curés, de l'école, et surtout des fachos qui relevaient la tête. Les communistes menaçaient de quitter le gouvernement, mais on s'en passerait bien ! Le vieux sortirait bientôt un lapin de son chapeau, c'était certain. Viens, on va essayer l'autre buffet. Des petits toasts au chèvre chaud, un rêve ! Il y a bien quelques nuages, mais le temps tiendra. Oh, soupira Jo, ça ne me gênerait pas que le terrain soit lourd à Deauville, cet après-midi…

Il se laissa aller à quelques bavardages politiques, comme autrefois. Un ancien mao passé au Parti socialiste se montra particulièrement chaleureux. Chez qui travailles-tu ?

Comment nulle part ? Mais c'est impossible ! Nous manquons partout de gens comme toi ! Les cabinets sont bourrés de jeunes technocrates dépourvus d'expérience politique, et quant aux convictions, je ne t'en parle même pas. Un petit groupe de rescapés de Mai 68 se forma autour d'eux. Venez voir, on a retrouvé Jo Kaplan !

Et puis, sublime, souriante, s'avançant vers lui, Sarah. Qu'est-ce qu'elle faisait là ? La meute des journalistes et des courtisans se précipitait vers le perron où le président venait d'apparaître. Joseph tournait le dos au spectacle. Sarah était sortie de sa vie, depuis… longtemps !

Il atteignait tout juste le temps des années accumulées trop vite. Le temps d'apprendre à vivre, il est déjà trop tard, c'était bien cela. Ce rendez-vous manqué, enfoui dans le temps, et ce retour insolite, en un lieu qui aurait dû lui être étranger, où elle évoluait avec une grâce naturelle. Elle habitait encore ses rêves. Il la croyait disparue. Morte, peut-être. Il avait espéré la retrouver boulevard de la Madeleine ou sur les Champs. Il avait traîné dans toutes les boîtes où elle officiait jadis. Des nuits entières, des nuits d'errance, au milieu des putains, dans Paris. Et puis il l'avait cherchée à Genève. Le dernier signe d'elle. La dernière adresse, dans un palace peuplé de vieilles Anglaises, au bord du lac. Il avait cherché les endroits louches, les boîtes, puisqu'il en existe aussi à Genève. Il était parti en Italie, elle aimait Rome, elle y avait peut-être trouvé refuge. Il cherchait sa trace, sa silhouette, il y avait eu une sorte d'apparition sur la Piazza Navona, un soir. Et puis plus rien. Aucune trace.

Et Sarah venait vers lui dans les jardins de l'Élysée ! Il n'avait pas songé à la chercher dans les allées du pouvoir… Elle, une ancienne pute de luxe, une vraie ! Dix ans, c'était cela, ils s'étaient aimés dix ans plus tôt. Dix ans qui n'avaient rien altéré d'elle, bien au contraire, elle avait atteint ce qui demeurait, aux yeux de Jo, le plus bel âge des femmes, du côté des trente-cinq ans, et elle avait tant de classe que toutes les grandes dames qui se pressaient dans les jardins du château semblaient d'une insigne vulgarité.

Jo se sentait gauche, il n'osait faire un pas et l'espace qui les séparait, l'espace peuplé de courtisans, ressemblait à un désert de pierres offrant un mirage sur l'horizon. Sarah, souriante… Ce frémissement des lèvres qu'il n'avait jamais cessé de voir. Elle était devant lui, elle s'était rapprochée, il sentait déjà son souffle.

— Te voici, enfin… Joseph Kaplan…

— Je n'ai jamais disparu… Je t'ai cherchée… Mais je n'avais pas songé à explorer les jardins de l'Élysée !

— Il y a des mois que je m'attends à te voir surgir dans une réunion. Il me semblait que c'était ta place naturelle.

— Dans un autre temps peut-être ! Aujourd'hui je ne sais pas ce que je fais ici. Une vieille liste, sans doute. Une erreur.

— Ce n'est pas une erreur ! La liste des invités passe entre mes mains.

Joseph demeurait sans voix. Sarah l'avait inscrit sur la liste des invités de l'Élysée ! Il y avait, dans les ministères, des dizaines de camarades connus dans les années militantes. Mais c'était une demi-mondaine qui l'avait invité chez le président de la République !

— C'est toi qui m'as fait inviter ? Et dire que je cherchais le signe politique !

— Tu es déçu ?

— Oh non… J'ai quitté tout ça… Depuis des années…

— Mais c'est bien un signe, Joseph ! Les gens changent, en une dizaine d'années. Je travaille pour une agence de communication. Le président ne fait rien sans mon patron ! Cela te surprend ?

— Au fond, depuis deux ans, on peut s'attendre à tout !

— Tu joues les blasés… Aucun journal ne connaît plus ta signature. Il a fallu le hasard d'un voyage en train pour que je trouve ton nom dans un magazine de jeux… J'avoue d'ailleurs que j'ai séché devant tes colles. « Rues de Paris baptisées avant la messe… »

— C'est une des plus simples ! Les canons d'Henri IV bombardaient les faubourgs, le combat a cessé quand il a abjuré. L'endroit le plus touché fut un hameau du village de Charonne où se trouvent aujourd'hui la rue des Boulets et la rue Neuve-des-Boulets !

— C'est à ce genre de chose que tu passes le plus clair de ton temps ?

— Ça me fait vivre ! Quelques jeux et divers travaux de réécriture me suffisent !

— Garde ça pour d'autres… Je sais, moi, que la politique te manque. C'était toute ta vie.

— Tout n'est plus que relations publiques et communication ! Pour ça, tu es parfaitement à ta place. Moi, je n'étais qu'un militant.

— Plus que ça… et nous en reparlerons. Je ne vais pas te lâcher !

Le ministre des Affaires sociales s'était approché pour saluer Sarah. Il reconnut Joseph, croisé en des temps plus incertains, entre la fin de la guerre d'Algérie et Mai 68. Cet ancien militant ouvrier se sentait toujours à l'aise avec les camarades, quelle que soit leur tendance. Socialiste d'un autre âge, il paraissait déplacé sous les lambris où il officiait, on l'imaginait plutôt entre les murs décrépis d'une vieille Bourse du travail.

— On me dit que tu vas bientôt travailler avec nous ! lança-t-il à Joseph.

Si quelqu'un d'autre avait évoqué cette éventualité, Joseph se serait sans nul doute cabré. Il se contenta de sourire, laissant Sarah répondre, puisqu'elle en savait plus que lui. Il apprit qu'il était pratiquement engagé comme consultant par une agence de communication. « On » avait tout prévu ! « On » était donc de retour ! L'indéfini n'était pas celui d'autrefois, mais il lui ressemblait un peu. Ce « on » pensait la stratégie, c'était une sorte de ministère de la Propagande attaché à la personne du président de la République.

Le gouvernement commençait à s'essouffler, il était urgent de monter de jolis coups politiques. Joseph feignit de s'étonner. Le Parti socialiste avait donc besoin de consultants embauchés par une agence de pub, pour formuler un discours politique ? Il accepta pourtant un rendez-vous, pour voir, parce que c'était Sarah qui recrutait les têtes créatrices de l'agence et que rien ne l'amusait plus que cette étrange voie du retour en politique.

Elle évoluait d'un groupe à l'autre, embrassait les ministres et commentait la prestation du président avec les journalistes. Ceux qui avaient vu Joseph s'entretenir longuement avec Sarah lui accordaient subitement de l'importance. Il se trouva happé par un groupe dont la conversation bourdonnait autour de lui. Comme il était trop perturbé pour y prendre part, on pouvait supposer qu'il occupait d'importantes responsabilités et s'en tenait à une obligation de réserve. Mais il n'écoutait plus et, dans cette foule, il ne voyait que Sarah. Lorsqu'elle disparut dans le palais, Joseph considéra qu'il était grand temps de partir. Il traversa les salons de l'Élysée, descendit le célèbre perron et sortit par la grande porte.

Cette fois, il avait le temps de flâner, mais il n'en avait plus le désir. Il fila droit vers le métro Miromesnil, pressé de retrouver ses lectures en attendant le résultat des courses.

La Muette

Dix ans plus tôt, Sarah avait été le luxe de Joseph. Des amours interdites en forme de défi au conformisme communiste. Une intellectuelle assez dépravée pour quitter l'enseignement et devenir actrice porno pour soirées privées de grand luxe. En se rendant chez elle, Joseph n'était pas au bout de ses surprises. Était-il déjà descendu à La Muette ? Il faisait très chaud ce soir-là et, sans être bondé, le métro était un peu chargé pour la saison. Des touristes encombrés de paquets montèrent à Chaussée-d'Antin et à Havre-Caumartin, les stations des grands magasins. Ils descendirent, les uns à Franklin-Roosevelt, les autres à Trocadéro. Joseph fit presque tout le voyage debout. C'était l'époque où les mendiants commençaient à s'enhardir et à haranguer les voyageurs entre deux stations. Sapé comme il l'était, il ne pouvait refuser une pièce à un type qui prétendait sortir de prison et n'avoir aucune intention d'y retourner. Difficile de se concentrer sur *Le Monde*, sur ses titres au conditionnel et, surtout, sur un long article du correspondant à Moscou, qui tentait de décrypter les intentions du nouveau maître du Kremlin, Youri Andropov. Il ne fallait pas se fier à ses allures d'homme d'acier, il venait du KGB, ce qui fort paradoxalement le prédisposait à de grandes réformes. Joseph arriva à La Muette avant la fin du papier. Il marcha lentement sur le quai, dans le couloir, et monta l'escalier tout en lisant. Selon *Le Monde*, Andropov faisait face à de vives tensions au sein du Politburo. Il était arrivé tardivement au pouvoir suprême, on parlait déjà de ses possibles successeurs et de l'opposition de la vieille garde au benjamin de la direction, Mikhaïl Gorbatchev.

C'est encombrant un journal, quand on se rend à un dîner. Surtout l'été, on ne peut pas le fourrer dans la poche d'un pardessus. Joseph découpa la page URSS, la plia pour la ranger dans sa veste et jeta le reste du *Monde*.

Au fond, rien ne convenait mieux à Sarah que la Muette, c'était l'emplacement d'un château de la reine Margot, ultérieurement rénové par Louis XV qui y logeait ses maîtresses. Un lieu de galanterie pour les puissants, un parfum de XVIIIe siècle, c'était bien elle. Sarah avait toujours aimé le luxe, l'adresse que Joseph avait notée était celle d'un superbe immeuble, bâti à l'angle de l'avenue Paul-Doumer et de la rue Bois-le-Vent. La façade s'ornait de toutes les loufoqueries de la Belle Époque. Colonnades supportant les balcons, visages de dieux grecs sculptés au-dessus du portail. Le comble du luxe, c'était la présence d'une concierge, alors que ce personnage essentiel de la vie parisienne disparaissait des quartiers populaires.

— Madame Shara Hirsch, chinquième… appouyez sour le terphone, pour chon achencheur.

Portugaise, tout de même, la bignole. Même dans le XVIe, on ne pouvait plus se payer une Corrézienne ou une Bretonne. Joseph était sur le point de s'apitoyer sur la paupérisation des classes supérieures quand il vit descendre un ascenseur privé, dont la porte s'ouvrit sur un majordome qui l'invita au voyage vers les cimes.

Joseph s'attendait bien aux trois cents mètres carrés en duplex, c'était la moindre des choses, entre la rue de Passy et la chaussée de la Muette. Il savait aussi que Sarah s'était mariée. C'était l'une des deux hypothèses qu'il avait formulées, quand il la cherchait. Disparue dans un accident, assassinée, peut-être, à force de jouer avec les perversions des nantis. Ou bien rangée, richement établie si possible. Tout cela était très attendu. La logique d'une femme trop belle pour rester pauvre.

Cependant, Joseph n'imaginait pas qu'il retrouverait Sarah auprès d'un vieil esthète, dernier descendant d'une lignée de financiers audacieux, tout à la fois marchands d'art et amateurs de chevaux de courses. Une vingtaine d'années séparaient Alfred Hirsch de sa femme, il avait assez de charme et d'humour pour les faire oublier. Il datait pourtant d'une époque révolue, celle de la grande bourgeoisie israélite, libérale et cultivée. Il était issu d'une de ces familles d'Alsace installées à Paris après 1870. Des banquiers, des mécènes, qui s'étaient rapprochés de la gauche au temps de l'Affaire. Il portait d'ailleurs le prénom du capitaine Dreyfus.

Il accueillit Joseph avec beaucoup de simplicité et de chaleur, puisque c'était un ami de Sarah. Joseph était ébloui, non par le luxe des lieux, mais par l'histoire qui s'accrochait aux murs et, surtout, par la personnalité d'Alfred Hirsch.

Il vit d'abord des tableaux qui lui étaient familiers, ils les avait admirés en reproduction, dans les livres d'art qu'il achetait en solde. Mais il était devant des originaux, portant les signatures de Wassily Kandinsky, Max Ernst et Juan Miro. Et même celle de Picasso, sur deux petites toiles de la période cubiste. Sa propre culture révolutionnaire ! Il songea aux discussions passionnées de sa jeunesse, à propos de l'engagement de ces artistes. Il ne pensait pas, alors, que les toiles des révolutionnaires étaient, aussi, des signes de richesse exposés dans les salons des beaux quartiers. On était, certes, chez un grand bourgeois éclairé dont la famille avait soutenu toutes les avant-gardes.

Quelques photos rappelaient les engagements républicains et progressistes. Les plus anciennes dataient de l'Affaire, on y voyait Bernard Lazare et Charles Péguy. Il y avait aussi deux portraits de militaires, celui de Dreyfus réhabilité et celui du père d'Alfred, en jeune officier de 1914. À cette époque, les Hirsch vivaient dans un hôtel particulier de la plaine Monceau, où l'on organisait des concerts et des expositions, pendant les Années folles et jusque dans les années trente. On y écoutait Darius Milhaud et Germaine Tailleferre, on accrochait des œuvres de Matisse et celles de Sonia Delaunay. On recevait des écrivains : Tristan Bernard avait longtemps fréquenté la maison, tout comme Emmanuel Berl, avant les embrouilles de 1938. Joseph était l'un des rares convives à pouvoir identifier Jean-Richard Bloch, écrivain communiste oublié et parent des Hirsch. Ils étaient de gauche, décidément. Alfred, enfant, avait posé aux côtés d'un fidèle de la famille, rien moins que Léon Blum.

Tout cela semblait si loin de ces marchands de chiffons, de ces ouvriers à façon qui avaient peuplé l'enfance de Jo, au point qu'il ne pouvait imaginer un juif qui ne fût courbé devant sa machine à coudre. Mais lorsque Hirsch avait avancé sa main pour le saluer, Joseph avait aperçu une marque familière. Des chiffres tatoués sur le bras.

Alfred Hirsch avait rencontré Sarah dans une soirée où elle officiait. Elle l'aventurière, lui le grand bourgeois jamais remis d'une jeunesse brisée, et dont les relations avec les femmes de son milieu avaient été autant de catastrophes. Sarah n'avait pas mis la main sur un vieux bourré de fric, comme l'avait imaginé Joseph lorsqu'elle l'avait invité, en lui décrivant rapidement sa nouvelle vie. Cette pute avait trouvé le moyen d'épouser une fortune par amour !

Elle avait raconté à son mari tout ce qu'elle savait de

l'histoire de Joseph, ce fils de déportée, venu au monde au son des canons de l'Armée rouge, dans l'incroyable désordre de la libération du camp. Ce même camp dans lequel Alfred était arrivé, au sortir d'une adolescence dorée, où il avait travaillé dans d'effroyables conditions, lui dont les mains n'avaient jamais connu d'autres exercices que les leçons de piano.

Sarah avait désiré que Jo rencontre Alfred quelques jours après leurs retrouvailles. Elle voulait que tout commence par cet apéritif servi sur sa terrasse, par ce dîner dans la salle à manger, avec d'autres invités. On parlerait affaires, elle le présenterait tout à la fois à son époux, à son patron, au ministre qui serait en retard parce qu'il assurait la permanence du gouvernement en cette période de vacances.

Cette soirée devait être celle du retour de Joseph Kaplan en politique. Il lui avait proposé, dans les jardins de l'Élysée, de la voir d'abord seule, de parler du passé, de se retrouver. Elle avait refusé, doucement, sans prononcer de mots définitifs. Elle lui avait seulement rappelé qu'il s'était éloigné, lui, sans un mot de rupture, parce que leurs vies étaient incompatibles. On ne quitte pas le parti pour une femme ! Joseph avait terriblement souffert mais c'était son choix. Un révolutionnaire professionnel ne pouvait vivre avec une demi-mondaine et il n'était pas question de risquer une exclusion pour un motif infamant.

Il avait rompu avec Sarah, au plus fort de la passion, parce qu'un dirigeant communiste ne pouvait demeurer l'amant d'une prostituée ! Il se voyait déjà traité de maquereau et viré à ce titre !

Il avait beau jouer les libertins, railler la morale stalinienne, déposer une édition pirate du *Con d'Irène* sur le bureau d'une camarade chargée de pourfendre la pornographie bourgeoise, il était imprégné de principes, il baignait dans le puritanisme communiste. C'était pour s'en défaire qu'il avait plongé ensuite dans le jeu.

Des années plus tard, tout cela paraissait dérisoire. De ce qui l'avait attaché si longtemps au communisme, il ne restait que des souvenirs d'enfance. La nostalgie de la fraternité militante ne résistait pas à l'évocation des dernières années, de ces réunions terribles où les amis devenaient des procureurs. Sarah était arrivée trop tôt dans sa vie, il l'avait sacrifiée, croyant préserver l'essentiel.

Elle revenait, maintenant, en grande bourgeoise de gauche, servie par un majordome.

Elle avait invité quelques jolies femmes, deux hommes politiques et son pubard de patron, histoire de décider Joseph à exploiter son talent et ses connaissances. Sarah avait fait les présentations, conformément aux nouveaux usages. On n'avait pas besoin de préciser que Jacques Croissac était le patron de Public Com, conseil en communication du président de la République. Il suffisait de dire son nom. En revanche, Sarah avait dû préciser qui était Joseph Kaplan, parler de son passé de dirigeant communiste et de ses travaux d'historien dont il n'avait pas l'habitude de se prévaloir. Elle ne pouvait tout de même pas le présenter comme rewriter de presse, turfiste, auteur de mots croisés et poète.

À l'apéritif, on échangea quelques banalités. Croissac fit mine de s'intéresser aux travaux de Joseph, qui répondit en évoquant la disgrâce du maréchal Brune après sa victoire sur la Suède en 1807. Croissac jaugeait l'éventuelle recrue et il ramena vite la conversation sur son terrain.

— Au fond, remarqua-t-il, c'est à cette époque qu'on a inventé la communication.

— Tout a été inventé à ce moment-là, répondit Jo. Les hommes d'État découvrent alors qu'ils ne peuvent plus ignorer le peuple. Donc ils donnent des signes. Bonaparte était très doué pour ça, il jouait de l'écho de ses victoires, et il se servait même du faste de la cour pour impressionner un peuple qui, dix ans plus tôt, incendiait les châteaux ! Mais… ça n'a pas très bien fini.

Croissac en profita pour démontrer qu'en politique l'image est décisive. Le vainqueur d'Austerlitz avait tout perdu en devenant l'Ogre. Donc, c'était une question d'image ! Au lieu de bondir en entendant cette ânerie mondaine, Joseph se prêta au jeu, objectant que le titre d'ogre se justifiait, au vu des pertes de plus en plus importantes. Les vingt mille morts d'Essling font toujours bon effet sur une terrasse de Passy.

On passa à table, Joseph découvrit sa voisine, une belle bourgeoise, bardée de diplômes français et américains, chargée d'études dans une grande banque nationalisée. Une femme de gauche qui commençait à peine sa carrière et devait gagner quatre ou cinq fois le salaire d'un prolo. On imaginait sans mal qu'elle venait d'une famille aisée, qu'elle avait reçu une bonne éducation catholique dans quelque école privée tenue par des sœurs. Elle avait quelque chose d'exotique pour Jo, des racines provinciales entre Chardonne et Mauriac, un prénom qui le faisait sourire, Sébastienne. Il saisit cette belle occasion de la prendre en défaut lorsqu'elle se présenta elle-même. Tous les autres la connaissaient, l'embrassaient, elle tendit la main à Joseph.

— Bonjour, tu es Joseph Kaplan ? Moi, je suis Sébastienne de Montguyon.

Elle se sentait dispensée de préciser ce qu'elle faisait, tout le monde avait forcément lu ses tribunes dans *Le Monde*, ses articles dans les revues spécialisées, toujours suivis des mentions « chargée d'études et de prévisions », « docteur en sciences politiques », « master d'une haute école de Boston, Massachusetts ».

Sans doute n'avait-elle pas été placée par hasard à côté

de Joseph, qu'elle tentait de tutoyer, usage qui ne lui allait guère. Jo avait accepté la familiarité des socialistes, vieille habitude, mais il refusa celle de Sébastienne, sa manière de se présenter elle-même, de se comporter comme dans ces réunions élitistes où l'on se sent accepté quand les gens importants disent tu. Entre eux, entre personnes du même rang.

— Sébastienne, demanda Jo, vous connaissez votre définition selon Perec ?

Ce n'était pas sa forme d'esprit. Elle offrit un joli sourire en réponse, simple exercice des muscles du visage destiné à éviter une grimace. Le nom de Perec ne lui était pas étranger, qu'avait-il fait pour qu'on parle tant de lui dans les journaux ? Il était mort, ce qui lui avait donné beaucoup d'importance. La définition de Sébastienne ?

— C'est assez difficile à vérifier en été, dit simplement Joseph.

Ce mec avait l'air assommant ! Le maréchal Brune, la bataille d'Essling, les mots croisés de Perec !

L'actualité politique arriva au centre des conversations, en même temps que les compliments portant sur la cuisson des petits légumes et la saveur des poissons frais qui composaient l'essentiel de ce repas estival.

On s'inquiétait pour la gauche, la vague rose avait reflué lors des élections municipales. Il fallait trouver quelque chose pour ne pas perdre le peuple. Les nationalisations ne donnaient pas les résultats espérés, on en avait fait trop, la conjoncture était, pour tout dire, catastrophique, il fallait apprendre la rigueur. Jo écoutait, en regardant les tableaux de maîtres et les meubles signés.

Sébastienne rapportait, indignée, les propos qu'elle avait entendus au long d'une semaine passée dans la maison de ses parents, à Saint-Georges-de-Didonne, en Charente-Maritime. Jo ne s'était pas trompé, Chardonne n'était pas loin, Mauriac non plus, de l'autre côté de l'estuaire de la Gironde. Elle découvrait l'égoïsme de sa classe, la haine viscérale que les gens de son milieu portaient aux socialistes. Aux socialo-communistes, disaient-ils.

Cette haine pouvait être une motivation pour Joseph, plus que l'agaçante connivence du député et du ministre présents à cette table. Bien sûr, il les connaissait l'un et l'autre. Il appréciait même le député, François Cantard, un ancien de l'UNEF, prof de lettres en Meurthe-et-Moselle où il avait enlevé une circonscription à la faveur de la vague rose. Au moins avait-il une expérience militante. Le ministre, lui, appartenait à la même génération qu'eux, il en jouait, dans sa manière de les tutoyer. Mais il n'avait jamais participé, de près ou de loin, à leurs combats et à leurs polémiques. Il avait seulement choisi la gauche à la sortie de l'ENA, comme on choisit le Conseil d'État ou le Quai d'Orsay. Il était en outre flanqué d'une femme assez vulgaire, qui se targuait d'appartenir au cercle des intimes du conseiller spécial du président de la République. Laissant entendre qu'elle disposait d'informations réservées aux happy few, elle enfilait les lieux communs et révélait de manière confidentielle ce que tout le monde avait pu lire dans les journaux de la veille. Tout de même, Sébastienne, authentique bourgeoise, avait une autre allure que cette parvenue.

Une fois surmontée la gêne du début, Joseph était entré dans la conversation. Instinctivement, parce que les sujets étaient de sa compétence, que les discussions politiques commençaient à lui manquer. Par calcul, aussi, moins pour ce travail que Sarah lui proposait et qu'il allait accepter que pour séduire sa voisine. Elle commençait à lui plaire, cette superwoman, irritante par ses certitudes comme par ses indignations naïves. Il lui donnait du vous, la contraignant à garder une certaine distance tout en montrant l'intérêt qu'il portait à sa jolie peau de rousse, à ses bras nus et à son profil. C'était une tête, elle tenait à le faire savoir, mais une fort jolie tête.

Elle tentait d'expliquer doctement ce qui s'était produit à Dreux et dans le XXe arrondissement de Paris, où les « fâchistes » avaient fait une percée surprenante lors des élections municipales.

— Si vous me permettez – Joseph avait retrouvé son ton de dirigeant communiste délivrant son savoir aux masses –, si vous me permettez, je crois le connaître un peu, ce XXe arrondissement ! Je suis inscrit dans un bureau de vote où l'extrême droite frise les 15 %… Géographiquement, c'est un peu loin pour la plupart d'entre vous. La rue des Orteaux, la rue des Haies, la rue Vitruve, vous voyez ?

— Vitruve, risqua François Cantard, il n'y a pas un collège expérimental, par là ?

— Bravo ! s'écria Jo. Toi tu sais, tu as milité dans les syndicats enseignants. Donc, Vitruve est bien un collège expérimental, un fleuron de l'éducation progressiste, entouré d'immeubles en ruine où s'entassent des Marocains et des Africains. Ces gens sont pauvres et bruyants.

— Et alors, protesta Sébastienne, ils sont pauvres et bruyants ! Ce n'est pas une raison pour que les Français réagissent d'une manière si affreuse ! Qu'est-ce qu'ils veulent, qu'on les mette dans des camps ?

— Non, répliqua Jo. Mais quand on n'est pas très riche, on n'a pas envie de vivre avec les pauvres !

— Mais c'est horrible, murmura Sébastienne dans une sorte de gémissement qui laissait entrevoir un peu de sincérité.

— Pourquoi horrible ? Je ne voudrais pas froisser nos hôtes, mais force est de constater que dans la chaussée de la Muette et l'avenue Mozart, on redoute plus les déjections animales que la merde des pauvres. Parce que là où il y a des pauvres, c'est forcément dégueulasse.

— Et c'est un ancien communiste qui parle, dit Sarah en riant. Mais c'est vrai. En Tunisie, quand j'étais enfant, je voulais qu'on m'achète des lunettes noires… je ne voulais pas les voir !

— Mais enfin, protesta encore Sébastienne, cet électorat populaire qui votait à gauche adhérait à des valeurs de solidarité !

— La solidarité, croyez-vous ? répondit Jo. Bien sûr ! C'était essentiel quand le XXe arrondissement était dominé par une classe ouvrière organisée. Quand on vivait autour du travail ! Les petites usines, les ateliers… tout est parti !… On n'entend plus un bruit de marteau !

Sébastienne, d'abord froissée, écoutait Joseph évoquer l'ancienne vie de son quartier, avec ses ateliers, ses ouvriers qualifiés. Il parlait bien, captant l'attention de chaque convive. Il évoquait un univers qu'elle connaissait par la sociologie, par des textes décrivant la condition ouvrière et par des études sur la redistribution des richesses produites. Lui, il parlait des hommes, avec des expressions que l'on entendait rarement.

— Comment « l'ouvrier du mouvement » peut-il s'y retrouver ? Vous n'avez pas empêché la fermeture de son usine. Il ne peut pas accepter que le travail qualifié disparaisse, alors qu'il voit débarquer de plus en plus d'immigrés qui acceptent de bosser à n'importe quel prix… Et quand ils font grève chez Citroën à Aulnay, c'est pour réclamer la pause prière !

François Cantard approuvait. Qu'est-ce qu'on pouvait dire dans sa circonscription de Lorraine où les hauts fourneaux n'étaient plus que des masses sombres et inertes ? Là-bas, on l'interpellait tous les jours ! Qu'est-ce qu'il faisait pour la classe ouvrière, son gouvernement ? Et lui, à l'Assemblée nationale, était-il différent de ces godillots de l'ancienne majorité ?

La femme du ministre trouvait qu'elle était légitime,

cette grève pour la prière chez Citroën. Tout de même, on les avait fait venir, il fallait les accepter tels qu'ils étaient.

— Continuez comme ça, coupa Jo. Si la gauche est identifiée à ce genre de connerie, les prolos voteront Le Pen.

— Oh, dit Sébastienne, c'est épouvantable… Tout ce racisme contenu à grand-peine depuis la Seconde Guerre mondiale et qui revient brutalement, j'ai honte ! Quand on entend parler les chauffeurs de taxi, c'est terrible !

— Ce n'est pas grave, rétorqua Jo, pour les éviter, il suffit de prendre le métro. Mais… mettez-vous à la place d'un ouvrier de quarante ans ! Sa jeunesse, c'était vingt-sept mois de service militaire en Algérie. Après, il a bossé, on l'a logé dans une HLM, dont il était content au début. C'était loin du boulot, mais il s'est payé une caisse. Il a fallu Mai 68 pour qu'on le mensualise et qu'on lui concède un peu plus de congés… Maintenant, sa cité se dégrade, on lui pète sa bagnole et sa boîte licencie… Allez donc lui expliquer que le gouvernement de gauche fait tout pour lui !

La femme du ministre se taisait, ce qui reposait tout le monde. Le ministre, lui, trouvait que Jo exagérait, que tout n'était pas si noir. Sébastienne laissait voir une véritable tristesse. Joseph taillait en pièces ses illusions et ses rêves, mais elle le regardait à la dérobée quand il parlait, elle voyait son visage qui s'animait. Il avait de belles mains, qu'il agitait, ponctuant chacune de ses phrases. Il était d'une grande finesse de traits, d'expression, tout en faisant passer quelque chose de fort. Un peu macho, peut-être, mais elle ne détestait pas cette virilité affichée.

— Je suis désolé de vous gâcher cette belle soirée, glissa Jo à Sébastienne, je vous promets de parler de choses plus gaies…

— Non, non… c'est un peu dur, tout ça… mais, au moins, je m'instruis.

Elle avait envie de l'écouter encore. Jo se retrouvait comme autrefois. Le décor n'était plus le même, on était assez loin des salles polyvalentes de banlieue ou des assemblées à la Bourse du travail, mais il jouait de la même manière de sa voix et de ses gestes. Il lui restait à faire passer un peu de légèreté, à montrer qu'il savait aussi être drôle.

Les sorbets de chez Berthillon arrivèrent à point pour détendre l'atmosphère. On parla plus légèrement. On se détendit un peu en évoquant la droite. Joseph les fit rire en se payant Giscard et Raymond Barre. Il remporta un franc succès en détournant les idées réac en vogue, transformant les protestations contre les nationalisations en indignation devant la confiscation des biens de la noblesse et du clergé.

Au moment de passer au salon, Joseph s'attarda devant un Mondrian, époque parisienne. Alfred Hirsch se fit un plaisir de raconter l'histoire du tableau, acquis par son père en 1935, volé par les Allemands, comme tous ceux qu'il n'avait pas eu le temps de cacher quand les Hirsch avaient fui Paris pour Nice où ils avaient été arrêtés, en 1943. Alfred était revenu seul, il avait été évacué par l'Ukraine, par Odessa. Il avait passé des années à reconstituer la collection de son père, il avait retrouvé des toiles en Espagne et même en Argentine. Il parlait fort rarement de sa déportation, mais Joseph était déjà pour lui un proche, par cette femme qui les réunissait et, plus encore, par ce passé que seul l'enfant d'une rescapée pouvait comprendre.

Sébastienne suivait leur conversation, n'osant souffler mot, surprise d'entendre Alfred plaisanter, à propos du camp, mot qu'il prononçait en allemand.

— Ils ont pris les meilleures toiles, ne laissant à leurs serviteurs français que des croûtes de moindre valeur. Franchement, au Lager, je n'avais pas remarqué qu'ils avaient tant de goût, sauf pour la musique, ce qui m'a sauvé.

— Ça, c'était un coup de chance, s'ils avaient systématiquement épargné les violonistes juifs, ceux qui savaient jouer du piano ou de la clarinette, les cantors, les choristes, ils n'auraient pas gazé grand monde !

Pour Sébastienne, c'était vraiment incroyable d'entendre des rires après le verbe « gazer ». Car ils riaient, Alfred, Sarah et Jo. Les gens importants prenaient congé. Le ministre et sa femme les premiers. Croissac, aussitôt après. Jo craignait que Sébastienne ne parte trop vite. Mais elle restait avec eux, savourant la sensation d'être une intruse qui se glissait dans le cercle de famille.

— Comment as-tu trouvé le ministre ? demanda Sarah à Joseph.

— Chez moi, on dit *goyishe kop* ! Parfaitement vide. Mais vous ne parlez yiddish ni l'un ni l'autre !

— Je le comprends, corrigea Alfred, ce n'était pas la langue des Israélites aisés… mais j'ai effectué un stage linguistique, au Lager !

Le mot fit rire Jo, qui se tourna vers Sébastienne pour lui donner l'impression qu'il était prêt à l'initier à cet humour très réservé.

— Ne le prenez pas mal, quand deux juifs se rencontrent, ils finissent toujours par parler du bon temps !

C'était un peu trop facile de fasciner une bourgeoise qui se sentait tellement coupable d'être née dans l'aisance, d'ignorer la souffrance. Des invités, il ne restait que Sébastienne et lui. Il fallait éviter de s'attarder, s'éclipser naturellement avec elle.

Elle fit l'essentiel, embrassant leurs hôtes, échangeant avec Sarah quelques mots à voix basse, suivis de petits rires qui inquiétèrent Jo. Mais Sarah dissipa aussitôt toute gêne.

— Ne la laisse pas seule dans la rue… Accompagne-la au moins jusqu'à la station…

— Ne t'en fais pas ! coupa Jo, craignant que Sarah ne se mêle d'appeler la G7.

Ils partirent ensemble, en quête d'hypothétiques taxis. Joseph était ravi de trouver les grilles du métro fermées et de n'apercevoir aucune voiture surmontée d'une lumière. Il avait les moyens de la raccompagner en taxi, grâce à ce cheval irlandais qui avait triomphé à Deauville, mais il n'était guère pressé et comptait sur l'effet d'une marche dans les rues désertes. Peut-être même d'un after, dans quelque bar encore ouvert. Il proposa de se diriger vers des quartiers plus animés, vers Chaillot, ce n'était pas trop loin, ils pouvaient espérer trouver un sapin. Ce n'était pas tout à fait la bonne direction pour elle, mais elle avait envie de le suivre.

Iéna

Ils avançaient côte à côte en commentant le dîner. Il la trouvait piquante, elle faisait des réflexions vachardes à propos des autres invités, ils riaient ensemble. Elle avait cru comprendre qu'il était un ami d'Alfred plutôt que de Sarah, il préférait éviter de raconter cet aspect de leur vie. Elle s'intéressait à lui, le questionnait, c'était l'essentiel. Pour la provoquer, il lui parla de son hésitation à se lancer dans une nouvelle carrière, à se priver de la liberté qu'il avait acquise. C'était, pour Sébastienne, un comportement indéchiffrable.

— Ne me fais pas croire que tu cultives une névrose d'échec… Ça ne te va pas du tout !

Ce n'était pas le bon registre. Elle avait traîné un copain, aimable fumiste, brillant raté, retranché derrière ses frayeurs. Plus elle réussissait, et plus il se laissait aller. Rien n'était assez bien pour lui, il s'abritait derrière de hautes exigences pour ne parvenir à rien. Elle avait fini par le virer, n'ayant pas la force de le porter éternellement. Elle commençait à se livrer, à se raconter un peu.

— Et depuis ? demanda Joseph.

— Depuis, rien de très important… J'ai seulement investi encore plus dans le travail. Du positif, rien que du positif.

Jo se montra aussitôt positif, puisqu'elle aimait ce mot. Non, lui n'était pas homme à se laisser aller. On ne tarderait pas à le voir. Il échafauda des projets à haute voix, se surprenant à dessiner un avenir, ce qu'il n'avait pas fait depuis des années. Il leur apprendrait la politique, à ces braves gens de gauche pris de panique au premier revers.

Les cafés du Trocadéro étaient fermés, il n'y avait toujours pas de taxi, Joseph suggéra de marcher plutôt vers la place d'Iéna.

— Je ne sais plus où nous allons, souffla Sébastienne, mais ça n'a aucune importance.

Il n'était pas certain d'avoir bien entendu, cela ressemblait à une déclaration, mais il se garda bien de réagir.

Elle lui prit le bras pour traverser l'avenue Kléber, parce que les feux de circulation clignotaient et que les rares automobilistes en profitaient pour foncer sans ralentir. Joseph fanfaronna un peu.

— Tard dans la nuit, sur le boulevard Saint-Germain, Aragon prétendait toujours qu'il suffisait de regarder les autos droit dans les phares pour qu'elles s'arrêtent… En fait, les types voyaient un manteau blanc, un grand chapeau blanc d'où sortait… l'argent de ses cheveux… et ils ralentissaient !

Sébastienne ne savait pas grand-chose d'Aragon, sinon qu'il était communiste et pédé, ce qui l'inquiéta un peu. Pourquoi Joseph était-il aimable, agréable, tout en conservant une certaine distance ?

— Vous l'avez connu ?

Elle avait dit « vous », il était urgent de la rassurer.

— Oh oui ! Je n'étais pas du dernier cercle des intimes… À bien des égards, il a été mon maître… Formidable romancier, merveilleux poète, mais en politique, c'était un lâcheur !

Il n'était plus temps de raconter les conversations avec Aragon chez Antoine Vitez, leurs colères chaque fois que le grand homme sacrifiait ses idées et ses amis sur l'autel de son insupportable fidélité au parti ! Il fit remonter quelques vers sensuels de sa mémoire. « Sa robe tomba tout de suite quand ma hâte la délia… » Quelques vers murmurés à l'oreille d'une femme, c'est toujours utile, merci Aragon, merci de tes leçons, qui m'ouvrent la porte des beaux quartiers ! « J'ai pris la main d'une éphémère… »

Ils s'engagèrent sur l'avenue du Président-Wilson, sombre et déserte à souhait. Entre le palais de Chaillot et le Conseil économique et social, Joseph entendit nettement le ronflement d'un diesel et vit arriver le taxi à leur hauteur. Il fit un vague signe en demeurant hors du champ de vision du chauffeur. Il sentait le corps de Sébastienne de plus en plus près et retardait le moment de l'enlacer, tentant d'obtenir que tout vienne d'elle, comme lorsqu'elle lui avait saisi le bras sous prétexte de ne pas perdre l'équilibre à cause de ses talons. Il prolongeait ce moment de délice, Sébastienne lui caressait le bras, cherchant sa main, qu'elle effleura. Attendre que son désir soit total, fredonner encore « Je sens ta poitrine et ta taille fine », elle n'avait rien d'une petite mendigote, ce n'était pas la rue Saint-Vincent, mais il y avait bien une lune trop rousse, il sentait sa menotte qui cherchait sa main, il retardait cet instant magique, celui où il approcherait ses lèvres pour sentir une odeur de fièvre…

Devant le musée d'Art moderne, une michetonneuse à moitié nue montrait ses formes voluptueuses dans les phares des voitures. Sébastienne fit plus que ce que Joseph espérait. Elle lui demanda si tous les hommes essayaient, au moins une fois. Visiblement, elle était loin d'imaginer que Sarah avait fait ce métier, que Jo l'avait connue ainsi. Il répondit presque honnêtement, avouant que son désir pouvait s'éveiller par quelques mots prononcés au bon moment, au détour d'une rue. Elle se tourna contre lui, s'offrant totalement.

— Je voudrais savoir parler aux hommes comme elles…

— Vous savez très bien, répondit-il dans un souffle, avant de l'embrasser.

Elle osa lui demander ce que les filles faisaient de leurs clients, s'il y avait des coins assez sombres, assez déserts. Il l'entraîna sur le côté du musée, loin des réverbères, dans l'ombre projetée par la masse du bâtiment, derrière les immenses piliers. Il la sentait brûlante contre lui, elle lui ouvrait veste et chemise pour approcher de jolis seins dressés sous son tailleur d'été… Tu es bien trop habillé, veste, cravate… Elle portait un ensemble léger, une veste à manches courtes, avec un soutien-gorge assez fin pour rendre visibles deux pointes qui se dressaient, moulées dans l'étoffe.

Il la caressa le long des cuisses, remontant doucement sous la jupe, vers la fente de son sexe, et, une nouvelle fois, il la laissa prendre l'initiative. Elle défit sa braguette, prit la verge gonflée entre ses doigts et se pencha pour le sucer, tandis qu'il la caressait toujours. Puis, il l'appuya contre le mur du musée, releva la jupe, s'agenouillant pour faire glisser la culotte, introduire sa langue, avant de se relever pour la pénétrer. Elle était assez grande et élancée sur ses jambes pour être juste à sa hauteur. Elle accentua son plaisir en prononçant des mots vulgaires, que Jo trouva délicieux parce qu'ils étaient inattendus dans cette bouche aristocratique. Elle commentait ses gestes quand il caressait ses seins, quand il s'enfonçait en elle. Il se retenait de jouir, pour l'entendre elle d'abord, ce qui ne tarda pas. Retiens-toi encore un instant, je veux prendre ton foutre dans ma bouche. Elle se dégagea, s'accroupit et obtint sans trop de mal ce qu'elle désirait.

Il la releva pour la prendre dans ses bras, ils tremblaient d'émotion et de plaisir, avaient perdu toute notion de temps et de lieu. Ils demeurèrent un long moment enlacés dans la pénombre. Puis, brusquement, ils se trouvèrent dans un rayon de lumière. Ils n'avaient pas entendu la voiture de police qui s'était arrêtée devant le musée, ni le bruit de cavalcade. Une torche électrique fouillait la nuit, cherchant la tapineuse qui avait détalé. Joseph referma sa braguette et se tourna vers les flics.

— Pas la peine de mater, leur lança-t-il, nous sommes parfaitement décents.

— Z'avez des papiers ? Avancez vers nous…

Jo réalisa à ce moment-là que Sébastienne n'avait pas quitté la pochette qu'elle portait en bandoulière. Ce détail l'amusa. Sébastienne marcha tranquillement vers la lumière, en rajustant sa jupe. Jo présenta ses papiers, guettant, par habitude, les réactions des poulets découvrant son lieu de naissance. Comme toujours.

— Vous avez bien fait de vous barrer de Pologne ! Là-bas, ils vous auraient embarqué sans discuter !

— Cela vous dérange, protesta Sébastienne, qu'il soit né en Pologne ?

Cette colère le rendait plus heureux encore, il lui prit le bras, pour la calmer. Ce n'était pas la peine. Ces gens-là étaient incorrigibles.

— Messieurs, dit-il, je crois que tout est en règle !

— Elle a des papiers, la dame, elle a un travail ?

Elle présenta sa carte d'identité et le passe qui lui permettait d'entrer dans le saint des saints de la banque.

— Ben, dit le flic, vous avez quand même les moyens de vous payer un hôtel ! Je parie qu'on est arrivés trop tôt pour vous choper en flagrant délit.

— Ou trop tard ! provoqua Sébastienne.

Le flic, surpris par son arrogance, leur rendit les papiers, en leur ordonnant rituellement de circuler. Ils remontèrent en riant vers la place d'Iéna. Pour une fois, Joseph ne se demanda pas pourquoi on avait placé, à cet endroit, la statue équestre de George Washington plutôt que celles de Murat et de Berthier, héros de la bataille de 1806, la pire humiliation infligée aux Prussiens.

Il devait être un peu plus de 3 heures du matin, il se souvenait d'un bar de nuit dans le quartier. Elle avait bien mérité un verre et, tant qu'elle n'avait pas proposé de finir la nuit chez elle, il hésitait à l'inviter dans son antre. Et puis, il avait besoin de cigarettes, et à cette heure, on ne pouvait en trouver que dans les établissements de nuit.

Il ne s'était pas trompé, il y avait bien une boîte planquée dans la rue de Lübeck, derrière le musée Guimet. Une sonnette silencieuse, un œil qui les examinait avant que la porte ne s'ouvre sur une tenancière qu'il n'était pas difficile d'imaginer, quelques années plus tôt, sur le trottoir de l'avenue d'Iéna. La salle était plongée dans la pénombre, vaguement éclairée par des lumignons rouges. Machinalement, Jo se dirigea vers les tabourets du bar. Sébastienne l'obligea à opter pour les fauteuils.

— Perchée là-haut, je risquerais l'indécence. Je n'ai pas eu le temps de récupérer ma culotte !

Ils s'installèrent dans la salle, il ne fut pas surpris de l'entendre demander une tequila, la boisson à la mode, il demanda un whiskey irlandais sans glace, il n'y en avait pas, il se contenta d'un scotch et ne protesta même pas lorsqu'on le lui servit avec des glaçons.

Elle était contente d'elle, de sa soirée et, oubliant qu'elle craignait l'indécence, se serra contre Jo dans le fauteuil. Quand leurs yeux se furent habitués à la pénombre, ils réalisèrent que les clients de l'établissement n'étaient pas spécialement portés sur la pudeur. Jo était gêné de l'avoir entraînée en pareil lieu, un club de rencontre pour couples. Sébastienne regardait avec étonnement un quatuor qui en était aux préliminaires. Jo bredouilla quelques mots en manière d'excuse.

— Je ne savais pas que c'était ça… mais nous avions besoin d'un verre…

— Ce n'est pas grave, je m'instruis… C'est la première fois que je fais l'amour en pleine rue à Paris, et ici… c'est aussi une première ! *A priori*, ce n'est pas mon truc… mais le spectacle ne me déplaît pas. Pourquoi ne m'as-tu pas invitée chez toi ? Il y a quelqu'un ?

— Non, je vis seul… Mais c'est loin et je vous rappelle que nous n'avons pas trouvé de taxi. Et puis, il y a seulement une demi-heure, je n'aurai pas osé vous le proposer…

— Monsieur joue les timides ? J'ai vu ton regard, dès le début… C'était presque indécent, tes yeux caressaient mes jambes…

— Mais non… c'était juste pour vérifier la définition de « Sébastienne » dans les mots croisés de Perec… « Se passe de jarretelles ».

— Ses bas se tiennent ! On ne me l'avait jamais faite celle-là !

— Vous perdez quelque chose à ne fréquenter que des banquiers et des économistes !

— Elle n'est pas si mal la banquière, non ?

— Vous êtes une très belle surprise.

Elle approcha un peu plus son visage, pour murmurer près de son oreille.

— C'est un peu déplacé de se dire vous, tu ne crois pas.

— C'est plus sensuel… On dit tu à n'importe qui… Vous n'êtes pas n'importe qui…

Il jouait du vous avec son accent de la Bastoche comme elle jouait de mots vulgaires avec son phrasé de Marie-Chantal.

— Je veux que tu me baises encore… Je veux ta queue… Mais pas ici… Seulement toi et moi… Regarde en face… elle le branle… Elle fait des signes… Je n'ai pas du tout envie de t'échanger contre ce gros lard…

— La fille n'est pas mal… mais… je vais demander un taxi !

— Si tu préfères rester…

— Invitez-moi chez vous… s'il n'y a pas de chat !

Elle était décidément surprenante, il n'avait pas imaginé qu'elle avait une vertu à toute épreuve, mais il s'était tout de même demandé s'il l'aurait dès le premier soir ou s'il faudrait se contenter d'une promesse, d'un rendez-vous, d'un numéro de téléphone.

— Tu sais, murmura-t-elle, comme si elle craignait de s'être trop dévoilée, ne t'imagine pas… je me sens incroyablement à l'aise avec toi… Je dis des choses, je fais des choses… Je ne m'y attendais pas du tout. Je n'ai pas l'habitude de tomber dans les bras de mon voisin à chaque dîner en ville. Toi…

— Moi ? Il y a des années que je n'ai pas assisté à un dîner… Et pour tout vous dire, une soirée dans le grand monde, c'est quasiment une première ! Si je demande le taxi, vous me direz enfin où se trouve votre palais, princesse ?

— Oh oui… rue Molitor… je t'ai suivi en sens inverse.

— Rue Molitor ! Mais quel ange !

Elle rit, c'était comme « ses bas se tiennent », elle n'y avait jamais songé, ils n'avaient décidément pas la même forme d'esprit.

— Une voiture pour Mais quel ange ! Molitor !

Et pourquoi riait-elle des calembours de Joseph ? Elle avait horreur des jeux de mots, elle trouvait particulièrement lamentable que ses collègues de la banque, tous superdiplômés, fassent ce genre de blagues. Avec lui, c'était autre chose, depuis le début de la soirée, il n'avait cessé de la faire passer de l'émotion au plaisir.

— Sarah m'avait prévenue, souffla-t-elle en se serrant contre lui sur la banquette du taxi, c'était dangereux de me laisser seule avec toi…

— Vous aviez peur ?

— Oui… peur de ne pas te plaire ou de trouver un taxi trop tôt, de te laisser filer dans la nuit… sans savoir où te retrouver.

Le bref voyage leur parut interminable. Le chauffeur soliloquait, ils ne l'écoutaient pas, ils restaient enlacés, souriant à cette nuit dans les rues désertes du XVIe arrondissement. Sébastienne avait décidément tous les charmes, elle habitait Auteuil ! Jean Valjean s'y était réfugié lorsqu'il tentait de soustraire Cosette au regard de Marius, et, dans ce même village, le comte de Monte-Cristo avait démasqué le crime commis par le procureur du roi. Hugo et Dumas l'accompagnaient au bout de Paris, dans ces beaux quartiers où se déroulent aussi trois romans d'Aragon.

Michel-Ange-Molitor

Joseph fut un peu déçu en entrant dans l'appartement de Sébastienne, rue Molitor. Un trois pièces dans un immeuble beaucoup trop récent, construit à titre de preuve du manque d'imagination des architectes. Des lignes droites, du béton masqué par des placages de pierre, un vestibule dont le seul charme tenait aux miroirs renvoyant l'image de Sébastienne, éclairant sa beauté d'une lumière vive. Elle lui paraissait plus belle encore qu'au premier regard, mais c'était, peut-être, un effet de sa vanité. Il l'avait imaginée dans un autre cadre, puisqu'elle habitait les lisières d'Auteuil, il croyait trouver un appartement de style rococo, avec des plafonds de stuc, des pièces ovales et des meubles dessinés aux Arts décoratifs. Même à Auteuil, on ne pouvait échapper au double living, avec ses meubles fabriqués en série, limitée, certes, Sébastienne n'allait pas se fournir aux Galeries Barbès. Une couleur dominait, le gris métallique des cafés branchés qui venaient d'ouvrir près du Centre Pompidou. Du design façon Starck, peut-être Starck lui-même.

Au moins c'était clean, il n'y avait pas de matou sur le divan. On évitait le pire, le numéro de bêtification devant le minou, le plat à merde dans la salle de bains, quand ce n'était pas dans la cuisine, et le greffier en mal d'affection qui vous saute sur le cul au meilleur moment ! Sébastienne était décidément une chance, la seule femme célibataire de

Paris à ne posséder ni chat, ni poisson rouge, ni aucun animal domestique.

Mais elle avait décoré son appartement avec du mobilier triste et à peine fonctionnel. La mode commandait à ses goûts. Les quelques reproductions d'Andy Warhol qui ornaient les murs ne suffisaient pas à éviter le désastre. Il n'était pas là pour s'attarder à des considérations sur la pauvreté des styles de l'époque, Sébastienne l'entraîna dans la chambre, assez vite pour que la découverte du décor ne détruise pas le désir. Elle était pressée de le déshabiller entièrement et d'être elle-même nue entre ses bras. La sensualité de la chambre contredisait la froideur qu'il avait entrevue dans le living. Il se laissa pousser sur un lit vaste et confortable, qui se reflétait malicieusement dans un miroir. Ils y trouvèrent autant et plus de plaisir que dans la rue, le désir leur paraissait inépuisable.

Quand ils sombrèrent enfin dans un demi-sommeil, les rideaux ne suffisaient plus à arrêter la lumière du jour, un rayon de soleil caressait le visage de Sébastienne assoupie et Joseph ne sut jamais à quel moment il était passé dans les songes. Et il lui fut aussi impossible de savoir s'il s'était éveillé le premier en la caressant, ou si c'était elle qui le ranimait de ses baisers. C'était une fin de semaine, la nuit du vendredi au samedi, le temps ne leur était pas compté.

Jo apprécia qu'elle se lève juste au moment où il en avait envie, pour revenir avec du café et des toasts grillés. Le plateau et les tasses provenaient naturellement d'une boutique en vogue, comme les meubles.

— Vous jetez tout objet qui vous semble périmé ?

— Presque… Chez mes parents, c'était un musée ! Meubles ancestraux, argenterie et vaisselle de grand-mère… je ne veux plus revoir ça.

Le beurre, évidemment, n'était pas au goût de Joseph, un de ces substituts allégés que les filles achètent dans les magasins diététiques. Il s'en étonna tout de même. Elle n'était pas menacée par les rondeurs, elle pouvait même prendre un peu de fesses sans altérer son charme. Naturellement, il y avait un vélo d'appartement dans un coin de la chambre, à n'en pas douter Sébastienne se rendait régulièrement dans un club de gym, courait en transpirant, chaque week-end, dans le bois de Boulogne. Elle était même capable de faire du tennis. Joseph tendit la main vers la veste qu'il avait jetée près du lit, quand elle avait voulu qu'il se déshabille vite pour toucher sa peau, dont elle n'avait eu qu'un aperçu près du musée. Il cherchait ses cigarettes, il craignait une remarque, elle la fit, mais se releva tout de même pour aller chercher un cendrier.

— Nous n'avons pas les mêmes angoisses, dit Joseph. Je ne perds pas de temps à essayer de prolonger ma vie. C'est mathématiquement absurde.

— Je ne l'avais jamais envisagé de cette manière. Moi, j'ai toujours fait les choses qu'il fallait faire. Étudier, travailler, réussir, entretenir sa forme… en bonne petite fille consciencieuse…

— Un peu délurée, la petite fille…

— C'est très récent. J'ai été fidèle à mon premier jules… quatre ans ! Je l'ai largué quand je suis partie aux States. Là-bas… j'ai eu une histoire avec un de mes profs. On n'y échappe pas ! Marié et menteur… Il passait la semaine à Boston et rejoignait sa femme et ses gosses le week-end. Il avait peur qu'on nous voie ensemble. Quand j'allais le rejoindre dans son studio, il fallait que j'appelle du phone boat le plus proche… S'il y avait le moindre risque de croiser un voisin, j'attendais comme une conne… ou je rentrais ! Dommage, à part ça, c'était un mec génial.

— Et depuis ?

— Je me suis occupée essentiellement de ma carrière. Donc, je n'ai eu que des histoires foireuses. C'est comme ça. Il y a trop de décalage entre ce que deviennent les femmes, socialement, et ce que les mecs attendent. Maintenant, je fais comme eux, j'assume mes envies de baiser. Je n'ai pas échappé à ma famille pour me laisser ficeler…

C'était un joli programme, qui ne l'empêchait pas de vouloir en savoir plus sur Joseph, sur ce type qui débarquait dans sa vie, brusquement. Il l'avait conquise par sa manière de parler, son regard, sa part de mystère, aussi. Mais tout, chez lui, n'était que références. Même le libertinage. L'amour selon Roger Vailland, le goût du luxe et du raffinement qui distingue le révolutionnaire, l'aventurier véritable, du petit-bourgeois en révolte… Une manière de regarder la vie que Sébastienne n'avait jamais envisagée. Question de lectures. Les siennes étaient tristement fonctionnelles. Sa bibliothèque en disait assez long. De l'économie, du droit, de la politique. Et les livres qu'il fallait lire, ceux de la grille des magazines, prix littéraires et nouveaux philosophes. Quelques bandes dessinées, pour la détente. Elle essayait d'épouser son époque dans les moindres détails, par ses vêtements, son mobilier, sa manière de vivre. Lui ne parlait que de l'histoire, comme s'il regrettait d'être arrivé si tard. Il se gardait, bien sûr, de tout dire. D'évoquer sa véritable vie, le jeu et les bouges où il aimait se perdre.

Ils traînèrent au lit plus que la matinée, jouant à se découvrir de toutes les manières. À faire et à refaire l'amour, à parler encore.

Elle évoquait sa famille avec dégoût. Un père magistrat qui avait épousé une fortune ostréicole. Une tradition. On était militaire ou président de cour depuis des siècles, mais on trouvait toujours quelque fille de hobereau viticole ou de mareyeur enrichi. Ils étaient tellement provinciaux que leur domicile parisien se trouvait à Versailles.

Les « de » Montguyon possédaient une particule assez douteuse, mais elle avait suffisamment d'importance pour que le grand-père fût maurrassien. Ils étaient réac, bornés, égoïstes. Maintenant des traditions sans foi. Elle avait eu une période mystique, au lycée – comme tout le monde, croyait-elle. Mais l'Église… Le lycée encadré par les bonnes sœurs était conforme à tout ce qu'il avait pu lire. Gestes et regards de ces vieilles frustrées, questions perverses du prêtre à la confession.

Ce qui l'avait définitivement dégoûtée, outre cette arriération sexuelle, disait-elle, c'était *leur* réaction lorsqu'elle avait découvert, par le hasard d'une lecture, que la famille cachait soigneusement un secret ridicule. Le seul Montguyon à avoir laissé un nom dans l'histoire était un huguenot, tué au siège de La Rochelle. Son fils avait abjuré et, depuis, la descendance en rajoutait sur les bondieuseries et le culte de Marie.

C'était par haine de ces notables de droite, les amis de son père, qu'elle avait pris sa carte du Parti socialiste, une véritable révolution à ses yeux, quand Joseph acceptait, par raison, de se rallier à un réformisme un peu fade, en regard de ce souffle de l'histoire dont il avait tant rêvé.

— Ne rien leur devoir… pour moi, c'est l'essentiel. J'ai bossé pour ça. Et quand je retourne chez eux, je reprends une dose de motivation ! J'évite Versailles, je fais de brèves apparitions quand ils sont à Saint-Georges. Et je me barre quand ma mère me parle de mes sœurs, toutes mariées, occupées à reproduire l'espèce !… Elle serait morte sur le coup, si elle m'avait vue baiser en pleine rue avec…

— Un juif ?

— C'est un gros mot, pour eux… Il faut les entendre parler des Israélites et des francs-maçons qui, disent-ils, entourent Mitterrand…

— J'espère seulement que vous ne pensiez pas à tout ça, hier soir, cette nuit. J'ai horreur d'être l'amant juif, le frisson interdit… Ça m'a parfois amusé mais…

— Oh non ! C'était toi. Ce drôle de type qui persiste à

me dire vous. Que je n'ai toujours pas envie de jeter dehors, alors que j'ai certainement des tas de choses à faire…

— N'empêche… vous venez de réaliser qu'un juif vous a baisée toute la nuit, vous qui venez d'une bonne famille antisémite !

— Non, cette idée m'a seulement un peu amusée ! C'est si grave que ça ?

— Je suis un peu trop chatouilleux sur ce point… Mais… pour être honnête, j'avoue avoir cherché à séduire cette blonde au teint de rousse, tellement sûre de son savoir que j'avais envie de froisser son petit ensemble Sonia Rykiel.

— Et en plus tu reconnais les marques !

— Chez moi, il y avait une machine à coudre… Mon père refaisait le monde en essayant de vendre sa camelote sur les marchés, ma mère prenait du travail pour les grossistes. Elle avait aussi quelques clientes et elle m'envoyait dans la chambre pendant les essayages.

— Tu regardais ?

— Quand ça valait le coup, oui, bien sûr. Mais la plupart du temps, elle habillait les mémères du quartier. Je pouvais faire mes devoirs sans regrets !

— Et celles que tu regardais ?

— Je me souviens surtout d'une ouvreuse du Luna, un ciné, cours de Vincennes… détruit, évidemment… Elle venait faire retoucher ses robes, à cause de la poitrine qui ne rentrait jamais. J'ai tout vu… Et quand elle me guidait dans le noir, au cinéma, j'étais tout tremblant.

— Je sens que ce souvenir te fait beaucoup de bien, dit Sébastienne en caressant la verge qu'elle fit bander entre ses doigts.

Elle approcha sa bouche en offrant sa jolie chatte rousse aux lèvres de Joseph, le désir revenait sans cesse, d'un mot, d'un geste.

La journée s'avançait, d'amour en bavardages, et ils n'avaient toujours pas envie de se quitter. Elle avait laissé diverses voix s'inquiéter de sa santé sur le répondeur. Une amie. Une de ses sœurs. Un collègue qui voulait l'inviter, ce qui l'amusait beaucoup, parce que cela prouvait seulement que sa femme et ses gosses étaient en vacances. Elle répondit uniquement à Sarah, qui voulait savoir si elle était bien rentrée. Elle mentit un peu, affirmant qu'elle avait trouvé un taxi grâce à Joseph, qui était un homme charmant.

— Sarah me promet de nous réinviter ensemble… J'avais peur qu'elle soit une de tes maîtresses !

— Oh non… une vieille amie, qui m'a sorti de mon trou… Et je ne ferais pas ça à Alfred… Vous pensez qu'elle le trompe ?

— Je n'en sais rien. Elle est très attachée à lui, mais elle a un tel pouvoir d'attraction sur les hommes que ça doit être tentant…

— Sarah sait très bien jouer des hommes sans rien leur céder.

— Il faudra qu'elle m'apprenne.

— Rien ne presse.

Ils poursuivirent leurs jeux dans la salle de bains. Au moins avait-on prévu une baignoire assez large pour permettre quelques ébats. Elle lui trouva un tee-shirt, qui passait très bien sous son costume, il n'avait pas eu besoin de dire qu'il ne supportait pas de remettre une chemise de la veille.

La faim les fit sortir à l'heure où les restaurants des quartiers résidentiels ne servent plus ou pas encore. Il y avait bien les Champs-Élysées, mais à cette saison, à cette heure, ils étaient envahis de touristes.

— Décidément, les gens des beaux quartiers sont des affameurs ! cria Joseph, en hélant, en vain, un taxi. Sébastienne, je vous emmène côté peuple !

Il avait parlé, tourné vers la chaussée, arrêtant une grosse Peugeot particulièrement bruyante, dont le chauffeur refusait de traverser Paris. Sébastienne n'avait pas tout à fait compris.

— Oui, j'ai une montre Cartier et pas un œuf dans mon frigo… Je n'ai pas pu prévoir…

— Superbe… les beaux Cartier pour les beaux quartiers ! Je ne vous ai pas traitée d'affameuse… Mon estomac peut affronter une grosse demi-heure de métro.

Renonçant au taxi, il entraîna Sébastienne vers les marches de la station Michel-Ange-Molitor. Qu'est-ce qu'il croyait ? Elle n'avait pas besoin de ses tickets, elle possédait une carte mensuelle, orange, pour se rendre à son travail. Question de bon sens, disait-elle, en se moquant de ses collègues, ces hauts cadres qui en étaient encore à mesurer leur réussite à la cylindrée de leur bagnole.

Elle aima ce long trajet que Joseph commentait à chaque station. En commençant par Michel-Ange-Molitor. C'était une des rares stations dédiées à un artiste, étranger de surcroît. Le seul nom qui soit répété ! Une station pour le peintre, une autre pour le sculpteur. L'association avec Molitor était cependant incongrue. Le général Molitor avait certes commandé en Italie, pendant la campagne de 1805. C'était un solide soldat, engagé volontaire de 1791, qui avait monté lentement tous les échelons sous la Révolution et l'Empire. Un homme d'ordre et de discipline dont Louis-Philippe avait fait un maréchal. Le contraire de Michel-Ange. Joseph pouvait tout commenter, le nom des stations, la vitesse du métro, le plus souvent inférieure à trente kilomètres heure, les bijoux de Sébastienne, ses yeux, ses vêtements.

Ils auraient pu retrouver la surface sur les boulevards, ou même à République, puisqu'ils cherchaient une brasserie. Mais ils prolongèrent le voyage jusqu'à la Nation.

Nation

Non, ce n'était pas la peine de traverser tout Paris pour trouver une brasserie capable de servir à toute heure. Même un samedi du mois de juillet, il s'en trouve au Trocadéro, mais Jo avait éprouvé le besoin d'emmener Sébastienne sur la place de la Nation, chez lui, dans son univers. Pour être certain de n'être pas un produit exotique là-bas, dans la rue Molitor. Ou, inversement, pour savoir si elle lui plaisait toujours autant sortie du contexte, le beau dîner chez les Hirsch, à la Muette, la promenade au long des avenues désertes, son appartement, son mobilier branché. Il fallait emmener Sébastienne au centre du monde, place de la Nation. Joseph connaissait toutes les sorties, chacune située dans un arrondissement différent parmi les trois qui se rencontrent sur la place. Côté XIe, une coque de béton, années trente, avec jours de souffrance éclairant les escalators, servait le faubourg Saint-Antoine et le boulevard Voltaire. Plus moderne, dans le XXe vers l'avenue Philippe-Auguste, une entrée refaite à l'occasion du percement du RER, direction Boissy-Saint-Léger à l'est, Saint-Germain-en-Laye à l'ouest. Joseph entraîna Sébastienne vers l'avant du quai, pour gagner la sortie côté avenue du Trône, qui permet d'atteindre la surface dans le XIIe arrondissement, en passant par un des derniers édicules Guimard, en style nouille, charpente métallique peinte en vert.

Ils s'installèrent à la brasserie Dalou, où ils se firent servir un poulet froid mayonnaise, pommes à l'huile, avec un pot de brouilly. Le garçon leur avait proposé d'attendre l'heure du dîner, le retour du chef, qui aurait des choses à proposer, s'ils voulaient bien patienter avec quelques tranches de rosette et un apéro. Ils avaient trop faim pour attendre, surtout lui, deux toasts tartinés d'ersatz de beurre, c'était un peu léger pour une journée si agitée. Ils avaient fait tout ce chemin pour se retrouver dans un lieu assez ordinaire mais, pour Sébastienne, tout devenait magique quand Joseph évoquait la place de la Nation, haut lieu des combats de toutes les révolutions.

Il faisait très chaud, ils s'étaient installés sur la terrasse, la Marianne de Dalou, *Triomphe de la République*, leur montrait son cul. Naturellement, Joseph raconta l'histoire de Jules Dalou, artiste chargé par la Commune de préserver les collections du Louvre, propriétés du peuple. Que la statue de la Nation soit confiée à un communard exilé sous Monsieur Thiers, c'était bien pour les ouvriers du faubourg le « triomphe de la République » et, pour l'accueillir, ils vinrent en masse, en déployant le drapeau rouge.

Jusque-là, Sébastienne n'était venue dans ce quartier que pour des choses assez désagréables. Une levée du corps à la morgue de l'hôpital Saint-Antoine, rue Chaligny. Une soirée nullissime, une crémaillère dans un loft quelque part, de l'autre côté, sans doute. Et puis elle n'attachait pas, comme Joseph, tant d'importance aux lieux, aux pierres, au nom des rues. Il jouait les guides, montrant les bâtiments de l'octroi.

— Gamins, on avait les clefs… grâce à un copain, qui les avait piquées à son père, jardinier de la Ville de Paris… Ils rangent leur matos là-dedans.

Sébastienne s'étonnait de ne pas le trouver ennuyeux. Il avait un côté singe savant depuis toujours, elle ne savait pas qu'à l'école on l'avait surnommé Jo Dico. Non seulement il pouvait raconter l'histoire du *Triomphe de la République*, avec les ouvriers du faubourg qui criaient « Vive la Sociale » le jour de l'inauguration de la statue, mais il connaissait aussi les deux rois perchés sur les colonnes du Trône, Saint Louis et Philippe Auguste.

Elle avait dit tant de choses d'elle, de sa vie, de sa famille. Il avait besoin de ce décor pour évoluer. Il aimait cette place parce qu'elle était l'histoire. La place du Trône-Renversé ! Le cours de Vincennes, percée royale en direction du donjon. Le faubourg Saint-Antoine, de l'autre côté, les ouvriers ébénistes, les artisans qui disparaissaient les uns après les autres. À l'angle du faubourg, le bistro s'appelle *Le Canon de la Nation*, souvenir des fracas d'autrefois. Mais quel canon ? Un de ceux amenés par Cavaignac pour pulvériser les soixante-cinq barricades dressées dans le faubourg en juin 1848 ?

La rue de Picpus, toute proche. Sébastienne connaissait le cimetière des victimes de la Terreur, il y avait dans sa famille des habitués des pèlerinages. Joseph parlait tout à la fois de la guillotine dressée en 1793, de ses frayeurs d'enfant, sur le grand huit à la Foire du Trône, et de ses promenades rue de Picpus, pour retrouver le couvent où Jean Valjean se cache pour échapper à Javert.

Et cette place… noire de monde. Un 1er mai. Une tribune dressée. Jacques Duclos, le vieux Marcel Cachin. Benoît Frachon… La foule sur la place, les drapeaux rouges. Le petit Jojo entre son père et sa mère. Il chante *L'Internationale* avec eux, il en connaît déjà tous les couplets. Et puis quelque chose se produit. Les Algériens qui ferment le cortège arrivent sur la place, précédés par un immense portrait de Messali Hadj. « Libérez Messali ! Libertés en Algérie ! »

Ils contournent la place, jusqu'aux colonnes du Trône. Les gendarmes mobiles qui barrent le cours de Vincennes chargent brutalement. Des flics surgissent de toutes parts. Des CRS, des hirondelles qui tapent à coups de pèlerine. Non, ce n'est pas pour leur voltige qu'on les appelle les hirondelles ! C'était la marque de leurs vélos, Hirondelle, manufacture des cycles de Saint-Étienne ! Les pèlerines, les bâtons blancs ! La cogne, les cognes ! Il y a des coups de feu. C'est la panique parmi les manifestants. Le service d'ordre essaie de faire évacuer la foule par le boulevard Diderot, le faubourg, le boulevard Voltaire. Rosa et « Eddy » qui se collent contre leur petit Jojo. Eddy qui râle, parce que, sur la tribune, les dirigeants filent plus vite que les autres, protégés par leurs gardes du corps. Marcel Cachin, moustache blanche, descend les marches appuyé sur sa canne. Il s'adresse à la foule :

— Camarades ! Réagissez dans le calme et la dignité !

Eddy pouffe de rire : « Pour une fois, il est courageux, notre Marcel Cachin ! »

Rosa et Eddy prennent le petit Jojo par la main, évitent l'avenue de Bouvines, bloquée par les flics, passent tranquillement sous un porche, pour rejoindre un passage qui débouche en arrière des barrages, au bout de l'avenue Philippe-Auguste, et, de détour en détour, rentrent tranquillement à la maison, rue des Maraîchers.

Joseph ne savait pas vraiment comment il en était venu à raconter cette scène à Sébastienne, qui aurait tant voulu partager cette histoire, appartenir, depuis toujours, à ce peuple de gauche.

— Tu avais peur ? demanda-t-elle, en regrettant aussitôt une question qui lui paraissait vraiment stupide.

— J'étais môme… On allait à toutes les manifs. Je pensais que mes parents étaient invincibles. Ils avaient affronté les nazis… alors ce n'étaient pas quelques flics qui nous faisaient peur…

Pour Sébastienne, Joseph n'était plus seulement ce type un peu étrange, un peu agaçant qui l'avait séduite et lui avait donné une nuit de plaisir. Il prenait de l'importance. Lui savait, au fond, ce qu'il faisait, en l'emmenant à la Nation, égrenant des histoires et des souvenirs. Il y avait de la sincérité dans sa manière de raconter. Mais c'était elle qui importait, il voulait la conquérir totalement.

— Les gens râlent aujourd'hui, dit Sébastienne, ils ont complètement oublié comment c'était, au temps de la droite.

— De la droite ? Non… Ces souvenirs remontent à loin. L'enfance. En ce temps-là, François Mitterrand était ministre ! Plus tard, j'ai quand même voté pour lui, bien sûr, il n'y avait pas d'autre choix possible. Mais quand Sarah me pousse à m'engager plus avant, j'hésite !

— Je comprends. Mais moi, je veux y croire… L'homme a changé, j'en suis certaine…

— Je me fiche de l'homme, celui-là, un autre… Il y avait bien un portrait du camarade Staline à la maison… Un jour, mon père l'a décroché et balancé dans la poubelle. Mais moi, il m'avait appelé Joseph !

— Oh… c'est un prénom de chez vous !

— C'est vrai… mais le prénom de Staline, ce n'était pas Abraham, Itzhac, Iacub, Moïshé, Shloïmé… C'était Iossip… Joseph !

— On peut toujours changer de prénom, en fait je m'appelle Marie-Sébastienne, mes sœurs sont toutes des Marie quelque chose, Marie-Bernadette, Marie-Béatrice et Maryvonne… J'ai viré Marie !

— C'est vrai, on peut changer de prénom… Sur ses faux papiers, mon père s'est baptisé Édouard, c'est devenu Eddy… mais son nom de code, dans la clandestinité, c'était Germinal !… À cause de ses vrais papiers !

— Doucement… ménage la nana ! Pourquoi Germinal, pour Zola ?

— La rue Fabre-d'Églantine, c'est la première à gauche, sur la place de la Nation… C'était un poète… l'auteur du nouveau calendrier. Germinal… c'est à peu près avril !

— Je ne me souvenais que du 9 Thermidor et du 18 Brumaire, mais pourquoi avril, Germinal, qu'est-ce que tu racontes ?

— Sur les papiers officiels, je suis le fils d'Avril Kaplan ! En fait, il s'appelle Avroum Leib, c'est-à-dire Abraham Léon. Le fonctionnaire français qui a transcrit Avroum Leib a simplifié en Avril !

— C'est très joli… Joseph aussi, c'est joli… On n'est pas obligé de penser à Joseph Staline, il y en a d'autres !

— Oui, Joseph K…

Il guettait ses réactions. Joseph K. la laissait de marbre, ils n'avaient décidément pas les mêmes lectures. Comment pouvait-il tomber amoureux d'une fille qui ne lisait ni Perec, ni Kafka ? Alexandre Dumas l'ennuyait, c'était pour les garçons. Victor Hugo ? Elle conservait un vague souvenir des *Misérables*. Et encore, on pouvait parier qu'elle avait seulement vu une adaptation à la télé, une redif de Jean-Paul Le Chanois. Gabin traqué par Bernard Blier, Bourvil parfait Thénardier, Giani Esposito un peu fade en Marius, Reggiani plus vrai que nature en Enjolras. Côté femmes, c'était un ratage complet, la Thénardier n'était pas assez salope, Cosette avait l'air d'une gourde, s'il avait été Marius, Joseph se serait payé Sylvia Monfort, pas mal en Éponine.

Non, Sébastienne ne se souvenait pas de la description minutieuse de l'ancien système des égouts de Paris, ni des dialogues, des mots de Gavroche.

Il régla l'addition avec ce qui lui restait, la boîte et les taxis avaient déjà sérieusement écorné les gains de la veille. Elle fouilla dans sa pochette, cherchant son porte-monnaie. Il l'arrêta d'un geste.

— Non… vous êtes sur mon territoire… On s'en va ?

— Pour aller où ?

Elle craignait qu'il la laisse sur cette place ou qu'il la remette dans un taxi.

— Vous verrez bien… Il y a quelque chose, près d'ici, que je veux vous faire visiter.

— Jo ou Joseph… Il y aura bientôt vingt-quatre heures qu'on ne s'est pas quittés… et je ne sais pas pourquoi, j'ai encore envie de te suivre.

Il lui fit traverser la place, en parlant de n'importe quoi, des colonnes du Trône, de Saint Louis, de Philippe Auguste, des cochons de pain d'épice, quand la foire s'étendait sur le cours de Vincennes. Et puis encore les foules qui, chaque dernier dimanche de mai, remontaient le boulevard de Charonne jusqu'au Père-Lachaise.

En remontant la rue des Ormeaux vers la rue d'Avron, il lui montra les deux petits bobinards, les derniers de Paris, qui venaient à peine de fermer et qui, longtemps après Marthe Richard, exposaient toujours des filles en vitrine. Les bordels et les hôtels borgnes du quartier de la Nation avaient longtemps défié les lois, mais ils n'avaient pas survécu aux garnisons des forts de Vincennes, disparues à la fin des années soixante.

— Et les filles de la vitrine, tu les as essayées ?

— Pas celles-là… Les premiers militaires qu'elles ont soulagés portaient encore le pantalon de garance !

— Tu exagères !

— À peine… Il y avait une grosse tellement fardée qu'on aurait dit du plâtre ! Elle se vantait d'avoir appris les mots cochons en allemand, puis en « américain », comme elle disait ! Elle tapinait encore l'année dernière.

Joseph emmena Sébastienne à travers le quartier, racontant l'histoire des soldats de Buzenval, celle du ciné, celle de la scierie, qui avait laissé place à un immeuble triste rue d'Avron. Il lui montra l'impasse de la coopérative des anars, rue des Vignoles, et l'emmena dans son antre. Il évitait le plus souvent d'introduire des filles chez lui, il s'était fait une sorte de règlement intérieur pour préserver son refuge. Il préférait aller chez elles, ou à l'hôtel. Mais avec Sébastienne, il avait envie d'aller chez lui, il voulait qu'elle le voie dans son capharnaüm.

— C'est au-delà de tout ce que j'ai pu imaginer ! remarqua Sébastienne à la vue des étagères qui débordaient de livres.

Elles couvraient presque tous les murs et, pourtant, des piles de bouquins, de revues et de journaux s'entassaient dans chaque recoin.

— C'est vraiment repoussant ?

— Oh non, pas du tout, ça te ressemble et ça me plaît…

Il voulait l'aimer toute une nuit encore dans ce décor, fait de meubles récupérés aux puces de Montreuil, d'étagères surchargées et d'un mélange d'images de toutes sortes, punaisées un peu partout, sur les murs blancs et sur les montants des bibliothèques. Les deux Charlie, Mingus et Parker. La photo d'un jeune Tchèque tirant la langue devant un char soviétique. Lauren Bacall. Un dessin de Reiser, un autre de Wolinski. Le *Carré rouge* de Malevitch. L'affiche de *L'Inconnu du Nord-Express*. Lou Reed. Kafka. Roger Vailland. Picasso, Prévert par Robert Doisneau. Marlène Dietrich dans *L'Ange bleu*. Lui, Joseph Kaplan, haranguant la foule dans la cour de la Sorbonne. Lui encore sur une tribune ornée de la faucille et du marteau, aux côtés de Krasucki. Parlant avec Aragon à la fête de l'Huma. Un portrait de Lénine détourné, avec une bulle : « Jo, ne me laisse pas. » Ava Gardner. Marilyn. L'Affiche rouge, fac-similé. Greta Garbo en Ninotchka. Le père de Jo en uniforme des Brigades internationales, Madrid 1937. Le même avec sa compagnie de FTP, Paris 1944. Cheminées d'usines en forme de poings levés, avec en légende « Crève général », sérigraphie, atelier des Beaux-Arts, mai 68. Georges Perec, dessin découpé dans *Le Monde* le jour de sa mort. Une repro, un Juan Miro. Une beauté de Montparnasse par Man Ray. Orson Welles. Bob Dylan.

Et puis cette vieille photo encadrée, posée sur sa table de travail, en équilibre sur la queue d'un Marsupilami de mousse. Une femme en tenue de déportée tient un bébé dans ses bras. Sébastienne regarda longuement, sans oser poser de question. Il la devança, commenta l'image comme s'il s'agissait de n'importe quelle photo de famille.

— Je n'étais pas mal… à trois mois ! Le lait en poudre des Américains me réussissait ! Maman était un peu fatiguée, accoucher là-bas, même quand les Boches foutaient le camp… Et puis le voyage à travers l'Europe dévastée… Mais je me porte bien !

Il lui restait de la vodka dans le freezer, de la polonaise à l'herbe de bison. C'était le moment d'en offrir à Sébastienne, il lui tendit un verre en souriant.

— Tu me trouves vieux ? Cette photo me trahit ! Je ne peux pas cacher que je suis né en 1945, ça me fait trente-huit piges… Tu en as dix de moins !

— Je ne pensais pas du tout à ton âge… Je me sens assez conne d'avoir pleuré sur mon sort de pauvre petite fille riche !

— C'est stupide… à part l'accident de naissance, j'ai plutôt bien vécu. Bon, ma mère n'a pas eu de bol, ils l'ont prise à la toute fin. Elle est partie en juillet 44. Dernier convoi… Quand elle est arrivée au camp, Paris était libéré… Mon père n'était pas très futé, pour un clandestin chevronné ! Elle était enceinte ! On a eu de la chance ! Ils se sont retrouvés, ils avaient survécu tous les deux. Bois, ma belle… cette histoire ne passe qu'avec de la vodka !…

Il vida son verre cul sec, à la russe, bois Sébastienne, bois avec moi, à la santé de l'officier de l'Armée rouge qui s'est occupé de nous quand on nous a trouvés. Il m'a fait une couverture, taillée dans la capote d'un soldat soviétique tombé devant Cracovie…

Il la tutoyait, maintenant. Il avalait des rasades de vodka, chantait en russe des bribes de chansons, *La Marche de Boudienny*, *La Légende de Stenka Razine*… Oui, Sébastienne, je suis venu au monde en entendant le canon tonner sur la Vistule !

— Et celle-là, si douce, si jolie… *Souliko*… La chanson préférée du camarade Staline ! Je chantais ça… gamin, à la chorale de l'Union des juifs pour la résistance et l'entraide. Je déclamais… « Hourra l'Oural… Hourra l'Oural… SSSR… SSSR… » Je te fais peur ? Tu as envie de fuir ?

— Surtout pas… Tu as une histoire extraordinaire, murmura Sébastienne en s'accrochant à son cou. Pourtant, tu es si drôle, si vivant !

— On les a eus… Je ne suis pas mort ! Et tu sais quoi ? Je bande encore !

Il prit beaucoup de plaisir à la regarder monter sur l'échelle de meunier qui conduisait à la mezzanine, sa chambre. Ils étaient plus émus que la veille, le temps s'étirait en les rapprochant.

Ils passèrent encore ensemble une partie de la journée suivante. Sébastienne goûta le couscous dominical chez Ahmed, étourdie par le claquement des dominos sur les tables de bois et par la musique arabe venue du Scopitone, un juke-box avec danseuses du ventre rétroprojetées sur le verre dépoli. Il fallait qu'elle parte, à cause d'un dîner, un dimanche soir, drôle d'idée, mais c'était l'anniversaire d'une amie, ses trente ans, elle ne pouvait pas la laisser tomber. Joseph l'accompagna jusqu'à la Nation pour la mettre dans un taxi. C'était ce qu'il s'était engagé à faire, en descendant de chez Sarah, la raccompagner jusqu'au moment où elle trouverait un fiacre. Il avait tenu parole, après deux nuits et deux jours.

Alma-Marceau

C'était grâce à Sébastienne que Joseph se sentait si léger en se rendant à l'agence Public Com. Il ne s'était jamais imaginé en mercenaire de la politique mais, si près du pont de l'Alma, il pouvait bien faire le zouave. À cet endroit, sa ligne s'approchait de la Seine sans la traverser, préférant s'enfoncer sous la colline de Chaillot. De toutes les gloires qui convergent sur la place de l'Alma, on avait choisi Marceau, associant, dans la confusion, un général de la Révolution à une victoire remportée au bord d'un fleuve de Crimée sous le Second Empire, exploit des fameux régiments d'Algérie.

Au vu de l'adresse de Public Com, on n'avait pas à s'inquiéter pour la boîte. De beaux locaux au bas de l'avenue Marceau et, bien sûr, on ne couperait pas au mobilier de bureau de chez Starck. C'était chic mais de gauche, tout de même ! Marceau n'était-il pas le héros que les vieux socialistes distinguaient parmi tous les généraux de la Révolution ? Marceau… Jeune sergent, il participe à la prise de la Bastille et prend la tête d'un bataillon de volontaires. Il se distingue à Fleurus, disperse les royalistes en Vendée, combat dans les Ardennes, puis s'empare de Coblence, provoquant la panique chez les émigrés. Tué au combat… Marceau !

C'était le pseudonyme qu'avait choisi un juif de Vilno dans la Résistance française ! C'était aussi le prénom que portait fièrement le leader de l'aile gauche de la SFIO, Marceau Pivert. Tout cela semblait de bon augure. Même si l'entrée de l'agence Public Com n'avait guère de rapport avec les souvenirs révolutionnaires. Le blanc et le froid de la modernité derrière une façade qui prétendait au style Haussmann, en dépit d'une signature d'architecte datant la construction de 1912. Dans le hall, un grand panneau mural déclinait les principales campagnes de l'agence comme autant d'exploits guerriers. On pouvait lire l'audacieux slogan conçu pour une eau minérale, on voyait l'image d'une bagnole française sur la muraille de Chine et la photo d'un mannequin vantant un parfum de marque. On pouvait aussi lire l'inscription « Présidentielle 1981 », sans plus de précision, histoire de rappeler aux clients que l'agence se targuait d'avoir fait élire un président de la République.

Un ascenseur de verre installé dans la cage d'un escalier en marbre conduisait à l'étage des penseurs de la communication politique. L'accueil, en revanche, n'était pas très « com ». La secrétaire assise derrière le standard se levait sans doute un peu trop tôt, à cause de sa peinture faciale, au moins deux heures de boulot pour une pro du pinceau. Elle ne pouvait pas sourire avec un masque aussi épais, et sa voix n'était pas la suave du pont de l'Alma. « Vous demandez qui ? Madame Hirsch ? Vous avez rendez-vous ? Asseyez-vous, je vais voir si elle peut vous recevoir. »

Jo prit place sur la banquette, feuilletant les revues « tendance ». Sarah occupa vite l'espace, l'accueillit comme un proche, si bien que la standardiste démontra aussitôt à Joseph que son maquillage était assez élastique pour permettre le sourire.

Sarah parlait très vite, un débit auquel elle n'avait pas habitué Jo, une nervosité évidente. Dans son appartement de la Muette, elle l'avait reçu avec plus de naturel, et beaucoup d'élégance, lui dessinant clairement leur nouvelle relation, celle d'un ami du couple. À l'agence, elle faisait ce qu'on appelle un coup. Elle montait une affaire qui la valoriserait et renforcerait son influence. D'où cette excitation qui la faisait parler vite, pour débiter des fadaises, dire qu'elle le trouvait très en forme, si bien qu'il se demanda si elle n'avait pas au moins l'intuition de ce qui avait pu se produire depuis le dîner.

— Tu as fait une forte impression, l'autre soir. Sur tout le monde. Alfred, c'est normal… Mais le ministre était très intéressé par tes analyses. Je ne te parle pas de la petite Sébastienne… Si tu veux la revoir…

Il préféra ne pas répondre, espérant masquer sa gêne. Il se demanda si Sébastienne avait eu le temps de raconter son week-end, s'étonnant d'être tout juste agacé par cette perspective. Sarah qui, le connaissant, n'espérait pas de confidences, continua comme si de rien n'était.

— Je t'emmène tout de suite chez Jacques… Lui aussi t'apprécie. Je crois qu'il compte beaucoup sur ce que tu peux nous apporter. N'oublie pas que c'est l'un des hommes les plus écoutés à l'Élysée.

Joseph s'amusa de cette manière de désigner l'Élysée pour ne pas trop évoquer le nom de son locataire, à la manière des anciens croyants qui s'interdisaient de prononcer le nom de Dieu.

Jacques Croissac évoluait dans une sorte de bocal insonorisé, il était toujours dans le champ de vision de ses collaborateurs. Il ne ressemblait pas à l'idée que l'on se fait du pubard. Un petit bonhomme à l'accent du Sud-Ouest, portant une chemise à manches courtes et une cravate rose. Jo se demanda si la couleur changeait avec les clients. Il en avait peut-être une bleue pour les commandes du RPR. Il accueillit Joseph avec une chaleur très méridionale et l'invita à prendre place à la table de réunion.

— Sarah, tu veux bien appeler Nadia pour qu'elle prenne un compte rendu ? Giuseppe nous rejoindra tout à l'heure… Tu le connais, je crois.

Joseph ouvrit des yeux étonnés. Il ne connaissait qu'un seul Giuseppe. Un camarade italien qui s'était un peu fourvoyé avec les Brigades rouges et avait dû se réfugier en France quand ses copains étaient passés à l'acte. Lui n'avait jamais dépassé le stade des manifs musclées et des coups de main contre les néofascistes, mais de sympathiques repentis l'avaient mouillé, si bien qu'il se retrouvait poursuivi pour complicité d'enlèvement et de meurtre.

— C'est bien le Giuseppe que tu connais, précisa Sarah, il n'y a pas de meilleur concepteur graphiste.

— Allons-y, dit Jacques, il faut déblayer le terrain avant qu'il arrive. Si nous nous entendons sur ce premier boulot, tout ira bien. Tu connais aussi bien que moi la situation politique. On en a parlé l'autre soir. La gauche va aborder une série d'élections difficiles. Les européennes arrivent vite, et à ce moment-là nous serons au milieu du septennat. Après, les choses sérieuses commencent… D'ici aux législatives de 86, il faut que le PS trouve une nouvelle image et il faudrait que des idées nouvelles émergent un peu. Pour l'instant, on n'entend que la droite, l'affaire de l'école va péter à la rentrée. C'est comme ça, non ?

— Tout ça, répondit Joseph, je le vois très bien. C'est même pire. Le gouvernement devra faire avaler la rigueur à la gauche, la CGT renâcle déjà, et la droite va mobiliser tout ce qu'elle peut en faisant passer le pauvre Savary pour le petit père Combes. Sans parler de ce qui se joue sur l'immigration ! Le problème, c'est que le PS ne dit rien, sauf peut-être sur l'école.

— Et même… Sur l'école, il en dit trop. Poperen et Laignel partent comme des fous, toujours prêts à bouffer du curé ! L'idée, pour l'instant, c'est de construire sur les valeurs… Je veux tester ça pour les européennes… c'est un bon laboratoire… 50 % de votants, au grand maximum, un Parlement sans enjeux…

— Tu veux dire une campagne sur l'Europe des droits de l'homme, la gauche qui a aboli la peine de mort, humaniste, généreuse, avec peut-être deux trois choses sur les rapports Nord-Sud, le rôle de l'Europe…

— Il est génial ton poulain, Sarah ! C'est exactement ça… Le problème, c'est la liste que le PS va nous sortir pour mener ça… Dans la bouche de Mitterrand, ces idées-là, ça marche tout seul. Il ne peut pas s'exposer dans la campagne. Donc, il va mettre Lionel devant. C'est un ami, tu sais, il a beaucoup de qualités. Mais comme tête de liste aux européennes, autant envoyer un anti-alcoolique militant dans le Calvados. Il faudra se démerder avec, trouver une image.

Sarah répondit en connaisseuse d'hommes, certaine de trouver une stratégie pour rendre les plus austères presque glamour. Joseph s'amusait à ce jeu. Foin de la nostalgie ! Il avait mis la main à tant d'autres manipulations. C'était bien pour son « métier » qu'on l'employait. Capter les aspirations, chercher à renverser le courant politique, lancer des idées : il avait été à la meilleure des écoles. Croissac le savait. Il avait eu une phrase assez étrange : « Tu es l'homme de la situation, parce qu'il faut quand même que tout ça ressemble à des idées de gauche. »

Concepteur publicitaire d'idées sociales et généreuses ! Un profil difficile à dénicher dans les agences de placement des cadres. Joseph commençait à penser qu'il avait un prix. D'autant qu'il avait aussi appris à les peser, les mots. Au long du briefing, on avait commencé à évoquer des slogans possibles. Sarah envisageait de tourner autour de « La gauche généreuse », belle expression qui ne convenait pas à Croissac. Joseph avait critiqué le « concept », puisqu'il n'avait pas tardé à employer le vocabulaire du métier. Concept… Il se sentait un peu honteux de jouer avec le terme, en pensant à ce qu'il signifiait pour ses maîtres en philosophie. Le temps n'était plus aux discussions théoriques entre intellectuels dissertant sur la rupture épistémologique dans l'œuvre de Karl Marx. On faisait désormais des concepts de campagne.

— C'est séduisant « La gauche généreuse », remarqua Joseph. Mais… la droite ne manquera pas de répliquer, en attaquant la gauche dispendieuse, nostalgique de l'État providence. Et, surtout, pour un facteur ou un instituteur qui doit accepter la rigueur et le blocage des salaires, « La gauche généreuse », ça risque de passer très mal !

Croissac hochait la tête. Il était vraiment bon, celui-là. Le petit que Sarah avait déniché. Joseph s'amusait de ce mouvement. Ce qu'un copain d'autrefois, Ravachol de son blaze, appelait « le gang des hocheurs de tête », ceux qui opinaient du chef quand de hauts dirigeants parlaient dans les réunions. C'était un tic, au parti ! Lorsque Georges Marchais déversait de doctes âneries, les lèche-culs approuvaient au risque de se déchausser les cervicales. Bon, cette fois, c'était le patron qui se livrait à des exercices d'assouplissement de la nuque ! L'honneur était donc sauf.

Giuseppe entra dans la salle, nonchalant, comme toujours. Légèrement plus âgé que Joseph, avec un œil extraordinairement vif quand l'autre n'était qu'une bille de verre, fort bien faite, reprenant exactement le dessin, au point de donner l'illusion de l'expression. La figure de Giuseppe pouvait s'éclairer à la vue d'un ami, d'un vrai. Il embrassa furtivement Sarah, salua Croissac, en faisant passer quelque chose de sincère, qui ne ressemblait pas à ces salamalecs dont les gens du milieu pubard étaient coutumiers. Un vrai courant. Il attrapa Joseph qui se levait de sa chaise, ému de le retrouver. Une accolade fraternelle, rien à voir avec ces gestes que l'on faisait, sur les tribunes d'autrefois, pour accueillir le chef de la délégation d'un parti frère. Non. L'expression d'une véritable fraternité. L'amitié des hommes qui se sont rencontrés en des combats douteux, qui ont partagé les mêmes illusions et qui survivent, tant bien que mal, dans une époque allergique aux rêves.

— Jo… ça fait plaisir de travailler avec un vrai camarade… un ami !

— Giuseppe, vieux frère !

Ils avaient commencé, l'un et l'autre, au parti. Giuseppe, à Milan. Joseph, au bout de Paris. La dissidence de Giuseppe n'était pas tout à fait la même. Mais tout tenait à si peu de chose. Le même désespoir. Du temps que Joseph admirait l'intelligence des communistes italiens, celle du marquis sarde Enrico Berlinguer, un comte Mosca dans la révolution, croyait-il, Giuseppe, lui, se révoltait contre l'hypocrisie de cette société italienne, les anciens fascistes recyclés en petits curés de la démocratie chrétienne, les mafieux et les dirigeants communistes, à Rome, rue des Boutiques-Obscures, eux qui, sous leurs allures florentines, étaient finalement plus staliniens que les grossiers bureaucrates de la place du Colonel-Fabien.

— *Finalemente*… on se retrouve… Ne t'en fais pas, Croissac, avec Joseph, on va te le faire, ce job !

Être là avec Giuseppe, dans le bureau d'un grand patron de la pub, devant cette baie vitrée ouverte sur la Seine… Croissac fit servir le café sur la terrasse. Jo se pencha, essayant d'apercevoir le zouave du pont de l'Alma, mais il était sur l'autre face du pont, tourné vers l'amont. Fameuse histoire, les zouaves ! Bataillons coloniaux qui virevoltaient entre les tranchées. Ils étaient les zouaves de la gauche, Giuseppe et lui ! *Avanti popolo !*

Sarah invita Joseph pour quelques instants dans son bureau. Elle l'informa des conditions. Joseph ouvrait de grands yeux. S'il avait touché de telles sommes chaque fois qu'il avait eu à inventer des mots d'ordre ! Il fallait profiter de l'été pour « cadrer »…

Jo traduisit aussitôt dans l'ancien langage, la langue du parti, « cadrer la ligne ».

— Il faut un maximum d'éléments avant l'université d'été du PS, fin août…

On préparait donc la ligne depuis cette agence de pub, on y surveillait jusqu'aux discours prononcés par les dirigeants devant les cadres du Parti socialiste. C'était drôle. Mais les pubards devaient faire appel à la compétence de deux vieux briscards, des militants au visage buriné par le souffle des anciennes batailles. Giuseppe, le *milanese*, *brigadista*, camarade P38, et lui… Joseph Kaplan, ancien membre de la section idéologique et culturelle du Comité central ! *Avanti !*

— Oh… Joseph… je suis désolée, fit Sarah gênée, je ne peux pas déjeuner avec vous, je dois… aller chercher mon fils… Mais… j'ai réservé pour vous… en face… un restaurant formidable, avenue Marceau… Et puis… tiens, prends ça… c'est juste une petite avance…

Jo prit l'enveloppe. Un joli petit paquet de billets de cinq cents francs. Il la fourra dans sa poche sans compter. Sarah… Un môme !

— Tu as un enfant ?… Je…

— Oui… j'ai un fils et un mari… Les années ont filé, tu sais ! Rien d'extraordinaire ! Il est formidable, tu verras… Mais je fonce. Il arrive à Roissy… son premier séjour aux States, quinze jours sans moi chez la cousine d'Alfred ! *Ciao bello !*

Joseph la regarda partir. Il y avait donc si longtemps qu'elle vivait avec Alfred Hirsch, leur fils avait grandi au point de voyager seul entre Paris et New York. Il retourna sur la terrasse où Croissac plaisantait joyeusement avec Giuseppe. Un déjeuner de travail, et comment ! Avec plaisir, les amis !

Il profita de ce moment de solitude dans le bureau de Sarah pour fermer la porte et composer le numéro de Sébastienne. Entendre sa voix.

— C'est toi… je suis furieuse contre moi… je n'arrive pas à me concentrer. Je pense à toi, tout le temps !

— C'est si désagréable ?

— Non, justement. C'est bien ce qui m'embête. Je crois que je suis amoureuse…

— C'est terrible. Moi aussi, je fais des choses inhabituelles. Ce matin… j'avais envie de te parler. Mais je n'ai pas le téléphone, et chez Ahmed, il n'y a pas de cabine… le comptoir, ça manque d'intimité. Alors, je suis allé demander mon branchement… Je veux que tu puisses me déranger n'importe quand…

Voyant passer Croissac, qui retournait vers son bocal pour reprendre le briefing, il baissa la voix. Oui, il viendrait la chercher, ce soir. Il parlait d'un bureau isolé mais, sur ce plateau de travail, tout le monde voyait tout le monde, Jo avait le désagréable sentiment d'être épié, observé. On n'entendait sans doute pas ce qu'il disait, mais il est des mots qui se lisent facilement sur les lèvres.

— Ne raccroche pas tout de suite, murmura Sébastienne.

Quoi de plus délicieux que d'écouter encore la voix de Sébastienne quand un homme aussi important que Croissac l'attendait.

— Le pire, dit-elle, c'est que je planche tout à l'heure

devant les crânes d'œuf de la banque. Je ne vais jamais y arriver, dans cet état !

— Mais si ! Tu seras brillante, sûre de toi. Heureuse d'être aimée.

— Qu'est-ce que tu dis ? Répète !

Il répéta les derniers mots. Elle accepta qu'il raccroche enfin.

En reprenant place dans le bureau de Croissac, Joseph affronta le regard narquois de Giuseppe.

— C'était une femme, forcément, pour que tu restes si longtemps au téléphone !

— Et alors… Tu t'es fait moine, toi ? Ça m'étonnerait.

— N'oublie pas que je suis un Rital… Devant un curé, je suis capable de devenir vraiment un terroriste !

— Où en était-on ? interrogea Croissac. Avec vos histoires de cul, je ne sais plus… Ce n'est pas grave ! Si Joseph est aussi bon avec les électeurs qu'avec les gonzesses, on fera un malheur. Tu m'as scié, l'autre soir… La petite Montguyon, tellement pète-sec d'habitude ! Elle rembarre tous les mecs et se vante d'avoir viré le sien à coups de pied au cul ! Mais devant toi, elle mouillait tout ce qu'elle pouvait.

Jacques Croissac parlait avec cette vulgarité qu'on s'autorise dans les compagnies d'hommes, ce dont Joseph avait toujours eu horreur depuis le lycée et, surtout, depuis la caserne. Jadis, au parti, avec des prolos ou supposés tels, il l'acceptait un peu mieux. Et Croissac, qui évoluait dans les plus hautes sphères de la société, usait de cette trivialité du langage pour établir avec lui une complicité !

Jo revint immédiatement, presque brutalement, à ce qui devait les occuper. Il était curieux de savoir comment une agence de communication pouvait intervenir au sein d'une réunion interne du PS. C'était, pour Croissac, une simple question de budget ! Au minimum, on travaillerait le style et l'image des documents remis aux participants et à la presse. On soignerait les discours. Dans l'idéal, s'il y avait assez de fric, il faudrait agencer toute la réunion, ne rien laisser au hasard.

Comme Jo s'inquiétait, sur le ton de la plaisanterie, certes, de ce qui resterait de démocratie interne au PS, Jacques Croissac raconta sa dernière conversation avec le président, quelques jours plus tôt, à Latché.

— Pour François Mitterrand, c'est une question de démocratie, précisément. Il tire sa légitimité du suffrage universel. Dans la balance, c'est tout de même autre chose que d'être mandaté par les vingt-cinq adhérents de la section socialiste d'Hénin-Liétard.

Joseph encaissa. Il la connaissait bien, cette conception de la démocratie. Le langage et les objectifs changeaient, mais il y avait toujours des intérêts supérieurs qui commandaient de ne pas perdre son temps en palabres inutiles. Comme il y avait toujours ce que « les masses » devaient entendre, l'image qu'il importait de leur donner. On ne disait pas « les masses », comme dans l'ancien langage, ni même « les travailleurs », il fallait parler à « l'électeur de base », à « tous les Français »... Le président lui-même avait trouvé judicieux d'utiliser les compétences d'un ancien cadre communiste pour ce travail très particulier.

Il n'était plus temps de s'insurger au nom de la « démocratie ouvrière ». L'acompte remis par Sarah pesait assez lourd dans la poche. De beaux billets neufs, des jaunes, les plus gros. À ce prix-là, on pouvait accepter de rompre avec les archaïsmes de la gauche, inventer une nouvelle manière de promouvoir la politique, loin des motions ringardes et des débats de tendance.

Tranquillement cynique, Jacques Croissac avait tenu à motiver Joseph. Il savait tout de sa situation, Sarah avait beaucoup trop parlé, avec les meilleures intentions du monde, mais Joseph se sentait totalement ficelé.

— Tu ne peux tout de même pas continuer à vivre de cette manière, affirma Croissac, parlant comme un ami de toujours. Surtout si tu te tapes la môme Montguyon. Chouette fille, brillante et vraiment de gauche d'ailleurs. Du pognon, elle en gagne, elle est née dedans mais, à son âge, elle n'a aucune raison de payer pour les mecs. Et c'est pas le genre qu'on emmène au bistro arabe du coin. En bossant bien, tu seras au niveau.

Tout allait vite, très vite, une semaine s'était écoulée, depuis le 14 Juillet, le dîner quelques jours plus tard, le week-end sans quitter Sébastienne, ce rendez-vous à l'agence, ce travail. Cette rencontre était un hasard, même si Sarah avait des dons d'entremetteuse, elle ne la lui avait pas mise dans les pattes. Il était seulement pris dans un tourbillon, Sarah avait surgi de son passé et, en quelques jours, sa vie avait totalement changé.

La présence de Giuseppe le rassurait. Il descendit avec lui au restaurant *Chez Francis*, avenue Marceau, Croissac avait à faire, il les rejoindrait pour le café.

Jo en profita pour questionner Giuseppe sur ce milieu où il se trouvait brusquement projeté.

— Dans l'ensemble, répondit Giuseppe, ce sont des crétins. Exactement comme tu les imagines ! Superficiels, attirés par le clinquant, la mode, les idées jetables… Mais Jacques est le moins crétin, dans le genre. Et, derrière, il y a des choses sérieuses…

— Tu veux dire… la politique, le président ?

— Naturellement, lui est tout sauf un crétin. Il sait ce qu'il fait. Il regarde tout et c'est lui qui décide, pas les pubards ! Toi, il faut que tu sois toi-même. Que tu fonctionnes en politique, comme avant !

Giuseppe demeurait tel qu'en lui-même. Il avait conçu

les brûlots du gauchisme italien, maquetté la contre-information. En France, il avait très naturellement travaillé avec les anciens copains, à *Libé*, au début, mais c'était trop limité pour lui. Il vivait dans une étrange situation. L'Italie demandait toujours son extradition, que la cour d'appel de Paris refusait.

— Ne t'imagine surtout pas que je suis protégé par le président ou par le gouvernement ! Je n'ai même pas de papiers. Mais comme la demande d'extradition est allée jusqu'à la Cour de cassation qui l'a refusée, je suis inextradable. Donc, je suis à mon compte. La seule chose, c'est que je ne peux pas sortir de France.

Toujours terroriste pour les Italiens, Giuseppe pouvait travailler en France pour de grands patrons, qui l'agaçaient lorsqu'ils lui demandaient de raconter ses aventures d'autrefois.

— Ils aiment se faire peur ! Ça doit les faire jouir de m'imaginer avec un P38 braqué sur eux… Quand je pense qu'on faisait des plans, on se demandait comment rentrer dans le bureau des grands patrons… Maintenant j'entre par la porte, ils me servent le scotch !

— Et les flics, ils ne t'emmerdent jamais ?

— Plus maintenant ! répondit Giuseppe en riant. Il y a quelques mois, on sonne à ma porte à 7 heures du matin. Un commissaire, quatre agents. Ils voulaient nous emmener, ma copine et moi… Tu sais, Paola, tu la connais… Bon… Le président du Conseil italien venait à Paris, et ils avaient ordre de nous emmener en vacances ! Et tu sais où ? À Vichy ! Ils avaient réquisitionné un hôtel. Le flic me dit : cinq jours aux frais de la République ! Moi, j'ai dit pas question… Aujourd'hui, j'ai rendez-vous avec un client important, patron d'un journal de province.

Joseph écouta la suite comme dans un brouillard. Paola ! C'était elle, forcément… Elle faisait tout pour éviter que Giuseppe et Joseph se rencontrent. C'était un jeu, elle était assez effrontée pour ne rien cacher à Joseph de ses désirs d'amours multiples. Il n'y avait pas que Giuseppe et lui, elle se vantait de multiplier les aventures, parfois furtives. De petites histoires qui excitaient Joseph, quand elle les racontait dans des chambres qu'elle prétendait toujours avoir essayées avec d'autres. Joseph la soupçonnait parfois de fabuler, mais elle trouvait toujours de nouveaux lieux pour leurs rencontres. Force était de constater qu'en quelques années, Paola avait acquis une connaissance parfaite des maisons de rendez-vous et des hôtels de Paris. L'ancien brigadiste, lui, ne savait rien, il poursuivait son récit en souriant.

— Le commissaire ne voulait rien entendre, on s'est retrouvés avec les menottes, direction le commissariat du XIe arrondissement !

Méthode habituelle. Deux ou trois heures dans une cage avec les clochards, les petits malfrats et junkies. Ensuite le commissaire le fait venir dans son bureau. Giuseppe obtient de téléphoner à son client. Puis il tend le combiné au commissaire.

— Il commence par dire qu'il n'a pas à parler à mon client. Je lui conseille de le faire… Il écoute. Décomposé. C'était son patron, Gaston Defferre. Je refaisais le look du *Provençal*. Du coup, j'ai eu une voiture et un chauffeur pour aller prendre mes maquettes à l'atelier. Pendant que le président italien était à l'Élysée, moi j'étais en face, dans le bureau du ministre de l'Intérieur ! Moi dont la photo est affichée dans tous les postes de carabiniers ! Depuis, je n'ai plus de problèmes.

Joseph essayait de chasser Paola de ses pensées. Elle n'avait plus d'importance. Ce n'était qu'un jeu, qui cesserait quand elle saurait que ses deux amants travaillaient ensemble. En dépit d'elle, Joseph était détendu, Giuseppe avait balayé ses angoisses. Il avait, comme lui, rêvé de poudre et renoncé à une carrière qui avait si bien commencé. Professeur aux beaux-arts de Milan, concepteur graphique des journaux du groupe Agnelli, Giuseppe s'était retrouvé avec ses étudiants dans une manif violemment réprimée, sur la Piazza del Duomo. Sa vie avait basculé en quelques jours du printemps 1968, il avait participé au saccage de son propre bureau, en compagnie d'étudiants furieux de la manière dont la presse Agnelli rendait compte des manifestations étudiantes et, bien sûr, des grèves chez Fiat, à Turin. Une spirale… Giuseppe avait mis son talent au service des brûlots maoïstes, dirigeant les journaux du « Parti communiste combattant ». Et bien qu'il fût hostile au terrorisme individuel, il avait dessiné le sigle et la fameuse étoile des Brigades rouges. Il avait dû partir quand ses camarades étaient passés à l'acte.

Avec lui, Joseph se sentait un peu moins compromis. Puisque Giuseppe lui-même travaillait pour ces foutus sociaux-démocrates et pour leur armée de pubards !

La table était bonne, on pouvait faire confiance aux coquillages de *Chez Francis*, même en plein été. Il pouvait travailler, dans ces conditions, ses préventions tombaient une à une. Croissac vint les rejoindre, comme prévu, pour prendre avec eux quelques dispositions pratiques. Il confia à Joseph un paquet de papiers dactylographiés.

— Ce sont les textes préparés par le PS. Imbitables, évidemment. Tu auras deux trois susceptibilités à ménager… Vois avec Giuseppe comment on peut présenter ça… Et, bien sûr, tu réécris tout, avec des formules qu'on retravaillera ensemble. Fais déjà ça… après, on verra la suite des opérations.

Croissac, pressé, signa l'addition et fila.

— Le mieux serait que tu viennes tout de suite dans

mon atelier, proposa Giuseppe, j'ai commencé à travailler sur la ligne visuelle… En métro, on y est vite.

L'adresse de Giuseppe n'était pas inconnue de Joseph, mais Paola n'y était pour rien. Elle ne lui avait jamais laissé qu'un numéro de téléphone, en lui ordonnant de ne jamais laisser de message. Mais c'était elle qui appelait Joseph, chez Ahmed.

Paola et Giuseppe partageaient un loft, bien sûr. Un atelier de graphisme ne pouvait loger que dans un loft. Giuseppe avait installé le sien chez Ramon, un anar espagnol, un ébéniste qui avait fait faillite à force d'embaucher tous les réfugiés politiques, même quand ils ne connaissaient rien au bois. Il y avait eu les Chiliens du MIR, les Basques et les gauchistes italiens. Giuseppe lui-même était resté quelques semaines chez Ramon, il avait travaillé avec lui, le temps de s'organiser et de trouver à s'employer dans son propre métier. Ce métier qu'il avait jadis quitté, du jour au lendemain, lui que tout destinait à occuper un poste important au sein de l'empire de presse Agnelli !

Charonne

Joseph poussa la porte de l'atelier de Giuseppe, comme autrefois, comme du temps de Ramon. Les odeurs de copeaux, de colle et de vernis n'imprégnaient plus la rue de Charonne, elle menait toujours du boulevard Voltaire au faubourg Saint-Antoine mais les cours et les passages ne communiquaient plus. On avait tout muré, il fallait composer des codes pour ouvrir des portes repeintes, brillantes de laque. Souvent les vrais pavés d'autrefois, irréguliers, disjoints, avaient été remplacés par des pierres bien taillées. On ne trouvait plus de poubelles débordantes, ni de ces tas informes où l'on amassait pêle-mêle des chutes de bois et de tissu, des bidons vides, des outils hors d'usage, toutes sortes de choses qu'on balançait sans les jeter tout à fait. Elle avait dû crever de faim et de tristesse, la vieille de la rue de Charonne qui chinait dans les passages, ramassait du tissu et des bouts de ferraille que les chiffonniers de Montreuil lui achetaient pour trois sous. C'était surtout pour ses gauloises et pour son blanc sec de comptoir. Elle clapait au palais de la Femme, institution charitable de la rue, où il était strictement interdit de faire entrer de l'alcool, du tabac et des hommes.

En traversant la cour, le rappel d'un règlement de copropriété avait fait grimacer Joseph. Un interdit de bruit dans un passage qui avait vécu si longtemps au rythme des scies et des varlopes ! Paris commençait à s'enfoncer dans le silence. Il y avait toujours le bruit des moteurs, mais pas ceux d'un temps où l'on travaillait partout ! Et comment les petits garages, les ateliers de mécanique, les carrossiers avaient-ils disparu, alors qu'il y avait des bagnoles partout ! Le XIe arrondissement investi par des gens qui ne supportent pas d'être réveillés par des coups de masse sur une tôle, un moteur qu'on règle, un chalumeau, une scie mécanique !

Les bruits de Paris, ça ne s'arrêtait jamais !

Pourquoi revenir dans ces lieux envahis de snobards ? Giuseppe demeurait dans la rue de Charonne, côté Voltaire, à la lisière de l'ancien quartier des ébénistes, et c'était bien la première fois que Jo allait franchir le seuil d'un ancien atelier.

Surtout celui-là !

Il était certain de ne jamais le faire, il se l'était juré, naguère, en buvant la piquette du dernier bistro d'ébénistes, devant le passage de la Main-d'Or. Un rouge de comptoir que la sciure venait absorber lorsqu'il se renversait sur le carrelage. Cette poussière de bois, partout, entre les pavés des cours et des passages, à la surface de l'eau noire des caniveaux et sur le sol du café… Mais… ils fermaient les uns après les autres, les ateliers. C'était venu d'un coup, dans les années soixante-dix. Plus de meubles ! Des étagères stratifiées, recollées et vernies, des tables basses, ferraille et verre fumé ! Du bois, il ne restait que les anciennes casses d'imprimerie transformées en présentoirs de bibelots !

Les deux matières étaient parties ensemble, le plomb des caractères d'imprimerie, les poutres et les planches qu'on découpait dans chaque recoin du quartier. Plus d'ouvriers dans les imprimeries, plus d'artisans dans le faubourg ! Jo travaillait dans la presse, en imaginant qu'il appartenait toujours à l'aristocratie ouvrière, comme le typographe Guillaume Brune. Il se définissait comme un ouvrier de la grammaire, ajusteur de phrases et tourneur de conjugaisons syndiqué à la CGT.

La faillite de Ramon… Cette dernière soirée.

Il avait juré que non, jamais il ne mettrait le premier pied dans ces saloperies de lofts et d'ateliers d'artistes ! *No pasarán*, les snobs, les promoteurs, les designers et les pubards !

Les œuvres qu'exposaient les galeries de la Bastille étaient, à ses yeux, autant d'alibis culturels pour faire monter les prix immobiliers ! Jo les regardait comme les expressions d'un temps qui ne voyait plus surgir les Malevitch, les Paul Klee, les Picasso. Un temps de modes. Le temps de Sébastienne, celui de Sarah. Le sien, puisqu'il passait de l'autre côté, concepteur-rédacteur de pub venu travailler avec son graphiste.

Pourquoi Giuseppe s'était-il installé en des lieux hantés, dans l'atelier de Ramon ? La réponse était simple, Ramon avait pensé à tout, sauf à la compagne qu'il laissait. Giuseppe avait racheté les locaux, négocié avec les créanciers, et elle avait pu récupérer quelque chose.

Elle avait accepté parce que c'était Giuseppe, un camarade, qu'elle ne pouvait regarder comme ces fabricants de mode qui venaient sceller la mort du faubourg, et donc celle de la classe ouvrière…

Ramon avait tenu longtemps, au fond de sa cour, il persistait à monter des meubles devenus invendables. Compagnon ébéniste, camarade anarchiste… ses gestes. Ses mains, ses longs doigts sur le rabot, la paume qui caressait les veines, sentait chaque aspérité. Le ciseau découpant les tenons et les mortaises sans que jamais le foret d'une machine électrique vienne toucher le matériau. Ramon sortait dans la cour quand ses ouvriers utilisaient la scie électrique. Il tolérait cet engin mais ne voulait pas l'entendre. Il allait fumer un cigarillo, un petit déchet de havane, et puis il revenait, pour voir le bois souffrir, pour passer un baume sur ses arêtes meurtries. Il repérait les éclats, les dégâts de la coupe. Il n'était pas question qu'une ponceuse touche ses planches, et puisque les compagnons avaient l'amour de l'électricité, c'était lui, le maître, qui passait le papier de verre, en suivant méticuleusement chacune des stries.

Jo avait envié sa fin… Cette arme d'Espagne, quand la coopérative avait fermé… Le funérarium du Père-Lachaise. Le crématoire ! Ses cendres dispersées le long du mur des Fédérés ! Ramon… Il avait demandé une gerbe sur le mur du cimetière. Une seule. Une gerbe d'œillets rouges enroulés dans un drapeau noir.

Ramon ne commentait plus les nouvelles en répétant : « Enculés de fascistes ! Putains de staliniens ! » Son atelier… Ramon… La Coopérative ouvrière du meuble… Des prolétaires de tous les pays, de toutes les tendances, le vin toscan de Giani et puis Roberto, le Chilien, avec sa flûte andine.

Pardon, Ramon ! Dans ton atelier… nous, deux anciens camarades… Et nous travaillons pour la social-démocratie ! Tout avait été transformé, mais on avait conservé quelques reliques, à commencer par la photo de Nestor Makhno, chef des partisans d'Ukraine qui avaient écrasé les armées blanches avant de se faire piéger par leurs alliés bolcheviques. Makhno, expulsé d'URSS, était devenu ouvrier ébéniste sur le faubourg Saint-Antoine. Nostalgique de ses chevauchées héroïques plus que de la révolution elle-même, il passait ses dimanches à Longchamp. La photo qui trônait toujours à l'entrée du loft avait été prise sur la pelouse, à côté des guichets du Pari mutuel !

Giuseppe montra les lieux à Joseph. Il avait bien tiré parti de l'espace.

— En fait, tu te souviens, il y avait trois volumes. Deux petits espaces… enfin petits, pas tant que ça… J'en ai fait mon agence de graphisme, et là, de l'autre côté de la porte, c'est autre chose, là où Ramon faisait son montage final, c'est l'atelier de peinture de Paola. Tu vas voir, c'est très bien ce qu'elle fait maintenant…

Joseph cherchait un prétexte pour ne pas rencontrer Paola. Il aurait préféré l'avertir, ne pas la prendre au dépourvu. Il essaya un de ces détours par la théorie qui rendaient tant de services, jadis.

— Tu sais ce que disait Ramon quand les artistes ont commencé à s'installer dans le quartier : « Les formes les plus révolutionnaires de l'art finissent toujours dans les salons des bourgeois ! »

— C'est vrai, mais les meubles de Ramon, ceux de la coopérative ouvrière, ils n'entraient ni dans les corons, ni dans les cages à lapins des banlieues rouges !

L'atelier n'était plus tout à fait le même. L'espace avait été modifié pour accueillir des châssis, des supports. Le gros poêle à bois, le Godin si longtemps nourri des chutes de la menuiserie, avait disparu. On avait dû mettre une chaudière quelque part puisqu'il y avait un grand radiateur à la place du Godin. L'établi de Ramon était toujours là, à gauche de l'entrée, le long du mur. Il servait désormais à poser des livres, des papiers, un téléphone ainsi qu'une chaîne stéréo maculée de peinture et qui laissait entendre le *Requiem* de Fauré, diffusé sur France Musiques. Le sol n'était plus jonché de sciure et de copeaux mais les odeurs de colle et de vernis dominaient encore celles de la térébenthine et de la gouache.

Paola occupait tout l'espace, elle semblait presque prisonnière sous cette charpente haute de cinq mètres et qui avait jadis abrité plus de dix ouvriers s'affairant autour des établis. Elle avait certainement entendu la porte, senti une présence derrière elle. Jo avait cru remarquer un sursaut imperceptible, un mouvement de ses reins étrangement sanglés dans un treillis militaire. Tenue de campagne devant la toile !

Paola se tenait debout, presque immobile, sa main gauche dessinait une volute noire qui venait renforcer la forme déjà inquiétante d'un corps meurtri. Les peintures qui s'accumulaient dans l'atelier jouaient presque toutes avec la déformation et la douleur des formes humaines, comme si les mains de Paola cherchaient à se libérer des siècles d'histoire de l'art dont elle avait été gorgée dans les écoles de Lucques et de Florence. Mais elle était là, l'histoire des formes, sans laquelle les déformations eussent été dérisoires et grotesques.

Quelques dessins accrochés au mur attestaient un travail qui confinait à l'obsession. Paola passait manifestement des heures à étudier le mouvement d'un muscle, à nouer des doigts entre eux, à modifier la torsion d'une bouche. Une photo de Giacometti et l'affiche d'une exposition de Francis Bacon formaient une sorte de manifeste. Des photos avaient été épinglées, avec une certaine ambiguïté. Pour les positions des corps, les expressions des visages, peut-être. Thelonious Monk pour son rire. Marcello Mastroianni par nostalgie, sans doute, puisqu'il était tout près de Giuletta Massina. Un nu masculin, découpé dans une revue gay, mettait une note insolite. Jo remarqua les deux dernières toiles de Paola. Des formes d'hommes. Un dos. Et le haut des cuisses, avec un sexe dressé jusqu'à l'obscénité.

Paola gardait les yeux fixés sur la toile. Ses longs cheveux relevés en chignon laissaient voir une nuque gracieuse, délicate. Cette femme appartenait à l'espèce supérieure des vertébrés ! Cette ligne, depuis la nuque jusqu'aux reins… Elle pouvait déformer tous les corps du monde, mais le sien méritait d'être statufié ainsi, sans la moindre modification. Giuseppe était un homme de goût.

— Giuseppe, tu es venu avec quelqu'un ?

— Oui ! Mais… lui, je peux l'emmener chez toi. C'est un ami. Retourne-toi, juste un instant !

Paola pivota, salua joyeusement Jo d'un baiser sur la joue, en tenant ses mains en l'air pour ne pas maculer ses vêtements. Comme s'il ne s'était jamais rien passé entre eux. Puis elle s'envola vers un petit évier situé au fond de l'atelier.

— Ça te plaît ? demanda-t-elle en revenant avec une bouteille d'essence de térébenthine.

— Le verbe plaire me semble assez déplacé ! En regard de ce que tu nous prépares, Goya était un peintre de salon !

— Goya avait vu l'horreur chez les autres, rétorqua Paola. Moi je travaille sur ce qui a pu se passer à l'intérieur de nous-mêmes. Nous, nos copains qui sont devenus des tueurs… Au début, nos manifs étaient des fêtes… La révolution sexuelle ! Libérer les corps de l'oppression de l'État et, surtout en Italie, de la Chiesa ! Et puis… nous sommes passés au terrorisme ! Tuer, « jambiser »… Aldo Moro, pour nous, était le représentant de cette saloperie de démocratie chrétienne… Casa, Chiesa, foyer, église, pour les femmes… Mais nos copains ont pu l'enlever, le séquestrer et le tuer froidement !

— Ni toi, ni Giuseppe n'étiez des assassins !

— Pas directement, répondit Giuseppe. Mais cette histoire a révélé de vrais tueurs.

— Comme toujours, soupira Joseph. On le sait bien. Si vos camarades avaient pris le pouvoir, vous auriez fini l'un et l'autre comme les artistes de la Révolution russe ! Eux qui étaient les propagandistes du bolchevisme…

— Ne commençons pas avec les trains de propagande ! coupa Giuseppe en riant. Si Joseph se lance dans une discussion sur l'art, on ne va jamais travailler !

Il pouvait être intarissable s'il était question de Malevitch, de Kandinsky, des affiches du Proletkult ou de la répression qui s'était abattue sur les artistes après 1927. C'était bien le moment de penser au Proletkult… à la propagande révolutionnaire, quand ils devaient concevoir des publicités pour la social-démocratie.

L'odeur de térébenthine s'échappait de la bouteille, Paola faisait disparaître la peinture de ses doigts, elle les rinçait sous l'eau avant de leur rendre une totale féminité avec un lait de Chanel. Jo regardait la métamorphose. L'artiste, la femme. Et sa voix, de nouveau, avec une délicieuse pointe d'accent italien. La légèreté, en dépit des visions infernales qui habitaient ses toiles.

— On ne peut pas tout avoir… la peinture et de jolis ongles, avec du vernis…

Un chat sauta malencontreusement sur l'épaule de Jo. Il était figé, crispé, comme chaque fois qu'il sentait le contact d'un animal. Paola récupéra le félin.

— Michel Angelo ! Laisse-nous…

Giuseppe s'inquiéta. Joseph était littéralement paralysé, pâle, dans un état qui laissait craindre une crise de tétanie. Il recula vers la porte, cherchant un appui. Giuseppe et Paola vinrent à son secours, l'aidèrent à se poser sur un fauteuil, de l'autre côté dans l'atelier de graphisme. Il perdit un instant connaissance, rouvrit les yeux.

— Ça va ? demanda Paola. Je suis vraiment désolée. Tu es sans doute allergique…

— Quelque chose comme ça…, dit Jo. J'ai ce qu'il faut dans ma poche… Donnez-moi juste un verre d'eau.

Joseph avala les cachets dont il ne se séparait jamais. Les crises étaient assez rares, mais elles le privaient de tous ses moyens pendant quelques instants. Ni la sciure, ni les émanations de plomb des anciennes imprimeries, ni les salles enfumées ne lui avaient jamais provoqué de malaise. Mais les animaux et le pollen le rendaient malade. Il se persuadait, bien sûr, que tout le mal venait de ce greffier ! Il avait bel et bien éprouvé le même vertige au cours d'une de ses rares incursions à la campagne. La traversée d'un pré à vaches l'avait laissé au bord de l'asphyxie. À Vincennes, il s'approchait rarement des écuries, il aimait les chevaux, mais de loin, à travers les jumelles. Il resta un moment sur le divan, sonné, puis se releva comme s'il ne s'était rien passé.

— Ça va mieux ! On peut s'y mettre, Giuseppe !

— Tu es sûr ? Je peux te ramener chez toi… On bossera demain.

— Non. C'est dans la tête. Depuis une huitaine de jours, les événements défilent. Plutôt… de bonnes choses… Mais du genre à tout mettre en cause. Ton foutu greffier n'est qu'un déclencheur.

Les croquis, les choix de caractères que Giuseppe étalait sur la table étaient à l'inverse des toiles de Paola. Rassurants, presque lénifiants. Comment suggérer par l'image cette gauche rose pâle qui proposait une société douce et généreuse, qui évitait soigneusement les mots d'autrefois. Parce qu'il avait cru, plus que Joseph, à la violence des masses, à la guerre sociale, Giuseppe savait trouver le ton, jusque dans les couleurs, atténuant toujours le rouge, même sur le drapeau tricolore.

— Cela manque tout de même un peu de souffle épique, remarqua Joseph.

— C'est vrai… mais eux, ils veulent surtout être identifiés à des concepts comme la générosité, la fraternité… Tu sais bien ce que j'en pense. C'est comme ce film… *Tout le monde il est beau, tout le monde il est gentil* ! Tu imagines l'horreur d'une société comme ça ? Quel ennui.

— J'espère leur prouver qu'il faut aussi savoir montrer du muscle. Bien sûr, ils ont raison de laisser la droite se montrer agressive, violente, raciste même. Et de répondre par le contraire : être rassembleurs, fraternels…

Mais de là à jeter toute notion de peuple en marche, de combat…

Ils n'étaient pas très éloignés, Giuseppe avait seulement un peu plus l'expérience de ce genre de commande. Il fallait suivre, détourner un peu, remettre du contenu. Comme au temps de l'entrisme. Un boulot de trotskiste, après tout.

Ils arrêtèrent un programme de travail et Joseph prit congé, en rassurant Giuseppe et Paola sur son état de santé.

Une petite pluie rafraîchissait la rue de Charonne, que Joseph remonta jusqu'au métro, boulevard Voltaire. Il s'en voulait d'avoir craqué à cause du chat. Saletés de bêtes ! Il n'avait rien dit, attribuant le malaise à l'accumulation des émotions. Mais tout de même, ce félin qu'il n'avait pas vu arriver, sautant sur son épaule !

Il avait évité de dire ce qu'il en pensait, des chats. Il était déjà impossible de ne pas aimer les animaux, cela passait de plus en plus mal. Il était obligatoire de s'attendrir. Tout en caressant son gentil chaton, Paola pouvait évoquer les dérives criminelles et les regards d'assassins des camarades brigadistes. Et elle parlait comme si seul un chat pouvait connaître ses caresses, feignant de n'avoir jamais rencontré Joseph sans Giuseppe. Elle avait au moins autant de talent pour la comédie que pour la peinture.

Joseph avait horreur des bêtes, des chats surtout. Presque une phobie. Une félinophobie ! Il s'était plaint, un matin, en buvant son café au comptoir chez Ahmed, de ces saloperies de greffiers qui miaulaient dans sa cour, sous sa fenêtre. Même dans un bistro arabe – kabyle, en fait –, les clients auraient approuvé s'il avait dit que le quartier comptait trop de bougnoules, de noirs, de Portugais, d'étrangers. Mais trop de chats, non, assassin, les pauvres bêtes ! Céline avait gagné, définitivement, quoi de plus naturel que de s'attendrir devant Bébert tout en vomissant sur les youpins, ces raclures de bidet ! Comment ne pas s'attendrir sur la Ferdine cavalant après Bébert dans une gare allemande, sous les bombardements ? L'humain grouille en tout sens… il gueule, il braille, il pleure ! Et le petit chat, le gentil petit chat ? Ferdine a sauvé Bébert ! Permettrait-on encore que Molière fasse rigoler des salles entières avec « Le petit chat est mort » ? On dirait maintenant : pauvre Agnès, c'est vraiment affreux ce qui lui arrive ! Son petit chat ! Et Arnolphe qui s'en fout du petit chat, le salaud !

Chat rogne ! Charonne… Cela faisait plus de vingt ans ! La charogne était déchaînée, ce soir-là, un soir de février, avec une pluie glaciale qui commençait à tomber en même temps que les coups de matraque.

Il marqua une pause avant de descendre les marches. Il avait eu peur, à cet endroit, sous les banderoles du Front lycéen antifasciste. OAS assassins ! La paix en Algérie ! La charge folle des flics, une charge sauvage. Toutes les rues barrées. Heureusement, en ce temps-là, les portes cochères n'étaient pas verrouillées et, quand on connaissait le quartier, on pouvait fuir de cour en passage. Jo avait fait plusieurs fois la navette, aidant des groupes de manifestants à filer. Et quand on les poursuivait jusque dans les courettes, il y avait encore des gens qui, à la vue des CRS, balançaient leurs seaux de merde. C'était au temps des chiottes dans la cour ou, au mieux, entre deux étages, si bien que les locataires avaient toujours quelques munitions sous la main.

Pourquoi les camarades s'étaient-ils précipités vers cette bouche de métro aux grilles fermées ? Et cette rage des flics, déchaînés contre des manifestants désarmés ! Ce jour-là, 8 février 1962, le lycéen Joseph Kaplan avait décidé de militer, quitte à délaisser quelque peu les maths et la version latine. Il avait cessé d'être cet enfant sage dont Rosa était si fière. Fallait-il donc travailler pour réussir dans cette société qui assassinait les copains ? Plutôt que de préparer examens et concours, Jo avait passé les années de sa jeunesse de réunion en manif, refusant, dans les études elles-mêmes, de s'intéresser à autre chose qu'à l'histoire et à la littérature. Tout avait commencé là… À Charonne !

Il y avait une plaque sur la balustrade du métro, en souvenir des camarades. Il la salua en descendant. Pardon d'avoir rendez-vous avec une banquière !

Richelieu-Drouot

C'était encore une première, pour Joseph, que d'entrer dans un de ces immeubles sombres qui dessinaient un espace presque désert, sur la ligne des Grands Boulevards.

De la porte Saint-Denis à la rue de Richelieu, il y avait toujours tant et tant de choses à voir, même si les vitrines et les bazars avaient beaucoup changé, depuis Montand. Au-delà du café Gramont, la vie marquait une pause. Recueillement devant les banques ! Deux blocs d'immeubles bâtis comme des coffres-forts.

L'agitation reprenait au bout du boulevard des Italiens, avec les motos et les camionnettes qui partaient livrer la dernière édition du *Monde*, avec les cinémas, *Le Café de Paris*, le drugstore, boulevard des Capucines. Ce no man's land formé par la portion du boulevard des Italiens située entre les sièges des grands établissements bancaires lui paraissait interminable, il le franchissait toujours à grandes enjambées.

C'était comme une enclave inconnue dans un espace familier. Le Golf Drouot d'un côté, la salle Favart de l'autre : Joseph avait fréquenté les deux, ses parents l'avaient souvent emmené à l'Opéra-Comique et plus tard, avec la bande de Buzenval, il allait dans le temple du rock, au temps des Chaussettes noires et des pattes d'éph.

Il fallait avancer vers cette façade prétentieuse, ces

sièges de banques conçus à l'apogée du capitalisme. Le palais du nouveau prince, escompte et crédit, placements et dividendes. Le capital s'était offert des sculptures et des tours recouvertes d'ardoise. On avait, depuis, rationalisé les lieux, les portes monumentales entourées de colonnes n'ouvraient plus sur un hall de prestige, mais sur une banale agence. Joseph devait contourner le bâtiment pour trouver l'entrée réservée au personnel et demander Sébastienne de Montguyon au planton. Il était sorti du métro, par habitude, côté rue de Richelieu. Il descendait souvent la rue de Richelieu, rue de l'ennemi juré des trois mousquetaires, quand il allait retrouver Alexandre Dumas à la Bibliothèque nationale pour sa thèse. Le hasard avait associé Richelieu à Drouot. Pourquoi Drouot tout court ? Était-ce bien le général Drouot, volontaire de l'an I, officier à la bataille de Fleurus, général à Wagram, aide de camp de l'empereur en 1813 ? Ce fidèle avait suivi l'Aigle à l'île d'Elbe, participé au débarquement, avait été à Waterloo et avait replié les débris de la Garde jusqu'à la Loire quand les Prussiens étaient déjà à Paris.

Sébastienne travaillait dans un trou noir, aux anciennes limites de ce Paris historique que Joseph aimait tant. Rue de Richelieu, à la Bibliothèque nationale, il cherchait les sources d'Alexandre Dumas, lisait les récits de Paris sous la Révolution et l'Empire, se promenait dans les vieux passages couverts, Vivienne, Choiseul, Gramont, chers à Walter Benjamin. On y trouvait encore quelques libraires, avec de vieux livres et des gravures.

Il allait la retrouver, elle, si moderne, forte d'un savoir entièrement voué à l'action. Et lui… marcheur de Paris, mettant chacun de ses pas dans l'histoire ou dans les romans. Oh, ces romans dont les auteurs contaient toujours l'histoire des lieux. Hugo, Dumas, Eugène Sue.

Les Grands Boulevards ! La limite de Paris, au début du règne de Louis XIV, avant la croisée des

Fermiers-Généraux, confondue avec le tracé des métros aériens, Nation par Barbès-Rochechouart et, au sud, Nation-Étoile par Denfert-Rochereau. Les Grands Boulevards, depuis Richelieu-Drouot, à l'endroit où Haussmann formait une dérivation, un faux boulevard qui n'avait jamais été la limite de la ville que le baron de Second Empire avait repoussée plus loin, sur les Maréchaux.

Il fallait tout ignorer de Paris pour suivre la ligne droite, rater cette courbe du boulevard des Italiens, vers la Grange-Batelière, vers ces rues nauséabondes où Eugène Sue avait situé *Les Mystères de Paris*, avant la construction du palais Garnier et la percée de l'avenue de l'Opéra.

En traversant la rue de Richelieu, Joseph songea au secret de famille de ces Montguyon, il pouvait bien piétiner Richelieu pour retrouver la lointaine descendante d'un huguenot tué au siège de La Rochelle.

Il n'avait jamais été si bien accueilli dans une banque. Le nom de Sébastienne était un sésame. Oui, il avait rendez-vous ! Le mot n'avait pas tout à fait le même sens pour l'employé en uniforme, un monsieur qui avait « un » rendez-vous avec une dame de tout en haut, du cabinet de Monsieur le président, était quelqu'un d'important. Et lui, Joseph, tremblait, « comme à son premier rendez-vous un jeune homme qui me ressemble ». Louis toujours revient, quand il s'agit d'amour et de Paris, quand « il ne m'est Paris que d'Elsa ».

Cet été de Paris qui s'offrait à lui ! Les bureaux étaient déserts, excepté ceux de la salle des marchés où l'on attendait l'indice de clôture de Wall Street, de manière à laisser quelques consignes, pour l'équipe chargée de guetter dans la nuit l'ouverture de la bourse de Tokyo.

À l'étage directorial, quelques hauts cadres travaillaient encore. Vieux truc de pouvoir. La lumière qui brille encore quand tout le monde dort. Dans ce temple du capital, on se montrait indispensable en veillant tard au bureau. Exactement comme Staline au Kremlin, vu par Henri Barbusse ! Un huissier accompagna Joseph dans l'ascenseur et jusqu'au bureau de Sébastienne. Il lut le titre précis sur la plaque : « Attachée à la présidence, chargée des études et des prévisions ».

Il la trouva en larmes, la demoiselle au titre ronflant. Son visage s'éclaira quand il entra, mais elle ne bougea pas. Elle avait subi une longue réunion, seule femme au milieu d'hommes qui ne lui faisaient pas de cadeaux. Ils devenaient de plus en plus agressifs parce qu'elle avait été placée auprès de la direction par le gouvernement. Elle savait bien qu'ils la surnommaient l'œil de Moscou et la poule de Matignon parce qu'elle avait travaillé au cabinet de Pierre Mauroy. Pour eux, sa carrière ne devait rien aux diplômes et aux compétences et tout à sa carte du Parti socialiste et, bien sûr, à quelque amant bien placé. Des noms circulaient, jusqu'à celui du président de la République, à qui l'on prêtait beaucoup. Ces hauts cadres ne se contentaient plus d'alimenter les rumeurs. Ils se permettaient d'être désagréables en réunion quand elle présentait un rapport, l'accusant de n'être qu'une idéologue quand ils étaient, eux, des professionnels de la finance qui tentaient de sauver l'économie du désastre.

Elle avait tenu, fait face, mais elle s'était effondrée ensuite, seule dans son bureau. Elle doutait d'elle-même, ce qui n'était pas habituel, elle voulait que Joseph la rassure. Avait-elle été autre chose qu'une occasion de finir agréablement la soirée, et qu'avait-il aimé d'elle, sinon ce que tous regardaient car, enfin, ils la méprisaient tout en reluquant ses jambes, ses fesses, sa taille.

Non, ce qu'il avait éprouvé n'était pas un simple effet de la soirée de Sarah, de la nuit d'été, il la trouvait plus sublime encore, dans ce bureau austère encore éclairé par la lumière d'un jour finissant. Elle était vêtue de manière différente, sa tenue de travail, une jupe plus longue, un haut beaucoup plus sage et une petite jaquette, parce que la radio prédisait des masses d'air froid et de la pluie sur la Normandie et le Bassin parisien. Sébastienne s'était levée d'un bond pour se jeter au cou de Joseph, elle avait traversé la pièce en un instant.

— Je suis tellement heureuse… tellement… J'ai passé une journée terrible… J'étais sur le point de craquer, complètement… Serre-moi fort, j'ai follement envie de toi… Je suis folle… non, pas ici, on pourrait venir…

Les vieux bureaux de la banque n'étaient pas convertis à la transparence des agences de communication. Murs épais recouverts de lambris de chêne, portes à battants capitonnés. Sébastienne s'échappa un instant afin de tourner le verrou et revint vers Jo pour le pousser doucement vers un fauteuil de cuir. Il se laissa faire, la maintenant debout devant lui pour relever sa jupe en caressant ses jambes. Ce n'était pas seulement ça, mais elles étaient belles et les bas leur allaient si bien.

— Je me suis habillée en pensant à toi, je t'ai senti toute la journée, le long de mes cuisses… Tu aimes ça ?

Il répondit en enfouissant sa tête sous la jupe.

Elle se laissa faire avant de venir le chevaucher, de défaire sa braguette et de prendre sa verge pour la placer en elle. Lui, sans y penser, murmurait des mots qu'il s'était efforcé d'éviter jusque-là, des mots d'amour, des mots définitifs qui la rendirent joyeuse.

L'obscurité commençait à envelopper les rues quand ils quittèrent le bureau de Sébastienne. Ils passèrent devant le planton, que Sébastienne salua très dignement, et se retrouvèrent sous un petit crachin très parisien. Est-ce qu'il voulait bien l'accompagner à une soirée ? Des amis qui fêtaient l'anniversaire de leur boîte. Du conseil financier, un copain de promo, connu à Boston.

Une fête sympa, ils avaient loué *Le Palace*, ce n'était pas bien loin. On pouvait toujours aller voir, boire un verre, manger et s'éclipser s'il trouvait ça ennuyeux. Joseph accepta, en réalisant qu'il menait une vie d'ours depuis quelques années. Il ne sortait pratiquement jamais avec ses éphémères compagnes. Au mieux, il les emmenait au ciné, au théâtre, au restaurant, mais jamais chez les amis de l'un ou de l'autre. Sébastienne voulait se montrer avec lui, le présenter à son monde, si différent du sien, il le prenait plutôt bien. Il s'inquiéta seulement de sa tenue, non, il était très bien comme ça, presque branché, un peu décalé. Et elle ? Pas trop austère ? Non, tout lui allait si bien. Le crachin était supportable, ils avancèrent sur le boulevard Montmartre, de l'autre côté de la rue de Richelieu.

Rue-Montmartre

Une famille de touristes allemands cherchait désespérément la butte et la petite croix de la basilique, on n'avait pas encore rebaptisé la station en lui donnant, du coup, le monopole des Grands Boulevards. Ils étaient très choqués de l'attitude des Français, qui se moquaient d'eux plutôt que de les renseigner.

Ils s'étaient approchés de Joseph et de Sébastienne, les interrogeant dans un anglais incertain. Il avait reconnu l'accent, évidemment. Ils pouvaient se passer de l'anglais. Joseph parlait l'allemand, avec une pointe d'accent parigot, bien sûr. Un allemand de petit youpin du XXe, mais parfaitement *korrekt*, élégant, même. Les touristes étaient ravis qu'on leur réponde enfin, oh, ils comprenaient les Français, mais eux, ils étaient d'une autre génération. Tout ce qu'il y a de plus nouveaux Allemands, l'homme avec ses cheveux longs, la femme, les enfants, vêtus dans un style très baba, déjà démodé à Paris, mais toujours porté, à Francfort ou à Berlin-Ouest, par les électeurs des *Grünen*.

— Les Français sont toujours en retard d'une guerre, leur dit Jo en riant, ils ne donnent plus de renseignements aux Allemands. C'est fou ce qu'ils sont résistants, maintenant !

La femme s'extasia. Où avait-il appris un allemand *schön* et même *wunderbar schön* ? *Schule* ? *Gymnasium* ? Il venait peut-être d'Alsace ou de Moselle ! Est-ce qu'il avait vécu en Allemagne ? Joseph n'avait aucune envie de se lancer dans une longue conversation. L'Allemand de gauche ne vous lâche plus quand vous lui révélez que vous avez une mère juive allemande, une famille originaire des Carpates, installée en Westphalie au début du siècle. Il se borna à leur dire qu'il avait un peu voyagé dans les deux Allemagne, mais plus souvent dans l'autre, il connaissait Iéna, Leipzig et Dresde. Ils étaient de Berlin-Ouest. Maintenant, ils pouvaient aller voir la famille, de l'autre côté, quatre fois par an.

Joseph abrégea en leur indiquant la manière de se rendre à Montmartre, ce qui n'était pas très commode, mais ils étaient bons marcheurs, ils pouvaient remonter le faubourg et atteindre la butte par la rue des Martyrs. À cette heure, le cimetière était fermé, ils ne verraient pas la tombe d'Heinrich Heine. Ils ne savaient d'ailleurs pas que l'auteur de la *Lorelei* était enterré à Montmartre. Et les enfants, est-ce qu'ils la connaissaient, la *Lorelei* ? La grande, *natürlich*, mais le *Knabe* était encore trop petit. Elle ne savait toutefois pas la chanter, tous les Allemands ne savent pas chanter. Ils s'éloignèrent vers le faubourg Montmartre, après quelques échanges de *Dankeschön* et de *bitte schön*.

— Tu n'éprouves aucune répulsion quand tu parles avec des Allemands ? demanda naïvement Sébastienne.

Comment lui expliquer ? Avec les vieux, c'est une autre histoire. Il avait eu le poil hérissé dans une brasserie de Munich, il y avait toute une tablée d'hommes assez âgés pour avoir servi dans la Wehrmacht, ils buvaient, portaient des toasts et chantaient. Mais elle était tout de même allemande, Rosa. Elle lui faisait réciter les déclinaisons, lui apprenait les *die*, *der*, *das*, l'ordre de la phrase. Enfant, elle le berçait de chansons allemandes apprises à l'école, en Westphalie. Il avait été nourri de

Goethe, de Schiller et de Heine. Et même de ces sombres contes, le roi des Aulnes, les musiciens de la ville de Brême. Sans parler de la musique, des lieder que Rosa fredonnait devant sa machine à coudre.

Sébastienne essayait d'imaginer cette famille où toutes les langues se mêlaient. Joseph était imprégné d'une musique faite d'allemand, de yiddish, de russe, avec des accents de violon et le bruit d'une machine à coudre pour marquer le rythme. Chez les de Montguyon, la découverte des langues attendait l'entrée en sixième. Sébastienne était bien la seule à ne pas avoir tout oublié, au lendemain du bac, à partir en Amérique, au risque d'être scalpée par les Peaux-Rouges, violée par les nègres, dépouillée par les juifs et les protestants réunis. Il fallait qu'il s'y fasse, elle venait de la famille la plus réac de Versailles et des Charentes.

— Oh, comme j'aimerais les connaître ! lança Joseph.

— Il vaudrait mieux éviter…

Ils avaient rencontré les touristes à la hauteur du musée Grévin. Connaissait-elle ce texte d'Aragon, *Le Musée Grévin*, un poème de la guerre, les figures de cire de Vichy et cette manière d'évoquer le pays meurtri, « France aux yeux de tourterelle » ? Comment pouvait-elle vivre sans connaître Aragon ?

— Joseph Kaplan, dit Sébastienne, mon sac me brûle déjà l'épaule… Ils pèsent lourd, les livres que j'ai couru acheter à cause de toi !

Il y avait une excellente librairie boulevard des Italiens. À l'heure du déjeuner, elle y avait trouvé *La Vie mode d'emploi*, *Le Procès* de Kafka et *Les Yeux d'Elsa*. D'habitude, elle avalait sa salade en étudiant la conjoncture dans *Les Échos* ou dans *La Tribune*. Et là, elle avait rêvassé en lisant des vers d'Aragon, en pensant à lui…

— Tu crois que c'est sérieux, Jo… Je me croyais si forte… Je suis amoureuse comme une midinette !

— Je n'ai rien contre les midinettes…, fit Joseph en la prenant dans ses bras. Ce sont des ouvrières !

Ils étaient joyeux, légers, en remontant le faubourg Montmartre vers *Le Palace*.

— C'est vrai qu'on mange pour rien là-dedans ? demanda Sébastienne, en montrant l'enseigne de *Bouillon Chartier*.

Elle n'était, décidément, pas du même monde, elle ne connaissait pas cette cantine des jours de dèche, ses harengs, ses escargots et sa tête de veau ! Qu'est-ce qu'elle croyait, non, il ne l'avait pas attendue pour découvrir *Le Palace*, un de ses camarades, un pabliste, Maurice, l'y avait emmené, c'était le temple des copains d'*Actuel*, soixante-huitards devenus night-clubbers, culture underground, avant d'être la mode elle-même !

L'ambiance n'était pas tout à fait la même. On montrait patte blanche à l'entrée, le videur vérifiait scrupuleusement sa liste.

— De Montguyon, je n'ai noté qu'une seule personne…

— C'est une erreur, répliqua crânement Sébastienne en prenant le bras de Joseph pour le faire entrer.

Le videur essaya de retenir Joseph du plat de sa main. Instinctivement, Jo fit face, avançant malgré la menace et se tenant prêt à répliquer aux coups.

— Calme-toi, dit doucement Sébastienne, Monsieur va appeler un responsable et tout ira bien…

— Non madame, vous, vous êtes sur la liste, vous entrez, et ce monsieur attend dehors.

— Si les snobards se laissent traiter comme de la merde, gueula Jo, c'est leur affaire ! Mais moi… on ne me touche pas !

Jo lança ses deux mains en avant, poussa le videur qui perdit l'équilibre et prit le bras de Sébastienne pour entrer. Le videur essaya de revenir sur lui, mais un des organisateurs de la soirée, ameuté par le bruit, reconnut Sébastienne et ordonna qu'on les laisse passer. Sébastienne, confuse, présenta Jo à son hôte. L'un des patrons de cette petite entreprise performante qui fêtait son éclatant succès.

— Vraiment, dit-il, désolé pour cet incident !

— Ce n'est rien, répliqua Joseph, je suis un garçon très pacifique, mais dites à votre laquais de ne pas me toucher !

Les amis de Sébastienne, deux golden boys associés, venaient au-devant d'elle, surpris de la voir arriver en pareille compagnie. Elle leur présenta fièrement son compagnon, ombrageux certes, mais un type vraiment formidable. Avec une totale impudeur qui gêna Joseph, elle claironna : « De toute façon, vous n'avez pas le choix, je l'aime ! »

Les deux golden boys se présentèrent, chacun d'un simple prénom. Un grand mince, assez fin de visage, cheveux gris avant l'heure, Alexandre, et un type assez trapu, méditerranéen, Samuel, qui laissait voir une étoile de David sous sa chemise entrouverte.

— Ne faites pas ces têtes, dit Jo en riant, j'ai juste gardé quelques réflexes humains ! Pourquoi avez-vous mis un flic à l'entrée ? Vous avez peur que des clodos viennent bouffer à l'œil ? Ça mettrait de l'ambiance.

— Allez, entre boire un coup, dit Samuel en le tutoyant…

— Pourquoi portez-vous ça ? répondit Jo, en montrant l'étoile, on n'est plus obligés !

— Elle me protège ! La preuve… on a réussi notre coup !

Alexandre et Samuel emmenèrent Jo et Sébastienne vers leur propre table où une serveuse finissait d'ajouter un couvert. Ils présentèrent rapidement leurs compagnes, qui saluaient tout le monde en embrassant, comme s'il s'agissait des retrouvailles d'une bande de vieux copains. C'en était une pour Sébastienne mais Jo, qui ne connaissait personne, s'étonnait de cette familiarité. Samuel avait une fiancée aussi blonde qu'il était brun, nettement plus grande que lui, jolie fille, quoique trop maquillée et trop maigre.

— Inutile de te la présenter ! fit Samuel, de plus en plus familier avec Joseph.

Le visage lui disait bien quelque chose, mais il avait du mal à la situer. C'était un mannequin connu, certes, mais Jo regardait rarement les pubs à la télé, cherchait à les éviter au cinéma et s'irritait toujours de les trouver en abondance dans les magazines. Voyant sa mine dubitative, Samuel insista.

— Tu travailles bien dans une agence de com ?

— Très occasionnellement... En fait, je suis un ouvrier du livre doublé d'un rat de bibliothèque.

Des rires répondirent à ce que tout le monde prenait pour un bon mot.

— Ne riez pas, dit Sébastienne, il est parfaitement capable de vous tenir en haleine pendant des heures en vous racontant la vie du maréchal Brune, ou n'importe quel épisode de l'histoire... Et franchement, je commence à me dire que tous, avec nos études hyper-spécialisées, on a dû rater quelque chose !

— C'est fou ce qu'on change..., dit Samuel. À Boston, tu avais le nez collé sur les chiffres, la prospective, les mouvements boursiers... Et quand moi je te parlais de politique, d'histoire, tu n'en avais rien à foutre... Je te retrouve à Paris, et te voici militante de choc du PS, j'admets, mais lui... Qu'est-ce qui se passe ?

Sébastienne souriait, tenant la main de Joseph qu'elle serrait contre elle. Elle voulait qu'ils sachent tous ce qui se passait ! Alexandre, plus discret que Samuel, leva son verre en leur direction, histoire d'inciter son associé à les lâcher un peu. Joseph se sentait épié, affreusement gêné de la manière dont Sébastienne l'exhibait dans un milieu haïssable.

Il y avait dans la salle des tablées de gens, tous plutôt jeunes, portant des vêtements faussement décontractés. Même sans l'incident de l'entrée, Joseph ne pouvait être totalement à son aise. Tout puait le fric, même la beauté des femmes. Elles étaient pires que les putes, ces filles qui avaient mis le grappin sur des magiciens de la spéculation. Ces gens tiraient leur arrogance de l'argent qu'ils avaient rapidement gagné. Contrairement aux habitués des lieux, ils semblaient indifférents à la musique qui couvrait leurs conversations. Joseph sursauta lorsque la sono lança des chants accompagnés de guitare et de flûte andine. Des airs familiers qui rythmaient les manifestations dix ans plus tôt ! Il s'apprêtait à faire un nouvel esclandre, ils n'avaient pas le droit, eux, de jouer avec le Chili ! Il ne tarda pas à comprendre le sens de cet intermède musical. On servait un repas assez médiocre, œuvre de traiteur livrant une cuisine théoriquement latino-américaine, mélasse de haricots rouges, de viande hachée et de piment. Le tout accompagné d'un vin assez dépourvu d'intérêt pour que Joseph lui préfère l'inévitable tequila.

Quand il lui sembla que les invités en avaient fini avec le chili con carne, Alexandre s'empara d'un micro pour prononcer un bref discours. Joseph n'en croyait pas ses oreilles ! Alexandre expliquait tranquillement qu'on fêtait les fabuleux bénéfices réalisés par deux jeunes gens audacieux qui avaient monté leur propre société de placements financiers.

— On fête le pognon ! s'exclama Joseph, tandis que des salves d'applaudissements suivaient les chiffres annoncés par Alexandre.

Il avait envie de se lever, de hurler, de frapper sur une

de ces petites gueules satisfaites. Ou simplement de partir en plaquant cette fille qui, décidément, n'était pas de son monde. Sébastienne, elle, applaudissait à tout rompre. Le malaise de Joseph devint plus vif encore lorsque le golden boy passa aux remerciements et fit applaudir Sébastienne, dont les relations et les informations avaient été si précieuses.

Joseph croisait ostensiblement les bras.

— Je t'expliquerai, murmura Sébastienne en voyant sa gêne.

Après le discours, la musique envahit la salle, et l'on se mit à danser pour mieux fêter les millions. Pendant que Sébastienne félicitait Alexandre de sa prestation, Joseph se leva et se dirigea seul vers le bar où il se fit servir un double Black Bush qu'il avala d'un trait.

Après quoi, il se dirigea vers la sortie, croisant au passage le regard mauvais du videur. Il hésitait à s'éloigner, il restait devant la porte, dans la courette latérale, comme s'il était sonné par l'alcool. Il était parfaitement lucide. La tequila et le Black Bush ne faisaient qu'accentuer sa fureur. Il s'apprêtait à disparaître, et laissait à Sébastienne un délai de grâce, quelques minutes pour sortir de la boîte et s'entendre insulter. Il cherchait déjà des mots définitifs, blessants. Elle s'aperçut immédiatement de son absence, le chercha dans la salle, très inquiète, et le trouva enfin, adossé au mur, la mine renfrognée. Il se détourna quand il la vit s'approcher. Comment pouvait-elle faire baisser son agressivité d'un seul regard ! Cette magie-là était insupportable.

— Joseph, je t'en prie !

— La fête est finie… pour moi, du moins. Tu trouveras bien quelqu'un pour te raccompagner… Et avec une super-bagnole ! Moi, je vais prendre le métro…

— Non ! Je pars avec toi !

— Reste avec tes amis… C'est ton monde !…

Joseph fit un mouvement pour s'éloigner, Sébastienne s'accrocha à lui, tentant de capter son regard.

— Jo… écoute-moi seulement !

— Qu'est-ce qu'il y a à dire ? Ils sont formidables ! Ils ont gagné plein de pognon ! Ils sont intelligents et les pauvres sont des cons ! Laisse-moi retourner chez les cons !

— Non… non… Tu veux bien marcher un peu ? Je sais, je te comprends…

— Tu comprends ! Non, je ne crois pas que tu comprennes, ce n'est pas l'argent qui me gêne… Tiens, regarde… Moi aussi j'en ai plein les poches… Un acompte de Croissac ! Génial, non ? Je suis comme eux ! Bientôt j'organiserai des fêtes, pour bien montrer que je gagne plein de flouze ! Et en servant la gauche !

Il agita une liasse en hurlant :

— Travailleurs ! Camarades ! Regardez… du pèze socialiste… Demandez l'artiche de la bonne cause !

Sébastienne s'agrippait à lui, cherchant à le calmer, jurant qu'elle partageait son indignation.

— Je n'aurais jamais dû t'emmener ici… on était si bien !

— Oh, tu as très bien fait ! J'ai appris des choses ! Tu as utilisé tes relations, ta position pour leur permettre de faire du fric ! Bravo !

— Ce n'est pas comme ça !… C'est choquant, tu as raison, de les voir fêter leur argent… Mais je préfère ça à l'hypocrisie que je connais si bien ! Celle des bourgeois cathos qui amassent, spéculent, trichent, planquent leur fric en Suisse mais qui surtout, surtout, ne parlent jamais d'argent !

— C'est ça… Et le nec plus ultra du progrès, c'est d'étaler son flouze au lieu de le planquer !

— Viens, Jo, viens…, supplia Sébastienne. je vais chercher nos affaires et…

Joseph réalisa qu'il avait laissé sa sacoche accrochée à la chaise, un sac qu'il portait presque toujours à l'épaule, bourré de livres et de journaux. Et il y avait fourré les documents de travail remis par Croissac, ce qui le faisait plutôt rire. Il était furieux contre Sébastienne, mais elle parvenait à l'émouvoir parce qu'elle se montrait sincèrement bouleversée. Pourquoi était-il resté devant la porte au lieu de partir, vite, dans la nuit ?

Il offrit à Sébastienne un sourire un peu triste.

— Je t'attends ici… J'ai besoin de mon sac !

Sébastienne entra dans *Le Palace* et ressortit très rapidement avec son sac et celui de Joseph. Elle n'avait donc pas pris le temps de faire quelques excuses mondaines, d'inventer un malaise. Les amis, à cet instant, n'avaient aucune importance. Elle craignait de le perdre, tout chavirait brusquement. Sébastienne si dure, croyait-elle, si fière de son indépendance, ne se regardait pas courir en trimbalant la lourde sacoche de Joseph, mais qu'est-ce qu'il fourrait donc là-dedans ! Il était toujours là, il l'attendait, rien n'était perdu.

Ils remontèrent le faubourg Montmartre, ils avaient pris cette direction sans réfléchir, marchant silencieusement. C'était encore un des anciens chemins de Joseph, celui qu'il empruntait toujours pour éviter les correspondances, lorsqu'il devait se rendre à la « Grande Maison », l'ancien siège du Parti communiste, le « 44 » rue Le Peletier. Les temps avaient changé, il avait de l'argent social-démocrate plein les poches ! Mais il avait tout appris là-haut, derrière cette façade de brique. L'art de passer par-dessus les principes… Il avait aimé l'immoralité des communistes. Leur manière de justifier tous les coups tordus. Arranger un scrutin pour empêcher la réaction de mettre la main sur une municipalité ouvrière. Emprunter aux pires requins du capitalisme leurs méthodes pour trouver l'argent nécessaire au combat ! Aux camarades que ces jeux secrets révulsaient, il répondait que Lénine n'avait refusé ni le wagon du Kaiser, ni les compromis passés par le camarade Karpinski pour récupérer les fonds de la social-démocratie russe. Il avait rêvé d'être un bolchevique froid et cynique et il faisait une scène à Sébastienne parce que ses amis fêtaient leur enrichissement et la remerciaient de son aide. Il s'en voulait d'avoir cédé à une pulsion morale. Il ne l'avait pas rencontrée en distribuant des tracts à la sortie d'une usine. À d'autres, cette manière de refaire le passé, de prétendre que les années militantes étaient celles de l'innocence ! Jadis, jeune dirigeant, il savait jouer de son prestige pour draguer une petite vendeuse, déléguée syndicale du Printemps, il avait aussi déployé une stratégie pour séduire la femme d'un camarade, un élu de banlieue trop sûr de lui. Il se lassait vite de ses conquêtes en ce temps-là, et se prenait pour un Valmont rouge. Il rêvait déjà des femmes de l'autre classe, détestait le style baba, négligé, affreuses jupes à fleurs, pulls informes, cheveux en bataille, préférant toujours le goût, l'élégance, les vêtements chic et les parfums de luxe.

Aurait-il désiré Sébastienne de cette façon-là si elle n'avait pas été une bourgeoise, une banquière ? Séduire une bourgeoise et la baiser, c'était une manière de continuer la lutte des classes.

Sébastienne tenait le bras de Joseph et ne voulait pas le lâcher. Ce silence lui pesait, elle le rompit quand il lui sembla que son compagnon était plus calme.

— C'est vrai… je les ai aidés… Je leur ai fourni des contacts dans les ministères. C'est limite. Mais en échange, ils nous aident.

— Qui, nous ?

— Des amis socialistes… La politique, ça coûte très cher ! Tu sais ça ?

— Oui, je sais ça ! Tu veux me dire qu'en échange de tuyaux venus de gens bien placés dans les ministères, tes bons petits golden boys remplissent les caisses ?

— C'est très exactement ça. Je reconnais que la méthode est douteuse.

— Je suis désolé de m'être emporté… Si c'est ça, je peux très bien le comprendre ! Mais, décidément, tes copains socialos sont nuls ! Et les golden boys avec !…

— D'un point de vue moral ! risqua Sébastienne.

Ils arrivaient au bout du faubourg Montmartre, à l'endroit où la rue justifie son nom, face aux premiers contreforts de la butte, mais Joseph dirigea leur marche vers la rue de Châteaudun, plutôt que de se lancer dans l'ascension de la rue des Martyrs.

— Non, ma chérie… il ne s'agit pas du tout de morale ! Leur manière de jubiler parce qu'ils sont riches n'est pas immorale, elle est seulement indécente… Et pour ce qui est de tes petites manips, ce sont des choses que l'on fait discrètement. Des remerciements publics ! C'est dingue ! Tu travailles dans une banque nationalisée, avec des cadres réac qui attendent le retour de la droite, qui te savonnent la planche… S'ils apprennent ça !

Place Kossuth, il s'arrêta pour montrer à Sébastienne ce qui avait été la « Grande Maison », le « 44 », quand on y entrait sur le côté, par le 44 de la rue Le Peletier. Le vieux siège du PC avait une autre allure que le bâtiment construit par Oscar Niemeyer place du Colonel-Fabien. Ce n'était qu'un gros immeuble de brique, naturellement récupéré depuis par une compagnie d'assurances. Mais il avait quelque chose d'un sanctuaire. Pour Joseph, le charme s'était rompu derrière les vitres fumées, dans ces bureaux fonctionnels et froids. Au « 44 », les murs gardaient la mémoire de combats homériques, opposant de véritables héros, André Marty, le mutin de la mer Noire, Charles Tillon, le chef des FTP, Laurent Casanova, le mari de Danielle, l'ami de Paul Nizan et de Louis Aragon. En face d'eux, Maurice Thorez, Jacques Duclos… Jeannette ! Ces gens avaient traversé l'histoire, ils étaient terribles, ils avaient justifié des crimes monstrueux. Joseph avait pu accepter l'éternelle justification des massacres, tenir la famine d'Ukraine et la liquidation des koulaks pour des accidents de parcours. Ces vieux staliniens croyaient à un projet grandiose, ils pensaient réaliser des rêves venus du fond des âges. Plus tard, à Fabien, il ne restait qu'une administration des souvenirs, de petits fonctionnaires qui s'agitaient autour de politiciens médiocres et veules. Non, ce n'était pas au nom de la morale qu'il avait rompu ! C'était à cause de cette grisaille dans laquelle le communisme avait sombré, à Fabien comme dans les rues de Berlin-Est et de Moscou.

— Tu sais… j'étais très jeune, bien plus que toi, il y avait une expression, dans certaines réunions destinées à prendre des « mesures d'organisation »… Des réunions de « camarades sûrs » qui se seraient fait tuer pour la cause… On disait : « Il faut savoir passer par-dessus les principes », comprends-tu ?

— Pas vraiment…

— Pour trouver du fric, il faut toujours « passer par-dessus les principes ». Tout le monde sait que les cotisations, c'est rien. Mais les militants doivent continuer à croire qu'ils financent leur parti en payant chaque mois… On collait de jolis timbres sur nos cartes. Le vrai fric venait de choses inavouables… des entreprises parfaitement capitalistes, des ponctions sur les budgets municipaux, une dîme systématique sur le commerce franco-soviétique. Tout se traitait derrière ces murs, dehors personne ne savait rien ! Et toi, tu racontes tout à un amant que tu connais depuis moins d'une semaine !

— Si peu de temps… Mais… j'ai tellement confiance… Tout chavirait, tout à l'heure, je croyais que je t'avais perdu… J'ai eu si peur…

— En vérité, j'ai peur de me perdre, moi. Non, pas à cause de toi. Seulement… tant de choses changent. Si loin de ce que nous avions imaginé… Je suis entré un peu brutalement dans une réalité que j'essayais de fuir. L'argent de tes petites combines fait la fortune de Croissac. Et je lui loue mes services !

— Mais tu n'es pour rien dans les combines !

— Elles ne me gênent pas, j'en ai vu d'autres ! Dans cette foutue baraque que tu vois, on m'a appris à mépriser la morale. On pouvait tout faire, truquer une élection, envoyer quelques brutes pour intimider un adversaire, et surtout faire du fric par des méthodes nettement plus répréhensibles que les tiennes… mais c'était au nom de la cause. Je ne suis plus qu'un mercenaire au service des socialos.

— Ce n'est pas vrai, protesta Sébastienne, tu ne pourrais pas travailler pour la droite !

— Va donc savoir ! ricana Joseph. Quand je les entends parler de l'URSS, j'ai envie de leur filer un coup de main ! Leur anticommunisme est beaucoup trop primaire, ils ne mesurent pas l'étendue du désastre… Mais ça n'a plus d'importance !

Sébastienne frissonnait un peu quand Joseph jouait d'un cynisme qu'elle tenait pour une façade. Elle croyait à une nouvelle manière de rendre le monde plus juste, Joseph s'en amusait. Une bourgeoise de gauche pleine de compassion et de bons sentiments, c'était vraiment parfait.

Ils marchèrent longuement, à travers les rues désertes, pour retrouver le métro, à l'heure des dernières rames. Au 19, rue Saint-Georges, l'ancienne annexe du Comité central, la section des intellectuels et de la culture, avait été revendue à l'institution voisine, la grande synagogue de la rue de la Victoire. Une transaction discrète dont les deux parties ne s'étaient pas vantées. Dans l'ancien état-major des combats du front idéologique, les rabbins du Consistoire veillaient sur les mariages religieux ! Sébastienne aurait aimé entrer un jour dans une synagogue, elle se demandait si Joseph voudrait bien l'accompagner, juste pour voir. Il s'amusa de cette curiosité qu'il ne partageait pas.

— Quoique lointain descendant d'un reb Kaplan, quelque part en Pologne, je ne serais pas un bon guide. Je n'ai vu qu'un cimetière à l'abandon, à Varsovie, et les tombes près de la vieille synagogue de Prague…

Il avait assisté au mariage d'un ami rue de la Roquette, il avait entendu le kaddish et la prière des Déportés chaque année, lors des commémorations, quand il accompagnait sa mère. Mais c'était tout. Il trouva totalement absurde la question de Sébastienne.

— Tu ne te sentirais pas mieux avec une juive ?

— Oh non !… C'est arrivé une seule fois… Et encore, elle avait quelque chose d'exotique ! Une séfarade, une Shéhérazade ! Sinon, coucher avec une juive, c'est trop incestueux pour moi !

— Même quand elle est aussi belle, aussi sensuelle que Sarah ?

Sarah ! Pourquoi parlait-elle encore de Sarah ? C'était bien elle l'Orientale, la seule juive de sa vie ! Sébastienne ne devait pas le savoir, elle ne devait pas connaître le passé de Sarah. Joseph détourna la question, avec des déclarations presque sincères. L'érotisme, la sensualité, c'était Sébastienne, le blond vénitien de ses cheveux, le contact de sa peau si blanche, parsemée de taches de rousseur. Son élégance, son port de tête et quelque chose d'indéfinissable qui l'identifiait à ces beautés provinciales séduites par les Julien Sorel et les Rubempré. Son nom, peut-être, de Montguyon, même si la particule était fausse… Elle était une de ces dames de haut rang qui ne résistaient pas au charme des cadets de Gascogne quand ils traversaient la Saintonge pour rejoindre Paris et s'engager dans le régiment des mousquetaires ! Surtout, surtout, qu'elle ne change rien…

Ils se demandaient s'ils allaient dormir à Buzenval ou à Michel-Ange-Molitor. À la station Chaussée-d'Antin, le service était terminé en direction de Pont-de-Sèvres, et ils arrivèrent juste à temps pour sauter dans le dernier métro direction Porte-de-Montreuil, qui les ramena à Buzenval.

Jasmin

Sébastienne venait de partir quand Ahmed frappa à la porte de Joseph pour lui porter un message. Paola ! Il ne pensait pas qu'elle chercherait à le revoir seul. Elle avait trouvé un nouveau lieu au métro Jasmin, une maison discrète, parfaitement organisée pour l'heure du déjeuner. Jasmin ! Paola se faufilait entre Sarah de La Muette et Sébastienne de Michel-Ange-Molitor. Cela paraissait diabolique, si bien que Joseph se demanda si ce choix était volontaire. Cela semblait impossible. Un hasard. Il voulut, bien sûr, décliner l'invitation et composa le numéro de Paola. La voix de Giuseppe répondit. Il raccrocha immédiatement.

Il ne lui restait qu'à partir pour le rendez-vous de Paola, persuadé qu'une chambre destinée aux amours discrètes peut aussi servir à une explication définitive. Joseph envisagea même de chercher un cadeau de rupture. Mais quoi ? Un livre, un objet qu'il retrouverait, bien en vue, à sa prochaine visite à l'atelier de Giuseppe ?

La matinée lui parut longue et le trajet de Buzenval à Jasmin, proprement interminable. Impossible de se concentrer sur les journaux, alors même qu'on reparlait de Youri Andropov et de son bras de fer avec les Européens à propos des euromissiles. Un remake, en comédie, de l'affaire des fusées de Cuba. *Le Matin* échafaudait une théorie très alambiquée. Andropov harcelé par les durs du

Politburo, affaibli par la maladie, ne pouvait faire un geste de détente sachant que la reculade de Cuba avait été fatale à Khrouchtchev. De son côté, François Mitterrand, déjà naturellement porté à la fermeté, était condamné à la surenchère, parce qu'il devait rassurer les Américains en leur montrant que la présence de communistes au gouvernement n'altérait en rien la politique de la France. Rien ne passionnait autant Joseph que ces histoires-là mais, pour l'heure, la stratégie de Paola l'inquiétait plus que celles d'Andropov et de Mitterrand. Savait-elle qu'il vivait une nouvelle histoire plus importante que d'autres ? Il n'avait fait aucune confidence à Giuseppe, mais il ignorait tout des relations de Paola, qui évoluait dans un milieu assez proche du sien. Et comment pouvait-elle imaginer que tout pouvait continuer quand toutes les conditions étaient réunies pour transformer le libertinage en vaudeville !

Il parvint enfin à Jasmin, déboucha sur l'avenue Mozart, craignant à chaque pas de rencontrer Sébastienne, Sarah ou même Alfred Hirsch. Le quartier n'était plus une terre inconnue, en dépit d'une population essentiellement constituée de nouveaux riches. Il s'amusa de voir, à la terrasse d'un café, des jeunes gens dont la chemise d'un blanc éclatant soulignait le teint mat et les cheveux bruns. Les juifs tunisiens tenaient l'installation sur l'avenue Mozart pour un signe de réussite, et sans doute étaient-ils attirés par le jasmin, fleur d'Afrique du Nord à la réputation porte-bonheur. Ce Jasmin-là était en fait un poète occitan. On l'avait étrangement honoré à Auteuil, lui que Lamartine surnommait « l'Homère sensible aux prolétaires ».

Joseph passa le long de l'œuvre des Orphelins Apprentis d'Auteuil pour rejoindre la rue La Fontaine, ses impasses et ses renfoncements.

Les plus bourgeoises des rues de Paris recèlent des trésors que, jusque-là, Joseph savait apprécier. Paola avait déniché un ancien bordel, recyclé en maison de rendez-vous, dans un renfoncement de la rue La Fontaine. À l'ombre d'une église et d'une œuvre de charité, comme il se doit, dans un quartier où l'on a casé des ecclésiastiques dans toutes les petites artères. L'ancien bobinard se cachait entre l'avenue de l'Abbé-Rousseau et la rue du Père-Brottier, éducateur des Orphelins Apprentis. On ne pouvait faire plus discret que cette apparence de maison bourgeoise, semblable à toutes celles du voisinage, avec une façade plus sobre que certaines qui attestent l'audace des bourgeois d'un autre siècle. La Vénus allongée au-dessus du porche n'était pas la plus lascive de ces sculptures que l'on rencontre un peu partout dans l'ancien village d'Auteuil. C'était même l'une des plus sobres. De même, la taulière accourue lorsque Joseph sonna n'était certainement pas la femme la plus outrageusement maquillée du XVIe arrondissement. Sa teinture rousse ne manquait pas d'élégance, ni sa robe noire. Seule la décoration du hall trahissait la spécificité passée et présente des lieux. Et encore les gravures licencieuses qui ornaient les murs se rencontraient-elles désormais dans les meilleures demeures, tout comme les couples de bronze accouplés au beau milieu du vestibule. Ce n'était jamais qu'une bacchanale un peu hardie, datée d'une époque où les sculpteurs pouvaient travailler pour les bobinards comme pour les jardins publics et les cimetières. Heureuse époque pour la statuaire que cette charnière des siècles !

— J'ai rendez-vous avec…, bredouilla Joseph.

Il n'eut pas besoin de préciser le nom ou le pseudo de la personne.

— Je sais bien ! rétorqua sèchement la taulière. À part vous, il n'y a que des habitués.

Elle le conduisit jusqu'à la chambre où Paola l'attendait.

— Vous sonnerez quand vous désirerez le plateau. Certains clients le veulent tout de suite, d'autres plus tard… Pour nous, c'est égal.

Elle lui précisa le forfait, chambre et repas, naturellement, elle n'avait rien demandé à la dame, cela ne se faisait pas. Joseph paya, non sans remercier la tenancière pour sa délicatesse.

La décoration de la pièce était conforme à l'esprit des lieux, à la limite du grotesque, avec un énorme lit rond, visiblement destiné à stimuler l'imagination, comme le miroir du plafond dans lequel il se reflétait. Mais, sur le lit, offerte, il y avait Paola, c'était peu dire qu'elle était belle, aussi brune que Sébastienne était blonde. Elle s'était préparée, composant son image dans la glace, comme sur une toile, jouant d'un corsage qui moulait ses seins et d'une jupe ample qui drapait ses cuisses, un peu trop épaisses mais terriblement suggestives.

Comme Joseph restait debout, tétanisé, elle prononça quelques mots à peine intelligibles, un mélange d'italien et de français, autre chose encore peut-être. Les mots importaient peu, ils formaient une musique qui interdisait à Joseph de la raisonner comme il s'était vaguement promis de le faire.

— C'est une folie, murmura-t-il en se penchant pour l'embrasser.

— Parce que tu sais, pour Giuseppe… Moi je sens que c'est plus fort encore, depuis que tu es venu chez nous !

— Pour toi, peut-être ! Mais je ne peux pas…

— Baiser la femme d'un copain ? Tu en crevais d'envie, l'autre jour ! Jusqu'au malaise… Viens…

Joseph avait déjà perdu l'équilibre, il était sur le lit et se laissait caresser.

En venant, il avait évité d'imaginer ce qui se produirait dans la chambre, il n'avait même pas osé se jurer à lui-même qu'il serait capable de rompre, pour Sébastienne, ou même pour Giuseppe. Il y avait avec Paola une complicité qu'il n'espérait pas établir avec Sébastienne. Une manière de jouer avec le libertinage, en croyant défier encore ce monde qu'ils n'entendaient plus bouleverser. Les mains et la bouche de Paola triomphaient sans mal de ses dernières résistances. Elle le déshabilla en le parcourant de ses lèvres et dégagea sa verge pour la caresser de ses seins, puis, jouant de la forme du lit, elle se retourna, le corps replié sur ses cuisses, en demandant à Joseph de la prendre ainsi, tout de suite. Elle prononçait des mots d'italien, dans ses souffles, des mots d'autant plus excitants qu'ils étaient incompréhensibles. Paola envoûtait Joseph, avec elle il perdait tout contrôle, elle anéantissait cette fausse froideur, cette maîtrise des gestes qui plaisait tant à Sébastienne.

Paola savait aussi trouver les mots pour le faire jouir, en français, cette fois.

— Tu en baisais une autre cette nuit… Moi aussi je me faisais prendre, partout. Tu es comme moi ! Une femme pour la nuit, une autre le jour… Plusieurs à la fois. J'aime ça… oui… comme toi…

Joseph se laissa aller, sans savoir si Paola l'accompagnait ou si elle feignait la jouissance. À moins qu'elle n'ait trouvé le plaisir dans ses propres cris. Il était épuisé. Paola prit sa main, la guida pour qu'il la caresse encore entre les cuisses, longuement, jusqu'à ce qu'elle se sente, à son tour, exténuée.

Ils restèrent allongés l'un contre l'autre un temps indéfini. Ce fut Paola qui se redressa pour appuyer sur la sonnette.

— J'ai toujours faim après l'amour, lança-t-elle dans un rire délicieux.

Une jolie petite bonne eurasienne arriva quelques instants plus tard, poussant un chariot de service. Un repas froid de qualité moyenne, saumon fumé, viande en gelée et salade. Avec un bordeaux assez ordinaire pour avoir reçu l'appellation « supérieur ».

— Dommage qu'elle ne reste pas, dit Paola, lorsque l'Eurasienne referma la porte.

— Ce doit être une question de prix… Il te faut des femmes aussi ?

— De temps à autre… c'est amusant. À Milano, j'ai partagé une planque avec une copine. Elle, elle aimait vraiment les femmes. Moi, je ne trouvais pas ça désagréable. Je me disais qu'il valait mieux s'y faire tout de suite, histoire d'être initiée avant de se retrouver en prison. On y pensait tout le temps, à la prison. J'y pense encore…

— C'est fini, ici, tu ne risques plus rien…

— Sauf si je fais une bêtise… Je ne peux pas sortir de France mais, parfois, j'ai envie de tenter le coup… d'aller à Londres ou à Amsterdam. De là, je risque l'extradition.

— Reste tranquille… concentre-toi sur la peinture !

— Les envies de bouger, c'est comme le désir. Moi je ne peux pas me retenir. Quand je veux un homme, je le prends. Giuseppe le sait. Il ne me pose pas de questions.

Joseph aurait préféré qu'elle évite de parler de Giuseppe, mais Paola ignorait la pudeur autant que la morale.

— Ça t'embête que je te parle de Giuseppe ! Mais nous n'avons pas mis le feu à l'Italie pour devenir des petits-bourgeois. Tu as vu l'image des copains au procès ? Dans la cage des accusés, les hommes et les femmes n'étaient pas séparés comme en prison ! Les couples qui se retrouvaient ont fait ça très naturellement. Mais… ne t'en fais pas… Giuseppe sait qu'il y a d'autres hommes… Je ne dis jamais leur nom… Au début, j'aurais aimé lui faire partager quelques jeux, avec un autre homme, une femme, un couple…

— Tu ne t'arrêtes jamais !

— Seulement pour peindre, répliqua-t-elle dans un rire.

Et encore… Quand j'ai passé plusieurs jours dans l'atelier, je suis comme une chatte en chaleur.

Joseph écoutait, tout à la fois effaré et excité par la frénésie de Paola, par sa manière de se raconter, sans la moindre gêne.

— Tu n'as pas besoin de moi plus que d'un autre, risqua-t-il.

— Toi… Tu m'as draguée dans un bistro, boulevard Voltaire. Tu ne savais pas qui j'étais, mais moi je te connaissais. Quand je suis arrivée en France, tu fréquentais les mêmes mouvances que Giuseppe. Avec toi, je pouvais tout faire et tout dire… sauf que j'étais sa compagne. Il y a des types avec qui je préfère éviter de parler du passé. Ils ne comprendraient pas. Avec eux, il n'y a que des histoires sans paroles… Toi et moi, c'est autre chose, un espace qui n'appartient qu'à nous…

— Je ne crois pas être toujours aussi disponible !

— Parce que tu te tapes une jolie bourgeoise ! répondit Paola, en enlaçant Joseph. Moi, je ne te demande que quelques moments… Et par là, tu es plutôt bien foutu…, ajouta-t-elle en lui caressant le sexe. Et… ça n'a pas l'air de te déplaire, je le sens gonfler… Il n'y a pas de dessert sur le plateau, je veux celui-là… oui… gonfle encore, je vais te prendre dans ma bouche… et… partout… je te veux encore… avec moi… tu peux tout faire…

Ils passèrent ainsi une partie de la journée. Joseph avait fini par admettre qu'il serait absurde de briser une relation aussi délicieuse qu'épisodique. Paola promettait de ne pas être encombrante. Elle lui ferait signe de temps en temps, ce qui lui permettrait de ne pas trop se laisser ficeler par la jolie bourgeoise. Il n'allait tout de même pas rentrer dans le rang !

Lorsqu'ils sortirent enfin de la chambre, ils croisèrent la taulière qui les salua d'un air pincé. Manifestement, ils avaient dépassé le temps réglementaire. Joseph jeta royalement deux thunes dans une corbeille placée dans l'entrée pour collecter les pourboires.

Ils partirent chacun de leur côté, Paola par la rue La Fontaine, Joseph en direction de l'avenue Mozart et du métro Jasmin. Au kiosque, il trouva la dernière édition du *Monde*, ce qui tendait à prouver que l'après-midi était vraiment très avancée.

Par miracle, la cabine téléphonique de la station était en parfait état de fonctionnement. Un privilège des beaux quartiers, à n'en pas douter. À l'est de la ligne, il était pratiquement impossible de trouver un taxiphone du premier coup. Joseph glissa une pièce et composa le numéro de Sébastienne. Il n'avait pas pu l'appeler plus tôt, absorbé qu'il était par son travail. Elle était heureuse de l'entendre, elle voulait s'excuser encore, pour les incidents de la veille. Elle avait tellement envie de le voir, mais elle avait une réunion… 22 heures chez elle, ce ne serait pas trop tard ? Joseph accepta l'heure tardive en protestant, pour la forme.

Il descendit sur le quai direction Montreuil, en s'amusant à l'idée de refaire le trajet en sens inverse plus tard dans la soirée. Cette fois, il n'éprouva aucune difficulté à se concentrer sur la lecture du journal. La situation le réjouissait. Le maire de Paris tentait de s'imposer comme chef de l'opposition. Il demandait la démission des ministres communistes, parce que Georges Marchais s'était rendu à Moscou et semblait soutenir les thèses d'Andropov sur les euromissiles. Mitterrand jouait au billard, répliquait à Andropov comme à Chirac, méprisait les communiqués de Marchais en affirmant que la politique étrangère dépendait de lui seul. Les ministres communistes s'en tenaient à leurs fonctions et se gardaient bien de piétiner le domaine réservé du président. Ce n'était pas la révolution dont Paola avait rêvé, ni celle qu'il avait lui-même imaginée. Mais en dépit de ce qu'il pensait le matin même, l'histoire redevenait follement amusante. Sa vie aussi.

Trocadéro

Joseph passa tout l'été à Paris, le travail pour l'agence devait l'occuper jusqu'au milieu du mois d'août. Il consacrait presque toutes ses soirées et ses nuits à Sébastienne, profitant avec elle de ces moments privilégiés où Paris est désert, où les cinémas rediffusent de vieux films. Il voulait qu'elle rattrape le temps perdu à potasser les théories économiques, le droit international, les flux monétaires et les mouvements boursiers. Comment avait-elle raté Sam Peckinpah et l'essentiel de Stanley Kubrick ? Toute une éducation… Joseph, lui, avait fait ses études en dilettante, flânant dans les librairies, manquant plus volontiers un cours qu'une séance de la Cinémathèque française ou une projection au ciné-club Action, au Savoie, boulevard Voltaire.

À quoi servait donc de se couvrir de diplômes américains en ignorant Howard Hawks, John Huston, Joseph Mankiewicz, Ernst Lubitsch et Billy Wilder ? Sébastienne prenait goût aux vieilles toiles tout en estimant qu'il y avait mieux à faire en cette saison. Elle ne prenait pas Joseph au sérieux quand il parlait de son angoisse hors de l'espace urbain.

Pour lui, c'était un été parfait. La cinémathèque du palais de Chaillot valait bien tous les séjours de rêve proposés par les clubs de voyage. Elle se surpassait en été, exhumant des trésors pieusement accumulés par Henri

Langlois. Mais au Trocadéro, il mesurait, aussi, la distance qui le séparait de Sébastienne. Dix ans tout juste, ce n'était pas grand-chose, mais le passé avait été anéanti pendant ces années-là. Où était cette bande de lycéens abonnés au TNP, qui n'auraient raté à aucun prix *La Résistible Ascension d'Arturo Ui* ? En sortant de la grande salle, ils discutaient à perte de vue au café *Le Malakoff*, guettant Jean Vilar qui, parfois, venait se mêler à leurs conversations.

— Vilar vérifiait chaque jour la composition de la salle… Il comptait le nombre de places achetées par le comité d'entreprise de Renault Billancourt… Plus il y avait de spectateurs bénéficiant de tarifs réduits et plus il jubilait !

Pour Sébastienne, cette aventure n'était qu'un enfantillage de la vieille gauche.

— De quoi avons-nous l'air ! disait-elle. Nous sommes incapables de stopper le chômage et Jack Lang se vante de dépenser de plus en plus d'argent pour la culture !

Elle avait fait une étude sur les industries culturelles, terme qui fit hurler Jo. Elle parlait de nouvelles technologies, des chaînes de télévision qu'elle pouvait regarder jour et nuit à Boston, dans sa chambre d'étudiante.

— Tu avais la télé, dans ta chambre d'étudiante ?

Pour Jo, c'était inconcevable. La télé, c'était l'ennemi. Il ne l'avait pas. Elle n'était entrée chez les Kaplan qu'après sa réussite aux deux bacs, parce qu'il en avait passé deux, lui. Mais à ce moment-là, il avait quitté la maison, si bien qu'il n'avait jamais vécu avec la télé.

Il la regardait jadis dans les cafés ou à *L'Huma*, les soirs d'élections. Il en était resté à Léon Zitrone commentant le prix de Diane. Du noir et blanc, une radio améliorée pour diffuser les discours du général de Gaulle ! Il avait défilé maintes fois en criant : « Ouvrez les yeux et fermez la télé ! »

Elle, quand ça n'allait pas, elle se scotchait devant une série idiote, bien au chaud chez elle. Pas si idiote, finalement ! Il ne connaissait pas *Dallas* ? Il perdait quelque chose.

— Et comment les idées de gauche me sont venues… crois-tu ? J'ai été séduite par François Mitterrand… à la télé !

Jo était abasourdi. Il en était resté au dernier texte publié par Roger Vailland, *Éloge de la politique*… Vailland, qui ne voulait pas croire que, désormais, on se contenterait « de voter tous les sept ans pour un monsieur qui a une bonne tête à la télévision ».

— Si j'en crois Sarah, tu es vraiment très bon, sur la communication politique… Comment peux-tu faire… sans la télé ?

Il n'y avait même pas songé. Il pensait avoir gardé ce qui, dans l'ancienne école, s'appelait « le sens des masses ». Mais il lui fallait rendre les armes à Sébastienne, elles regardaient la télé, les masses. Croissac avait d'ailleurs évoqué avec lui de futures séances de travail pour améliorer l'image des socialistes à la télé, leur apprendre à donner des « réponses simples ».

— Regarde Defferre, disait Croissac, lui, il est formidable quand il ne dit rien ! Il passe. Un regard, un mot… Les gens adorent.

Joseph savait qu'il était chargé d'habiller le vide. La remise en forme des textes socialistes lui laissait pas mal d'argent, la plus grosse partie payée en espèces. Il jouait le jeu. À cause de Sébastienne. Croissac avait raison, ce n'était pas le genre de fille que l'on emmène au bistro arabe. Elle avait certes aimé le déjeuner chez Ahmed, pour le dépaysement. Un souvenir comparable à ceux qu'elle gardait de ses voyages au Mexique ou en Côte-d'Ivoire. Il n'avait pas envie d'être une pièce de collection, le petit pauvre, l'indigène de Buzenval qu'elle s'était payé, comme elle s'était envoyée en l'air avec un beau latino, grand brun genre Guevara jeune, sans la barbe. Elle ne parlerait jamais de lui comme de ses amants de voyage. Il devait absolument se hisser au niveau de Sébastienne. Au moins en apparence, elle était propriétaire rue Molitor, il était locataire rue de Vignoles, et vivait au jour le jour. L'essentiel, à ses yeux, était de ne jamais se trouver en difficulté devant elle et d'être en mesure de régler les additions dans les lieux qu'elle aimait.

Après une longue période de dèche, il avait en permanence de gros billets dans les poches. Comme lorsqu'il avait la main heureuse aux courtines. Pourtant il jouait rarement, depuis cette rencontre. Il attribuait cette perte du désir de jeu à la saison, celle des courses de galop disputées sur l'hippodrome de Clairefontaine. Il préférait le trot à Vincennes, il attendait la reprise et, s'il allait encore de temps à autre au PMU, c'était pour se retrouver lui-même, pour échapper à ce tourbillon inhabituel de réunions, de séances de travail et de soirées amoureuses.

Il aimait les métamorphoses de Sébastienne. Elle était dure, quand ils parlaient. Elle avait des idées tranchées, se targuait d'être pragmatique quand il n'était, lui, qu'un rêveur. Mais il l'entraînait dans ses rêves et le désir la transfigurait. Elle devenait une autre, dans la pénombre des jardins de Chaillot. Ils avaient adoré leur escapade du premier soir, près du musée d'Art moderne, et ils découvraient ensemble les charmes de la nuit dans une ville déserte. Ils trouvaient des porches, des recoins, des impasses et des jardins, surtout dans le XVIe arrondissement, quand ils revenaient du Trocadéro. Le lit de Sébastienne était un aboutissement, ils y venaient au terme de leurs longues promenades protégées par cette étrange obscurité des rues bourgeoises où elle aimait oublier toute pudeur. Un soir, en sortant de la Cinémathèque, elle avait voulu revenir dans cette boîte du premier soir, non pour se mêler aux autres couples, mais pour pouvoir être impudique. Cela faisait partie de ces choses dont on parlait beaucoup et qu'il fallait donc essayer. À ces gens anonymes, inconnus, sous les lumières tamisées, elle pouvait exhiber le plaisir que Joseph lui donnait. Un autre soir, dans une venelle du village d'Auteuil, Joseph s'était inquiété d'une lumière derrière une fenêtre, au-dessus d'eux. Sébastienne s'en était amusée.

Se cacher à peine, s'aimer dans les rues, c'était une découverte pour elle. Pour lui, c'était un étrange retour aux amours adolescentes, qu'il avait vécues sur les terrains vagues, entre la porte de Montreuil et la porte de Bagnolet ou à l'extrémité de la rue de la Réunion, sous les murs du Père-Lachaise, dans le cimetière lui-même, parfois.

Joseph se plaisait à répéter que le droit aux espaces sombres était devenu un privilège de classe, depuis la disparition des terrains vagues et des talus qui masquaient les anciennes fortifications. On ne pouvait plus zoner à la porte de Montreuil, depuis le bouclage du périphérique. Grâce à Sébastienne, il était parti à la conquête de l'Ouest, au point d'en oublier les chevaux et les tables de poker des saloons.

Pont-de-Sèvres

Sébastienne désirait tant échapper à Paris, au plus fort de l'été, que Joseph se résigna, une fois, à franchir le pont de Sèvres pour aller flâner dans les allées du parc de Saint-Cloud. Elle ne mesurait pas la portée de sa victoire. D'autres, pourtant, tentaient désespérément de le faire bouger. À commencer par ses parents, inquiets de la formidable inertie de Jo qui, depuis des années déjà, limitait ses déplacements à la trajectoire de la ligne Mairie-de-Montreuil/Pont-de-Sèvres, dont il n'empruntait même plus les correspondances.

Au mois d'août, Eddy et Rosa étaient à Vichy où, curieusement, ils avaient l'habitude de retrouver de vieux camarades bénéficiant, comme Rosa, des cures payées par les Allemands aux anciens déportés, au titre des réparations. Il y avait d'autres villes de cure, mais Eddy préférait Vichy, il trouvait la ville agréable et elle lui offrait, en prime, la sensation de faire un bras d'honneur à l'histoire. Sur une carte postale représentant le musée d'Art moderne, Joseph leur avait annoncé qu'il s'était décidé à faire brancher le téléphone chez lui. Eddy était plutôt satisfait de cette nouvelle, il ne comprenait pas que Jo ne partage pas son culte du progrès. Eddy conduisait depuis 1935, Joseph n'avait pas de voiture, Eddy utilisait un rasoir électrique et Jo préférait le blaireau, le bâton de savon Gibbs et les lames Gillette. Eddy avait longtemps été le seul de son immeuble à disposer d'un téléphone et, jusque-là, Jo refusait obstinément le branchement, répétant le mot fameux d'un auteur insupportable, Sacha Guitry : « Je n'aime pas qu'on me sonne. »

Le progrès, justement, permettait d'éviter la sonnerie. Rosa composait en vain le numéro, c'était presque toujours une machine qui lui répondait. Et quand elle commençait à parler, cet appareil mal élevé raccrochait brutalement. Pourquoi Jo ne voulait-il pas s'échapper pour quelques jours, passer les voir à Vichy, ça lui ferait du bien !

Non, Jo ne voulait pas partir. Sébastienne avait également tenté de l'entraîner hors de la capitale, au moins pour le week-end du 15 août.

— J'aime les voyages lorsqu'ils ont du sens, avait répondu Jo. Notre histoire se passe à Paris, nous y sommes bien, je ne vois pas l'intérêt d'aller la gâcher en se déplaçant, pour se retrouver avec un caleçon plein de sable, histoire d'être comme tout le monde ! Et pourquoi irais-je manger de la fausse cuisine locale avec des poissons surgelés à dix mètres des chalutiers ?

Profiter de l'été ? Un week-end à Deauville avec une excursion à Honfleur, peut-être ! Les côtes et les ports ne dégagent leur charme qu'en hiver, lorsque les navires surgissent des brumes, au retour de courses lointaines, chargés de trésors inconnus. Mais à quoi bon flâner sur les quais quand le monde n'a plus de secret à livrer ? Il haïssait cette marine de plaisance, ces quais pour touristes, avec leurs effluves de crêperies et de pizzérias. Il ne pouvait rêver que des silhouettes inquiétantes dans les docks de Londres, des marins rouges insurgés de Hambourg ou d'Odessa. Sans mutinerie, les mers sont ennuyeuses, il ne pouvait naviguer que sur *Le Bounty* ou *Le Potemkine*.

Remuer, il n'avait donc jamais envie de remuer ?

— Quoi, disait-il, tu m'imagines en short, avec un maillot imprégné de sueur ?

Sébastienne était une fille de son époque. Elle jugeait absolument nécessaire de consacrer des heures à l'entretien de son corps. Joseph ne l'accompagnait jamais quand elle partait de la rue Molitor pour aller courir au bois de Boulogne. Non, il n'était pas question qu'il remplace sa partenaire de tennis partie en vacances. L'idée de tenir une raquette et de courir après une balle lui semblait parfaitement saugrenue. Comme celle de la promenade à bicyclette. Il avait vaguement essayé ce machin-là dans sa prime jeunesse. C'était utile en mai 68, quand le métro était en grève. Mais il préférait marcher, en ville, bien sûr. Une marche dans la campagne, quelle idée ! Elle n'avait obtenu qu'un ricanement en réponse à une idée bien en vogue, et qui lui semblait une évidence.

— Mais tu sais… Ça fait aussi du bien à la tête, de faire bouger son corps !

— À la tête ! M'abaisser à répéter des gestes débiles ? Courir après un machin rond ? Enfermer mes pieds dans des croquenots puants conçus pour que des légions de crétins se donnent la sensation d'atteindre la performance quand ils ne sont que les consommateurs d'une marque allemande qui réussit à les mettre tous en uniforme ! Allez ! Courez petits ! Dans la nature ! Mit unser chaussures ! Sport ! Ein, zwei ! Das ist gut !… Grosse joie ! Freude ! Courez ! Sautez ! Force ! Kraft und Freude ! La force et la joie ! Ein, zwei ! Au pas de gymnastique, schnell, schnell ! Tout corps pas beau nous brûlerons ! Nous jetterons dans les fosses, avec de la chaux vive dessus ! Allez, courez, joggez, ein, zwei ! Juden pas courir ! Juden pas bon gymnastique !… Peux-tu comprendre, Sébastienne… Ich Youssef Kaplane !… Je suis un petit youpin maigre, le dos tordu, avec les épaules tombantes ! Untermensch, définitivement Untermensch… sous-homme ! Inapte à toute autre activité que celle exigée par ma monstrueuse lubricité ! Pas de muscles ! Juste une grosse bite ! Tu as voulu ein Jude, das ist für ficken, seulement pour baiser, ja !

— Jo… je t'en prie… à certains moments… tu es fou !

— Ja ! Verrückt ! Ganz verrückt ! Ganz mechougué ! Yo !… je suis fou ! On m'a ramassé… sur le sol de la baraque ! Un jour plus tôt… Un seul jour… Ils m'auraient écrasé la tête d'un coup de botte !… Pour cette raison, j'ai décidé de ne rien faire qui m'emmerde. Je me fous de savoir si je vivrais plus longtemps en fréquentant des lieux de torture ! Salles de sport ! Piscines ! Ach ! Mon corps ! Je le brûle comme je veux ! Ils n'ont pas pu… ils l'ont oublié ! Ils n'ont pas vu ce qu'elle cachait dans son ventre, ma mère !

Sébastienne se retrouvait désarmée devant cette folie de Jo. Elle savait qu'il en jouait, qu'il justifiait toujours ses refus, en n'importe quel domaine, par son histoire singulière.

Elle se montra assez persuasive pour que Joseph accepte de passer une journée au parc de Saint-Cloud. C'était à ses yeux une incursion tolérable au-delà des limites de la capitale, on pouvait accéder au domaine par l'entrée située en face du pont de Sèvres, à côté de la manufacture. Mais quand Sébastienne surgit de la salle de bains vêtue d'un short, chaussée de baskets, il exigea qu'elle se change immédiatement, refusant de sortir avec une femme revêtue de l'uniforme des obligations sportives hebdomadaires de tout cadre moderne. Elle trouvait sa réaction absurde, démesurée, mais, pour ne pas se gâcher la journée, elle accepta de passer une robe légère et de chausser d'élégantes sandales, à peu près supportables au long d'une marche. Elle fit tout de même une remarque :

— Tu n'as jamais envie, toi, de porter des vêtements dans lesquels on se sent plus à l'aise ?

Elle parlait comme les pubs des marques de vêtements de sport, ce qui l'agaçait particulièrement.

— Je suis parfaitement à l'aise avec un pantalon, une chemise, une veste et des chaussures de cuir. Je ne possède rien d'autre, si ce n'est une robe de chambre en laine pour traîner chez moi. C'est d'ailleurs une question de principe !

La température rendait difficilement supportable une veste même légère, mais Joseph ne se résignait pas à sortir en bras de chemise. Ce n'était pas une affaire de pudeur. Ce n'était que l'idée qu'il se faisait de lui-même. De son personnage.

— Tu as un étrange rapport à ton corps, tenta Sébastienne, tu es pourtant très bien en chemise, ou même sans chemise !

— Dans ce que je ne supporte pas chez mes contemporains, il y a cette manière d'employer le mot « corps », buvez, éliminez, pissez ! Équilibrez vos repas ! Ne buvez pas ! Ne fumez pas ! Veillez à atteindre régulièrement l'orgasme ! Luxe d'une époque où l'on n'a plus l'occasion de ramasser les corps, de les jeter sur des camions pour aller les enfouir ou les brûler avant que ça pue…

Joseph ramenait tout à l'histoire, de manière obsessionnelle. Dans tout ce qu'il faisait, jusque dans l'amour et, pire, jusque dans le choix de sa tenue, de ses lieux de promenade. À certains moments, Sébastienne s'extasiait, mais, à d'autres, elle le trouvait terrifiant et, pour tout dire, d'un mot qui agaçait Jo, franchement chiant.

Pour Joseph, les lieux ne valaient que par leur histoire. Il pouvait marcher dans le parc de Saint-Cloud, pas dans n'importe quel paysage de campagne, sauf s'il y avait eu une bataille ou, à la rigueur, le regard d'un écrivain précédant le sien. C'était, selon lui, la véritable différence entre les villes et les campagnes. Prague existe au-delà de Kafka, la Beauce n'est qu'une morne étendue de blé, qui ne vaut que par Proust. La nature a beau faire, ses chaumes ne sont pas toujours des Van Gogh.

Ils prirent le métro pour se rendre au parc de Saint-Cloud.

La promenade commençait au pont de Sèvres, d'où l'on voit l'île Seguin qui, en raison de la fermeture pour congés d'été des usines Renault, présentait déjà le visage sinistre qui serait le sien quelque vingt ans plus tard. La forteresse ouvrière était déjà condamnée, la CGT avait beau jurer qu'elle défendrait jusqu'au bout l'usine de Billancourt, ce n'était plus qu'une question de temps. Il appartenait déjà au passé, le dicton : « Quand Billancourt éternue, la France s'enrhume. » Pour Sébastienne, c'était déjà de l'histoire, voire de la mythologie. Pour Jo, c'était des souvenirs précis, des hommes. Henri, le vieil ouvrier pabliste. Karim, l'ancien mao établi. Et ces figures de la CGT, Aimé Halbeher, Roger Silvain. Georges Séguy et Benoît Frachon sur la passerelle, dans l'usine occupée. Le drapeau rouge là-haut. Quinze années s'étaient écoulées depuis Mai 68 et tout ceci semblait si loin. L'usine vivait encore, quelques copains s'accrochaient, feignant de croire qu'elle ne disparaîtrait jamais, que la chaîne de l'île Seguin tournerait toujours, comme au temps des quatre-chevaux ! Il passait sur le pont de Sèvres avec une jeune femme, de gauche, qui l'écoutait comme lorsqu'il parlait de la grogne du général Dumas pendant la campagne d'Égypte. Elle aimait tout de même l'entendre, dans ces moments-là, cette obsession de l'histoire.

Au parc de Saint-Cloud, il avait de quoi exagérer. Tout dans ce parc ne rappelait-il pas les fêtes données sous la Régence, avec ces sous-bois plus propices au libertinage que les allées de Versailles ? Et puis le pavillon de

Breteuil, temple du système rationnel des mesures, œuvre de la Révolution. Et là-haut, ce château détruit en 1870, celui que Bonaparte avait fait cerner par la troupe, le 18 brumaire an VIII… Comment Sébastienne ne sentait-elle pas la tragédie, sur la hauteur où se trouvait le château ? Les anciens siégeaient dans une salle du palais, les Cinq-Cents étaient réunis dans l'orangerie. Par où étaient-ils passés, les grenadiers conduits par Murat ? La Révolution s'arrête à ce moment-là… Il y avait eu thermidor, bien sûr ! Mais… peut-on se promener dans le parc de Saint-Cloud sans songer au 18 Brumaire ?

Le général Dumas savait déjà, en quittant l'Égypte, que Bonaparte pouvait piétiner tous les principes. Quant à Brune, Napoléon avait tenté de l'amadouer en lui refilant un bâton de maréchal, en 1804, mais, trois ans plus tard, après avoir vaincu les Suédois, il refusait d'employer l'adjectif « impérial », ce qui lui valut la disgrâce.

Sébastienne riait. Jo ne voyait pas les arbres mais les rangées, le tracé des allées, les ronds-points, les étranges sculptures de la cascade. Pouvait-il seulement reconnaître un hêtre, un chêne ? Le chêne peut-être, à cause de la forme des feuilles, qui ornaient autrefois le képi des généraux.

Il oublia un peu l'histoire quand elle l'emmena dans les sous-bois pour libertiner, comme les gourgandines sous Philippe d'Orléans. Mais debout, appuyés contre les arbres, car Joseph ne supportait pas le contact de la terre ou de l'herbe.

Ils déjeunèrent à *La Cascade*. Joseph regrettait que les carpes du grand bassin ne soient pas la spécialité du lieu, mais il admettait volontiers que c'était là un goût très particulier, que seul un juif originaire d'Europe centrale peut saliver en voyant nager des carpes.

Ce fut, de tout l'été, leur seul voyage en dehors de Paris, au bout du métro. Cette journée devait laisser

Sébastienne inquiète, elle se demandait si leur histoire résisterait à ce qu'elle tenait pour un refus de vivre. Joseph était plus snob qu'elle, à n'en pas douter, il regardait de haut les plaisirs de son temps et menaçait de devenir étouffant.

Strasbourg-Saint-Denis

Joseph refusa d'accompagner Sébastienne aux journées d'été des socialistes. Croissac ne tenait d'ailleurs pas à laisser ses collaborateurs à la merci des critiques de la base. Mieux valait qu'il ne s'y montre pas. Non, il l'essaierait plus tard, ce nouveau train à grande vitesse ! Et puis que ferait-il, au milieu de ces militants qui ne devaient pas être informés de la manière dont se concevait, désormais, la politique ?

Elle était partie furieuse, persuadée que Joseph se saisissait de ce prétexte pour l'abandonner quelques jours. Cela ressemblait à une rupture. Il y songeait, ne sachant trop ce qui l'attachait à elle, si ce n'était ce désir, toujours renouvelé. Il suffisait, peut-être, de ne pas l'appeler lorsqu'elle rentrerait. C'était sa manière de faire : éviter les scènes de rupture, se contenter de disparaître. Tourner la page sans donner d'explication, pour ne pas encombrer la mémoire de ces moments grotesques et inutiles… Partir, simplement !

L'absence de Sébastienne ne dura que trois jours, au long desquels elle téléphona plusieurs fois. Jo aima particulièrement un appel, le deuxième soir, elle était seule dans une chambre d'hôtel, elle avait envie de lui, elle parlait de leurs nuits. Le temps n'était pas encore venu. Et il trouva dès le lendemain l'occasion de s'inquiéter pour elle.

Un rendez-vous un peu étrange. Sarah, qui voulait lui parler, hors de l'agence et hors de chez elle. Elle préférait un café anonyme, près de la porte Saint-Denis, entre un ciné porno et une salle de flippers.

Arrivé le premier, Jo eut tout le loisir de contempler la prise de Maastricht par Vauban et Louis XIV, bas-relief situé sur la façade extérieure de la porte Saint-Denis, côté faubourg. Outre la mort de D'Artagnan, la ville de Maastricht n'évoquait alors que deux victoires françaises. Une guerre des Flandres qui devait être moins joyeuse que celle de Gérard Philipe dans *Fanfan la Tulipe*. Et, plus tard, les armées de la République, conduites par Kléber, s'étaient emparées de Maastricht pour en faire le chef-lieu du département de la Meuse-Inférieure.

Sauf cet arc de triomphe, la barrière Saint-Denis n'avait pas l'air très glorieuse. Il y régnait une odeur de frites saucisses, vaguement orientalisée depuis la victoire de la merguez sur la francfort et la strasbourg réunies.

Jo entra dans le bistro, choisit une table à peu près tranquille et commanda une bière. C'était le genre de rade où la graisse s'insinuait partout, sur les tables, sur les banquettes, dans les cheveux. Elle sortait en vapeur d'un passe-plat taillé dans une porte en Formica. Mieux valait ne pas visiter la cuisine qui se cachait là, juste à côté de la porte des toilettes. Une vieille outrageusement maquillée semblait vissée au comptoir, devant un blanc sec. Deux types au teint basané étudiaient les pages courses de *France-Soir* et du *Parisien*. On ne pouvait trouver de bistro plus lamentable, sauf à explorer les coins les plus désolés de la banlieue. Ce n'était pas vraiment le style de Sarah.

Elle avait choisi ce lieu pour sa discrétion et cependant elle laissa sa bagnole en double file. Elle demanda une Vittel, sans menthe, ce qui arracha une moue douloureuse au patron, qui ne faisait jamais de mal à une source.

— Tu as tout oublié de la vie clandestine, dit Jo en souriant. Tu es en retard, et tu fais tout pour attirer les flics !

— Nous n'en sommes pas là… Il y a juste un sale coup. Un méchant bouquin qui sort pour la rentrée… L'œuvre d'un journaliste de *Minute* et d'un ancien flic, ça s'appelle *La Bourgeoisie rose* ! Et nous sommes tous répertoriés !

Le style ordurier du pamphlet ne méritait pas tant de fureur. Mais Sarah était inquiète. Il y avait une foule de détails parfaitement exacts, si bien qu'il était impossible d'attaquer en justice les insinuations diffamatoires. À moins de vouloir lancer le livre.

— Bourgeoisie rose, c'est bien vu ! commenta Joseph. Comme on ne peut pas dire que la gauche recrute ses dirigeants au cœur de la classe ouvrière, l'attaque n'a rien de surprenant ! Qu'est-ce qu'ils disent de toi ? Ils connaissent ton passé ?

— En partie… Madame Hirsch, Sarah Bensussan de son nom de jeune fille, a su tirer parti de sa plastique… Suivent des allusions graveleuses à des spectacles « lestes », comme ils disent ! Ce n'est pas très grave ! Ils parlent surtout des affaires d'Alfred qui, selon eux, prospèrent sous la gauche. C'est exact… C'est seulement dit d'une manière répugnante, en insistant sur le nom des Hirsch… Alfred a effectivement des commandes de l'État, mais il en avait du temps de Pompidou !

— Il a des avocats, non ? Pourquoi m'en parles-tu ?

— Alfred et moi, nous sommes blindés contre ce genre d'attaques. Ses comptes sont clean. Mais… il y a quelques pages féroces sur les financiers qui prospèrent autour de lui. Et sur la carrière « fulgurante » de Sébastienne. Rassure-toi, tu es à peine cité, on lui prête des amants beaucoup plus puissants !

— Sexuellement ?

— Tu es vraiment un crétin… Le lecteur de base retiendra que c'est une intrigante, ça les fera même rêver, une beauté diplômée qui sait jouer de tout pour arriver !

— Je ne comprends toujours pas ce qui t'inquiète ! C'est une saloperie réac assez ordinaire. On laisse entendre que Hirsch fait des affaires, donc le juif profite, comme toujours… Et une nana comme Sébastienne réussit forcément par le cul. Belle et de gauche, pour eux, c'est donc une salope. Et sur moi, qu'est-ce qu'ils ont ? Mon passé communiste ?

— Quand tu es arrivé dans la vie de Sébastienne, le livre était terminé… Ils ont rajouté une note à la dernière minute… Regarde !

— Ça me plaît d'être une note en bas de page, dit Joseph en découvrant le texte. Quelques lignes… « Depuis quelque temps, Sébastienne de Montguyon s'affiche avec un ancien dirigeant communiste, Joseph Kaplan. Quoique formé à Moscou, Kaplan a été exclu du PC, en raison de ses liens avec un groupe trotskiste dirigé par Pablo, aventurier révolutionnaire connu pour avoir aidé les terroristes algériens en acheminant des armes achetées au Maroc avec de la fausse monnaie. Depuis, Joseph Kaplan a lâché les "pablistes"… Est-ce en raison du soutien très actif que cette petite mouvance apporte aux Palestiniens ? En tout état de cause, il cherche désormais à entrer dans les grâces de l'État socialiste. »

« C'est un tas de merde…, commenta Joseph dans un ricanement. Formé à Moscou ! Je n'étais pas à l'école du parti, là-bas… C'était un échange universitaire ! Un stage de langue et une étude sur la Révolution française et les guerres napoléoniennes vues de Russie. Pour le reste, ce bouquin est un torchon fasciste. La grande presse l'ignorera.

— C'est vrai… Mais les allusions à certaines transactions dont Sébastienne serait responsable, comme la réussite d'une boîte de conseil financier… Ça peut inciter d'autres fouille-merdes à chercher plus loin.

— Qu'est-ce que tu sais de ses affaires ?

— Elle est très douée pour la Bourse. Elle m'en a fait profiter, elle a aussi donné quelques conseils précieux à Alfred au moment des nationalisations, quand il a fallu reconvertir les parts qu'il détenait dans des entreprises visées. Il s'en est très bien sorti !

— Ça, c'est politiquement choquant… On a nationalisé en permettant aux actionnaires de se faire du pognon ! Ça me ferait plutôt gerber. Mais ça ne choque qu'une poignée d'anciens cocos dans mon genre.

— Ces opérations-là ne sont pas contestables ! Mais…

— Le reste… pas dans un café, si tu le veux bien.

Il balança quelques thunes sur la table et se leva. L'idéal, pour parler, c'était la voiture de Sarah. Comme à Moscou, où l'on se disait l'essentiel en longeant la Moskova à bord d'une vieille Volga.

Cette fois, l'essentiel, Jo le connaissait, à quelques détails près. Il conseilla à Sarah de remonter le boulevard de Strasbourg et de s'engager dans la rue du Château-d'Eau pour le déposer à la République. Cela sentait la rentrée, la circulation redevenait impraticable. La rue du Château-d'Eau était, comme toujours, encombrée de camionnettes, qui s'arrêtaient sans prévenir devant les échoppes des grossistes en vêtements de cuir.

Ils avaient tout le temps d'évoquer les menaces qui pesaient sur Sébastienne. Son goût pour le boursicotage ne s'accordait pas très bien avec les idées de gauche qu'elle affichait. Mais c'était ainsi qu'elle s'était émancipée de sa famille, en faisant prospérer le petit pécule récupéré à sa majorité.

Les petits services rendus aux golden boys en échange de financements politiques n'avaient pas été réservés aux potes de Sébastienne. Il y en avait eu quelques autres. Les auteurs de *La Bourgeoisie rose* avaient visiblement flairé la piste, mais ils n'avaient pas tout à fait compris le système. Et sans doute manquaient-ils de preuves ou d'éléments flagrants. Fort heureusement, ce n'étaient que des pamphlétaires d'extrême droite. Un style immédiatement repérable. Une manière d'insister sur les noms étrangers. Mais si quelqu'un de plus fin s'intéressait à leurs informations, il y avait de quoi mettre Sébastienne en danger.

Joseph se sentit un peu honteux de n'avoir pas proposé à Sébastienne de l'attendre, à la gare, chez elle ou chez lui. N'importe où. Il avait envie de la protéger, de l'aider, ce qui lui semblait parfaitement absurde, en considérant les affaires qui la compromettaient.

Sarah, une fois de plus, avait tout organisé. Elle avait prévenu Sébastienne, et elle l'avait invitée à dîner dans un restaurant discret. Il s'étonna du choix d'un lieu public, mais Sarah pensait qu'il ne fallait surtout pas se cacher. Et puis c'était un endroit très agréable où Alfred avait ses habitudes, et Sarah n'avait pas le temps d'improviser un dîner.

— Pour tout te dire, ajouta-t-elle, j'avais prévu ce dîner avant qu'on m'apporte ce foutu bouquin… C'était histoire de réparer tes bêtises.

— Pourquoi te mêles-tu de ma vie ?

— Par instinct… Je ne veux plus te perdre.

Sarah lui fit quelques remontrances de femme, il traitait mal Sébastienne, il n'allait tout de même pas passer sa vie à poursuivre de vieux fantômes !

— Elle est amoureuse… comme je l'ai été. Quand elle est inquiète, elle me parle.

— Je finirai par croire que tu me l'as mise dans les bras, ce soir-là, chez toi !

— Oh non ! Elle y est allée toute seule. Et toi, tu n'as même pas remarqué les autres filles, à ce dîner ! Ce n'était pas un piège… À ce moment-là, je ne savais plus rien de ta vie… Je voulais te retrouver.

— Je ne comprends toujours pas pourquoi.

— Ma mauvaise conscience, sans doute ! Disons que j'avais besoin de ton aide… Professionnellement, je ne me suis pas trompée. Pour le reste, ça dépend de toi.

Sarah avait entrepris de construire un monde autour d'elle, une communauté de luxe, une manière de se protéger. Jo s'était habitué à la solitude, après tant d'années de vie collective, de cellules et de groupes où tout se passait sous le regard des autres. Sarah l'avait brutalement poussé dans une société où il trouvait difficilement ses repères.

Exelmans

Il n'est rien de plus sinistre à Paris que les abords du métro Exelmans, un dimanche soir. Les façades y sont rarement éclairées, sans doute à cause de l'avarice des parvenus qui logent dans cette portion de l'avenue de Versailles. Pour eux, l'essentiel est d'avoir une adresse dans le XVIe arrondissement, ils ont assez peu de goût pour s'installer sur cette artère interminable, sans un regard pour les rues au charme désuet, avec leurs façades de style nouille, rococo ou modern style, leurs jardins fous, leurs fausses colonnes grecques, leurs anges, leurs dieux païens et autres fantaisies des bourgeois d'un autre siècle.

Au milieu de ce désert, dans les rues qui descendent de l'avenue de Versailles jusqu'à la Seine, subsistent quelques restaurants de bon aloi qui, le dimanche, servent à dîner, pour de vieux couples venus se remettre d'un week-end trop bruyant au milieu des petits-enfants. Joseph arriva en même temps que le taxi de Sébastienne et, à la manière dont elle claqua la portière, il comprit qu'elle avait subi une litanie ininterrompue depuis la gare de Lyon.

— Au moins, je suis dans l'ambiance… J'ai eu droit à « Socialo, ça rime avec escroc ! » Et ce salaud ne voulait pas m'attendre devant ma porte quand je suis montée poser mon sac ! Je peux monter mademoiselle…

Jo l'étreignit, sans pour autant rater l'occasion de persifler.

— Ils sont comme ça, les gens du peuple ! Ils râlent et ils rêvent de te sauter, ce qui prouve qu'ils ont du goût… Ça fait du bien de te retrouver…

— Moi aussi… je suis contente… Là-bas, je souriais toute seule en entendant les dirigeants répéter les formules que tu leur avais préparées !… Il fallait bien ça pour remonter le moral des troupes.

Sarah et Alfred avaient réservé une table isolée, où l'on pouvait parler sans trop craindre d'être écouté.

— La cellule est au complet ! lança Alfred. Nous pouvons fixer la ligne. Puisqu'on nous accuse d'être la gauche caviar, je vous suggère le foie gras de la maison !

Joseph se laissa guider par Alfred, qui connaissait toute la carte, et il évita de donner son point de vue sur les vins, préférant s'en remettre aux connaissances accumulées par des générations d'Israélites assimilés.

Sébastienne s'empara de l'exemplaire de *La Bourgeoisie rose*, où elle retrouva avec quelque effroi les termes haineux qu'on employait dans sa famille à propos de la gauche.

— Ils savent ça ! s'écria-t-elle. Mais ça ne peut venir que de ma famille ! « Jeune fille fantasque, en proie à des crises mystiques, elle se découvre le cœur à gauche à sa majorité, quand son père lui demande de renoncer à une donation faite au détriment de ses sœurs. Sébastienne de Montguyon embrassera les idées généreuses pour ne pas partager le pactole… et elle se mettra sous la protection d'un homme du pays, dont elle ne peut ignorer le trouble passé. Entre Charentais, on se comprend. »

Pour Joseph comme pour Alfred, les lignes qui suivaient étaient plus insupportables encore. Il y était question d'anciennes relations entre François Mitterrand et un haut magistrat qui l'avait, jadis, recommandé à Vichy. Pierre-Marie de Montguyon, le grand-père de Sébastienne, avait servi le Maréchal, et ce fin juriste attaché au cabinet du garde des Sceaux avait mis la main à quelques lois scélérates. Il ne dissimulait pas sa francisque, lui, ajoutaient les auteurs du livre.

— Je ne suis pas responsable pour mon grand-père ! protesta Sébastienne. Et je n'ai jamais entendu parler de relations de famille liées à nos origines communes. Si vous les entendiez parler de Mitterrand !

— Qu'importe ! répondit Joseph sans grande conviction. L'essentiel, aujourd'hui, c'est de bloquer l'affaire financière. Quelqu'un a le double de tes clefs ?

— La femme de ménage, pourquoi ?

— Si quelqu'un de proche lui demande avec un pourboire, qu'est-ce qu'elle fait ?

— Je ne sais pas… Mais la seule chose qui intéresse ces gens-là se trouve dans mon sac. Les transactions qui concernent le parti sont notées sur un carnet que je ne quitte pas.

— On ne note pas ces choses-là, c'est une règle, asséna Jo. Bon, je me chargerai de le détruire. Est-ce qu'il y a des opérations en cours ou à venir ?… Oui ? Il faut tout arrêter…

— C'est assez difficile…

— Joseph a raison, insista Alfred. Même si des gens que nous connaissons empochent un peu d'argent sans contrepartie, ce n'est pas grave. Mais… il faut s'y prendre de manière à ne pas les affoler. Il y a peut-être un moyen… Je… réfléchis à haute voix… On peut leur demander d'aider, cette fois, des artistes… Les achats d'art sont défiscalisés. Et moi, je peux reverser à qui je veux… J'ai bien le droit d'aider une bonne cause !

— Malheureusement, vous êtes également visé, objecta Joseph.

— Mon cher Joseph, j'en ai vu d'autres ! Et puis… j'ai des affaires à New York et à Genève, je ne vois pas la presse me traîner dans la boue. Même les journaux les plus hostiles à nos amis ! Les principaux patrons sont mes clients !

— Vous savez ce que vous faites, admit Joseph. Il reste que votre épouse est l'associée de Jacques Croissac…

— C'est un autre circuit ! répondit Sarah. Public Com facture ses services aux commanditaires. Quand il y a des campagnes pour des ministères, cela passe par des appels d'offre. La manière dont nos clients récoltent des fonds pour nous payer ne nous regarde pas.

— Certes… mais j'ai reçu une partie de mon cachet en espèces… C'était très agréable, d'ailleurs…

— C'est encore autre chose, dit Sarah, agacée. Nous sommes amenés à travailler sur l'image personnelle des ministres du gouvernement. Ils disposent, le plus légalement du monde, de fonds secrets pour régler ce genre de dépenses…

Joseph, très amusé par cette révélation, porta un toast à la République française, à ses fonds secrets et ses enveloppes généreusement distribuées aux ministres de tous les gouvernements. La conversation glissa sur le climat malsain, sur ce vent de délation qui commençait à se lever. Sébastienne se détendait, rassurée par l'attitude de Jo. Elle était surprise de voir que leur relation était déjà connue, mais ça ne lui déplaisait pas, au fond, que l'on sache. Elle aimait sortir avec lui, se montrer. Ils avaient fréquenté ensemble quelques lieux à la mode où l'on croise toujours des journalistes en mal de ragots. Quant à la note sur Joseph, il suffisait d'un bon contact aux renseignements généraux pour en savoir dix fois plus.

— Le coup de Moscou, c'est quand même dégueulasse…, soupira Sébastienne. On te fait passer pour un agent du KGB !

— C'est leur fantasme… Si je reprends un jour une activité publique, je ridiculise le premier qui me sort cette connerie. J'ai remis un mémoire d'histoire archivé à la Sorbonne… *De Koutouzov à Tolstoï, la Révolution et l'Empire vus par les Russes*. Je reprendrais bien ce travail ! Par la suite, les révolutionnaires russes étaient fascinés par la Révolution française… Tous !… C'est pour cela qu'ils ont à leur tour fasciné les Français, plus que n'importe quel autre peuple d'Europe !

Joseph avait lâché un mot qu'il regrettait. Il avait laissé entrevoir qu'il envisageait de reprendre une activité publique, ce qui n'avait échappé ni à Sarah, ni à Sébastienne. Pour le leur faire oublier, il se lança, sans se forcer, dans une évocation de Moscou, de la victoire du maréchal Ney sur la Moskova, de l'importance de Paris dans l'histoire révolutionnaire russe. Alfred jouait le jeu, élargissant le propos, évoquant les séjours de la famille impériale sur la Côte d'Azur, les Ballets russes et les tableaux de Picasso au musée de l'Ermitage.

Les frayeurs suscitées par *La Bourgeoisie rose* étaient dissipées. Alfred offrit de déposer Joseph et Sébastienne « chez eux », rue Molitor, mais ils préféraient marcher, ce n'était pas très loin et les rues d'Auteuil redevenaient délicieuses.

En traversant le boulevard Exelmans, Joseph ne put s'empêcher d'évoquer la particularité de cette extrémité de Paris, fermée par deux boulevards, Murat à l'extérieur, sur la ceinture des Maréchaux, et Exelmans à l'intérieur.

— C'est un faux boulevard de ceinture, commenta-t-il, et d'ailleurs, Exelmans n'est pas un véritable maréchal d'Empire. Belle figure pourtant ! Engagé volontaire à seize ans, il a fait toutes les campagnes, jusqu'au bout, colonel puis général de cavalerie, il se battait encore à

Rocquencourt en 1815, quand tout était perdu. Mais il n'a eu son bâton de maréchal qu'en 1851 !

— Jo, soupira Sébastienne, quand tu pars pour les guerres de l'Empire… c'est que quelque chose ne passe pas ! Cette histoire sur Vichy…

— Pas du tout…, se défendit-il. Je voudrais qu'il voie sa petite-fille dans mes bras, ce monsieur qui rédigeait les lois définissant les conditions requises pour s'emparer de la boutique d'un tailleur !…

Elle souriait à cette idée et Jo retrouvait ce sentiment de revanche, celui de ses amours de jeunesse, en Allemagne de l'Est, en Pologne ou en URSS. Les filles des soldats d'Adolf, les descendantes des pogromistes et des cosaques ! Cette fois, il s'était hissé au sommet, dans la grande bourgeoisie antisémite et vichyste.

En arrivant chez Sébastienne, Joseph se souvint du carnet, qu'il déchira page après page, sans avoir la curiosité de lire les informations confidentielles. Il remarqua qu'on avait pu construire un appartement de standing sans cheminée. Mesquinerie des promoteurs qui, bien sûr, la proposaient en option ! Il plaça les petits bouts de papier dans une casserole posée sur la plaque de cuisson, les arrosa d'un excellent cognac et enflamma le tout.

— Ce n'était pas la peine de gâcher du cognac ! protesta Sébastienne.

— Brûlé à l'alcool, le papier a totalement disparu. Et ça nous évite la fumée âcre… Ça sent la crêpe flambée, c'est tout de même mieux !

— Technique parfaite… à croire que tu as vraiment été formé par le KGB !

— Des blagues… Je n'ai connu que les coups tordus du Parti communiste, puis les branquignols de la clandestinité… Le cinoche trotskard ! Tu n'as rien d'autre à faire disparaître ?

— À part quelques angoisses, rien…

— Je ne voulais pas insulter les Charentes…, fit-il en remplissant deux verres de cognac. Maintenant, j'ai mérité ce qu'elles ont produit de mieux. Le cognac et toi !

— Tu me sauves… Je ne serai pas ingrate, murmura Sébastienne, en se collant contre Jo pour le caresser de tout son corps.

Ils se retrouvaient comme la première nuit, la sensation du danger ranimait le désir de Joseph, elle installait entre eux quelque chose de plus.

Voltaire
(Léon-Blum)

En rentrant rue des Vignoles après deux nuits passées chez Sébastienne, Joseph trouva chez Ahmed un message de Paola. Elle accrochait ses toiles dans une galerie de la rue Charlot, elle y serait seule. Cela ressemblait à une convocation, comme toujours. Un jour précis, une heure… Mais une galerie, plutôt qu'un hôtel ! Elle devenait insupportable, il ne pouvait pas croire qu'il ne s'agirait que de peinture. Heureusement que Paola persistait à utiliser Ahmed comme boîte aux lettres, comme à l'époque où Joseph refusait de se faire brancher le téléphone.

D'autres messages l'attendaient chez lui. La voix de Rosa, entrecoupée de sanglots, puis celle d'Eddy, autoritaire, « Espèce de sauvage, tu peux tout de même nous rappeler quand il y a une nouvelle pareille… Marat… ce n'est plus rien pour toi ? »

« Marat » était tombé d'un coup, devant sa machine à coudre, il travaillait toujours à plus de soixante-dix ans. Fourrure. Un infarctus sur un vison, prix d'été. Sa femme l'avait trouvé trop tard, elle venait rarement à l'atelier, ils avaient longtemps logé dans les deux petites pièces situées au-dessus de la boutique, rue du Faubourg-Poissonnière, mais depuis quelques années, ils s'étaient installés dans un bel appartement, avenue Parmentier. Cette distance avait été fatale pour l'infortuné fourreur, il était tombé près d'un lot de renard argenté qu'il venait de faire rentrer.

Non, ce n'était pas rien, pour Jo, « Marat ». Le plus vieux compagnon de son père, comme un oncle. Les Kaplan n'avaient pratiquement plus de famille, ou alors, très loin, à Tel-Aviv, à New York ou même à Buenos Aires. Leur famille, c'était les anciens camarades de combat d'Eddy et les « copines » de Rosa, celles qui avaient survécu, qui avaient partagé le même Block, qui l'aidaient à tenir pendant les appels. Sans elles, Joseph ne serait jamais né, répétait Rosa quand, d'aventure, il manquait de respect à une de ses « tantes ».

« Marat » était parti de Pologne avec Eddy, ils s'étaient engagés ensemble pour combattre en Espagne. Bien sûr, c'était un nom de guerre, comme pour Eddy. En Pologne, déjà, Itzhak Zylberfuss avait lu toutes les histoires de la Révolution française traduites en polonais, en allemand, et même celle de Jaurès, traduite en yiddish par les éditions du Bund, à Vilno. Il avait choisi « Marat », persuadé qu'un homme que toute la réaction détestait devait être le plus grand des révolutionnaires. C'était aussi par dérision, parce qu'il était affecté du même mal, un eczéma chronique qu'il ne pouvait oublier que dans le feu de l'action.

Le dernier message d'Eddy indiquait le jour et l'heure de l'enterrement. Joseph avait tout juste le temps de se changer et de filer chez Marat pour la levée du corps.

Marat avait vécu ses dernières années au bout de l'avenue Parmentier, Joseph descendit donc à Voltaire et retrouva ses parents au milieu d'une petite foule, visiblement séparée en deux obédiences. Les anciens FTP-MOI formaient deux groupes distincts : le dernier carré de ceux qui demeuraient fidèles au parti regardaient avec suspicion ceux qui, comme Eddy et Rosa, s'en étaient éloignés les uns après les autres. Au début des années cinquante, ils avaient formé une grande famille, l'Union des juifs pour la résistance et l'entraide, avec un quotidien en yiddish, la *Naïe Press*, un patronage et des colonies de vacances pour que leurs enfants grandissent ensemble, mêlés aux orphelins. À partir de 1952, les événements avaient peu à peu disloqué le groupe. Staline avait commencé par assassiner les écrivains yiddish de l'URSS, il s'en était pris au président du comité antifasciste juif, Losovski, un vieux bolchevique qui avait vécu à Paris où il dirigeait le syndicat des ouvriers casquettiers. Chez les casquettiers et les tailleurs, ça faisait de sacrés remous. Marat, lui, avait claqué la porte un peu plus tard, quand Khrouchtchev avait dressé une statue à Chmielnicki, héros national ukrainien, disait-il, assassin de cent mille juifs. Un précurseur de Hitler ! s'était écrié Marat. Eddy l'avait suivi plus tard encore, quand les camarades qui étaient rentrés en Pologne pour bâtir le monde de leurs rêves avaient été expulsés pour « sionisme » par Gomulka.

Pour les quelques fidèles du parti, tous ces renégats avaient saisi n'importe quel prétexte, ils s'étaient vendus aux sionistes, ils avaient touché l'argent des réparations allemandes ! Et puis leur situation avait changé, au long des années soixante, la confection, la maroquinerie et même la fourrure connaissaient leurs meilleures années. Ils s'étaient embourgeoisés et c'était pour ça qu'ils ne croyaient plus en l'Union soviétique !

On entendait souvent de violentes disputes dans les cafés du boulevard Voltaire. Comment Rosa pouvait-elle oublier que l'Armée rouge était venue pour la libérer, elle, car enfin c'était bien pour elle que des millions de soldats étaient tombés !

Comment « Marat », simple ouvrier fourreur, s'était-il installé à son compte, rue du Faubourg-Poissonnière ? Il avait un beau magasin ! Et juste après avoir quitté le parti, il avait changé sa *quat'chévou rénou* pour une vraie voiture de bourgeois, la nouvelle *Citrouène*, la DS *dèzneuf* ! Plus tard, il avait même pu se payer un appartement, dans un immeuble en pierre de taille, avenue Parmentier, derrière la mairie du XIe. Il pouvait bien habiter à Léon-Blum, ce social-traître !

Tout de même, ils étaient venus à son enterrement, les vieux staliniens. Eddy les avait empêchés de monter, pour éviter tout incident avec le fils de Marat, un copain d'enfance de Joseph qui, à la surprise générale, était parti vivre en Israël en 1967. Lui que son père avait appelé Maurice, pour montrer toute l'admiration qu'il portait alors à Maurice Thorez, avait changé son prénom en Moshé. Même pas Moïshé, en yiddish, mais Moshé, en hébreu ! C'était le monde à l'envers ! Les juifs qui arrivaient de Pologne changeaient Moïshé pour Maurice et après, leurs enfants partaient pour Israël et devenaient Moshé !

Les croque-morts descendaient déjà le cercueil, Moshé marchait derrière eux. Joseph s'avança vers lui. Ils s'embrassèrent, en frères qui se retrouvaient. Eddy avait organisé les funérailles. On remonterait la rue de la Roquette à pied, jusqu'au Père-Lachaise, avec les drapeaux des anciens combattants en tête.

Joseph marchait entre son père et sa mère, rue de la Roquette des automobilistes furieux klaxonnaient déjà, on n'avait pas idée de bloquer une rue pour un enterrement. Il ne restait plus rien de l'ancienne prison de la Petite Roquette. Un mur, l'encadrement d'une ancienne porte. Des logements poussaient là depuis quelques années, les chantiers faisaient partie du décor.

— Pourquoi laissent-ils ce mur…, souffla Rosa. Moi, j'aurais tout détruit !

Elle la connaissait, cette prison, Rosa, elle y avait

séjourné au début de l'été 1944, avant d'être transférée à Drancy où elle était montée dans le dernier convoi pour Auschwitz. Elle serra le bras de son fils, c'était à la Petite Roquette qu'elle avait compris… Elle était enceinte, elles ne le savaient pas, les matonnes. Eddy non plus. Il était à Fresnes pendant ce temps-là, il avait eu une sacrée chance !

Au milieu du mois d'août, on l'avait tiré de sa cellule pour le faire monter dans un camion allemand. Un side-car guidait le convoi, un autre camion bourré de soldats les suivait. Direction le fort de Romainville, où on devait le fusiller avec d'autres « terroristes » aux premières lueurs de l'aube. Mais, tandis que le convoi roulait sur la ligne des fortifications avancées, le ciel s'était embrasé. Les Anglais, cette nuit-là, bombardaient la gare de triage de Villeneuve-Saint-Georges. Ils volaient bas, les gars de la RAF, pour déjouer les radars, les sirènes étaient restées muettes. Une bombe était tombée sur la route, quelques mètres devant eux, le side-car de la Feldgendarmerie avait été soulevé par le souffle. Le camion de prisonniers, en freinant, s'était mis en travers de la route. Le chauffeur des soldats, qui suivait de trop près, n'avait pu l'éviter.

Dans le fracas des taules, gardiens et prisonniers se retrouvaient projetés les uns contre les autres. Un camarade espagnol avait eu le réflexe de se jeter sur le premier garde pour lui arracher son arme. Le second, un tout jeune soldat, n'avait pas eu le temps d'ouvrir le feu, l'Espagnol avait tiré à moins d'un mètre. Les résistants avaient sauté. Les soldats valides hurlaient et tiraient à tout-va, mais une nouvelle vague de bombardiers larguait à moins d'un kilomètre d'eux. Eddy, avec l'Espagnol et deux autres camarades, était déjà de l'autre côté de la route quand les flammes jaillirent d'un réservoir. Un Boche hurlait, non plus des ordres, cette fois, il hurlait de terreur et de douleur dans son uniforme en flammes. Il y avait des morts. Des Allemands et des prisonniers. Les quatre rescapés détalèrent à travers un terrain vague. Le bombardement avait cessé. Il n'y avait aucun Allemand en vue. Ils se faufilèrent jusqu'à la gare de triage. Des ouvriers, des cheminots couraient en tous sens dans les décombres. Eddy entendit une voix, c'était comme un mirage ! La voix appelait les cheminots à la grève, en annonçant une nouvelle extraordinaire :

« Nos camarades occupent la préfecture de police. »

L'aube qui se levait aurait dû être la dernière pour Eddy. Mais c'était celle du 19 août 1944. Les cheminots prirent les évadés en charge. C'était bien la première fois qu'Eddy buvait un ersatz de café sans grimacer. Il regagna Paris insurgé pour retrouver ses copains du XIe et combattre là, dans cette même rue. Il participa à la prise de la prison de la Petite Roquette, espérant retrouver Rosa. Mais Rosa, ce jour-là, répondait par son numéro au kapo qui faisait l'appel.

Près de quarante années plus tard, ils marchaient avec leur fils, ils remontaient la rue de la Roquette avec d'autres miraculés. Des fourreurs et des tailleurs qui, après ces années d'horreur et de folie, avaient passé le reste de leurs jours devant la machine à coudre.

— Jo, tu as vu, dit Eddy, non seulement il y a tous les staliniens indécrottables, mais il y a deux officiels du parti ! Kornfeld, conseiller de Paris, membre du Comité central ! Tu crois qu'il va prendre la parole ?

— Il essaiera… C'est la première fois depuis dix ans qu'il me salue. Je le croise souvent, il habite près de chez moi. Quand il me voit, c'est comme si je n'existais pas ! En fait, je suis l'homme invisible.

— Ils vont avoir une sacrée surprise…, souffla Eddy. Maurice porte un *képélé*, maintenant… Il veut dire le kaddish pour son père… Tu sais quoi ? J'ai laissé toutes ces conneries depuis longtemps, mais du moment que ça emmerde les vieux staliniens, je mettrai ma casquette sur la tête… on sera bien dix à le faire !

À l'approche des portes du cimetière, la petite foule s'était mise à chanter, en yiddish, le chant des combattants du ghetto de Vilno. « Ne dis jamais que tu suis ton dernier chemin. »

D'autres gens attendaient devant l'entrée du Père-Lachaise. Des amis, des parents trop âgés pour remonter la rue de la Roquette à pied. Et des clientes, parmi lesquelles Joseph, surpris, trouva Sarah accompagnée d'Alfred.

— Il m'a fait un vison sublime, dit simplement Sarah. Tu le connaissais ?

— Pour d'autres raisons, bredouilla Joseph. Quelqu'un de proche, de la famille.

En entendant la voix de son père sur le répondeur, Joseph avait foncé avenue Parmentier. L'émotion était devenue plus forte à la vue du cercueil d'amis perdus de vue et, surtout, à la vue de Maurice. La présence de Sarah était due à un tout petit hasard. Elle savait, depuis toujours, où acheter chaque vêtement, il était normal qu'elle aille au faubourg Poissonnière pour la fourrure. Mais la gorge de Joseph s'était serrée un peu plus et, devant elle, il n'avait pas retenu ses larmes et avait pleuré dans ses bras. Tandis qu'il rejoignait Eddy et Maurice en tête du cortège, il ne vit pas Sarah se diriger vers les cabines téléphoniques, sur le terre-plein central du boulevard de Ménilmontant.

La foule suivit le corbillard jusqu'au carré des déportés, où les croque-morts déposèrent le cercueil sur des tréteaux, le recouvrant aussitôt d'un drapeau tricolore, honneur accordé à un étranger décoré de la Croix de guerre et de la Légion d'honneur. Il y avait même une musique militaire, Eddy l'avait exigée du ministre des Anciens Combattants, puisqu'il était de gauche, il devait bien ça à Marat. On avait dressé une petite estrade. Un dirigeant du syndicat des artisans fourreurs prit le premier la parole, avec un accent yiddish garanti *fourrire*.

— Améye ! Itzhak n'était pas sélémon ine des meilleurs fourrirs, dons toute la faubourgue Passanière, on connaséye son magasin, au rinard arjonté, ça yon étaye aussi ine militonte, défonseur des artisons qui cachait pas son bit et la mettait tajours sir la table.

Difficile d'éviter les rires au milieu des larmes. Mais après tout, Marat parlait de la même manière et Eddy, qui avait appris le français très tôt, en Pologne déjà, cachait mal ces pointes d'accent qui lui revenaient. Surtout quand il était question de foutus métiers qu'ils avaient dû exercer pour survivre, *fourire, mariconnerie, confectzionne pour Herren, Damen, Kindern, schmatess vendi sir les marchéye. Que des tsurhess, tout ça. Qu'est-ce qu'il crva tous, qu'on devient riche avec la visou, la chinchilas, l'astrakon ? Y en a pas assez de marge ! Et la rétraite des artisons, c'est rion !*

Le premier orateur avait évoqué l'artisan, le petit bonhomme qui préparait les peaux, les assemblait, les tendait sur des planches, passait des heures à coudre minutieusement. Eddy évoqua l'autre, « Marat », le combattant.

— Camarades !… Du moins au sens où nous l'étions, en combattant les fascistes… Itzhak avait choisi le nom de Marat, nous nous l'avions surnommé l'Hidalgo… à cause de sa manière de se lancer à l'assaut quoi qu'il arrive, quand nous combattions dans la Mancha… Ce simple ouvrier fourreur de Radom est immédiatement devenu un grand militaire. Interné au camp de Rivesaltes après la défaite d'Espagne, il s'évade aussitôt pour s'engager dans l'armée française, ce qui n'était pas la ligne du parti, mais Marat n'en faisait qu'à sa tête ! Il a combattu en première ligne, il a ramassé la Croix de guerre pour avoir retardé les Boches devant Namur… Le reste est plus banal ! Chargé de la formation militaire des FTP, il mène les actions de sabotage à Toulouse, puis il est chef de bataillon dans le Limousin et reste sous les armes, pour combattre en Allemagne dans le régiment du colonel Fabien, jusqu'à la fin, il aurait bien continué, il voulait tuer jusqu'au dernier nazi… Il se battait avec une rage digne de Marat !…

« Banal », disait Eddy. Cette manière de considérer leur épopée agaçait toujours Joseph. « On a fait ce qu'on a pu », répétait-il toujours. Imprimer des journaux clandestins, poser des bombes, mener des attaques de francs-tireurs, abattre des officiers en pleine ville ou s'évader de prison, ce n'était rien. À chaque évocation de cette histoire, Jo ressentait la même frustration, celle d'une génération qui n'avait jamais eu à affronter que des grenades lacrymogènes. Quelques matraquages sérieux pendant la guerre d'Algérie, des bastons avec les fachos et la comédie de Mai 68. Comme histoire, c'était un peu court.

Eddy acheva son discours en saluant la veuve, le fils et les deux petits-enfants, restés en Israël, ce qui permit à Joseph d'en savoir un peu plus sur la vie de Moshé. La sono de l'entreprise funéraire fit entendre *L'Affiche rouge*, chantée par Léo Ferré. Cela sonnait si juste : « Ils n'avaient réclamé la gloire ni les larmes. »

Le camarade Henri Kornfeld essayait de s'approcher de la tribune mais Joseph lui faisait face, s'interposant entre lui et Moshé qui, revenant à Paris pour enterrer son père, retrouvait les souvenirs amers des déchirements du communisme.

Au printemps 1967, quand il avait décidé de partir pour Israël, Joseph, son ami d'enfance, était entré dans une rage froide. Passe que Maurice refuse de suivre la voie dont leurs pères s'écartaient déjà, passe qu'il ne croie pas à un communisme régénéré, libéré des « erreurs » de Staline, mais qu'il soit entré dans un mouvement sioniste, même de gauche, cela dépassait l'entendement !

Maurice était parti faire son service militaire là-bas, il avait fait la guerre des Six Jours sur le front du Golan contre les Syriens, il y était retourné, six ans plus tard, comme réserviste, pendant la guerre du Kippour. Il avait pris le nom de Golan en souvenir, il était Moshé Golan !

Joseph réalisait que Moshé, lui, avait eu cette part de feu dont il avait tant rêvé, celle qu'il avait cherchée dans les aventures révolutionnaires. Ils s'étaient quittés gamins, ils se retrouvaient devant la mort, et ce n'était pas seulement les années qui avaient changé Moshé. Joseph discernait quelque chose dans son regard, dans sa manière de considérer les anciens camarades de son père.

Kornfeld avait devant lui un mur. Jo et Moshé plantés devant la tribune dont Eddy venait de descendre. *L'Affiche rouge* le contraignait au silence.

— Deux discours suffisent, lui lança Eddy, pour couper court à ce qui pouvait devenir un incident.

Moshé monta sur la tribune et demanda que dix hommes au moins se couvrent la tête. Eddy mit sa casquette, imité par une partie des anciens. Quelques hommes, dont Alfred, portant kippa, s'approchèrent. Joseph se sentait un peu embarrassé, mais il resta tête nue. Surpris, il vit Sébastienne s'approcher de lui, pendant que Moshé commençait à réciter le kaddish.

La musique militaire fit entendre la sonnerie aux morts. Ce rite-là était beaucoup plus agaçant que la prière juive, surtout quand l'ordonnateur des pompes funèbres lançait les ordres « Ouvrez le banc », « Aux morts », « Chant des marais ».

— Comment es-tu ici ? souffla Jo à Sébastienne.

— Sarah m'a appelée… je voulais être près de toi.

La clique termina par *La Marseillaise*, que la plupart des vieux combattants juifs reprenaient avec ferveur.

— Ça, c'est un beau cadeau, lança Eddy à Jo, tandis que les croque-morts retiraient cérémonieusement le drapeau pour découvrir le cercueil. La France nous reconnaît enfin !

Eddy et quelques amis plutôt âgés s'apprêtaient à porter leur camarade, Jo s'avança pour les aider et prit une poignée. Il se retrouva devant la tombe, entre son père et sa mère, avec Sébastienne à son bras. Il ne leur avait jamais parlé d'elle, il était allé dîner seul chez eux à leur retour de Vichy et, comme à son habitude, il avait esquivé les questions de Rosa quant à sa vie intime. Et elle était là, dans ce moment particulier, au beau milieu de la famille.

Moshé et sa mère avaient préféré éviter le rituel des condoléances. Du coup, en se dirigeant vers la sortie du cimetière, Joseph se trouvait de plus en plus confus, n'ayant jamais présenté Sébastienne. Pourquoi avait-elle fait irruption dans sa famille ? De quoi se mêlait Sarah ? C'était tout un art de vivre qu'elle avait bousculé. Il n'aimait pas soumettre ses compagnes au regard de ses parents, et comme ses aventures étaient, le plus souvent, extrêmement brèves, le problème se posait rarement. Rosa remarquait seulement qu'à certains moments, les visites de son fils se faisaient plus brèves et plus rares. Elle en déduisait qu'il se passait sans doute quelque chose, elle le questionnait et il lui répondait, agacé, que cela ne la regardait pas. L'extrême pudeur d'Eddy facilitait ce cloisonnement strict de la vie de Joseph, même si, à certains moments, il tentait de lui faire remarquer qu'il était temps de cesser de vivre « comme un sauvage ».

— Tu pourrais quand même nous présenter ! lâcha Eddy tandis qu'ils s'éloignaient tous ensemble de la fosse.

Joseph, maladroitement, bafouilla le prénom de Sébastienne, sans plus de précision, mais il ne lui semblait pas utile d'en dire plus. Elle était avec lui, cela se voyait. Rosa la serra dans ses bras, en murmurant que c'était bien d'annoncer de bonnes nouvelles, quand il y en avait d'affreuses.

Sébastienne connaissait Rosa par une photo vieille de près de trente-cinq ans, elle était impressionnée de se retrouver si près d'elle, d'embrasser son visage mouillé de larmes.

Les déportés n'étaient jusque-là que des photos dans les livres d'histoire, excepté Alfred Hirsch, mais il avait fallu que Joseph soit là pour qu'il évoque son histoire.

Deux femmes avaient rejoint le groupe. Rosa présenta ses copines d'Auschwitz à la « fiancée de son fils », terme que Joseph préféra ne pas entendre.

Ils redescendirent la rue de la Roquette, pour accompagner la veuve et le fils jusque chez eux. Moshé avait décidé de faire son deuil en respectant la tradition juive, que Jo découvrait d'ailleurs en même temps que Sébastienne. Dans l'appartement de l'avenue Parmentier, les chaises étaient renversées et les fauteuils recouverts. On avait préparé des œufs durs et des petits pains ronds, que l'on mangeait assis à même le sol. Eddy servit des verres de *neunzinger*, pas tout à fait, mais il nommait de ce terme yiddish les alcools raides, la vodka, et surtout le schnaps auquel Marat était resté fidèle. Ils évoquèrent des souvenirs jusqu'à l'arrivée d'un officiant et d'un groupe de juifs religieux que Moshé avait fait venir. Joseph voulait partir, pour éviter les prières, mais Sébastienne, fascinée, tenait absolument à rester, au moins un peu, par correction, disait-elle. Un juif religieux en profita pour coller un *képélé* sur le crâne de Jo. Il écouta les prières, tout en regardant la photo de Marat posée sur le buffet, prise à la Libération. Marat tenait une mitraillette Sten, arborait le brassard tricolore des FFI, souvenir d'un temps où le combat était la seule religion.

Quand ils purent enfin s'éclipser tous les quatre, Joseph clama, place Léon-Blum, qu'à tout prendre, il préférait le temps des mitraillettes à celui des prières. Trois voix protestèrent. Eddy n'avait aucun désir de revenir à la prière, mais le temps des mitraillettes, il l'avait trop bien connu, en Espagne et en France.

— Tu sais, on était quand même contents que ça s'arrête ! protesta Eddy. Pour moi, ça se passait ici… Nous avons attaqué la prison de la Roquette. C'était facile… Les gardiens et les flics sont tous devenus des résistants quand ils ont su que les Ricains étaient déjà à Rambouillet ! Après ça, moi… je voulais retrouver ta mère et vivre normalement.

— Tu as quand même râlé, papa, quand le parti t'a donné l'ordre de rendre les armes !

— On a tous râlé quand Jacques Duclos nous a rassemblés au gymnase Japy. Là, juste de l'autre côté du boulevard Voltaire. On est entrés avec les armes, on est sortis sans… Mais tout le monde en avait gardé, en fait. On avait peur du retour de bâton ! Mais, finalement, je me dis que si on avait pris le pouvoir… j'aurais fini dans un camp…

— Bien sûr, rétorqua Jo, nous avons tous fini par comprendre que la démocratie bourgeoise, ça n'était pas si mal… Mais nous, génération d'après, nous sommes jaloux de votre histoire, nous n'avons rien fait.

— Tu raisonnes comme mon réac de père ! cria Sébastienne. Une bonne guerre, c'est ce qui manque à la jeunesse, c'est ça ?

— Non… Nos rêves de poudre ont conduit quelques copains à de vraies conneries… Giuseppe, qui ne peut plus mettre un pied dans son pays, par exemple. Mais nous vivons une histoire molle !

— Quand même, gémit Rosa, ce que nous avons vécu suffit. Tu ferais mieux de t'occuper un peu de ta vie. Tu vas rester longtemps dans ce taudis, à vivre de bricoles, au lieu de chercher quelque chose de sérieux ? Politique, *shmolitique*, trouve plutôt une situation !

Après deux mois passés à écouter les délires et les obsessions de Jo, Sébastienne se délectait du réalisme maternel. Lui se sentait pris au piège. Il en avait fini avec le premier travail commandé par Croissac, il avait concocté des textes creux, dans une langue qui sonnait bien, qui rassurait la gauche sans effrayer la droite. Il avait un peu d'argent et Croissac lui promettait d'autres commandes, dans un délai rapproché, pour préparer les élections européennes. On lui proposait aussi de reprendre du service, il allait tenir une chronique dans un journal proche des socialistes. Mais il avait plutôt envie de retrouver ses héros préférés, de plonger encore dans les tourments de l'histoire et de suivre en rêve ces soldats en guenilles qui faisaient trembler l'Europe.

Porte-de-Montreuil

Rosa, bien sûr, avait insisté, il fallait qu'il vienne dîner, le soir même, avec Sébastienne. Il ne pouvait pas les laisser seuls un soir de deuil, et il ne pouvait pas l'évincer, elle, qui s'était imposée tranquillement devant la tombe de Marat !

Et puis Rosa, au premier regard, malgré les larmes et l'émotion des funérailles, avait bien vu que Sébastienne était une bourgeoise. Elle ne se trompait jamais sur le vêtement, sur la manière de le porter, elle qui avait passé l'essentiel de sa vie devant une machine à coudre. Elle savait aussi qu'elle n'était pas juive, d'ailleurs elle avait tenu à écouter toutes les prières, mais eux, Rosa et Eddy, ils étaient toujours des progressistes, pour une fois que leur fils semblait avoir une relation à peu près stable, ils n'allaient tout de même pas bouder en se retranchant derrière des préjugés. Devant l'hésitation de Joseph, Rosa avait utilisé un terme qui l'empêchait de se dérober.

— Tu as honte de nous ?

Honte ? Non, il n'avait pas honte de cette HLM de briques rouges du boulevard Davout où ses parents avaient été relogés quand on avait détruit le petit immeuble de la rue des Maraîchers, celui de son enfance. Pourquoi l'avait-on détruit, d'ailleurs, ce n'était pas un taudis, le crépi de la façade s'écaillait un peu, mais le carrelage du vestibule sentait toujours l'eau de Javel et les escaliers étaient parfaitement cirés. Leur logement se composait de deux chambres et d'une belle salle à manger qui servait également d'atelier pour Rosa. La pièce devait même être assez vaste, puisqu'on y faisait tenir une grande table, un buffet, une bibliothèque, un piano et une machine à coudre. Et même la télé, plus tard, à la place du grand poste de radio, combiné phono, devant lequel Eddy s'énervait en écoutant les informations. Ils avaient une petite salle d'eau, une douche et un lavabo, installés dans un ancien débarras. Les toilettes étaient à mi-étage, mais elles étaient propres. Eddy disposait d'un box dans la cour, pour entreposer les *schmatess* et le stand, qu'il montait et démontait chaque jour.

La Ville de Paris avait eu la bonté de leur accorder une surface équivalente dans un des immeubles construits sur l'ancienne zone, entre les Maréchaux et les fameuses fortifs. Une véritable ascension sociale : une salle de bains avec baignoire, les chiottes à l'intérieur de l'appartement. Un ascenseur, même. Seulement, le loyer était un peu plus élevé que celui de la rue des Maraîchers, privé, mais « loi de 1948 ». Rosa et Eddy devaient continuer à travailler pour compléter leurs retraites. En tant qu'ancienne déportée, Rosa touchait la « pension des Allemands », ils ne se ruinaient pas, les Boches, ils dédommageaient les rescapés de l'horreur avec quelques milliers de deutschmarks et une cure annuelle. Heureusement qu'ils avaient une monnaie forte, les revanchards de Bonn !

Joseph pensait que le numéro à lui seul valait bien plus que la pension ! Aux États-Unis, disait-il, les gens font des procès pour moins que ça. Est-ce qu'on lui donnait quelque chose, à lui, pour s'être agrippé, enfant, à ce bras numéroté ? À ces chiffres qu'il connaissait par cœur ! Il avait essayé de les exorciser en les combinant, au jumelé et au tiercé.

En acceptant l'invitation, il avait dit à Sébastienne : « Tu verras, c'est un sacré numéro, ma mère ! Il est gravé sur son bras. »

Elle avait été terrifiée. Mais c'était une très vieille plaisanterie, celle que faisait Eddy lui-même, plus affectueusement, il est vrai, en disant qu'il avait déniché le bon numéro. Pour une fois, il avait eu de la chance ! Pour le reste, éternel *shlemazel*, il s'était débrouillé pour n'avoir droit à rien. Interné par les Français, il s'était évadé. Bonne fille, la République avait bien voulu considérer que les années de résistance comptaient pour la retraite, avec des cotisations calculées légèrement au-dessus du minimum sécu. L'arrivée de la gauche au pouvoir avait même apporté une manne supplémentaire : deux mille francs par an de pension pour chaque ancien combattant de l'ombre ! Alors, Rosa faisait toujours un peu de couture et Eddy complétait en vendant quelques *schmatess* trois fois par semaine, il avait loué une petite échoppe sur un marché couvert de banlieue. Il pouvait même y brancher un petit chauffage, en hiver. Plus de stand à monter, juste un peu de *schmatess* qu'il trimbalait dans sa rutilante GSA Citroën, suspension hydraulique. Il avait fini par apprendre à se débrouiller, il récupérait des lots de fringues dégriffées qui partaient assez bien.

Joseph était venu attendre Sébastienne sur le quai de Porte-de-Montreuil, pour qu'elle ne se perde pas. La station avait gardé ses allures de terminus, bien qu'elle ait perdu ce statut depuis fort longtemps comme, à l'opposé, Porte-de-Saint-Cloud. Il y avait donc des doubles quais et, surtout, plusieurs sorties, dont une se trouvait désormais en face de la trouée du périph. Elle était à l'heure, Sébastienne, elle tenait à cette soirée, elle y était venue déguisée en belle-fille parfaite. Quelque chose entre ses tenues chic de banquière et les vêtements plus provocants qui ne rataient jamais leur effet sur Joseph.

En traversant le boulevard Davout, Joseph essayait de décrire le temps d'avant la construction du périphérique. Il y avait des terrains vagues et des souterrains, vestiges des anciennes fortifications. Montreuil semblait moins loin de Paris ! Le Davout-Palace avait été le premier cinéma à disparaître, remplacé par un surplus américain.

Et, de l'autre côté de la porte de Montreuil, Darty, le tailleur, et son voisin, Réal, marchand de meubles, ah, ça l'intéressait, ça, belle histoire de réussite moderne, le mariage des enfants Darty et Réal, les deux boutiques réunies par l'électroménager !

— Et… sur Davout… tu n'as rien, cette fois ?

Puisqu'elle le défiait !

— Davout ? Alors là, c'est le type même du jeune militaire brillant, de petite noblesse. D'Avout, en vérité, avec une particule, plus authentique que la tienne, ci-devant Montguyon ! Sous-lieutenant de cavalerie en 1789, il prend fait et cause pour la Révolution parce que les régiments appartiennent à des nobles incapables. Chef du bataillon des volontaires de l'Yonne en 1792, il est à Valmy, aux armées du Nord puis sur le Rhin… Totalement lié à Bonaparte après l'Égypte, maréchal, bien sûr, puisqu'il a un boulevard… duc d'Auerstaedt après avoir défait les Prussiens, en 1806, prince d'Eckmühl en mettant une tannée aux Autrichiens… 1809 ! Tu veux quoi encore ? Ministre de la Guerre pendant les Cent-Jours !… De quoi veux-tu que je te parle… De ce réveil géant, là au-dessus de ta tête, l'enseigne du café *Le Réveil de Montreuil* ? Selon la légende, il s'est arrêté au moment précis où la première motocyclette de la Feldgendarmerie est entrée dans Paris, le 14 juin 1940, à 6 heures du matin… Moins le quart… c'est toujours marqué !

— Et si tu parlais un peu… de la vie… de notre vie…

— C'est quoi ce machin ?

Elle savait bien que Joseph fuyait dans les théories, dans les récits historiques chaque fois qu'elle essayait d'imaginer leur vie au-delà de ce bel été, de leurs promenades, de leurs allers-retours entre Michel-Ange-Molitor et Buzenval. Mais Jo détestait le futur, même proche.

Rosa avait préparé un repas de fête, pour accueillir Sébastienne. Du moins avait-elle sorti tout ce qui pouvait faire plaisir à Joseph. Un *schmaltzhering*, un hareng gras, un vrai, acheté frais et mariné par ses soins. Comme les cornichons malossol. Et, faute de carpe, elle avait fait des boulettes de poisson avec du colin. Pour le *fiss*, le pied de veau en gelée, elle n'avait pas eu le temps, mais elle avait fait *ine klops*, un bloc de viande hachée passé au four. Le *klops* comportait, pour Jo, un mystère digne de Christophe Colomb ! Comment les œufs placés au centre du mélange de viande hachée et de pain trempé pouvaient-ils être durs, cuits sans leur coquille ? C'était en fait aussi simple que l'œuf de Colomb.

Il se demandait si Sébastienne mangeait tout cela par politesse, en jeune fille bien élevée qu'elle était. Les boulettes de poisson, surtout. Qui peut avaler ça sans y avoir été initié dès l'enfance ? Rosa était impressionnée par Sébastienne, ses diplômes, la position qu'elle occupait. Une femme, tout de même, et si jeune ! Non, Jo ne devait pas ironiser de cette manière.

— Quoi… Toutes ces études pour devenir spécialiste des marchés ! Mon père aussi est spécialiste des marchés, non ?

— Na dis pas da bêtises, coupa sèchement Rosa ! Elle parle des marchés dé bourses, pas des marchés de *schmatess* !

— Alors ? Où est la différence ? C'est une simple question d'échelle. Le cours de la liquette dégriffée au marché du Raincy ou celui des valeurs financières à Wall Street obéissent à la même loi… Moins tu as de clients, plus tu baisses les prix ! Tout ça c'est *Geld*, *Geschäft*, et je ne comprends pas qu'une fille intelligente et brillante passe sa vie là-dedans !

Il dévalorisait délibérément Sébastienne, agacé par l'excellente impression qu'elle produisait sur ses parents. Il forçait le trait, exagérant son mépris de la société marchande. Il connaissait pourtant mieux que quiconque l'horreur des sociétés qui avaient prétendu échapper au monde marchand. Il ne se privait pas de le répéter aux camarades attardés, à ceux qui croyaient encore aux vertus du système soviétique. Qui n'a pas vu un médecin de Moscou troquer des bouteilles d'alcool pharmaceutique contre des pneus de rechange pour sa Lada ne comprend rien au communisme ! Il racontait ça en riant, le médecin, au cours d'une de ces soirées moscovites arrosées de vodka de marché noir, chez des amis musiciens, dans une des barres de béton de la rue Dimitri Oulianov, petit frère du grand Lénine. Et… pour avoir la Lada elle-même, pour avancer de quelques places sur la liste, le médecin avait établi des certificats permettant à un haut fonctionnaire de la distribution de bénéficier de congés supplémentaires et d'être admis, pour quelques semaines, dans une maison de repos à Sotchi, sur la mer Noire !

Joseph savait tout cela, mais ça ne lui ôtait pas la sensation de coucher avec le grand capital. Le délice venait de là, il était vraiment bien roulé, le grand capital incarné par Sébastienne. Mais elle se faufilait dans sa vie familiale et séduisait ses parents. Elle avait aidé Rosa à débarrasser la table, à servir le thé, le *glouss tchaï*, à la russe, avec du citron, servi dans des verres posés sur des supports argentés, souvenirs d'un voyage en URSS, précisément.

Elle était assise à côté de Rosa, qui lui montrait les albums de photos.

Le premier ressemblait à un livre d'histoire. L'enfance de Rosa, en Allemagne. La dernière image du magasin de son père, à Dortmund, avec, devant, un groupe d'adolescents en chemise brune, brandissant des pancartes *Keine deutsche Geld für jüdische Gesellschaft*, « Pas d'argent allemand pour une entreprise juive ». Eddy n'avait aucune photo de Pologne. Les premières images de lui dataient d'Espagne. Eddy avec Marat, poing levé, au défilé des Brigades internationales, à Madrid.

Rosa avait posé devant son Block, avec les copines. Celles qui avaient survécu.

— C'était quelques jours après la libération du Lager, Joseph venait de naître… Je tenais à peine debout… Et sur cette autre photo… Egor Dimitrievitch !… Un capitaine de l'Armée rouge. Et lui, Lev… le médecin militaire, un juif d'Odessa.

Les photos suivantes étaient plus habituelles, de celles que l'on trouve dans toute bonne petite famille. Jo en colonie de vacances, sur la plage de Tarnos, dans les Landes. Avec eux, en camping, près de Naples. Il allait en vacances, en ce temps-là, il aimait la mer. Pourquoi ne bougeait-il plus, arpentant encore et toujours les rues de Paris ?

— C'est comme ça et ça ne changera plus, bougonna-t-il.

Ils rentrèrent ensemble à pied jusqu'à la rue des Vignoles, en coupant par la rue des Orteaux. Sébastienne s'amusait de voir Jo plus attaché à ces rues du XXe arrondissement qu'un paysan à son village, à sa terre. Paysan de Paris, ça lui convenait fort bien.

Bonne-Nouvelle

Moshé Golan n'avait que quelques jours pour faire l'inventaire de la boutique de Marat, négocier le transfert des commandes en cours à un autre fourreur et préparer la vente du fonds, du matériel et celle des stocks de fourrure, qui étaient toujours importants en septembre. Moshé devait rentrer, absolument, pour passer Rosché Channah et Yom Kippour en Israël, avec sa famille.

Joseph était venu l'aider. Il le connaissait si bien, ce magasin, avec l'atelier au-dessus. Enfant, il y venait pour retrouver Maurice, ils remontaient le faubourg Poissonnière ensemble pour aller au 14 rue de Paradis, où ils participaient aux activités du groupe de jeunes, chez les juifs rouges, au-dessus des linotypes qui servaient à composer la *Naïe Press*.

Ils ne s'étaient pratiquement jamais revus depuis ce jour de 1967 quand, brusquement, Maurice avait annoncé aux copains qu'il partait là-bas. Ils s'étaient affrontés très violemment. Joseph était alors un dirigeant important de l'Union des étudiants communistes. Maurice, son ami d'enfance, le fils d'un ancien de la MOI, qui s'en allait, qui était en proie à une crise de sionisme ! Il allait renforcer cet État à la botte de l'impérialisme américain, alors qu'on était en pleine guerre du Vietnam, que Jo organisait manif sur manif et collectait des fonds destinés à soutenir l'héroïque peuple vietnamien ! C'était une trahison !

Quelques années plus tard, ils s'étaient croisés par hasard, dans l'aéroport de Vienne, ils s'étaient salués, froidement, sans se parler.

Ils ne surent pas qu'ils travaillaient, à ce moment-là, pour des causes qui n'étaient plus très éloignées. Joseph était déjà entré en dissidence, il passait par Vienne, en correspondance pour Budapest, où il allait rencontrer des opposants hongrois. Moshé Golan était, lui, devenu fonctionnaire de l'Agence juive, et les juifs qui parvenaient à quitter l'Union soviétique transitaient par Vienne.

Joseph devait apprendre plus tard, par Marat, que Maurice était devenu, lui aussi, un politique professionnel. C'était un peu avant qu'il cesse de l'être lui-même. Il avait pris l'habitude d'aller saluer Marat en voisin, quand il travaillait à *L'Huma*, qui occupait alors tout un pâté de maisons, formant l'angle des boulevards et du faubourg Poissonnière, en face du Grand Rex.

Pour aller retrouver Moshé après la mort de son père, dans l'atelier du faubourg Poissonnière, Joseph devait une fois de plus croiser pas mal de fantômes. *L'Huma* commençait à se débarrasser d'une partie de son vieux siège. Le groupe de presse était une peau de chagrin, ce pâté de maisons avait abrité, outre *L'Huma*, deux quotidiens, *Ce Soir*, journal dirigé par Aragon, disparu dans les années cinquante, l'ancien *Libération* « progressiste », fermé en 1964, *Les Lettres françaises*, Aragon encore… Il venait respirer les odeurs de plomb, lire la morasse de son journal.

L'imprimerie Poissonnière ! Elle était devenue obsolète, comme toutes les autres. Les gars du *Parisien* avaient mené un formidable combat d'arrière-garde, en 1976, une grève dure, avec des coups de main sur les camionnettes qui tentaient de ramener des journaux imprimés par des jaunes, en Belgique, et qui finissaient au fond du canal de l'Ourcq.

Ce temps semblait déjà si lointain, à l'automne 1983. Les ateliers de composition au plomb ne pouvaient plus résister, ni les rotatives installées en plein Paris, sur les boulevards, rue Réaumur, rue du Louvre, rue d'Enghien. Ils disparaissaient du paysage, ces ouvriers du livre, ces aristos en bleu de travail. Ils faisaient la fortune d'excellents restaurants, parce qu'ils étaient plutôt bien payés et ne regardaient pas à la dépense dans les bistros des Halles et des boulevards. Privée des « forts des Halles » et des ouvriers du livre, la vie nocturne devenait glauque, depuis l'église Saint-Eustache jusqu'aux boulevards. Paris avait été frappé au ventre, la gratinée industrielle remplaçait la soupe à l'oignon, on fermait les hôtels à putes pour leur substituer des cabines où l'on pouvait s'offrir une branlette à dix balles en regardant une fille à travers la vitre.

À Bonne-Nouvelle, *L'Huma* mourait doucement, pour des raisons politiques, mais tout le quartier de la presse était entré dans le coma ! Quand des événements se produisaient, on venait sur les boulevards pour se procurer la dernière édition, celle qui sentait l'encre fraîche et noircissait les doigts. C'était encore ainsi pendant la guerre d'Algérie, de petits attroupements se formaient la nuit, à l'entrée de l'imprimerie Poissonnière, on venait chercher *L'Humanité* et *Libération* avant que la censure ne laisse des espaces blancs à la place des visages ensanglantés de manifestants.

La foule se rassemblait là, sur le trottoir, devant *L'Huma* les soirs d'élections ! Cette foule de mars 1967, quand le suspense avait duré toute la nuit, les communistes étaient remontés à plus de 22 %, ils étaient alliés à la FGDS, la majorité tenait à si peu de chose. Maurice était encore là, avec Joseph, cette nuit de mars, ensemble ils les avaient sifflés, ces gaullistes qui allaient chercher leur siège de majorité à Wallis-et-Futuna !

Quelques jours plus tard, Joseph avait eu un premier accrochage avec Maurice. À cause d'un reportage enthousiaste de *L'Huma* sur une réunion de la Ligue arabe, au Caire.

— Jo, peux-tu m'expliquer pourquoi *L'Huma* ne dit pas que Nasser a appelé tous les pays arabes à s'unir pour préparer la guerre ? Pourquoi cachent-ils qu'Ahmed Choukeyri a été frénétiquement applaudi quand il a parlé de jeter les juifs à la mer ?

— Ce sont des mensonges, avait rétorqué Jo. Tu ne vas tout de même pas te mettre à croire les affabulations de la presse bourgeoise ! Ils disent aussi que le Nord-Vietnam a agressé le Sud que les gentils Américains défendent à coups de napalm et de bombes à billes.

Maurice avait ensuite réuni des coupures de presse, acheté des journaux en plusieurs langues. Jo se souvenait très bien de ce dernier rendez-vous au café du Gymnase, boulevard Poissonnière, où Maurice voulait lui démontrer qu'Israël était menacé. Textes à l'appui !

— Quels textes, quels journaux ! répétait Joseph.

— Ma conviction est faite, depuis quelques mois… J'ai déjà effectué toutes les démarches ! J'ai passé une partie de l'été dans un kibboutz. Je commence à me débrouiller en hébreu… assez pour faire mon service militaire là-bas. Je pars dans quelques jours. Définitivement.

Joseph était resté comme assommé, mais il s'était repris.

— C'est une trahison, Maurice… Et préméditée ! Tu cherches des justifications entre les lignes de nos textes ! Mais tu prépares ça depuis des mois ! Toi, un membre du parti !

— Tiens, camarade, la voilà, ma carte !

Maurice avait pris sa carte du parti dans une main, son Zippo dans l'autre, et il y avait froidement mis le feu. Joseph s'était levé, indigné, l'avait traité de vendu et de laquais de l'impérialisme. Il lui semblait même qu'il avait crié « Vive Nasser », c'était un peu flou dans le souvenir, mais c'était bien possible !

En se retrouvant au milieu des peaux, près de la table de coupe, Moshé et Joseph avaient essayé d'effacer les années. Ils avaient d'abord parlé des femmes, Maurice avait montré une photo de la sienne et celle de ses deux fils, le plus grand qui ferait bientôt sa bar-mitsva, et le petit, un vrai diable, forcément.

— Pas mal, ta femme, remarqua Joseph. Mais la religion, ça t'a pris comment ? À cause d'elle ?

— C'est une Marocaine, tu sais... Chez eux, on n'y échappe pas. C'était le mariage ou rien... Et là-bas, le mariage, c'est rabbin obligatoire !

— Comment peux-tu vivre dans un pays où toutes les femmes sont juives ?

— J'ai ce qu'il me faut, ça va... Tu sais, les juives... c'est quand même des femmes ! Pas les plus faciles à vivre, et encore... Ta *shiksé*, elle te gonfle jamais ?

— Oh... elle n'a pas encore passé le cap des deux mois... et elle parle déjà de s'installer... Heureusement, son appart est beaucoup plus classe que le mien, comme ça elle n'est pas tentée de débarquer avec ses valises ! Elle me colle assez comme ça... Je ne l'avais pas emmenée à l'enterrement de ton père... mais... une amie commune...

Joseph s'arrêta net, il venait de trouver une photo, légèrement passée au soleil parce qu'elle avait été exposée dans la vitrine. Maurice l'avait enlevée, avec les modèles et les peaux de l'étalage. Sarah avait posé pour Marat dans une superbe fourrure.

— C'est elle… ce modèle parfait… ce corps de reine sous le manteau… Elle s'appelle Sarah ! Elle fait encore le modèle… ce doit être pour le plaisir…

— Sarah ? Je croyais que les juives te laissaient de marbre !

— Oh, celle-là…tu sais, c'est bien la seule… Mais il y a longtemps. Du passé.

— Visiblement… elle a posé nue dans le manteau… Vénus à la fourrure… Mon père avait fait imprimer des cartes avec des photos, il y a un paquet dans le tiroir du bureau… Superclasse, la poule ! Une pro ?

— Autrefois oui, elle travaille dans la communication, maintenant. Malheureusement, elle est mariée, rangée… J'ai travaillé avec elle cet été…

Moshé était redevenu Maurice, ils parlaient des gonzesses comme au temps de leur adolescence. Cela venait naturellement, alors que Joseph évitait toujours ce sujet avec ses amis, sachant qu'on finissait par débiter des lieux communs sur ces foutues souris qui vous rongent l'existence. Joseph se livra un peu, c'était la première fois qu'il pouvait parler de Sarah depuis son retour dans sa vie. Il avait laissé passer son émotion et un brin de nostalgie. En vérité, il ne la voyait jamais sans ressentir une forte émotion quand il allait à l'agence Public Com, lorsqu'il travaillait près d'elle. Elle l'avait frôlé parfois, en se penchant avec lui sur une maquette ou sur un visuel posé sur une table lumineuse. C'était aussi pour cela qu'il n'avait pas quitté Sébastienne de l'été. Maurice souriait en écoutant Joseph parler de ses amours, de la mystérieuse Sarah, et de Sébastienne, cette superbe fille qui l'accompagnait à l'enterrement, dont il parlait comme si sa conquête était un exploit militaire. Maurice n'avait pas remarqué Sarah dans la foule, elle ne s'était pas approchée, puisqu'il n'y avait pas de condoléances. Mais, en dépit des circonstances, il avait bien vu Sébastienne, de quoi se plaignait Jo, il ne vivait pas trop mal. Quelques années plus tôt, Joseph avait cherché Sarah partout et elle était là, en photo, dans cette vitrine si familière.

— Incroyable… Il y a si longtemps que je ne venais plus refaire le monde avec ton père, au fond de l'atelier… De toute façon, c'était déjà trop tard, pour Sarah… Peut-être aurais-je pu comme toi…

— Tu sais, lâcha Maurice en riant, ma femme, non seulement elle est juive, d'origine marocaine, mais, en plus, elle est toubib et surtout, surtout, israélienne ! Elle est merveilleuse, mais quand ça chauffe, je préférerais être encore sur la frontière de Galilée, sous les tirs des Katiouchas… Être réveillé au cantonnement par la douce musique des orgues de Staline… tu ne connais pas ça, toi !

Tout en rangeant, ils se racontèrent leurs histoires, en frères qui se retrouvaient. La vie de Moshé, là-bas, était bien une aventure. Les guerres, les rappels à l'armée. Ce Kippour 1973, où il avait eu tout juste le temps de s'équiper avant de filer à la base pour être parachuté sur le plateau du Golan.

— Oui mon pote, j'étais dans les paras ! J'avais manifesté, comme toi, en gueulant qu'ils ne passeraient pas, ceux qui devaient décoller d'Alger !… Six ans plus tard, je me suis tapé deux années de service, volontairement ! Au moment de la guerre des Six Jours, j'en étais à peine aux classes… On nous a mis en deuxième ligne, quand on est arrivés sur les hauteurs, c'était presque fini… Après ça… entraînement dans le désert, marche, saut… périodes de réserve… En 73, j'étais rodé, on a sauté en pleine bataille !

Il avait fallu stopper la débandade des premières lignes, enfoncées par l'offensive syrienne. Cette fois, c'était vraiment le feu. Un char touché par une roquette, tout près de lui, les éclats n'étaient pas tombés bien loin.

Joseph n'avait jamais imaginé Maurice en soldat, même après son départ pour Israël. Il était plus sportif que lui, ce qui n'était pas bien difficile, mais il avait toujours eu des allures de père tranquille. Il était plutôt enrobé, quand Jo était maigre et sec.

Dans leur jeunesse, Joseph n'avait accepté de pratiquer que les sports susceptibles de servir, s'il fallait un jour se battre. Course d'endurance, cross de l'Huma et longues équipées de marche avec sac au dos. Il n'avait guère de goût pour tout ça, mais il tenait bon. Être increvable, c'était un principe ! Maurice adorait les sports ludiques, le foot, les jeux de ballon. Avant de se sentir porté vers la cause sioniste, il n'avait jamais rêvé de batailles et de guerres comme Joseph, qui dévorait les récits épiques lorsqu'il était enfant. Il s'y était fait, à la guerre, Maurice, il y avait pris sa place, avec conviction.

Maintenant, il souhaitait que cela s'arrête, une bonne fois, il militait même ! Il avait participé au rassemblement pour la paix, sur la place des Rois-d'Israël, en 1982.

— Là-bas, je peux me situer à gauche… Ici… avec les communistes les plus staliniens du monde, je ne m'y vois pas !

— C'est fini, tu sais… c'est une simple question de temps ! Il ne nous reste qu'une très vague gauche. Pour tout te dire, on s'emmerde ! Toi, tu vis entre la guerre et la paix. Ici, nous sommes dans le factice. Je fabrique des slogans politiques comme nos parents faisaient des fringues.

— Ça ne te ressemble pas ! protesta Maurice. Tu ne peux pas rester en dehors des événements !

— Je ne suis pas en dehors, mais je ne suis pas tout à fait dedans. L'histoire m'a poussé à la marge.

Pour la plus grande surprise de Joseph, Moshé, devenu israélien, et même fonctionnaire d'un organe essentiel du pays, conservait la nostalgie du jeune Maurice, de son enfance rouge. Il évoquait leurs souvenirs communs, l'histoire qui les avait liés, autrefois, celle de leurs pères.

Ces rêves dont ils avaient eu besoin, l'un comme l'autre, cette soif d'histoire que Moshé avait simplement transférée. Et puis, la *firrire* ! Zibeline, chinchilla, astrakan, vison, *rénard argeonté*. Elles les avaient fait rêver, les femmes qui venaient toucher la fourrure, essayer, sentir la caresse du poil sur leur corps. Ce poil-là ne le rendait pas malade, Joseph, pas comme ceux de ces foutus greffiers ! Il était travaillé, il ne sentait pas la bête. Il aimait regarder Marat quand il préparait les peaux, comme il aimait voir Ramon poser ses doigts sur les veines du bois ou suivre les typographes, lorsqu'ils prenaient les lignes de plomb avec la pince, encraient la forme au rouleau, posaient la morasse humide en tapant avec la brosse métallique. Le travail humain, les ouvriers. Tout ce qui disparaissait de Paris !

Moshé insista pour que Joseph accepte une étole de vison blanc, pour Sébastienne.

— Regarde ce travail, dit-il en soulevant la doublure. Pas étonnant qu'il se soit tué devant sa machine… Putain ! Ce qu'ils ont marné, nos vieux !

Le vison blanc, c'était de la gorge. Des bouts minuscules que Marat ramassait méticuleusement, un petit bénéfice, la pleine peau servait au manteau, avec les petites chutes blanches il fabriquait des étoles et des écharpes qui se vendaient assez bien. Des heures de travail, un véritable puzzle, des centaines de petites coutures à la main.

Mais le soir, rue Molitor, quand Joseph offrit l'étole à Sébastienne, elle se demanda s'il était bien correct de porter de la fourrure. Il y avait des mouvements, depuis longtemps déjà, aux États-Unis. Brigitte Bardot avait ému tout le monde avec les pauvres bébés phoques ! Tout de même, est-ce qu'elle pouvait porter la peau de ces pauvres bêtes ?

— Sur les photos que ma mère t'a montrées... celles de la libération du camp, l'hiver 45... Qu'est-ce qui t'a choquée le plus ? La chapka de fourrure de l'officier soviétique ?

— Tu es insensé, Jo... insensé.

Elle passait sa main sur le poil blanc, la peau semblait d'un seul tenant, les mille et une chutes s'étaient unies sous l'aiguille magique d'un artisan.

— Non, je ne suis pas insensé, répliqua Joseph. Que serait-il advenu de l'Europe si les neurones du général Joukov n'avaient été tenus au chaud sous une bonne toque de fourrure ?

L'étole de fourrure était vraiment belle, Sébastienne l'essaya sur ses épaules nues, ce n'était pas encore la saison, mais elle pouvait écouter les arguments de Joseph. Quelle était donc cette nouvelle morale qui permettait à la rigueur d'abattre un animal pour se nourrir et criait au scandale quand ce même animal venait rehausser la beauté des femmes ? Il la déshabilla entièrement, ne laissant que le poil blanc qui descendait des épaules jusqu'à la poitrine.

— Je... je me laisse transformer en cocotte...

— Non pas en cocotte, Seb... Ça ne t'irait pas... Vénus à la fourrure !

Elle découvrit ce soir-là toute la sensualité d'une fourrure et, en la couchant sur le lit enveloppée de l'étole de vison, Joseph rendit un hommage au vieux camarade Marat, au fourreur du faubourg Poissonnière tombé devant sa machine à coudre.

République

Était-ce enfin le retour de ce qui semblait avoir disparu depuis un peu plus de deux ans ? Une foule rassemblée place de la République pour aller, en cortège, rejoindre les « Beurs » qui arrivaient à Paris, au terme de leur marche. On les rencontrerait à la Bastille et l'on marcherait avec eux jusqu'à Montparnasse. République-Bastille ! Boulevard du Temple, boulevard des Filles-du-Calvaire et boulevard Beaumarchais… Rendez-vous du service d'ordre, rue Charlot, à l'annexe de la Bourse du travail… Joseph ne tenait pas y aller, à cette manif qui reprenait les anciens chemins mais lui semblait un peu trop préfabriquée. Un dimanche à 15 heures, quelle idée ! Puisque Sébastienne y tenait…

Ils avaient dormi rue Molitor, pour être à l'heure, autant déjeuner à la Répu. Elle ne connaissait pas *Jenny*, le temple de la choucroute ! C'était bien une bourgeoise. Ce n'était pas très nouvelle cuisine, mais on y trouvait aussi des fruits de mer et des grillades. Avec Joseph, Sébastienne avait dû s'y faire, aux grandes brasseries, il n'aimait que ça. *Jenny* n'avait pas encore intégré les chaînes de vraies-fausses brasseries, diffusant dans toute la ville la clientèle de *Flo*. Le lieu avait encore quelque chose de populaire, surtout le dimanche midi. Un peu « beauf », disait Sébastienne, expression qui agaçait Joseph.

— Bière-choucroute avant une manif antiraciste, dit-elle en s'installant, c'est un peu bizarre, non ?

— Pourquoi, siffla Joseph, c'est de droite, la choucroute ? C'est boche, peut-être, *Schwein und Bier* ! Et en plus, ici le patron s'appelle Adolphe, Monsieur Adolphe, un prénom alsacien comme un autre… Choisis, si tu veux bien… Moi, je veux la formule maximum, jarret, poitrine, saucisse, avec de la Munich !

— À cette heure, dit Sébastienne, ce sera une sole grillée.

Elle percevait la mauvaise humeur de Joseph, sans la comprendre tout à fait.

— Je ne t'ai pas obligé à aller à cette manif, fit-elle au moment où Joseph attaquait le jarret. Mais enfin, il s'agit des immigrés, tu te devrais tout de même…

— Tout de même quoi ? Je suis heureux d'être ici avec toi ! C'est vraiment formidable. La gauche veut bien écouter les petits Arabes des banlieues de Lyon et d'ailleurs ! C'est très bien. Mais quelle régression ! Personnellement, je n'ai jamais eu besoin de manifester « en tant qu'enfant d'immigrés ». Pis ! Marche des Beurs ! Pas les Blacks, les Chinetoques ou les Portosses… Rien que les Beurs… Comme si nous avions fait une marche des juifs polaks !

— Ce n'était pas la même chose… Vous étiez intégrés !

— Quand ? Nos parents avaient eu toutes les polices de France et d'Allemagne à leurs basques. Après… on ne s'est jamais posé la question ! On vivait là, on faisait comme tout le monde. Il y avait du boulot, c'est vrai, les gens se mélangent plus facilement quand ils bossent ensemble. Et quand ils doivent se bagarrer un peu ! Mais là, qu'est-ce qu'on leur dit ? On ne peut pas vous trouver du travail, mais on vous aime quand même !

Sébastienne ne pouvait imaginer ce qu'avait été la

place de la République, quand on parlait yiddish devant *L'Hôtel Moderne*, quand les garçons du café *Le Thermomètre* avaient dû s'habituer à servir le *thèye* comme en Pologne ou en Russie, avec du citron et *pidlou*… Le temps des *cvirs et pou a carrou dé Tomple*. C'était étrange pour Joseph, cette manif, quand il venait de retrouver Maurice devant les machines à coudre et les tables de coupe. Elle était vide, la Répu. Le quartier n'était plus cette fourmilière où s'affairaient les maroquiniers et les tailleurs. La rénovation du Marais était remontée par la rue de Turenne, les appartements se vendaient à prix d'or. Le peuple y revenait de temps à autre pour manifester. Question d'habitude.

Sébastienne n'était pas aussi familière que Joseph de ce parcours. Elle avait surtout fréquenté des cercles de jeunes cadres, des déçus du giscardisme qui avaient transféré leurs espoirs à gauche et soutenu la campagne de François Mitterrand. Elle avait été assez bien récompensée de son engagement. Elle se considérait comme une militante en apportant sa science dans les réunions d'experts et en défendant âprement les directives gouvernementales dans un staff hostile. Mais elle n'avait jamais battu le pavé. Lycéenne, elle avait éprouvé une grande frustration, les mouvements n'entraient pas dans un lycée catholique de Versailles ! Elle voyait à la télé ceux de son âge qui rigolaient, conspuaient Debré et Fontanet, elle avait envie de chanter et de crier avec eux. Son père, bien sûr, n'avait jamais assez de mots pour ces voyous, ces feignants, manipulés par les communistes, ah ce n'est pas à Moscou qu'ils pourraient semer le trouble dans les rues et dans les lycées ! C'est triste à dire, répétait-il, ce sont des enfants gâtés, ils sont trop heureux, il leur faudrait une bonne guerre. Sébastienne regardait les images des manifs en cachette, comme ces histoires troubles que l'on se passait sous la table, au lycée. À la maison, les manifestations étaient traitées de la même manière que les turpitudes sexuelles. Ses parents regrettaient amèrement d'avoir voté pour Giscard d'Estaing, qui avait autorisé des films répugnants, favorisé tous les dévergondages, et fait adopter cette loi Veil qui attentait à la vie et à la religion !

Elle en avait rêvé, des dévergondages, elle avait commencé par les plus simples, quand elle était étudiante. Si bien que son père avait regretté une seconde fois son vote de 1974 : par la faute de Giscard, sa fille était devenue majeure à dix-huit ans ! Elle disposait même de l'argent que sa grand-mère avait placé pour elle, parce qu'elle était sa préférée, et elle pouvait partir étudier à Boston sans autre autorisation que celle des services d'immigration des États-Unis.

Monter le plus haut possible pour leur échapper ! C'était le combat de Sébastienne, elle disposait de quelques moyens au départ, cela facilitait les choses, mais elle y était arrivée. Et maintenant, elle pouvait manifester au bras d'un vieux militant, qui les avait toutes faites, les manifs.

Joseph avait eu quelques nuits pour bénir cette éducation réactionnaire qui avait laissé à Sébastienne le goût de la transgression. Le jour, place de la République, c'était autre chose. Elle s'extasiait devant les groupes de manifestants, trouvait cette foule formidable, et si nombreuse. Joseph évaluait en expert.

— Il y a, à tout casser, 10 000 manifestants… En ajoutant les 2 000 Beurs qui attendent à la Bastille, la gauche caviar qu'on prendra en stop un peu avant Montparnasse, les flemmards qui attendent à l'arrivée, ça fera 15 000, au mieux !

— Non, ce n'est pas possible… la place est remplie…

— La moitié, seulement. De l'autre côté, c'est tout

noir… mais ce sont des casques ! Au moins, on ne risque rien… Ils nous protègent !

— Mais comment comptes-tu ?

— Personne n'a jamais su compter vraiment. Jacques Duclos avait trouvé une formule épatante : il y a le nombre réel des manifestants, mais seul compte le nombre que les camarades ont le sentiment d'être avec leur journal de classe ! Et là, pas besoin de journal, c'est la préfecture qui gonflera les chiffres. Leurs patrons sont de gauche !

Le cortège avançait en s'étirant. C'était comme d'habitude, la Ligue communiste derrière, avec des drapeaux rouges. Un carré d'élus communistes venus faire oublier le bulldozer de Vitry, crime inexpiable selon Jo. La tête de la manifestation, en revanche, était inhabituelle. Des vedettes du show-biz et des intellectuels qui, jusque-là, soutenaient assez mollement le gouvernement.

Les mots d'ordre étaient bravement antiracistes : « La France, c'est comme une mobylette, pour avancer, il lui faut du mélange. » Sébastienne trouvait ça vraiment génial. Pour Jo, c'était acceptable, un mot d'ordre correct, finalement.

Il s'approcha du groupe des vedettes, pour voir. Il y retrouva quelques soixante-huitards médiatiques. Et Sarah, qui avait le pouvoir de leur faire franchir les cordons de service d'ordre !

— Il faut absolument qu'on parle de tout ça, souffla-t-elle, je vais monter une réunion…

— Les personnalités, c'est quoi ? Une opération récup ?

— On essaie… Ce n'est pas facile. Le PS s'amène avec des banderoles, le poing et la rose, des élus en écharpe… Les jeunes n'en ont rien à foutre ! Ils se sont fait siffler en arrivant… Avec des artistes, ça passe mieux... Tiens, regarde... Isabelle Adjani ! Elle, on ne la siffle pas.

Joseph n'était guère surpris. Il avait participé à quelques briefings, transposant, une fois de plus, des techniques apprises ailleurs. L'art d'utiliser le spectacle, de mettre en avant les artistes quand la parole politique ne passe plus. L'Élysée faisait plancher son agence de communication sur les aspirations et les préoccupations des jeunes. On faisait des profils, on définissait les générations montantes. Les jeunes étaient généreux, humanistes, antiracistes surtout. En réunion, Joseph trouvait tout cela follement amusant. Ce n'était pas la peine de mobiliser trois instituts de sondage, de dépenser des fortunes pour découvrir le fil à couper le beurre.

— Tu as totalement raison de parler du fil à couper le beurre, avait rétorqué Croissac. C'est presque aussi simple : antiracisme, humanisme... Il ne faut surtout pas que les partis s'en mêlent ! On verra après ! Il faut que ça monte, en mobilisant des vedettes...

Joseph avait tant pesté, jadis, contre les simplifications du parti, d'un côté les monopoles capitalistes, de l'autre tout le peuple de France ! Croissac l'invitait à plancher sur des concepts basiques !

Le passage du mot « concept » de la philosophie à la pub annonçait l'anéantissement de toute pensée complexe. La pub mise au service de la politique commandait aux idées. Faites monter l'antiracisme, l'humanisme ! En face, ils seront racistes, monstrueux... Et comme Jo s'inquiétait des buts de l'opération, un conseiller de l'Élysée était intervenu :

— La droite se durcit. Elle a tort... Nous sommes en difficulté, mais ça peut toujours se retourner. Il y a eu le succès du Front national à Dreux... Avec ça on les tient. Surtout si, de l'autre côté, monte une vague antiraciste, jeune, qu'il faut se garder de politiser… Laissons déjà monter !

La manœuvre elle-même ne choquait pas Joseph. Il en avait fait d'autres et, puisqu'il s'agissait de combattre une droite arrogante, tout était bon. Sauf peut-être l'empressement des chaînes publiques à relayer les manifestations de l'extrême droite. La télévision avait passé des extraits du discours de rentrée du chef de l'extrême droite. Vieille connaissance, ce Le Pen, celui de la guerre d'Algérie, des bagarres au Quartier latin. On commençait à gloser, à faire de l'exégèse sur la nature de ce parti qui perçait, on se demandait s'il était diabolique, fasciste, dangereux… drôle de jeu. Les idées politiques se concevaient dans les agences de pub. On pouvait tout inventer, même l'ennemi.

Et l'on manifestait pour riposter à une menace qui n'existait pas encore !

— C'est finalement pas mal, pour une manif préfabriquée, nota Jo. Le plus marrant est que le collectif d'organisations, qui marche derrière les vedettes, est persuadé d'avoir l'initiative.

Tout semblait si spontané, comme cette bande de jeunes qui vendait de petites mains de matière plastique dans le cortège. Touche pas à mon pote…

Sébastienne n'appréciait pas les remarques un peu amères de Jo. Cette foule superbe, qui avait fait une ovation aux jeunes Beurs partis de Villeurbanne, c'était vraiment génial ! Il ne mesurait pas, Jo, à quel point le racisme infectait les esprits. Dans sa famille, depuis toujours, on trouvait que les juifs avaient peut-être souffert, mais se montraient trop. Le père de Sébastienne n'était pas antisémite, il s'amusait, en comptant les juifs à la télé, en décodant les noms arrangés. À la banque, les rumeurs enflaient. On parlait des logements attribués en priorité aux Africains, des rues où il ne faisait pas bon traîner, à cause des Arabes. Les hauts cadres n'étaient pas en reste. La gauche bradait la France, elle empêchait les vrais Français de travailler, en les écrasant d'impôts et de charges, elle laissait les immigrés envahir le pays, leur distribuait des aides.

Pour elle, cette manifestation était un tel défi ! Jo se retrouvait sur cette vieille place, cherchant les foules évanouies, celles qui exigeaient tout, qui ne se contentaient pas de ces vagues sentiments exprimés, de cette compassion envers des gamins partis d'une cité de Villeurbanne.

Là, dans les salons de *L'Hôtel Moderne*, les immigrés qu'il avait connus, ceux de la génération d'avant, ne pleurnichaient pas sur leur sort. Ils tenaient des réunions en yiddish, parlaient haut, se chamaillaient à perte de vue et les polémiques se poursuivaient sur le trottoir où, jusqu'à l'heure du dernier métro, des grappes de petits juifs refaisaient le monde. Qu'est-ce qu'ils voulaient, les mômes de Villeurbanne ? Refaire le monde ? Même pas…

Sébastienne manifestait joyeusement, c'était une libération. Avec ce qu'elle entendait, chaque jour, au bureau ! Jo regardait cette nouvelle manière de défiler. On ne serrait plus les rangs pour faire masse derrière la banderole d'une organisation, les partis, les ligues, étaient des pièces rapportées, des groupes à part. Les manifestants marchaient derrière les vedettes, en désordre, reprenant les slogans les plus drôles, les plus légers. Jo se sentait un peu perdu. Il y avait les vedettes et la foule, comme à la télé, et la foule, en manifestant, cherchait à approcher les vedettes de télé.

Les « Beurs », héros de la journée, étaient noyés. Et tout devait finir par un show, un défilé de stars qui se succéderaient au micro pour clamer leurs bons sentiments.

— Je pensais, confia Joseph, qu'on entendrait une parole politique !

— Mais c'est une parole politique ! protesta Sébastienne. Tu préfères les discours ?

— C'est un peu mince comme programme… C'est pas beau d'être raciste, on est tous égaux ! Deux siècles de luttes sociales pour en arriver là ! À n'avoir rien d'autre à dire que des mièvreries de sacristie ! Ah ça, c'est pas beau d'être raciste !

Sébastienne ne comprenait pas, ne pouvait comprendre la réaction de Joseph. Il étouffait dans le carré des personnalités, que protégeait un service d'ordre infranchissable. Des professionnels, sans doute. Joseph avait marché quelques mètres au milieu des stars, s'amusant un instant de quelques retrouvailles. Les copains de Mai 68 défilaient protégés de la foule par des poulets en civil.

Boulevard du Temple, Joseph avait repassé le barrage, sous prétexte qu'il manquait de cigarettes. Il retourna vers la place de la République, à contresens de la manifestation, regardant le spectacle, avec de vagues justifications professionnelles, puisqu'il faudrait en parler à l'agence. Mais il était bien décidé à laisser Sébastienne à sa manifestation. Rien ne l'agaçait plus que cette connivence qu'elle tentait d'établir, comme s'ils étaient des camarades luttant ensemble pour la cause.

Sa fuite le mena à l'endroit où il avait promis de ne pas se rendre, dans la galerie de la rue Charlot où Paola accrochait ses toiles.

Elle était seule, accrochant elle-même ses tableaux sur les cimaises. La porte était entrebâillée, Joseph entra silencieusement et se plaça derrière elle. Elle portait une salopette de velours rouge, faux vêtement de travail très à la mode, qui soulignait un peu trop l'importance de son valseur. Elle n'avait pas la finesse de Sébastienne, mais ses hanches appelaient irrésistiblement les gestes. Joseph entoura sa taille de ses bras.

— Je savais que tu viendrais, dit Paola, en se retournant pour l'embrasser.

Elle se dégagea, rapidement, pour aller verrouiller la porte qui donnait sur la rue.

— Regarde quand même les toiles !

— Je ne vois que ça… C'est somptueux… et… proprement terrifiant !

— Oui… je me fais peur… quand elles sont toutes comme ça… Je crois que c'est mieux en bas.

La première pièce de la galerie présentait les grands formats, hypertrophiant les visions de Paola. Des visages et des corps, des membres subissant des déformations, celles de la douleur et celles du plaisir.

— Si ce n'était l'obscénité de certaines scènes, remarqua Joseph, tu aurais excellé, jadis, dans la représentation des martyrs chrétiens et même de Jésus sur la croix !

— Je le sais ! dit-elle dans un rire. C'est un très joli compliment. La peinture a atteint des sommets dans les églises. J'essaie de jouer avec ça sans la religion, contre elle. Mais… le résultat me déçoit toujours. Je devrais changer. Je ne suis pas le Pasolini de la peinture, malheureusement !

— Ne dis pas ça… Moi, je trouve ça très fort. Totalement surprenant. Et ça ne ressemble à aucun des peintres à la mode. Montre-moi la suite.

Dans la salle voûtée du sous-sol, Paola avait accroché de petites toiles et, surtout, des dessins et des études de couleur sur papier. Elle montrait une parfaite maîtrise du trait, au crayon, au fusain. La formation des écoles de Toscane n'avait pas été vaine. Elle avait pourtant voulu les faire sauter, ces écoles !

— Tout n'est pas formidable, grogna-t-elle. Mais la galerie a besoin de petites choses, qui partent plus facilement.

— Tu veux bien arrêter de te dévaloriser ? C'est magnifique.

— Rassure-moi ! Je crève de trouille… le vernissage est dans deux jours. C'est ma première expo personnelle à Paris… Je suis dans un état…

Elle se pendit au cou de Joseph en lui demandant de la rassurer. Il ne se fit pas prier mais, dans sa hâte, il se heurtait aux boutons de la salopette.

— Ce n'est pas pratique, souffla Paola dans un rire, mais rue Charlot, ça s'imposait !

— Ce n'est pas ce Charlot-là, dit Joseph, tandis qu'elle se déshabillait elle-même… Le Charlot de la rue déformait les corps, comme toi… C'était le bourreau de Paris au temps de Louis XV et de Damiens !

— Je m'en fous… viens, là… contre le mur !

Joseph ne cherchait plus à se dérober quand Paola l'appelait. Son amoralité venait à point, quand Sébastienne l'assommait de sentiments nobles et généreux. Elle le cherchait peut-être dans la manif et il trouvait ça plutôt drôle. Il aimait ce rendez-vous, plus que les précédents, Paola le voulait au milieu de ses toiles, dans le sous-sol de la galerie. Elle s'appuyait contre la pierre, offrant ses cuisses ouvertes, guidant de sa main la verge tendue de Joseph.

Personne ne viendrait la déranger, croyait-elle, elle avait tout ce qu'elle désirait, son expo et un homme pour chasser ce trac qui lui nouait la gorge. Le sperme se répandait en elle quand ils entendirent le bruit d'une clef, suivi d'une voix de femme.

— Paola ? Paola ? Tu es en bas ?

— Je monte ! cria Paola, en se rhabillant à la hâte.

Joseph ne se sentait même pas gêné en remontant son pantalon. Il n'avait pas quitté sa veste. Paola passa sa tête dans la cage de l'escalier en achevant de reboutonner sa salopette.

— Je montrais mes dessins à un ami ! Venez, je vous le présente…

Joseph s'affairait à rentrer les pans de sa chemise, histoire de paraître digne devant la galeriste.

— Montez, plutôt… ma jambe me fait mal.

Paola grimpa d'un pas leste, et, en arrangeant ses cheveux, salua la galeriste avec un fier culot.

— Je ne vous attendais pas aujourd'hui… ce n'est pas prêt !…

Joseph prit le temps d'allumer une cigarette avant d'apparaître en haut des marches. La galeriste ne lui était pas inconnue, mais il le savait en entrant. Une vieille trotskiste qui s'était attachée à la promotion des avant-gardes, un petit bout de femme mue par une incroyable énergie. Elle possédait une des galeries phares du boulevard Saint-Germain et, comme la plupart des grands marchands, elle avait ouvert une annexe dans ce qui passait pour le nouveau centre de l'art contemporain, le triangle Pompidou-République-Bastille.

— Oh ! Kaplan, c'est toi ! dit-elle sans trop d'étonnement, en embrassant Joseph. Puis, en guise d'explication de sa visite impromptue, chez elle : J'étais trop fatiguée pour suivre la marche des Beurs jusqu'au bout. Tu n'y es pas, toi ? Ça m'étonne !

Elle mettait assez d'ironie dans son regard et son intonation pour que Paola sache qu'elle n'était pas dupe. Cela n'avait aucune importance. Cette vieille militante s'affichait volontiers avec de jeunes amants. Ce qui ne l'empêcha pas de regarder d'un air sévère l'accrochage en cours.

— Tu as encore du boulot, ma petite !

La galeriste avait usé d'un ton maternel qui ne lui allait guère. Elle s'en rendit compte et, comme pour s'excuser, elle proposa à Joseph un peu de l'excellent pur malt qu'elle cachait dans son bureau.

Il but volontiers, ce qui lui délia la langue pour dire à la galeriste tout le bien qu'il pensait des œuvres de Paola.

— Tu ne pourrais pas nous écrire tout ça en quelques lignes ? demanda la marchande. Si tu nous le donnes demain soir, on aura le temps de faire un petit tirage pour le vernissage.

— Ce serait formidable ! s'exclama Paola. Giuseppe sera ravi de le maquetter…

Le culot de Paola ne connaissait pas de limites. À moins que ce ne fût de l'inconscience. Mais Joseph ne pouvait pas refuser. Paola s'arrangerait pour présenter la chose à son officiel. Et qui pourrait lui reprocher d'avoir écrit un texte pour la compagne d'un ami ? Joseph s'engagea, avant de laisser Paola à son accrochage. Elle le raccompagna à la porte, pour lui souffler quelques remerciements impudiques au creux de l'oreille.

En retrouvant l'air frais sur le boulevard du Temple, Joseph se prépara à mentir avec autant d'aplomb que Paola. Conformément aux nouvelles traditions, on avait prévu, à l'issue de la manif, un pince-fesses pour la gauche caviar. Il était certain d'y retrouver Sébastienne. La marche devait se terminer à Montparnasse, elle irait ensuite chez *Bofinger*, près de la Bastille. Le temps qu'elle prenne le métro et change à Châtelet… En marchant sur le boulevard des Filles-du-Calvaire et le boulevard Beaumarchais, il y parviendrait sans difficulté à peu près en même temps qu'elle.

Il la retrouva, en effet, à l'entrée de la brasserie. Il prétendit, effrontément, qu'il avait voulu regarder tout le défilé. Sébastienne affirma qu'elle ne s'était pas trop inquiétée, qu'elle pensait que Joseph avait retrouvé des copains dans la foule, et elle était certaine de le retrouver chez Bof'. Ils plongèrent ensemble dans la petite foule bourdonnante où l'on ne rencontrait aucun de ces jeunes des banlieues pour lesquels on avait marché toute la journée.

Sébastienne passa une soirée délicieuse, au milieu de ces festivités entre gens de bien, elle avait le sentiment de former avec Joseph un parfait couple de gauche. Beaucoup plus détendu qu'au départ de la manif, il jouait le jeu, commentait les événements, plaisantait avec les uns et les autres, et se montrait très empressé auprès de Sébastienne. Elle avait déjà beaucoup marché mais ils partirent à pied, en faisant quelques détours à travers le Marais, jusqu'au métro République. Elle trouva la promenade délicieuse en dépit de l'air frais, et même de la bruine. À République, Joseph décida de la direction, ce fut Pont-de-Sèvres, jusqu'à Michel-Ange-Molitor, puisque Sébastienne se levait tôt le lendemain.

Pompe-Georges-Mandel

En descendant à Pompe-Georges-Mandel, Joseph ne pouvait s'empêcher de faire une plaisanterie rituelle, suivie d'un cours d'histoire, à l'attention de Sébastienne. Il était ce jour-là dans un état de tension extrême.

— Pauvre Mandel ! C'est absurde de l'avoir mis ici ! Il fallait y mettre Félix Faure. Pompe-Félix-Faure, car c'est ainsi qu'il a fini, dans le petit salon de l'Élysée… Au lieu de ça, on l'a installé sur la même ligne qu'Émile Zola, leurs avenues se touchent presque, ce qui est le comble du mauvais goût.

Il était un peu tôt pour que Sébastienne réagisse. Un matin frais d'octobre. Ils avaient reçu, chacun séparément, un carton orné d'une *ménorah*. Sarah et Alfred les recevaient ensemble mais, comme ils vivaient toujours entre les deux extrémités de Paris, il était plus prudent d'adresser deux cartons. Par chance, Jo était seul quand il avait trouvé le sien dans sa boîte aux lettres. « Benjamin Hirsch mettra les téfilins à l'office du matin… » Benjamin Hirsch accomplissait sa bar-mitsva. Le fils de Sarah avait donc treize ans ! Ce n'était pas celui d'Alfred Hirsch, qui l'avait adopté ultérieurement. Joseph, lui, avait connu Sarah à deux époques. Très furtivement, quand elle était encore étudiante, qu'il portait la bonne parole d'amphi en amphi.

Une nuit, c'était tout. Quand il l'avait revue par hasard,

quelques années plus tard, sur le boulevard de la Madeleine, il ne l'avait pas reconnue, il ne se souvenait de rien. Comment aurait-il fait le rapprochement entre une agrégative de lettres classiques et une poule de luxe, qu'il avait abordée pour ce qu'elle était, qu'il était prêt à payer, même ? Quand elle lui avait dit qu'elle le connaissait, Jo s'était vaguement remémoré cette jolie fille, dans l'amphi Richelieu de la Sorbonne. Il ne s'était pas souvenu immédiatement de cette nuit qui avait commencé, arrosée de vodka, au Cheval Vert, le restaurant russe de la rue Descartes, et qui avait fini dans une chambre mansardée, rue du Pot-de-Fer. Ils étaient toute une bande dans la chambre, époque des amours de groupe, folles années de l'après-68. Du moins, il se souvenait de la soirée elle-même, il lui semblait que Sarah ne les avait pas suivis jusqu'à la rue du Pot-de-Fer. Elle n'avait pas le même look. Métamorphoses de Sarah ! Étudiante sérieuse, joli bas-bleu de 1970, putain de grande classe cinq ans plus tard, grande bourgeoise enfin. C'était après leur rupture qu'il avait associé le souvenir de Sarah à celui d'une partouze d'étudiants quelques années plus tôt. Mais il n'en était pas certain. Ce pouvait être un fantasme, tout s'était passé dans l'obscurité, avec de la vodka et de l'herbe. La sensation d'une main, d'une peau exceptionnelle, dans la nuit. Maintenant, le souvenir mêlé de deux époques revenait, la nuit de folie, et cette idylle sulfureuse, cinq ans plus tard !

La cérémonie se déroulait à la synagogue libérale de la rue Copernic. Ils venaient de Michel-Ange-Molitor et, plutôt que de changer à Trocadéro pour descendre à Boissière ou à Victor-Hugo, Jo avait pensé qu'il valait mieux sortir du métro dès la rue de la Pompe, descendre jusqu'à la place de Mexico et, par la rue des Sablons, on zigzaguait un peu pour arriver place Victor-Hugo, au bas de la rue Copernic. C'était peut-être plus court par Trocadéro, une station de plus, mais il fallait ensuite emprunter une large avenue ennuyeuse, Raymond-Poincaré, c'était tout dire ! Il s'arrangeait toujours pour devoir marcher, il choisissait des itinéraires complexes, sans se soucier du temps, Sébastienne s'y était habituée, au fond, c'était une manière de remuer. Quand il exagérait, elle s'efforçait de souligner la contradiction entre l'excès de marche et la préservation de ses fines chevilles. Joseph rétorquait avec raison que le vélo, les cours de gym et les parties de tennis présentaient des dangers plus grands encore, gonflant et durcissant à l'excès les mollets féminins.

Tôt le matin, à l'automne, les rues de cette partie du XVIe arrondissement ne manquaient pas de charme. Sébastienne avait été un peu déçue en apprenant que les offices auxquels elle allait assister se dérouleraient selon un rite réformé.

— Ce sont des parpaillots juifs, en quelque sorte, expliqua Jo. Il n'empêche que nous allons nous taper la pose des téfilins ce matin, l'office du vendredi soir et celui du samedi matin, qui est le plus long. Mais, au moins, ils traduisent une partie des textes en français et toi, tu ne seras pas reléguée sur la galerie supérieure, avec une légion de bigotes.

— C'est très différent d'une synagogue normale ?

— Il n'y a pas de synagogues « normales »… Mais dans celle-ci, quand on rencontre un juif qui sait coudre, c'est qu'il est chirurgien.

Sébastienne, qui se demandait si son tailleur n'était pas un peu trop clair pour une cérémonie religieuse, fut rassurée dès l'entrée. Au vu des tenues des femmes, on se serait cru à une présentation des meilleures marques de couture plutôt qu'à un office religieux. Et, à considérer les hommes qui se saluaient en entrant, on pouvait en déduire que les rapports entre les dirigeants socialistes et la haute finance n'étaient pas si mauvais que ça. L'univers d'Alfred Hirsch et, partant, celui de Sarah se confondaient avec la communauté de la rue Copernic, de grands bourgeois éclairés, discrètement israélites, avec plus d'éthique dans leur démarche, ou même d'esthétique, que de foi.

Le contrôle à l'entrée n'était pas de nature à mettre les invités à l'aise. Mesure de protection depuis l'attentat perpétré devant cette synagogue, certes. Mais on fouillait les juifs à l'entrée d'un lieu de juifs. On avait également disposé quelques policiers à l'extérieur, en raison de la présence de quelques hautes personnalités.

— Une vraie ambiance juive ! s'exclama Jo. Avec des flics, comme au Vél' d'hiv !

Il s'était muni d'une kippa discrète, pour ne pas prendre une de celles disponibles à l'entrée, manière de montrer qu'il ne venait pas en touriste. En entrant dans la nef, il vit Benjamin pour la première fois. Le gamin ressemblait à sa mère, mais il avait des cheveux châtain clair, bouclés. Alfred l'aidait à revêtir le thalit et à nouer les phylactères. Jo voulait s'installer discrètement au fond de la salle, mais Sarah l'invita à prendre place dans les premiers rangs, avec Sébastienne, parce qu'il ne fallait pas qu'elle se sente exclue. Elle avait parfaitement vu son regard interrogateur, inquiet, elle souriait, fière de son fils en ce grand jour.

L'office n'était pas trop long, c'était une chance, Joseph n'était guère plus à l'aise que les invités non juifs, ne sachant jamais à quel moment il convenait de se lever ou de s'asseoir. Il regardait fixement l'enfant qui accédait à sa majorité religieuse, qui effectuait ces gestes dont il avait été dispensé, lui, par l'engagement laïque de ses parents.

Après la cérémonie proprement dite, on servit un petit déjeuner dans une salle annexe. L'usage était de s'approcher des parents et du jeune homme pour les féliciter. Jo était pâle, tremblant, lorsqu'il vint embrasser Benjamin. Le café chaud et les viennoiseries ne suffirent pas à le rétablir. Sébastienne attribua son trouble à la confrontation avec les voix du passé, la langue et la religion des ancêtres. Elle avait adoré cette cérémonie, bien sûr, elle qui depuis des années refusait catégoriquement d'accompagner sa mère aux messes de Versailles et de Saint-Georges-de-Didonne.

Au long de la semaine, Joseph assista à tous les offices de la bar-mitsva, tout en essayant d'éviter de trop commenter l'événement avec Sébastienne. Il s'enferma seul chez lui entre la fin de l'office du mercredi matin et celui du vendredi soir, prétextant une surcharge de travail. Il devait, certes, exécuter une nouvelle commande de Croissac. La loi Savary commençait à soulever des vagues de protestation, les experts en communication s'en remettaient à la dialectique de Joseph pour aider les socialistes à parler de l'école, sans trop d'archaïsme laïcard. Tâche d'autant plus délicate qu'il approuvait, lui, toutes les interventions de Jean Poperen, dont il partageait la passion pour la Révolution française. Si bien qu'il avait retrouvé un vieux réflexe datant des combats d'appareil et, tout en acceptant de travailler sur le concept d'une nouvelle laïcité, moderne et tolérante, il avait repris contact avec le défenseur de l'ancienne, la bonne vieille laïcité, implacable et anticléricale. Toujours ravi de retrouver des camarades qui, comme lui, avaient été formés à l'école communiste avant de rompre, selon sa formule préférée, avec le cléricalisme stalinien, Jean Poperen avait aussitôt proposé à Joseph de rejoindre un petit cercle de défenseurs des principes socialistes et républicains.

Jo retrouvait, non sans plaisir, la situation d'autrefois, celle du temps où il fréquentait tout à la fois le comité central du PC et sa petite chapelle trotskiste. Inutile, cette fois, d'être clandestin ! Les nouvelles mœurs politiques permettaient d'œuvrer d'une main à l'édulcoration des principes, en travaillant pour ces cellules de communication que le président utilisait pour mettre au pas le PS, tout en se retrouvant de l'autre côté, dans le cercle des défenseurs des mêmes principes. Là, on parlait le vieux langage, on était déterminé à ne pas faire de cadeaux à ces calotins qui osaient relever la tête ! Et puis, Poperen était un homme délicieux, avec lui on pouvait passer des heures à parler du rôle de Brune, lorsque Danton l'avait chargé de réquisitionner les chevaux et les voitures pour équiper les bataillons de volontaires qui se portaient aux frontières.

La série de cérémonies religieuses que Sarah avait organisées n'était pas de nature à clarifier son esprit. Il assista à l'office du vendredi soir où il retrouva Sébastienne, espérant s'éclipser à la fin avec elle. Mais Sarah avait prévu un dîner de shabbat chez elle, pour les proches. Il se retrouva donc au milieu d'un tout petit groupe, marchant à pied de la rue Copernic jusqu'à la Muette, ce qui, pour lui, était habituel, ce n'était pas si loin. En sortant de la synagogue, il tira machinalement une cigarette de sa poche, Sarah la lui ôta des mains en riant.

— C'est shabbat, mon petit Jo… Exceptionnellement, nous avons décidé de tout faire dans les formes… Ça ne te fera pas de mal. Et tu peux bien faire ça pour Benjamin !

Elle avait dit ça sans y penser, mais il l'entendait autrement. Pourquoi devait-il faire quelque chose, lui, pour ce gamin ? Benjamin, qui avait vu Joseph pour la première fois le mercredi matin, s'étonna de ne pas connaître un ami si proche de ses parents.

— Voyons, mentit Sarah, c'est le nouveau copain

de Sébastienne… Un collaborateur épisodique de mon agence…

Joseph ne tenait plus, il fallait qu'il trouve l'occasion de parler en tête à tête avec Sarah, ce n'était pas le moment, bien sûr, elle était si occupée, avec son fils, son mari, ses invités.

À table, après les bénédictions du shabbat, Jo fit quelques remarques sur la religion, sans toutefois se montrer incorrect avec ses hôtes. Il guettait les occasions de s'approcher de Sarah mais c'était, décidément, impossible. D'autant qu'il y avait la famille d'Alfred, un fils issu d'un premier mariage qui était à peine plus jeune que Sarah, et qui était venu avec sa femme et ses deux enfants. Alfred avait aussi deux filles d'un deuxième mariage, la dernière avait à peu près l'âge de Benjamin. Tout le monde en déduisait que Sarah avait été sa maîtresse avant d'être sa femme et qu'il avait attendu le divorce pour reconnaître son fils. Et rien ne pouvait laisser penser que Benjamin n'était pas le fils d'Alfred, qui lui prodiguait toute l'affection d'un père et se montrait particulièrement fier de sa maîtrise de l'hébreu et des prières.

On ne s'attarda pas trop au dîner, il fallait se lever tôt pour assister à l'office du matin, au cours duquel Benjamin lirait pour la première fois la Torah.

Dans la rue, Jo s'empressa d'allumer une cigarette. Sébastienne lui prit tendrement le bras. Pourquoi était-il si soucieux ? Se souvenait-il de la première fois qu'ils étaient sortis ensemble d'un dîner chez les Hirsch ? Bien sûr, il s'en souvenait, il l'enlaça tendrement et lui proposa de rentrer à pied par l'avenue Mozart, jusqu'à la rue Molitor.

— Oh oui, répondit joyeusement Sébastienne. Cet été, je n'ai pas osé te demander de me raccompagner… et toi, tu m'emmenais en sens inverse, sous prétexte de chercher un taxi !

— Crois-tu que nous sommes déjà au temps des souvenirs ?

— Non… mais je te sens tellement loin ce soir !

— Loin ? Non… des soucis…

Il les attribua au travail, bien sûr, et, surtout, à la situation politique. Sébastienne le comprenait fort bien, c'était très difficile pour elle également, à la banque, les hauts cadres affichaient ouvertement leur hostilité à toutes les directives du gouvernement. Ils ricanaient sans cesse de ces gens de gauche, idéologues et incapables. Désormais, ils parlaient, à l'instar des bourgeois de Saint-Georges-de-Didonne, des « socialo-communistes ». On la contrait chaque jour, on se fichait de ses notes et de ses rapports.

— Et puis, ajouta-t-elle, ces messieurs si distingués, si fiers d'afficher qu'ils sont polytechniciens ou énarques… Ils m'appellent la pétasse, la pute… entre eux, bien sûr, mais enfin, on sait toujours… Et un matin, sur la porte de mon bureau, il y avait un petit papier très élégant : « Bureau de la suceuse de socialos ».

— Mais je ne suis pas socialo… Ou alors… au sens ancien du terme… ce qu'ils détestent encore plus ! Parle-moi d'eux encore, ça me motive. Au moins je sais pourquoi je travaille… Et de savoir que ça les rend malades, ça me fera jouir encore plus…

— C'est exactement ce que j'ai ressenti en trouvant ce papier… après un petit accès de rage ! J'avais envie de te retrouver, de venir te sucer… comme quand je croise leurs regards de faux-culs, je rêve de leur dire que l'homme de mes nuits est vieux communard, gaucho, trotskard et juif !

La pensée des collègues de Sébastienne sauva la nuit de Jo, elle savait si bien chasser ses angoisses qu'il en oublia jusqu'à Benjamin.

Ils retournèrent rue Copernic le samedi, en passant de nouveau par Pompe-Georges-Mandel. Jo était nettement plus gai, il la fit rire avec la fameuse pompe funèbre du président Félix Faure, belle mort, tout de même.

L'office était interminable mais il y eut des moments d'intense émotion, quand Benjamin lut à haute voix un passage de la Torah et, d'une autre façon, quand il prononça son discours, remerciant son père et sa mère. Alfred parla à son tour, évoqua très pudiquement le camp, ses parents assassinés, son frère, ses camarades morts d'épuisement dont les noms seraient prononcés vers la fin de l'office, lors du kaddish des endeuillés.

Jo, très perturbé par ce discours, réalisa que Benjamin, du fait des différences d'âge, se retrouvait, comme lui, enfant direct de déporté, Alfred avait été arrêté quarante ans plus tôt, il n'était pas si vieux, dix-huit ans au camp, cela ne faisait que cinquante-huit au jour de la bar-mitsva du fils. Et pourtant… cette histoire si lointaine. Il y eut encore un cocktail après l'office, en attendant la grande fête, après la fin du shabbat, dans les salons du Grand Hôtel.

Chaussée-d'Antin

Joseph passa l'après-midi du samedi à courir les librairies de livres anciens, et finit par dénicher un cadeau de son cru, pour Benjamin : une belle édition de deux ouvrages de Jules Michelet, *Histoire de France* et *Histoire de la Révolution française*. Il glissa une carte, avec un simple commentaire : « L'autre fondation ». Il rejoignit ensuite Sébastienne rue Molitor et la trouva en proie à de graves interrogations métaphysiques. Comment s'habillait-on pour fêter une bar-mitsva ? Pour la synagogue, elle avait cru comprendre qu'il fallait opter pour des vêtements un peu austères, mais dans quelle tenue se présentait-on à la fête finale ? Joseph fouilla dans les placards et prit un grand plaisir en habillant Sébastienne. Elle était parfaite, elle pouvait tout porter sans jamais être ridicule.

La robe que Joseph avait dénichée attirait bien quelques regards dans le métro, il y faisait trop chaud pour que Sébastienne garde son manteau fermé. Mais, un samedi à la nuit tombée, le moyen le plus sûr pour atteindre *Le Grand Hôtel*, c'était de descendre à Chaussée-d'Antin, de contourner l'Opéra et de traverser la rue Auber pour trouver l'entrée rue Scribe. Sébastienne s'était amusée, en découvrant le nom de la rue Scribe sur le carton d'invitation, elle pensait scribes et pharisiens, et se demandait s'il n'était pas gênant de fêter la majorité religieuse d'un jeune juif sous de tels auspices. Joseph la rassura, se demandant, lui, pourquoi certains personnages perdaient leur prénom sur les plaques des rues, comme Eugène Scribe, librettiste de *La Juive* mais aussi des *Huguenots*. Question de quartier, peut-être : Halévy, Auber, Caumartin, Tronchet, Haussmann étaient également réduits à leur patronyme, et Lafayette n'était qu'un ci-devant, sans titre de noblesse ni grade de général. Sébastienne s'amusait de voir Joseph déployer son énergie pour tenter de résoudre l'énigme des noms de rues. Partout en France, Leclerc était général, quand Hoche, Marceau et Carnot se passaient de leur grade. En province et en banlieue, on trouvait des avenues du Général-de-Gaulle, à Paris, on venait de lui donner l'Étoile, sans son grade, mais avec son prénom. Place Charles-de-Gaulle, plutôt que du Général ou du Président, mais ce ne pouvait être de Gaulle tout court. Le commandant Mouchotte, le sergent Bauchat restaient figés à leur rang. Le président Wilson était installé dans sa fonction mais pas Roosevelt, qui n'était que Franklin, sans titre. Briand gardait Aristide, mais Garibaldi se passait de Giuseppe, Rousseau ne se concevait pas sans Jean-Jacques, mais Diderot n'était jamais Denis, et Voltaire était toujours Voltaire, sans nom ni prénom. Hugo était inconcevable sans Victor, quand Lamartine n'était jamais Alphonse. Incroyable désordre des noms collés aux rues et aux places ! Joseph se fixait toujours des objectifs que Sébastienne jugeait navrants. Comme l'inventaire des hommes célèbres privés de prénoms et de titres pour leurs rues, boulevards et avenues. Réaumur, Barbès, Lamarck, Caulaincourt, Secrétan, Cuvier, Buffon, La Fontaine, Taine, Mac Mahon, Foch, Desaix, sans compter les maréchaux d'Empire et de ceinture.

À ce jeu-là, on pouvait prendre la Chaussée d'Antin

pour une femme. Ce n'était qu'un lieu-dit dont on conservait le souvenir, entre Haussmann et d'Estienne d'Orves, l'associé de La Trinité.

Les grands magasins avaient déjà installé leurs lumières et leurs vitrines des fêtes lorsqu'ils sortirent du métro devant les Galeries-Lafayette. La foule se pressait devant les jouets et les automates. Joseph voulait faire un détour, arpenter le boulevard en badaud, retrouver ses émotions d'enfant, quand il regardait les vitrines de petites autos Dinky Toys, les constructions de Meccano et les trains Hornby qui s'enfonçaient sous des tunnels de carton-pâte. Mais Sébastienne ne voulait rien perdre de la fête et ils se dirigèrent vers la rue Scribe.

La soirée ressemblait plus à Sarah qu'à Alfred Hirsch, un orchestre mélangeait variétés et musique orientale. Joseph était perdu, au milieu de ces femmes trop brunes, trop pétulantes, les amies de Sarah, juives tunisiennes fières de montrer leur réussite, qui se mesurait à leurs bijoux et à leurs vêtements colorés. Joseph avait vaguement espéré entendre des violons aux accents yiddish. La batterie, le synthé et les guitares électriques accompagnaient une danseuse du ventre, cadeau offert au jeune adolescent par les cousines de Sarah. Et Joseph qui arrivait, avec Jules Michelet sous le bras ! Heureusement, Alfred Hirsch était aussi étranger que Joseph à cette exubérance toute méditerranéenne.

— Voyez ces Orientales, dit-il en accueillant Sébastienne et Joseph, heureusement que Sarah s'est fâchée avec sa famille, elle ne fréquente plus qu'une trentaine de cousines !

Cela ne faisait pas rire Sébastienne, elle ne pouvait comprendre ce qui séparait Alfred, comme Joseph, de ce judaïsme tapageur venu d'Afrique du Nord. Sarah entraînait ses invitées dans le salon de danse, Sébastienne la suivit aussitôt, se joignant joyeusement aux sarabandes hassidiques revues et corrigées par le folklore touristique d'Israël. Elle essaya de tirer Joseph avec elle, mais il opposa sa force d'inertie et se dirigea vers les invités bourgeois, dans une pièce un peu plus calme où l'on avait dressé un formidable buffet cosmopolite. Naturellement, il dédaigna tout ce qui sentait l'huile d'olive et se retrouva, par instinct, devant la partie ashkénaze de la nourriture, *schmaltzhering*, saumon fumé, blinis et vodka. Mais, même à cet endroit, le bruit interdisait toute conversation. Joseph salua Croissac, retrouva les inévitables députés socialistes invités par Sarah, Alfred tenta de lui présenter un vieil ami, un camarade du Lager. Impossible d'entendre, comment, il s'appelait Sam Abramowicz ? Mais non ! Sam, un ami d'Auschwitz !

Oh ! ce vacarme *schwartzfiss*, il aurait préféré le violon, lui aussi, et un peu de clarinette Klezmer, cette batterie et ces guitares amplifiées préparaient des générations de sourds !

La fête se déroulait dans une ambiance saturée de musique. Joseph passa très vite dans le vestibule de l'hôtel pour fumer et se reposer les oreilles, pendant que Sébastienne dansait. Sarah l'avait vu sortir, et elle ne pouvait rien ignorer de ce qui le tourmentait depuis le début des cérémonies.

— Je voulais que tu saches, dit-elle simplement, mais lui ne doit rien savoir.

— Et Alfred ?

— Je ne lui cache rien… Il sait que je suis une ancienne putain, qu'un type m'a fait un gosse dans une partouze, que je l'ai retrouvé, quelques années plus tard, qu'il a disparu trop tôt pour savoir… Il a élevé ton fils, depuis l'âge de six ans…

— Comment Benjamin peut-il croire qu'il est son père ?

— Nous lui avons dit que nous nous étions perdus de

vue, puisqu'il était marié… et que nous nous sommes retrouvés. Ils s'entendent bien.

— Alors… c'est pour ça que tu m'as cherché…

— Pour lui. Je voulais qu'à ce moment de sa vie, son père naturel soit là !… Maintenant, tu feras ce que tu voudras…

— Je ne sais pas ce que je peux vouloir !

Sébastienne le cherchait, il n'allait tout de même pas se mettre à croire aux intuitions particulières des femmes. Oui, il allait très bien. Il prenait l'air, il bavardait un peu avec Sarah, rien d'anormal. Il prit la main de Sébastienne et la suivit dans la salle, il voulait bien, maintenant, s'abrutir de musique, de danse et, plus encore, de vodka. Il s'approcha de l'orchestre et le mit au défi de jouer des airs d'Europe centrale, il obtint de la musique tzigane, des danses sur des chansons en yiddish, même chantées à la manière d'Enrico Macias, c'était tout de même autre chose. Il faisait tourner Sébastienne, et, qu'importent les amis huppés d'Alfred, les Shéhérazade ameutées par Sarah, il avait attrapé une bouteille de Zubrowka sur le buffet, les musiciens massacraient maintenant *Kalinka*, Joseph chantait en russe, il buvait au goulot, et il fut bientôt assez ivre pour prendre les mains de Benjamin et le faire danser, au milieu de la piste, à la cosaque.

Billancourt

Joseph connaissait les portes des usines Renault de Boulogne-Billancourt, mais pas celles des bureaux de la direction. Il devait y rejoindre Jacques Croissac, qui venait de décrocher un budget de communication pour la Régie. Il ne s'agissait pas de vendre des bagnoles, la firme nationalisée s'attendait à connaître de sérieux problèmes d'image et, suivant les maîtres mots du temps, elle devait le gérer en interne et en externe. Sous ce jargon se cachait une opération très importante, pour laquelle Croissac tenait absolument à s'attacher les conseils de Joseph. Pour le convaincre, il ne s'était pas contenté de parler d'argent, sur ce point Joseph n'avait jamais eu matière à renâcler. Il avait fait vibrer quelques cordes sensibles : l'entreprise nationalisée avait besoin d'un sérieux coup de main et si sa situation n'était pas redressée sous la gauche, on pouvait craindre un désastre dans l'avenir.

— Joseph Kaplan comprendra mieux que n'importe qui..., avait insisté Croissac, utilisant curieusement la troisième personne pour désigner son interlocuteur, parce qu'il baigne dans cette culture très particulière associée au nom de Renault !

— Jacques... Il y a des années que j'ai bazardé ma dernière caisse ! Je me déplace en métro ou à pied, je n'ai pas touché un volant depuis 1976 !

— C'était quoi, ta dernière caisse ?

— Euh… Une 4L !

— Tu vois… elle allait avec tes engagements de l'époque. Les communistes roulaient en Renault. Tu comprendras là-bas. Notre mission n'est pas directement liée aux ventes, bien sûr, mais, à l'arrivée, il s'agit quand même de préserver une clientèle !

Joseph avait la possibilité de participer à une première réunion, et de s'en tenir là si le boulot lui déplaisait. Le lieu choisi pour la réunion n'était pas de très bon augure. Pourquoi fallait-il déplacer tout un staff qui travaillait habituellement au siège, sur les Champs-Élysées, pour tenir un briefing dans la salle de conférence de Billancourt ?

Au long du trajet, Joseph se sentait fébrile. Les journaux ne suffisaient pas à le distraire. Il y avait pourtant de beaux faits divers. Des règlements de comptes entre caïds du milieu, à Paris et à Marseille, avec des personnages formidables comme les frères Zemmour. Les dirigeants de droite tenaient des discours de plus en plus musclés. En Bretagne, la défense de l'école confessionnelle prenait des allures de chouannerie. Mais Joseph se rendait chez Renault, chez P'tit Louis, à Billancourt, et par l'autre porte.

L'usine formait une véritable ville et, dès la sortie du métro, on se cognait à l'enseigne et au hall d'exposition de la concession de Billancourt, avec ses occasions garanties. Il fallait contourner le garage pour atteindre un bâtiment rénové, situé sur l'emplacement du hangar où les frères Marcel et Louis Renault avaient commencé à bricoler les moteurs.

Juste avant de parvenir à la porte, un coup de klaxon interpella Joseph. Il arrivait en même temps que Croissac qui, pour la circonstance, avait laissé sa Porsche pour emprunter la Renault 5 de sa femme. Le haut de gamme du modèle, tout de même. Joseph fit les derniers mètres sur le siège de cuir du passager avant.

— C'est une très bonne petite bagnole de ville, fit remarquer Croissac, qui savait toujours s'imprégner de la culture maison en se rendant chez ses clients.

Les portes du parking réservé aux plus hauts cadres s'ouvrirent devant eux. Le directeur des usines de Billancourt les conduisit à travers des bureaux plutôt sobres, jusqu'à la salle de conférence. On n'attendait plus qu'eux. Le numéro deux de la régie nationale présenta Croissac et son collaborateur aux équipes réunies autour d'une table ovale. Il y avait là les responsables de la communication, ce qui était normal, et les principaux responsables du personnel, ceux de l'ensemble du groupe et ceux de l'établissement de Billancourt. En tout, une trentaine d'hommes et deux femmes, en comptant la sténo chargée du compte rendu.

Ces gens ne perdaient pas de temps en salutations et bavardages inutiles. Croissac invita Joseph à s'installer en milieu de table, de manière à bien s'intégrer au groupe. Lui se tenait debout, à côté de l'inévitable bloc de papier monté sur un chevalet. Le numéro deux de l'usine prononça quelques mots d'introduction. Il y avait quelque chose de militaire dans sa manière de parler, bien qu'il s'exprimât dans une langue assez élégante. La marque de Polytechnique, version commis de l'État. La veille, Croissac avait averti Joseph :

— Nous aurons en face de nous un personnage redoutable. François Dietrich. Pour te dire le bonhomme, X 64, corps des mines et, à partir de là, il a fait toute sa carrière dans les entreprises publiques. Il a aussi travaillé au ministère de l'Industrie, au cabinet, et ils l'ont envoyé chez Renault.

Dietrich ne se répandait pas en discours inutiles. Renault devait se moderniser au plus vite, il se chargeait de l'aspect industriel. L'image devait suivre. Ce n'était pas son domaine, mais celui de Croissac, qui animerait cette séance de travail.

Jacques Croissac jouait d'une tout autre méthode. Il lança quelques questions, pour faire réagir son auditoire.

— Quand on prononce le mot « Renault », quelles sont les images qui viennent ?

— En ce moment, dit immédiatement un très jeune cadre, pressé de se faire remarquer, c'est la 5 et la 25… Les autres marchent, mais l'image c'est à la fois la petite voiture et notre réussite en haut de gamme.

— D'accord…, dit Croissac, mais affectivement… autour de vous, en dehors de l'entreprise, dans votre famille, en vacances… quelle image on vous renvoie ?

— Beaucoup de gens pensent tout de suite aux voitures de leur enfance.

Tout le groupe réagit aussitôt. Suivant les âges, à chacun son modèle. La 4 CV était inoubliable. Comme la Dauphine et la 4L. La R8 Gordini. Le 1 000 Kilos qu'on voyait partout, autour des marchés. L'estafette des gendarmes.

— Oui oui, coupa Croissac. On pourrait même parler des taxis rouges, vous vous souvenez… Mais allons plus loin… Où sommes-nous ?

Tout le monde répondit d'un seul chœur : « Billancourt ! »

— Joseph, qu'est-ce ça t'évoque, Billancourt ? demanda brusquement Croissac. Vas-y, dis tout ce qui te passe par la tête…

— La forteresse ouvrière, répondit Joseph.

On sentit un mouvement d'humeur chez ces cadres, confrontés chaque jour aux syndicats.

François Dietrich ramena le calme.

— Laissez-le continuer, nous sommes au cœur de la

problématique. Allez-y, monsieur Kaplan, vous qui connaissez tout ça.

Surpris, Joseph se lança, au risque de provoquer. On l'avait choisi pour ça. Technique des pubards !

— La forteresse ouvrière… c'est l'image des grèves de 36 et, bien sûr de Mai 68. Le fameux « Quand Renault éternue, c'est la France qui s'enrhume ». Georges Séguy sur la passerelle de l'île Seguin, Sartre sur son tonneau ! Quoi que vous en pensiez, Renault, c'est ça. Billancourt, c'est le symbole de la classe ouvrière et de ses combats.

— Et Renault sans Billancourt, vous voyez ça comment ? lança brutalement Croissac.

Tous retenaient leur souffle. Joseph sentait son estomac se nouer.

— C'est pour commencer à y réfléchir que nous sommes ici, précisa Dietrich. Certains d'entre vous participent aux études industrielles. Ce site est en grande partie obsolète. Il ne fabrique plus nos modèles les plus vendeurs. Nous avons eu ici jusqu'à 50 000 personnes, il en reste 20 000 sur une surface énorme, avec des instruments de production dépassés. Inutile de préciser que nous immobilisons un capital foncier énorme, pour un rendement des plus médiocres. À très court terme, ce site devra disparaître. C'est Billancourt ou Renault !

Tous écoutaient en serrant les dents. La plupart des présents savaient que l'hypothèse d'un abandon de Billancourt était envisagée depuis longtemps. Renault n'avait cessé de créer de nouvelles usines, à Flins, Cléon ou Sandouville, de faire construire ses bagnoles dans divers pays, plutôt que de les exporter par train et par bateau. Billancourt se vidait lentement, plusieurs ateliers étaient déjà vides, ceux du Bas-Meudon, de l'autre côté de la Seine, comme les bâtiments les plus anciens de Billancourt. Il restait la ruche de l'île Seguin. Et, tout de même, quelque vingt mille personnes dans l'ensemble de la forteresse ouvrière. Et il y avait le symbole, la marque. Billancourt ! Une vaste zone curieusement associée à la ville de Boulogne, avec ses quartiers huppés, plus au nord, en bordure du bois.

Tout était programmé dans cette réunion, même la montée de tension au moment d'aborder l'essentiel. On avait prévu une pause-café, des employées en blouse Renault entrèrent au bon moment, avec des thermos et des plateaux de viennoiseries.

Joseph était hors de lui. Il faisait donc partie du marché que Croissac avait passé avec la régie Renault. Un excellent collaborateur de Public Com saurait trouver les mots justes pour aider les travailleurs à faire le deuil de Billancourt ! À la pause, il marcha droit sur Croissac, prêt à en découdre. Le pubard, content de lui, bavardait avec Dietrich, il se tourna vers Joseph pour le féliciter de son intervention.

— C'est monstrueux…, bredouilla Joseph. M'associer, moi, à la casse de Billancourt !

— Préférez-vous la disparition de cent mille emplois ? rétorqua Dietrich. Une Europe dominée par Volkswagen ? Comprenez que je suis attaché autant que vous à l'entreprise publique. Mais je dois conduire sa modernisation et, rassurez-vous, nous allons essayer d'associer la CGT et les autres syndicats à cette mutation.

— Combien d'ouvriers vont se retrouver au chômage ?

— Le moins possible ! Cela ne se fera pas du jour au lendemain. Ici, la moyenne d'âge est assez élevée. Nous négocierons des retraites anticipées, peut-être des primes de retour pour les étrangers qui le désirent. Et des transferts dans des unités plus modernes. J'ai fait appel à votre agence pour que la fin de Billancourt ne soit pas interprétée comme la fin de Renault, ni même comme une défaite de la classe ouvrière.

L'impression de collaborer avec l'ennemi de classe se dissipait. Il avait devant lui un grand commis de l'État, moins froid qu'il ne paraissait.

— On vit un moment historique, dit Croissac en lui tapant familièrement sur l'épaule.

Joseph resta sans voix. Après la reprise, la suite de la réunion s'avéra pathétique. Cela faisait partie du programme. Cette partie de la hiérarchie devait vivre le choc, pour mieux l'avertir, on imaginait des scénarios. La catastrophe que l'on voulait éviter, c'était de voir Billancourt renouer pour sa fin avec l'imagerie d'autrefois. L'usine occupée, les drapeaux rouges flottant sur l'île Seguin, les ouvriers retranchés dans le grand atelier pour défendre les vieilles chaînes, symbole de leur aliénation. Joseph avait pour mission de repérer ce qui, dans la communication, menaçait de provoquer la CGT, les communistes et tous ceux qui, bien au-delà de l'usine, demeuraient marqués par l'histoire ouvrière.

Quand la séance fut levée, il déclina l'invitation de Croissac, qui proposait de le ramener en ville et de l'emmener déjeuner. Il tourna longuement autour des ateliers, gagna le quai par la rue du Pont-de-Sèvres pour regarder le paquebot condamné qui flottait encore au milieu de la Seine. À l'intérieur, les gars travaillaient, sans savoir. Il monta sur l'étroit trottoir laissé aux piétons sur le pont. Sur l'île Monsieur, encore rattachée au quai, en contrebas du parc de Saint-Cloud, la gare de marchandise de l'usine bougeait encore, on chargeait des moteurs fabriqués à Billancourt pour les expédier dans quelque unité de montage. Il longea le quai, de Sèvres à Meudon, le long des falaises de craie sur lesquelles s'appuyaient des pans de l'usine déjà silencieuse. Il repassa la Seine par le pont de Billancourt, marcha encore autour de l'usine, dans ces rues de Boulogne qui conservaient les traces du passé ouvrier. Avenue Jean-Jaurès, place

Jules-Guesde, place Marcel-Sembat. Trois pères fondateurs du vieux parti socialiste. Croissac ne se trompait pas, il vivait bien un moment historique. L'inverse de ce dont il avait rêvé au long de sa jeunesse. Il n'y aurait plus ici de grands combats, on ne verrait plus les ouvriers debout sur les toits, le poing levé, chantant *L'Internationale*. L'usine, bientôt, se viderait. Il suffisait de quelques concessions, d'un peu d'humanité, pour que la CGT accepte le lent démantèlement de son vieux bastion.

Joseph remonta l'avenue Jean-Jaurès et s'engouffra dans le métro, à Marcel-Sembat.

Saint-Ambroise

Le XVIe arrondissement ne convenait plus à Sébastienne. Ce n'était pas ses idées, c'était trop près de Versailles, de cette vie qu'elle avait quittée. Elle avait trouvé un bel espace rue Popincourt, deux étages dont une immense pièce sous les toits, avec des verrières. Il lui suffisait de vendre son appartement de la rue Molitor, cela couvrait largement l'achat, elle n'avait pas de mal à trouver le reste, pour les travaux, elle gagnait assez et bénéficiait d'excellentes conditions de prêt. Elle avait concocté cette opération dès le mois de septembre, en se gardant d'en parler à Joseph, espérant qu'il viendrait vivre totalement avec elle. Quand tout fut à peu près réglé, qu'il ne resta plus qu'à aménager les lieux et à libérer son ancien appartement, elle annonça à Jo qu'elle allait lui faire une surprise et lui donna rendez-vous au métro Saint-Ambroise. Jo détestait les surprises, mais si ce n'était pas plus loin que Saint-Ambroise, il pouvait y aller, il travaillait ce jour-là rue de Charonne, avec Giuseppe.

En entrant dans le loft vide, Jo pensa que Sébastienne était complètement cinglée, que cet espace était inchauffable.

— Habituée au confort d'un immeuble bourgeois, tu crois que tu vas vivre là-dedans ?

Elle lui montra les plans de l'architecte, quelques

travaux et ce serait un palais, parfaitement isolé, lumineux, avec de l'espace, des plantes…

— Je ne veux pas te forcer, Jo… mais, si tu voulais… il y a assez de place…

— Pour vivre ensemble ? Les filles sont incorrigibles… Moi, je m'en tiens à Brassens… on n'accroche pas l'amour à la queue des casseroles.

Sébastienne s'attendait à cette réaction. Elle souriait, sûre d'elle. Ils vivaient déjà ensemble, dans deux appartements, mais depuis trois mois, ils s'étaient presque toujours retrouvés pour la nuit, trimbalant des affaires chez l'un, chez l'autre, si bien qu'elles se mêlaient déjà.

— De toute façon… il y a une transition d'au moins quinze jours que tu ne peux pas me refuser. Les travaux vont commencer ici mais ils ne peuvent pas être terminés quand je libérerai mon ancien appartement… Je pourrais déjà apporter mes meubles… Mais…

— Si c'est une demande d'asile, pour quelque temps, je veux bien t'héberger… mais quand tu t'installeras… ce sera comme avant ! Un peu plus près… dommage, ça me dépaysait, Auteuil…

Ce n'était pas seulement pour défendre ses habitudes de vieux garçon que Jo refusait de vivre totalement avec Sébastienne. Il ne pouvait pas lui parler de Benjamin, de cette révélation qui le laissait bouleversé. Il était résolu à le voir souvent, Sarah le souhaitait, Alfred n'y était pas hostile, à la condition qu'il tienne sa place d'ami de la famille, contribuant à son éducation, sans perturber l'adolescent. Joseph était déjà venu deux fois pour connaître Benjamin. C'était un gamin assez fin, plutôt bon élève, mais Jo pensait déjà qu'il ne lisait pas assez, qu'il était tout de même temps, à treize ans, de se plonger dans les livres. À son âge, il avait dévoré Alexandre Dumas, les romans de Hugo. Comment ? il n'avait pas encore lu *Les*

Misérables ? Pourquoi sa mère disait-elle qu'il y avait des passages ennuyeux ? La description de l'ancien système des égouts de Paris qui passaient sous chaque rue, ennuyeux, ça ? Et Jules Verne ? On ne lisait plus Jules Verne. Ni Walter Scott et Dickens. Il faisait du piano ? Bien sûr, il y avait un Steinway chez les Hirsch…

— Tu pourrais mettre un piano à queue dans cette grande pièce, suggéra Jo à Sébastienne.

— Un piano ? Je n'ai pas joué depuis les leçons que ma mère me faisait donner, comme à toute jeune fille de bonne famille. Et tu ne joues pas non plus.

Il s'intéressait tout de même à son installation, et elle était certaine de le convaincre. De fait, il l'aida à concevoir un environnement qui ne serait pas fait de meubles, d'objets et de tableaux à la mode. Sébastienne, jusque-là, ne s'était pas forgé un goût personnel, elle avait tenté d'éliminer tout ce qui pouvait lui rappeler le salon de Versailles, sa chambre de jeune fille, ce mobilier ringard, et la salle à manger, avec ce buffet que sa mère ouvrait, après le passage de la bonne, pour s'assurer qu'on ne lui avait pas fauché les petites cuillères en argent.

Les meubles Starck, noyés dans le loft, seraient plus à leur place que dans les pièces rectilignes de la rue Molitor. Mais il fallait les mélanger avec d'autres choses. Jo se surprit à prendre du plaisir en concevant la future maison de Sébastienne. Lorsque les travaux commencèrent, il l'accompagna, parla avec l'architecte, proposa des modifications, participa au choix des peintures, des carrelages, des modèles de baignoires pour les deux salles de bains prévues, il donna même son avis sur la cuisine, il était hostile au tout électrique et, même si Sébastienne s'attardait rarement devant un faitout, il savait, lui, que jamais la cuisson électrique ne remplacerait la flamme du gaz.

Les quinze jours que Sébastienne devait passer rue des Vignoles furent doublés, comme toujours quand on attend l'achèvement de travaux. Joseph s'étonna de la supporter en permanence, de l'attendre même, quand elle rentrait du bureau. Il l'emmena de nouveau chez Eddy et Rosa, ce qui l'arrangeait. Ils ignoraient l'existence de leur petit-fils, il ne pouvait leur en parler et venait tout juste de comprendre les réflexions de sa mère qui, jusque-là, l'agaçaient prodigieusement. Rosa souffrait, plus que toute autre femme de son âge, de ne pas avoir de petits-enfants, Jo tardait, il s'était installé dans le célibat. Il n'avait jamais voulu comprendre cette souffrance, c'était trop simple, trop terrible. La vie, contre cet environnement de mort dont elle était revenue. La vie qu'il n'avait pas voulu reproduire.

Sébastienne ne proposait plus à Jo de venir habiter rue Popincourt. Elle en avait parlé une fois, cela suffisait. Il n'était pas question de renoncer, elle se battait toujours jusqu'au bout pour obtenir ce qu'elle voulait. C'était une situation qu'elle n'avait pas prévue, elle était amoureuse depuis leur première nuit, Jo avait pris une telle place dans son existence qu'elle n'imaginait plus la vie sans lui.

Sans doute n'avait-il pas mesuré l'énormité de ce qu'elle avait entrepris, elle bousculait sa vie, bazardait à toute vitesse un appartement acheté avec sa part d'héritage familial. Sébastienne aimait calculer, les prix grimpaient dans l'immobilier, elle réalisait une belle plus-value, les quartiers de l'Est allaient bientôt prendre de la valeur, mais le mètre carré y était encore assez bas pour qu'elle puisse y acquérir une surface beaucoup plus importante.

Elle avait fièrement exposé ce plan à Joseph, qui était resté parfaitement indifférent. Au moins la mère de Sébastienne avait-elle hurlé dans le téléphone quand elle lui avait annoncé son intention de quitter un immeuble neuf, près d'Auteuil, pour une ruine, dans un quartier populeux où la pauvre fille perdue se retrouverait au milieu d'une faune effrayante.

— On n'est plus tranquille nulle part ! gémissait la mère de Sébastienne. Même à Versailles… Alors, rue quoi déjà ? C'est épouvantable !

Madame de Montguyon ne s'aventurait jamais au-delà du VIIIe arrondissement, elle quittait rarement Versailles, ne connaissait de Paris que les avenues huppées et imaginait qu'un vaste coupe-gorge commençait après la Concorde. Sa fille lui parlait du quartier Saint-Ambroise, pour elle, cela devait ressembler à ces affreuses rues de la Goutte-d'Or, elle savait ce qui se passait à Paris, les trottoirs étaient envahis d'Arabes, d'Africains, de Chinois. On pouvait être égorgé à tout moment !

Sébastienne préférait en rire. Mais si, au moins, Joseph la soutenait dans son combat ! Il estimait, lui, qu'elle employait des mots parfaitement déplacés. Un combat, ces discussions mercantiles pour vendre, acheter, gagner un demi-point sur le taux du crédit ? Il avait rêvé, lui, des combats furieux, ceux des armées d'Italie, ceux des soldats rouges avançant dans les neiges, des combattants d'Espagne. De quoi parlait-elle ?

Joseph était tellement ailleurs, totalement étranger à toute notion de plan, de prévision et, plus encore, de propriété, qu'il n'avait pas réalisé. Elle s'engageait à vie, il s'accrochait à cet ancien atelier dont il était locataire, à sa table bancale, son fauteuil élimé, ses planches croulant sous les livres et son matelas posé à même le sol, sur la mezzanine.

En s'éveillant dans un appartement si dépourvu de confort, elle réalisait chaque matin qu'elle y tenait vraiment, à son Joseph. Mais il était doué d'une incroyable force d'inertie, quand il s'agissait des choses de la vie, des projets. Il s'intéressait à son installation, c'était une première victoire ! Elle attendait, sereinement, qu'il se décide, Jo trouvait bien des joies dans leur vie commune, il la suivrait. Elle craignait d'être encombrante, essayait de se faire discrète quand elle le trouvait devant sa table de travail ou dans l'unique fauteuil de la pièce, plongé dans un livre ou un journal.

En attendant qu'il s'intéresse à elle, il y avait toujours des rapports à étudier, et elle attrapait sur les rayons de la bibliothèque les livres dont il lui parlait tant. Tous ne lui plaisaient pas, elle n'osait lui dire que Raymond Roussel l'ennuyait, il lui aurait parlé d'une manière un peu méprisante, comme lorsqu'elle avait jugé puérils *Les Champs magnétiques* de Breton et Soupault.

Il l'accompagnait dans les boutiques, l'emmenait aux puces de Montreuil, chinait avec elle chez les antiquaires du boulevard Voltaire, lui faisait découvrir les quelques brocanteurs qui subsistaient encore, vers le boulevard Richard-Lenoir. Il la conseillait et achetait lui-même des objets. Des cadeaux, disait-il.

Les journées de travail de Sébastienne étaient assez longues pour que Jo se sente libre. Elle assistait, en outre, à quelques réunions, un groupe d'experts socialistes, sa section du PS, une organisation de femmes. Elle avait trouvé un club de gym près de la République, elle n'allait tout de même pas retourner deux fois par semaine à Auteuil pour transpirer.

Cela convenait à Joseph, de la voir disparaître des journées entières. Il s'arrangeait toujours pour n'avoir pas d'horaires. Sans intégrer totalement l'agence de Jacques Croissac, il avait du travail en permanence. Les ministres étaient presque tous en quête d'image, on lui demandait de reprendre des textes, de participer à des réunions où l'on échafaudait des stratégies. De fait, il était devenu consultant. Il commençait à gagner assez bien sa vie, d'autant que, dans ces affaires-là, une partie des rémunérations était payée en espèces. Ce travail lui laissait assez de temps pour se consacrer à un projet plus personnel, la transformation de sa thèse en un roman historique, qui commencerait à la Dominique avec les amours d'un riche propriétaire et d'une esclave. Un roman-fleuve à la Dumas, sur Alexandre Dumas !

Rue des Vignoles, Sébastienne fut assez surprise de découvrir un jour par hasard de vieux numéros de *Paris-Turf* avec des annotations, des chevaux soulignés, des combinaisons de chiffres inscrites en marge. Il jouait ? En bonne économiste, elle avait une théorie sur le sujet. Mathématiquement, il était impossible de gagner, si l'on tenait compte du prélèvement et de la masse d'enjeux automatiquement récupérée par les meilleurs connaisseurs des courses, c'est-à-dire les propriétaires et les entraîneurs. Joseph admira sa science, prétendit être un joueur dilettante, par plaisir, ce qui ne la gênait nullement. Elle ne l'imaginait pas capable d'atteindre les limites extrêmes du jeu. C'était comme en toute chose : une parfaite machine intellectuelle, capable de bâtir une théorie générale, de décrire l'économie du jeu, mais elle était persuadée que cette économie se fondait sur la crédulité de pauvres gens. Elle était d'ailleurs fort choquée de voir un gouvernement de gauche développer les jeux de hasard, elle comprenait fort bien, par profession, que l'État cherche de l'argent, mais la méthode lui semblait détestable. Comment pouvait-il lui parler de ce plaisir… Jamais l'argent gagné en travaillant, même celui qui lui venait désormais assez facilement, ne procurait autant de joie qu'un trio payé aux guichets de Vincennes, lui répliquait-il. Les pertes du joueur ne sont pas aussi douloureuses qu'on se l'imagine ! Il s'était mis souvent dans des situations impossibles. Interdit bancaire, loyers impayés, sans parler de l'ardoise qui s'allongeait chez Ahmed.

Il n'osait pas lui avouer qu'il était dans cette panade quelques jours avant de la rencontrer. Depuis, il se contentait de petits jeux.

Il se garda de parler du turf mais, puisqu'il était question d'argent, il en profita pour lui dire en quoi il leur était totalement impossible de vivre sous le même toit.

— Je ne peux pas m'installer dans ton appartement… je n'ai rien… je vis au jour le jour. En ce moment, ce n'est pas mal. Mais demain… je ne sais pas si je peux tenir longtemps comme consultant en communication.

— Cela n'a aucune importance, tu feras autre chose. Tu as tellement de possibilités !

— Toi… tu es une banquière… Tu peux aller voir, à l'agence Nation de ta banque… Demande-leur ce qu'ils pensent de moi !

— Je n'ai pas besoin de leur demander. Tu es forcément l'ennemi, pour eux, parce que tu t'en contrefous. Tu ne les écoutes même pas, tu ne leur parles pas…

— Comment le sais-tu ?

— Je te vois, je le sais. Tu ne comptes pas. Tu ne regardes pas les prix avant d'entrer dans un restaurant. Et tes relevés de compte sont entassés sur ta table, en désordre, parfois tu ne les ouvres même pas…

— La messe est dite… nous ne pouvons pas…

Elle le fit taire. Il avait quelque chose d'enfantin, disait-elle tendrement, il savait, lui, qu'il était délibérément infantile. Il était joueur comme un gamin, pour se construire un univers qui défiait la réalité. Ce n'était pas seulement le champ de course, le multicolore ou le poker. C'était une roulette permanente, une manière de jongler comme s'il se situait à l'extérieur de l'échelle sociale. Il ne mesurait ses revenus qu'une fois par an, en remplissant sa déclaration fiscale, et n'avait jamais songé à mettre un franc de côté. Au jour le jour, vraiment, au sens propre ! Et depuis quelques mois, il passait le plus clair de son temps avec une spécialiste des prévisions financières !

Sébastienne espérait avoir touché la dernière ligne de résistance. Une barrière solide, épaisse, qu'elle contournerait s'il était impossible de l'enfoncer. Lorsqu'elle emménagea, enfin, dans le loft, il l'aida très naturellement à s'installer, il restait pour la nuit, bien sûr. Il feignait d'ignorer une vaste pièce qui demeurait vide.

Le premier dimanche, ils firent le marché, boulevard Richard-Lenoir, Joseph voulait essayer la cuisine et montrer ses talents. Il ne retournait rue des Vignoles que par nécessité, pour se changer, prendre son courrier et écouter ses messages. Mais il refusait obstinément d'abandonner son antre.

Ils vivaient ensemble, à temps partiel. Lorsqu'elle recevait des amis, il se comportait parfois en maître de maison, mais, à d'autres moments, il se repliait chez lui, refusant tout contact avec les golden boys et autres adeptes d'une religion de la réussite sociale qui le laissait totalement agnostique.

Pour lui, Sébastienne n'avait pas quitté les beaux quartiers, elle formait la tête de pont d'un mouvement qui les déplaçait, de l'autre côté de la République. Les bourges avaient déjà conquis le IIIe arrondissement, ils installaient leurs premières colonies dans le XIe. Un jour, ils pousseraient jusqu'à Montreuil.

Saint-Philippe-du-Roule

La découverte tardive de sa paternité bouleversait l'existence de Joseph. Sans rien avouer au gamin, Sarah l'avait installé dans un rôle qui s'apparentait à celui de parrain de Benjamin. Il allait régulièrement chercher son filleul, le mercredi à midi, à la sortie du lycée huppé qu'il fréquentait, l'école bilingue du Parc-Monceau. En descendant le faubourg Saint-Honoré pour gagner la station Saint-Philippe-du-Roule, histoire d'emmener Benjamin vers les quartiers est dont il ignorait tout, Joseph fut surpris de découvrir que l'on pouvait avoir treize ans et n'avoir jamais pris le métro tout seul.

C'était une des règles de la vie protégée des élèves du Parc-Monceau, il y avait aux heures de sortie une ronde de bagnoles haut de gamme dont certaines portaient les plaques vertes du corps diplomatique. Alfred et Sarah ne dérogeaient pas à cette règle, ils se déplaçaient l'un comme l'autre en voiture, même pour de petites distances. Au moins Alfred avait-il le bon goût d'échapper à la déferlante des automobiles de l'Axe, allemandes et japonaises ! Pour la plus grande joie de Joseph, il se moquait avec une ironie froide de l'engouement grandissant des commerçants juifs du Sentier pour les Mercedes et les BMW. « C'est la chevauchée des Walkyries », disait Alfred lorsqu'il voyait, devant l'école, des voitures allemandes conduites par des juives tunisiennes enrichies et teintes en blond. Il circulait, lui, à bord d'une Jaguar d'un modèle un peu ancien, parfaitement entretenue par un petit garagiste de Passy. Quoique juive d'Afrique du Nord, Sarah n'avait pas eu le droit de craquer pour une Volkswagen décapotable, son mari lui avait offert une des dernières 2 CV sorties de chez Citroën, ce qui était devenu très tendance. Une voiture avec un capot, disait Alfred, et non pas une voiture de kapo !

Joseph avait fait remarquer que, depuis La Muette, Benjamin pouvait parfaitement se rendre à l'école du Parc-Monceau sans avoir à changer, il lui suffisait de descendre à Saint-Philippe-du-Roule, de longer le faubourg Saint-Honoré, de bifurquer dans l'avenue Hoche et de la suivre jusqu'à son extrémité.

Il empruntait lui-même ce chemin lorsqu'il venait le chercher, en partant de Buzenval ou de Saint-Ambroise. Il y avait, certes, d'autres itinéraires possibles. Changer à Nation, prendre la direction Porte-Dauphine par Barbès-Rochechouart, pour atteindre Courcelles, la station la plus proche de l'entrée sud du parc où se trouvait l'école. Le trajet lui semblait interminable, au long des anciennes barrières du Paris napoléonien, ces lignes dérisoires qui n'avaient pas arrêté les cosaques. Au surplus, cette ligne se fait aérienne de Jaurès à Anvers, anomalie que Joseph jugeait insupportable.

Il n'aimait pas davantage gagner Étoile par les longs couloirs du RER à Nation ou à Auber, via Havre-Caumartin, ou même par la ligne Vincennes-Neuilly, qui croise Montreuil/Pont-de-Sèvres à Nation et à Franklin-Roosevelt. Et encore fallait-il descendre la totalité de l'avenue Hoche, artère cossue et ennuyeuse, qui ne méritait pas de porter le nom de ce fils de palefrenier qui empêcha les Anglais de débarquer à Dunkerque, et remporta ensuite assez de victoires à la tête de l'armée de la

Moselle pour s'attirer la jalousie du triste Pichegru qui le fit déclarer suspect au plus fort de la Terreur.

L'avenue Hoche n'offrait qu'un seul intérêt, elle permettait à Joseph de constater le peu de cas que l'on faisait de l'histoire dans les meilleurs lycées. Benjamin avait à peine entendu prononcer le nom de Hoche ! En l'interrogeant, Joseph découvrit un jour avec effroi que l'enseignement ne traitait plus la Révolution française comme un moment de gloire inoubliable, et que l'on passait plus de temps à justifier les Chouans qu'à glorifier les Volontaires. Il était bien décidé à corriger l'éducation de Benjamin sur ce point essentiel.

— Essaie d'imaginer…, lui disait-il. À ton âge, Hoche est apprenti aux écuries des régiments du roi. Caporal en 1789 ! Et c'est lui qui fait échouer les plans du comte de Provence, en piégeant les émigrés qui débarquent à Quiberon, espérant prendre la tête d'une armée de Chouans !

Les mots changeaient de sens. Un mercredi, en menant Benjamin vers le métro, Joseph découvrit deux calicots accrochés au fronton de l'église Saint-Philippe-du-Roule. L'agitation grimpait chez les partisans de l'école confessionnelle ! Ils se figuraient peut-être que Saint-Philippe-du-Roule était un de ces vestiges de la vieille France catholique quand ce n'était qu'un monument dédié à toutes les architectures rétros. On avait commencé par bâtir une sorte de basilique gréco-romaine sous le dernier Louis Capet, et l'on avait agrandi l'église sous la monarchie de Juillet et sous le Second Empire, à l'époque où les bourgeois se faisaient construire des palais prétentieux sur la plaine Monceau. Le premier des deux slogans s'accordait parfaitement avec les sculptures lourdingues vantant la vraie religion : « Nous voulons Dieu dans nos écoles. »

Mais sur le second calicot, on avait eu le culot de recopier un vers de Paul Eluard : « J'écris ton nom, Liberté. »

Une centaine de parents des écoles confessionnelles manifestaient sur les marches. Plutôt que de passer son chemin, Joseph préféra saisir cette belle occasion de faire l'éducation politique de Benjamin.

— Les calotins redressent la tête ! lança Joseph, histoire de tester le gamin.

— Les quoi ?

— Les calotins ! Un mot oublié, même chez les socialos, petit… Quand Tonton a été élu, ils ont fait publier sa photo en communiant, suivie par les belles images de son mariage à l'église avec tatie Danielle. Et il nous a collé Delors, un socialo de bénitier ! Moi, pour que j'aille voir des bondieuseries de près, il a fallu que Sarah m'invite à ta bar-mitsva. Mais regarde-moi ces connards !

Une femme assez jeune, portant une jupe-culotte et un manteau trois-quarts assez affligeant, tendit un tract à Joseph. C'était un véritable appel à l'insurrection, les socialistes voulaient détruire la liberté de l'école, de Bretagne, d'Anjou ou de Vendée, les parents étaient venus alerter les Parisiens ! Et le tract se terminait par cette même citation de Paul Eluard : « J'écris ton nom, Liberté. »

— Dites-moi, madame, demanda Joseph en montrant le slogan, pourquoi citez-vous un poète communiste ?

— Communiste ? Ce n'est tout de même pas un communiste qui a pu écrire « J'écris ton nom, Liberté » !

— Paul Eluard… En fait, « j'écris ton nom » ponctue chaque strophe, et ce nom qui apparaît à la fin est « Liberté ». Eluard a aussi écrit des poèmes d'amour très sensuels. Et, hélas, une ode à Staline. « Et mille et mille frères ont porté Karl Marx / Et mille et mille frères ont porté Lénine / Et Staline parmi nous est vivant pour toujours… » Dans ces conditions, il me semble que Paul Eluard est un peu déplacé dans vos tracts !

Un peu décontenancée, la jeune femme cherchait à

répondre avec une fougue militante qui amusait beaucoup Joseph.

— C'est peut-être une erreur, dit-elle. Mais vous vous rendez compte de ce qui se passe ! On veut imposer à nos enfants une école unique ! On commence par l'école et, demain, ils s'en prendront aux églises !

— Si seulement vous disiez vrai ! soupira Joseph. Quand je vous vois, j'ai envie de chanter : « Ni Dieu ni maître, nom de Dieu, mon nom est Père Duchesne ! »

Joseph voyait s'approcher deux types en trench-coat verdâtre, manifestement prêts à châtier l'impie par la roue et le bûcher.

— Oh ! Les beaux démocrates ! hurla-t-il, histoire d'ameuter les passants et de ne pas se laisser coincer.

Puis il murmura à l'oreille de Benjamin :

— Ça va être le moment de filer, suis-moi sans discuter !

Et comme les deux défenseurs de la liberté n'étaient plus qu'à un mètre de lui, il vociféra :

— Quoi ! On ose me dire « Barre-toi youpin » ? En pleine rue ?

— Mais, répondit un des deux combattants de la foi, je n'ai rien dit !

— Pas toi ! Ton copain ! Tu es sourd en plus ?

Un attroupement de passants et de manifestants se formait, les deux types se regardèrent l'un l'autre, ce qui permit à Joseph de pousser doucement Benjamin dans la petite foule et de s'éclipser avec lui, par la bouche de métro située sur le terre-plein central du carrefour que forment la rue La Boétie, l'avenue Franklin-Roosevelt et la rue du Faubourg-Saint-Honoré.

— T'exagères, protesta Benjamin lorsqu'ils parvinrent sur le quai, direction Montreuil, il ne t'a pas traité de youpin !

— Oh… Il l'a pensé tellement fort ! Ce sont des

fachos, venus soutenir ce qu'il y a de pire dans l'Église ! L'école des curés… Je trouve, moi, que les socialistes ne vont pas assez loin. Il faudrait vraiment la faire, cette école unique, la même pour tous !

— Mais, Joseph, mes parents m'ont mis dans une école privée !

Joseph réalisa qu'il passait de longues heures à plancher, avec Sarah et Croissac, sur la meilleure manière de contrer la vague montante des partisans de l'école libre, sans avoir jamais osé contesté les choix scolaires que l'on avait faits pour Benjamin. Il n'était, certes, pas très bien placé pour le faire. Cette étrange paternité était tombée sur ses épaules en même temps qu'une cérémonie religieuse. Il se retrouvait avec un fils qui ne devait pas connaître leurs liens véritables, et qui recevait une bonne formation bourgeoise en même temps qu'une éducation juive.

— En vérité, Benjamin, tes parents pensent qu'il est indispensable d'être bilingue, c'est pour ça que tu es dans le privé. Moi, je n'ai pas eu besoin de l'école pour passer d'une langue à l'autre. À la maison, on parlait le yiddish et l'allemand, autant que le français. C'était une tour de Babel ! Avec certains camarades, mon père parlait en polonais… Et puis, dans les rues du quartier, on entendait de l'italien, de l'espagnol et même de l'arabe !

— Il devait y avoir de sacrés problèmes de communication !

Comme il parlait bien, ce petit ! Un bon élève, un héritier qui captait les conversations du salon familial. Des problèmes de communication ! Mais la langue des barrières faisait sauter toutes les barrières de la langue !

— On jaspinait le blaze, loupiot, on larpait le verlan, le javanais et des tas de trucs !

Il était temps de le sortir de Passy et de Monceau, ce gamin. Il suffisait de suivre la ligne, de le balader le plus loin possible, au-delà de Saint-Augustin, où le boulevard Malesherbes formait une ligne de démarcation. Là, le populo commençait à s'agiter, même si ses quartiers commençaient plus loin, du côté de la République.

— À partir de République, je me sens chez moi, proclama Joseph. Au-dessus de nos têtes, c'est le boulevard Voltaire. Et, par les temps qui courent, Voltaire est redevenu subversif.

Et Joseph de raconter l'histoire du chevalier de La Barre, torturé à mort pour avoir refusé de se découvrir devant une procession. Écolier des années cinquante, il avait reçu l'enseignement des derniers hussards noirs et il mesurait la distance qui le séparait de Benjamin, élevé dans une école douce, totalement amnésique des combats fondateurs. Il était pétri de bons sentiments, Benjamin, on lui avait appris que la violence était une bien vilaine chose, qu'il fallait comprendre et respecter les coutumes de chacun. Il ne comprenait pas la colère de Joseph contre ces gens qui réclamaient la liberté de choix à l'école. Toute une éducation à refaire !

Le métro s'enfonçait vers l'est, vers ce monde qu'il était urgent de faire découvrir à ce garçon trop bien élevé. Il n'avait jamais joué dans la rue, Benjamin, comme Joseph, jadis, entre la Plaine et les Maraîchers. Ses loisirs étaient soigneusement encadrés. Piano, tennis, leçons d'hébreu et patinoire Molitor. Sarah l'accompagnait partout, elle avait mis fin à sa vie d'aventurière pour se découvrir un vrai tempérament de mère juive.

Boulets-Montreuil

Pour commencer le voyage initiatique de Benjamin, Joseph choisit une station au début de son territoire. Boulets-Montreuil, dernier arrêt avant la Nation. Dans le couloir, avant la sortie, une vieille clocharde jouait *La Marche des anges*, version Charles Aznavour, sur un pipeau d'enfant. Joseph se fendit d'une pièce, geste que Benjamin imita aussitôt, sur son argent de poche, non sans remarquer que la pauvre femme jouait faux.

La visite guidée du Paris Canaille commença dès qu'ils sortirent à la surface, sur le boulevard Voltaire.

— Ici, remarqua Joseph, il y a, outre le boulevard, une rue Voltaire et une cité Voltaire ! Il y avait même une place, au milieu du boulevard, mais on l'a refilée à Léon Blum, qui méritait bien ça.

Joseph manqua de s'étrangler en découvrant que Benjamin avait appris, dans une séance d'éveil à l'histoire contemporaine, que la France insouciante des congés payés de 1936 ne s'était pas préparée à la guerre. Il pesta contre ces bourgeois qui ne s'étaient jamais remis des deux semaines de congés concédés aux salopards en casquette, et qui se défaussaient d'une défaite, divine surprise pour qui préférait Hitler au Front populaire. Puis il passa à la visite de l'étonnant triangle situé entre la rue des Boulets et le faubourg Saint-Antoine.

L'ancien quartier des barrières de Charonne et du

Père-Lachaise avait été celui des guinguettes et des bordels, quand les aristos venaient s'encanailler au bout de Paris. Les maisons y ont d'abord poussé en désordre, dans le dédale des cours et des passages, les taudis ouvriers et les ateliers remplaçant peu à peu les lieux de plaisir et de débauche. Les immeubles élevés n'ont été édifiés là qu'au XXe siècle, inspirés par les principes de Charles Fourier, avec des rues entières pour le travail et d'autres pour l'habitat, le tout formant un phalanstère pour familles ouvrières.

Mais il y avait encore, sous l'Occupation, assez d'îlots impénétrables pour cacher les premiers noyaux de la résistance urbaine. Ceux de la MOI, ces francs-tireurs dont Joseph voulait absolument raconter l'histoire à Benjamin, sans pouvoir lui dire que ses grands-parents, Eddy et Rosa, comptaient au nombre de ces héros, qu'ils retrouvaient dans ces ruelles ces hommes dont les portraits figuraient sur l'Affiche rouge. Connaissait-il le poème d'Aragon ? Tout de même, il le connaissait, Alfred Hirsch aimait Léo Ferré, il avait une belle voix et chantait *Avec le temps* en s'accompagnant au piano. C'était cette belle voix qui avait sauvé Alfred, au camp. Un SS mélomane l'avait repéré, il l'obligeait à chanter des lieder qui résonnaient sous les voûtes de l'usine souterraine d'Hermann Goering. L'histoire d'Alfred ne cessait de croiser celle de Joseph et de sa mère, mais les barrières sociales abolies dans l'effroyable mêlée du camp s'étaient reconstituées dès le retour. Alfred avait pu emmener Benjamin dans les îles grecques, il l'avait promené à travers les États-Unis, ils avaient suivi en famille le chemin de leurs ancêtres, de la mer Rouge à Jérusalem, mais le gamin ne connaissait pas le quartier Charonne, pourtant relié à la Muette par un métro direct.

En 1984, les passages qui menaient du boulevard Voltaire à l'avenue de Bouvines et au boulevard de Charonne n'étaient pas encore tous verrouillés. Il restait encore quelques ateliers, des imprimeries et des immeubles aux façades lépreuses, même si les taudis avaient à peu près disparu de la rue de Montreuil et de la rue des Boulets.

— On méconnaît le XIe arrondissement, expliqua Joseph, heureux de trouver en Benjamin un auditeur. C'est au gymnase Japy, en 1899, qu'un congrès socialiste a adopté *L'Internationale* comme hymne. Pendant la guerre, Marcel Rayman se cachait par ici, Rosa était chargée de faire la liaison avec la planque de Rol-Tanguy, de l'autre côté de la Nation, dans le XIIe, avenue de Saint-Mandé.

L'âge du père officiel de Benjamin faisait de lui un gamin à part, directement au contact de l'histoire ancienne, de ce qui, aux yeux de ses camarades de classe, remontait à la nuit des temps. Et il se retrouvait avec un parrain surgissant brusquement de cette même histoire pour l'emmener dans des quartiers inconnus. Benjamin était frappé par la saleté de certaines cours, mais ce n'était rien en regard de ce que Joseph avait connu dans les années cinquante.

— Ici, c'était le paradis du gaspard ! dit Joseph, en passant dans une courette qui rejoignait la rue Neuve-des-Boulets.

— Quel gaspard ?

— Le gaspard est un sale petit rongeur, en français ça s'appelle un rat ! À l'époque, quand quelqu'un disait « ce quartier est plein de rats », tu pouvais lui mettre directement ton poing dans la gueule, pour ces fumiers de fachos, ça voulait dire Arabes. Alors, pour les rongeurs, gaspard, ça évite la confusion. Mais… si j't'apprends à jaspiner le titi, ça va défriser ta matouze ! Une thune que t'entraves que nibe à cette tchatche, nippé comme t'es… T'as les crocs, non ? On va se dégotter un rade !

On n'était pas très loin de l'ancien Brunin, cinéma disparu où Joseph avait pu voir, jadis, *Mon oncle*. Il commença donc par imiter le héros de Jacques Tati et, bien que ce ne fût pas la saison, il regretta la disparition de la Foire du Trône, endroit épatant pour composer un menu diététique, saucisses frites, nougat et cochon de pain d'épice. Heureusement, on trouvait encore, dans la rue de Montreuil, un authentique bougnat qui ne vendait certes plus de bois ni de charbon, mais qui servait toujours des nourritures substantielles, lourdes et grasses à souhait.

— J'espère que ton rabbin ne t'a pas converti à la casherout ! dit Joseph en poussant la porte.

— Il a bien essayé, rétorqua Benjamin, mais j'aime trop les crêpes jambon-fromage ! Surtout à Quiberon, pendant que maman soigne sa ligne à la thalasso !

De fait, Benjamin était soumis à des règles alimentaires bien plus contraignantes que celles des anciennes religions. Diététique, équilibre, hygiène, Sarah avait été gagnée par la vague de terreur qui déferlait dans les pays riches. Peur du cancer, de la graisse, de la pollution. Elle s'infligeait des régimes et se contraignait, comme Sébastienne, à des séances de torture en salle de gym. Elle veillait sur les nourritures de son fils et sur les activités assurant son développement physique. L'homme occidental des dernières années du XXe siècle cherchait les moyens de se rendre indestructible. La nouvelle maladie qui se propageait obligeait à la prudence jusque dans les rapports sexuels. On venait tout juste de découvrir que cette saloperie n'était pas réservée aux pédés et aux camés.

Depuis longtemps déjà, la santé assurait les ventes des magazines féminins, elle s'installait en couverture des grands hebdomadaires et prenait de plus en plus de place dans les quotidiens. Joseph persistait dans son refus de cette nouvelle version de l'homme nouveau, dosant ses sucres et ses graisses, veillant au bon fonctionnement de ses muscles. Passe pour la protection des amours de passage ! Pour le reste, il refusait de se plier à la moindre règle, entretenant ses insomnies à grand renfort de café sucré et de cigarettes. Il appréciait les bonnes tables, pour le décor et la sensation de luxe plus que pour la gastronomie. Mais les œuvres des meilleurs chefs ne lui procuraient jamais autant de plaisir que les spécialités du bougnat de la rue de Montreuil. À commencer par les harengs saurs ruisselants d'huile, servis dans un plat où l'on pouvait puiser à volonté, en tapant simultanément dans un énorme saladier de pommes de terre aux oignons crus. Avec une andouillette frites, pour suivre.

Il arrivait à temps dans la vie de Benjamin ! Le gamin découvrit le jambon persillé et la toulouse garnie d'une véritable purée de patates écrasées. Il s'amusa de voir Joseph reprendre quatre fois du hareng et descendre la bouteille de côtes-du-rhône facturée au compteur. Et c'était bien la première fois que le gosse buvait du château-lapompe, cuvée Chirac, réélu maire de Paris avec la majorité dans les vingt arrondissements. Sarah, bien sûr, choisissait soigneusement ses eaux minérales, en fonction des taux de magnésium et des chlorures divers.

La ressemblance entre Benjamin et Joseph ne pouvait échapper à la matrone qui servait en vociférant ses commandes à travers le passe-plat et en griffonnant sur la nappe de papier maculée de graisse.

— Et le fiston, il prend un dessert ? J'ai un clafoutis maison ! ça marche ? Et le dabe, il en veut ? Non café ? Avec une vieille prune ? Mais si…

En écho, la voix du patron insista depuis le comptoir.

— Hé ! C'est pas un truc de tarlouze, ma prune ! Tiens… j'en prends une avec toi, pour pas te laisser boire en juif !

Une ombre passa sur le visage de Benjamin.

— Tu ne dis rien ? demanda-t-il à voix basse.

— Jadis, je réagissais quand on me disait : « Alors, on boit en juif ? » Mais, c'est une expression populaire. Rien de méchant ! Il ne pense pas à ce qu'il dit, fiston !

Joseph n'y avait pas pensé non plus, en appelant Benjamin fiston. Le gamin qui, jusque-là, s'amusait d'être pris pour le fils de Joseph, s'inquiéta de la ressemblance si vite décelée par la serveuse.

— N'empêche... Ils trouvent qu'on se ressemble ! À cause du nez ? Des lèvres ? Et toi... on te dit tu bois en juif ! Et puis... tarlouze, c'est quoi ?

Mieux valait éviter la question de la ressemblance, Joseph s'en tira aisément, en réagissant à ces mots familiers qui paraissaient si monstrueux, vus de la Muette ou de la plaine Monceau.

— Oh, tarlouze... d'accord, c'est un vieux clicheton contre les pédés ! Là-dessus, les gens du coin ne sont pas très tolérants. Ils ont fait démonter toutes les pissotières à cause de ça. À cause des loubards, aussi. Leur jeu préféré, c'était de piéger les pédés dans les vespasiennes pour leur rétamer la gueule. De vraies parties de chasse ! Les flics ne s'en mêlaient pas, ils continuaient à insulter ces pauvres gars en les amenant aux urgences de Saint-Antoine !

— C'est dégueulasse ! Mais toi aussi tu dis « pédé ». On dit « homosexuel » !

— On dit ce qu'on veut... J'ai poussé dans ce quartier ! Donc, je dis gonzesses pour les filles, pédés pour les... pédés !

— C'est péjoratif... et si on te dit youpin ?

— Ça dépend ! Quand c'est sérieux, ça vaut quelques tartes dans la gueule. En rigolant, ça passe, comme boire en juif ! Toi... à Passy tu es protégé des mots. Tu croises des gens très polis, ils n'emploient jamais les mots « bicot », « tarlouze » ou « youtre » ! Est-ce que tu sais ce qu'ils ont dans le crâne ? Et leur pognon est souvent assez crade. Ah, ils ne diront jamais qu'ils ont balancé des youpins ! Ils se sont contentés de récupérer des entreprises israélites, parce qu'il fallait bien vivre… Je préfère encore les gens qui parlent des youpins, au moins c'est clair ! Quand un bourge d'un certain âge emploie le mot « israélite », moi je vois la francisque à son revers !

Face à Benjamin, Joseph forçait instinctivement son accent de titi, comme il le faisait avec Sébastienne. Une protection contre l'émotion, une manière de se préserver. La vieille prune était aussi un excellent remède contre l'angoisse et, puisque la première était offerte, il n'allait pas conforter les préjugés du patron en s'éclipsant sans payer sa tournée.

Joseph emmena de nouveau Benjamin dans le dédale des ruelles par le passage Turquetil d'abord, et, par deux cours privées, au prix de l'escalade d'un petit mur, jusqu'à la rue Alexandre-Dumas.

Le môme était une perle rare dans sa génération, il aimait lire, mais il pensait que *Le Comte de Monte-Cristo*, tout de même, ce n'était plus de son âge. Cette histoire de vengeance le laissait mal à l'aise.

— On voit que tu n'as pas souffert de l'injustice ! soupira Joseph.

— Et toi ? Tu as vraiment…

— Non, ricana-t-il. Pas directement, je l'avoue. Rien ne m'empêchait de suivre une autre voie, de devenir un bon petit cadre… de faire du fric ! Et je peux encore… Mais l'idée de la vengeance a été essentielle dans ma vie.

Benjamin n'était pas certain de comprendre. La colère qui habitait Alfred Hirsch ne se muait jamais en désir de vengeance. Question de classe, pensait Joseph. En rentrant, Hirsch s'était battu pour récupérer sa fortune, il avait poursuivi directement les profiteurs de guerre. Rosa avait dû s'atteler à la machine à coudre, Joseph regardait son bras tatoué quand elle poussait le tissu sous l'aiguille.

Adolescent dans ces rues où l'on croisait toujours des ouvriers en bleu de chauffe, où la gamelle était un objet courant, bien en vue chez les marchands de couleurs et les quincailliers, l'injustice semblait évidente. Maintenant que le travail disparaissait de Paris, le temps des ouvriers passait pour un âge d'or.

De quoi était-il nostalgique, Joseph ? Des taudis, des impasses puantes où couraient les gaspards, de ces ateliers qui défiaient toutes les normes de sécurité ? Beaucoup de machines, déjà, s'étaient tues, dans la cité de l'Industrie et, un peu plus loin, dans la rue des Immeubles-Industriels. Les deux usines des Chocolats Suchard avaient fermé, rue Mercœur et boulevard Richard-Lenoir. Une imprimerie de labeur vivotait encore, rue Léon-Frot, avec ses linotypes et sa presse offset, elle dégageait une odeur d'encre et de plomb.

— Ça doit être terrible de travailler là-dedans, s'indigna Benjamin.

— Si tu savais comme elle me manque, cette odeur, dans les bureaux des magazines, dans les ateliers de graphisme et les agences du pub. Les mots ne coulent plus dans le plomb et les presses tournent loin de nous, en Normandie, à Yvetot ou je ne sais où !

— Le monde change, tu ne vas pas nous jouer les papys, à ton âge ! Ce serait bien de supprimer toutes les tâches pénibles, si les gens avaient des choses à faire !

Benjamin réagissait avec une maturité qui surprenait Joseph. Le môme s'étonnait de trouver tant de nostalgie chez un homme nettement plus jeune que le père qui l'avait élevé. Ses idées paraissaient très élaborées, même si nombre d'entre elles provenaient, à l'évidence, d'un contact très récent avec la version new-yorkaise du progressisme. Joseph manquait de repères, il n'avait guère fréquenté d'adolescents depuis l'époque des petits boulots d'étudiant, surveillant de cantine et d'étude, moniteur de colonies de vacances. Mais c'était avant la naissance de Benjamin !

S'il lui parlait tant du quartier, des prolos, de cette guerre dont il était né, des anciens combats, c'était pour rattraper ces années au long desquelles un petit homme avait poussé sans qu'il le sache. Lui qui avait toujours refusé d'engendrer et qui avait quitté plus d'une gonzesse avant qu'on ne se mêle de lui coller une descendance.

Michel-Ange-Auteuil

— Pourquoi as-tu déménagé ?

Joseph pestait, en plaisantant à peine, sur le quai du métro Saint-Ambroise. L'ancien appartement de Sébastienne était tout proche de l'hippodrome d'Auteuil ! Mais elle avait voulu s'encanailler en s'installant dans un quartier populaire, et ils devaient traverser toute la ville un dimanche pour assister au premier engagement de Jasmine, une pouliche d'Alfred Hirsch.

L'écurie de courses des Hirsch avait connu ses heures de gloire, entre les deux guerres, en même temps que la galerie d'art. Elle avait été confisquée et placée sous administrateur aryen, comme toutes les entreprises juives, en 1941. Après la guerre, Alfred avait dû batailler pour récupérer la demeure et les haras que son père possédait, près de Thiron-Gardais, dans le Perche, à quelques kilomètres d'Illiers-Combray, symbole d'un monde dont il était l'un des rares survivants. Depuis la révélation de Benjamin, Joseph s'était beaucoup rapproché d'Alfred, découvrant chaque jour ce qui les réunissait. Les Kaplan venaient des quartiers populaires juifs de Pologne, des rues misérables de Lodz, ils tiraient leur lourde charrette de chiffonniers quand les Hirsch, avec leur demeure dans le Perche et leur hôtel particulier à Passy, fréquentaient la haute société israélite de Paris, comme la maman du petit Marcel. Pourtant, les cendres de la famille Hirsch et de la famille Kaplan étaient à jamais mêlées dans la terre d'Auschwitz. Et les hasards de la vie avaient voulu que Benjamin Hirsch fût, en fait, un Kaplan.

Après avoir relevé la galerie d'art et récupéré la collection, Alfred avait voulu reprendre son rang à la Société d'encouragement de la race chevaline. Il avait ressuscité la casaque des Hirsch, les couleurs que son grand-père avait jadis choisies, avec une dominante de vert et des liserés d'argent.

Ce dimanche-là, Jasmine, pouliche de quatre ans, se présentait au départ d'une course d'obstacles sur le champ d'Auteuil. Elle avait obtenu d'excellents résultats en province, mais elle affrontait un lot difficile et n'était guère avantagée par sa position, la huitième en partant de la corde. Mais Hirsch comptait beaucoup sur le jockey qui avait accepté de porter ses couleurs, Freddy Hoche, qui ne descendait pas du héros des guerres de Vendée, mais d'une lignée de cavaliers dont on ne comptait plus les cravaches d'or.

L'invitation à prendre place aux côtés des Hirsch, dans la tribune des propriétaires, avait contraint Joseph à se dévoiler un peu plus. De son éducation, Sébastienne avait gardé une aversion absolue pour les jeux d'argent. La désinvolture de Joseph l'angoissait.

Non seulement il se refusait à compter, à épargner, à placer, mais il flambait ! Il avait passé la soirée à étudier *Paris-Turf*, lui qui ne regardait jamais aucune compétition sportive et qui ne s'intéressait guère aux pages financières des journaux. Et il l'avait provoquée, en comptant devant elle le capital qu'il entendait faire fructifier à Auteuil. Mille francs par course et il y en avait sept.

— C'est malheureusement tout ce que je peux faire, précisa-t-il. Mais je devrais logiquement toucher sur la deuxième, ce qui me permettra de charger sur Jasmine dans la troisième.

— Tu comptes vraiment emmener tout ce que tu as de disponible !

— Il m'est arrivé de jouer beaucoup plus ! Et je n'étais pas encore consultant en communication… Qu'est-ce que je risque ? Même si je perds sept mille balles, désormais, j'ai un truc magique dans la poche pour tenir jusqu'à la fin du mois. Une carte bleue ! Avant, quand je plongeais, ma banque, c'était Ahmed.

Elle en avait pleuré, Sébastienne. Joseph dépensait sans compter. Il l'emmenait dans les meilleurs restaurants et, puisqu'il se considérait toujours comme un invité lorsqu'il venait chez elle, il arrivait avec des cadeaux. Des objets inutiles, des gravures et des dessins qu'il dénichait chez les brocs. Pour fêter l'installation rue Popincourt, il était allé à l'hôtel Drouot et était allé la chercher à deux pas de là, à la banque, portant un paquet, un petit rien, une bagatelle. Un bronze érotique, fin XIXe, sculpteur inconnu. Probablement une décoration de bordel ! Mais le cadeau qu'elle attendait, c'était lui. Elle avait laissé une grande pièce vide, assez vaste pour contenir ses livres, pour construire un espace qui serait le sien, près d'elle ! Il préférait toutefois payer tous les mois son loyer et elle avait regardé les quittances, elle n'avait pas fouillé, il laissait tout traîner, ce n'était pas donné, pour un rez-de-chaussée avec vue sur les poubelles !

— Jo… tu me donnes tout ce que je ne te demande pas… mais avec toi, on ne peut jamais faire de projets…

— Des projets ? Et pendant qu'on y est, je devrais aussi songer à mes vieux jours… Tu sais ce que j'en fais de mes vieux jours ?

Et il s'était servi un grand verre de scotch, tout en allumant la trentième cigarette de la journée. Elle essayait de le raisonner, comment pouvait-il voir la vie d'une manière si sombre ? Il prétendait l'aimer, c'était cela, pour lui, l'amour ?

— Bien sûr, répondit-il. Tu es le rêve !

— Je veux être, aussi, ta réalité.

— C'est joli, cela ressemble à des vers d'Aragon. « Qui donc a rendu leur couleur perdue… leur réalité à l'immensité des choses humaines… »

— On ne peut jamais parler sérieusement ?

— S'il te plaît… Laisse-moi oublier ce que tu es, toi… Une fille qui a les pieds sur terre, qui vient d'une famille qui possède des hectares de vigne du côté de Cognac, qui tient le négoce ostréicole. Toi qui crois leur échapper, en comptant sou par sou, en bonne petite Charentaise… Je te veux telle que je te rêve… hors du monde… belle… je suis là pour te faire oublier la réalité chaque nuit.

Il l'emportait toujours, elle s'en voulait de céder. Elle qui se battait sans cesse ! Comme toute femme amoureuse, elle aurait tant aimé le changer, le ramener à la vie. Mais elle finissait toujours par accepter d'entrer dans ses jeux.

— L'ennui, avoua-t-elle, c'est que je t'ai vraiment dans la peau.

L'amour, cette nuit-là, fut à la mesure de la tension qui l'avait précédé. Et elle se laissa faire, le matin, quand il l'habilla pour Auteuil, en fouillant dans sa garde-robe pour y dénicher des trésors insoupçonnés. Elle avait même un très joli chapeau, avec une voilette. Il voulait qu'elle mette ça ? Elle ne l'avait porté qu'une seule fois, au mariage de sa sœur !

— D'habitude, je vais dans les tribunes populaires… avec les Arabes, les blacks, les juifs du Sentier… C'est la première fois que je passe du côté des propriétaires, et je veux avoir une grande dame à mon bras ! Si je m'écoutais, je louerais un équipage !

Il jugea pourtant inutile d'appeler un taxi, puisque le métro était direct de Saint-Ambroise à Auteuil.

Sur le quai, Sébastienne se sentait un peu déplacée, avec son étole de vison et son chapeau à voilette. Joseph la trouvait vraiment parfaite. Il suffisait de descendre à Michel-Ange-Auteuil et de suivre la rue d'Auteuil pour atteindre l'hippodrome, en croisant au passage deux officiers de cavalerie, Exelmans et Murat.

La foule qui se présentait à l'entrée ne ressemblait en rien à l'idée que Sébastienne se faisait de ce champ de courses situé entre le bois de Boulogne et les quartiers bourgeois. Des nuées d'hommes seuls, venus de la Goutte-d'Or, de la Seine-Saint-Denis, du Sentier ou de Chinatown !

— Tu la vois, ta France multicolore ! ricana Jo. C'est la France du multicolore, oui ! ceux-là, tu ne les verras pas dans tes manifs, mais quand il y a du pognon à perdre, ils sont tous là !

Le préposé au contrôle regarda à peine leur invitation à prendre place au club des propriétaires. Il lui suffisait de voir Sébastienne pour savoir que ce couple-là ne payait pas le ticket d'entrée, celui qui comporte la mention « pesage », sans pour autant donner accès aux balances. Il y eut quelques sifflets lorsqu'ils dépassèrent la file d'attente du guichet. Jo essayait de presser le pas, regrettant d'avoir insisté pour que Sébastienne porte de jolis escarpins à talons hauts.

C'était trop tard, impossible de les éviter, les copains, hilares qui entraînaient toute une petite foule à siffler sur leur passage ! Un autre monde ! Jo confrontait rarement les femmes de sa vie avec ses camarades de courtines, de cartes et de multicolore. Belle compagnie de flambeurs, dont la plus belle figure était un ancien militant qui traînait une blessure d'histoire, parfaitement identique à celle qui ne cessait de brûler Jo. À force de propos ravageurs, il avait gagné le surnom de Ravachol et le portait avec une fierté amusée, tout en cultivant un mépris condescendant pour les anciens camarades qui rêvaient encore de poudre.

— Kaplan ! cria Ravachol. Tu pourrais tout de même présenter ton signe extérieur de richesse à tes amis !

— Je ne vous avais pas vus, bredouilla Jo, tandis que le cercle se refermait autour d'eux.

— Vous avez choisi le plus nul des anciens cocos ! lança Ravachol à Sébastienne. Comment peut-il avoir honte de vous au point de nous éviter ? J'espère, au moins, qu'il vous a parlé de son pote Ravachol ! Rav, il m'appelle Rav, d'ailleurs, moi qui suis un Gaulois pur porc ! Quasiment le seul Gaulois pur porc qui fréquente les tribunes populaires… parce que tout le reste…

— Rav, rétorqua Jo, cela veut dire rabbin et ça te va bien, tout Gaulois que tu es ! Il faut absolument que tu me fasses la morale ! Comme un vrai… rav ! Et tu vas nous faire louper la première…

— Une course de nazes, la première ! Huit partants, dont sept tas de viande qui vont se traîner derrière le fav' ! Ils peuvent lui donner sa prime dès le départ… Vous n'êtes pas propriétaire, madame ?

— Je m'appelle Sébastienne… je ne suis pas propriétaire, mais nous venons voir le cheval d'un ami…

— Alfred Hirsch, répliqua aussitôt Ravachol, c'est forcément Alfred Hirsch !

— Comment le sais-tu ? s'étonna Jo.

— C'est simple ! Tous les autres proprios sont des sangs bleus et des fins de races ! Excepté Hirsch et sa sainteté l'Agha Khan… Je ne te vois pas invité par un Khan… Si c'était un Kahn… peut-être… Donc, c'est Hirsch… Et tu sais quoi ?… Sa gonzesse mange dans la grosse gamelle des socialos, c'est dans tous les journaux… Et toi aussi, tu vas à la soupe, avec Giuseppe.

C'est pour ça qu'on ne te voit plus ! Profitez-en pendant qu'elle est grasse, ça ne va pas durer !

— Rav, viens plutôt avec nous, au lieu de délirer…

— Tu es un ami, Kaplan, je ne veux pas ruiner ta réputation auprès de tous les enfoirés nazes de socialos… ça va grouiller là-haut… Dès qu'il y a des canapés et du champagne, ils se précipitent !

— Je suis une enfoirée de socialiste ! dit sèchement Sébastienne.

— Oh, dit doucement Ravachol, vous, vous êtes la crème des gonzesses… Vous êtes pardonnée d'avance… Mais j'attends l'invitation de Monsieur Kaplan, je vous reverrai avec beaucoup de plaisir, sans cette bande de rats !… Il sait où me joindre… Et dites-lui de s'acheter des pompes ! Kaplan ! On reconnaît l'ancien coco à ses pompes !

— Qu'est-ce qu'elles ont, mes godasses ?

— C'est du Bata, ça ne va pas du tout avec ton costard, ta liquette et ta cravate de soie. Quand on se goinfre comme toi chez les socialos, on peut quand même se payer une bonne paire de chaussures anglaises.

Une voix tomba du haut-parleur, annonçant que les concurrents de la première se rendaient au rond de présentation. Ravachol sortit une liasse de sa poche et se faufila vers le guichet, tout en jurant, une nouvelle fois, que c'était une course d'escrocs, taillée pour le favori.

— Ne t'inquiète pas, murmura Jo, en entraînant Sébastienne vers le cercle des propriétaires, il aime gueuler, provoquer, mais c'est l'individu le plus généreux que je connaisse !

— J'en suis certaine ! souffla Sébastienne. Il a quelque chose d'émouvant, de profondément émouvant.

— Oh ! Je sais… Les femmes sont rarement insensibles quand il fait son numéro…

Dans le salon des propriétaires, la faune qui s'agitait autour de Sarah, Benjamin et Alfred Hirsch ressemblait bien à la description de Ravachol. Quelques patrons supposés de gauche, un conseiller de l'Élysée, deux députés socialistes et, bien sûr, Jacques Croissac, accompagné par un mannequin en vue. Pour la première fois, Joseph regarda les chaussures des hommes, il n'y avait jamais songé, aux croquenots, lui qui aimait, pourtant, se saper en bourgeois ! Il avait gardé l'habitude d'acheter ses fringues chez les amis de la famille, trouvant au prix de gros d'excellents costumes de pure laine et de superbes chemises de coton et même de popeline. Mais il n'y avait pas de chausseur dans l'entourage. Il n'en était tout de même pas aux mocassins Bata ! Jo était resté fidèle à un soldeur du marché de la porte de Montreuil qui vendait des godasses de cuir souple, assez confortables pour supporter les longues marches sur le macadam, mais rapidement indéfinissables quant à la forme et aux teintes.

La sonnerie annonça la clôture imminente des paris de la première. Mû par un automatisme, Jo se précipita vers le guichet et constata, une fois de plus, l'avarice des riches : au pavillon des propriétaires, la guérite mise de base était prise d'assaut, mais il n'y avait pas de file d'attente pour l'autre, réservée aux joueurs qui ne s'abaissaient pas à risquer moins de cinquante francs. Base à partir de laquelle Joseph composa un jumelé de couverture, incluant les favoris, un autre les excluant par principe, puis un pari simple, cinq fois gagnant et cinq fois placé, sur un cheval qui avait échappé de justesse à l'équarrissage.

Au passage de la première haie, on entendit des hurlements furieux et des insultes qui montaient des tribunes populaires. Le favori s'était montré fautif à l'obstacle, ce qui fit les affaires de Joseph, le tocard faisant quant à lui une course impeccable sous les huées du public. La réunion commençait bien. Une gagne à dix-huit contre un, une place à huit, un jumelé payé aux alentours de quatre-vingts, le tout multiplié par cinq, sur une base de cinquante.

— Je vois que les courses n'ont pas de secret pour toi, remarqua Croissac tandis que Joseph empochait quelques coupures de cinq cents francs. Il faudra qu'on en parle…

Croissac, lâchant un instant sa poupée longiligne, s'approcha de Joseph pour lui annoncer, sur le ton de la confidence, qu'il avait décroché le budget publicitaire du PMU.

— Si ça t'amuse, ajouta-t-il, je serais ravi de te faire plancher là-dessus !

Joseph sourit à l'idée de toucher, à coup sûr, l'argent du PMU.

Entre la première et la deuxième course, de nouveaux sifflements montèrent de l'hippodrome. Un cortège de Renault 25 se rangeait devant la tribune privée. Le président de la République faisait une visite à Auteuil à l'occasion du prix du Morvan, course d'obstacles pour mâles et femelles de trois ans et plus, totalisant un minimum de soixante-quinze mille francs de gains. C'était un de ces rendez-vous que le conseiller général de Château-Chinon ne manquait jamais : la course était sponsorisée par les hôteliers et restaurateurs du Morvan et, même si les plus fameux ne se trouvaient pas dans la partie du massif située dans le département de la Nièvre, tout ce qui était morvandiau appartenait à la légende mitterrandienne.

C'était la première fois que Joseph revoyait François Mitterrand en privé depuis son élection à la présidence de la République. Il avait eu l'occasion de rencontrer le premier secrétaire du PS dans les réunions unitaires d'autrefois et lorsqu'il fréquentait l'Assemblée en tant que journaliste politique de *L'Humanité*. Lorsqu'il apparut, coiffé de son légendaire chapeau, la petite cour délaissa aussitôt les guichets et les propriétaires. Jo en profita pour encaisser ses gains et faire le papier de la suivante, prix du Morvan, précisément. Il ne tenait pas à se retrouver en position de courtisan, mais Sébastienne vint le récupérer pour le présenter à son héros. Comme à son habitude, le président répondait évasivement aux propriétaires hippiques, inquiets d'une rumeur d'impôt nouveau sur les chevaux de course, et il cherchait à se rapprocher des plus belles femmes de l'assistance, Sarah et Sébastienne. Comme en politique, Mitterrand savait voir l'essentiel, son regard passait sans cesse du décolleté de Sarah aux longues jambes de Sébastienne. Par un de ces mouvements qui agitent les éléments d'une petite foule comme les particules d'un liquide, Joseph se retrouva tout près de Mitterrand, entraîné par Sébastienne, qui lui tenait le bras. Tout compagnon d'une jolie femme avait droit à une considération présidentielle quelque peu teintée de jalousie. Et, comme Bonaparte lorsqu'il se faisait présenter les notables d'une ville conquise, François Mitterrand avait un mot particulier pour chacun, laissant entendre qu'il ne perdait pas de vue ses activités et se souvenait de leur précédente conversation. Comme il était doté d'une mémoire exceptionnelle quoique fort sélective, le président donnait toujours l'impression d'improviser en amateur, au gré des souvenirs qui remontaient à la vue d'un visage connu.

Il félicita Sarah pour son fils, ce qui fit sursauter Joseph, il se montra très paternel avec Sébastienne, l'invitant à ne pas craindre l'adversité, lui montrant par là qu'il était attentif aux attaques dont elle était la cible.

— Je suis très heureux de vous retrouver, Kaplan !

Naturellement, François Mitterrand n'ignorait rien de la place que Joseph avait prise auprès de Croissac, il se souvenait fort bien de ses antécédents et il lui laissa entendre qu'il comptait utiliser plus directement l'expérience de l'ancien dirigeant communiste. Il ajouta qu'il y avait un temps pour tout, qu'on en reparlerait. Et il se retourna pour saluer un élu de Bourgogne, député de l'opposition et ancien ministre de Giscard, qui devait remettre le prix du Morvan au vainqueur de la course.

On donna le départ, Joseph vissa ses jumelles pour suivre les chevaux, le tourbillon provoqué par l'arrivée du président l'avait empêché de se concentrer sur le jeu, il avait mis l'essentiel sur un alezan manifestement fatigué qui en était encore à la rivière quand les premiers franchissaient le poteau. Le cheval vainqueur appartenait à l'Agha Khan et le président s'éloigna donc du petit cercle des bourgeois de gauche pour rejoindre l'altesse sérénissime aux contrôles de l'arrivée.

Joseph jeta rageusement ses tickets sans valeur, le geste fit rire Benjamin Hirsch.

— Tu veux venir voir ma jument ? demanda Benjamin.

Joseph ne se fit pas prier, il appréciait de plus en plus les moments de complicité avec ce fils tardivement découvert. Ils descendirent aux écuries entre hommes, avec Alfred.

On venait tout juste de seller Jasmine pour la mener aux balances, Hirsch présenta Joseph à l'entraîneur et au jockey, qui pestaient, comme de juste, contre les commissaires qui avaient porté à soixante kilos le handicap de la jument.

— Ça fait monter la cote, nota Joseph. Nous étions estimés à huit dans *Paris-Turf*, nous sommes à onze !

— C'est vexant, répondit Freddy Hoche. Mais elle était nerveuse en sortant du van, les bruits vont très vite ici. Nous serons à douze ou treize contre un. Mais je la sens bien. Je ferai au moins une place.

Joseph suivit tous les préparatifs avec Benjamin et Alfred, tendant l'oreille pour recueillir un maximum de rumeurs sur les concurrents. Mais en voyant Benjamin tenir la bride de Jasmine, il se dit qu'il ne pouvait jouer contre les couleurs de l'écurie Hirsch. Sarah et Sébastienne vinrent les rejoindre, pour accompagner Jasmine au rond de présentation. Il y eut, bien sûr, quelques sifflets adressés aux deux bourgeoises. C'était la première fois que Joseph se trouvait de ce côté de la barrière, face à cette foule dont il avait si souvent partagé les colères. Lorsque les chevaux se rendirent au départ, Sébastienne accompagna Joseph au guichet. Il s'amusa de la voir ouvrir son porte-monnaie et extraire péniblement un billet de cent francs. Sur son conseil, elle joua Jasmine à cheval. De son côté, il sortit de sa poche la liasse des gains de la première, mêlés à ce qui lui restait de la mise initiale. Cela faisait un très joli paquet.

— Tu ne vas pas tout jouer ! s'inquiéta Sébastienne.

— Tout… non ! Il reste trois courses après celle-là… Mais un cheval d'ami mérite un effort.

Joseph se tourna vers le guichetier pour faire ses jeux. Sébastienne s'étonna de sa nonchalance, il ne ressemblait pas à ces possédés des romans russes ou des films américains, en proie à de véritables fièvres au moment de jouer. Il annonçait calmement ses choix et le montant de ses mises, tout en manipulant les billets comme s'il s'agissait de menue monnaie.

— Jasmine, gagnante, placée… vous me la reprenez en champ réduit au jumelé, et au trio… Et… faites-moi aussi quelques combinés, cinq chevaux au jumelé, cinq au trio… On arrive à combien ? Dix mille en tout ? Parfait, on n'en jette plus !

Sébastienne, effarée, regarda les billets jaunes passer des mains de Joseph à celles du guichetier qui les fit disparaître dans la caisse.

— Et tu parles de la classe ouvrière ! s'exclama-t-elle. Mais tu viens de balancer trois fois le SMIC !

— Tu veux venir voir de l'autre côté, aux guichets populaires ? Là, tu sauras ce que les prolos balancent, eux ! Et… attends l'arrivée, ils auront fait des petits, mes biffetons !

Les chevaux avaient pris le départ et Freddy Hoche avait adroitement placé Jasmine, profitant de sa position au centre de la piste. La pouliche passait élégamment les obstacles, Freddy, visiblement, ne cherchait pas à prendre la tête trop tôt, comptant sur une pointe d'accélération entre le dernier saut et le poteau d'arrivée. Mais il y avait dans le lot d'autres bêtes de qualité, si bien qu'ils étaient six sur les dix-huit partants à se trouver en première ligne au moment d'affronter le « juge de paix », l'obstacle le plus élevé avant l'arrivée.

Jasmine aborda le plat final en quatrième position, Joseph, oubliant qu'il se trouvait dans la tribune du beau monde, à quelques mètres du président de la République, hurlait tout ce qu'il pouvait, Freddy, enlève-moi ça, droit à la caisse, petit. Mais, devant, un cheval creusait l'écart, Jasmine manquait d'élan et la victoire était hors de portée.

— Place-toi, petit, place-toi, vociféra Jo.

Dans un dernier effort, Jasmine parvint au poteau en même temps que deux autres concurrents. Elle manquait la deuxième place d'un nez. On entendit la sirène. Photo pour la troisième place ! Le suspense dura quelques minutes. Joseph transpirait. Il descendit aux arrivées, pour trouver Benjamin au bord des larmes.

— Ne t'en fais pas, p'tit gars… Même quatrième, elle fait une belle course.

Sébastienne, décomposée, voyait Joseph traiter avec désinvolture les dix mille balles qu'il avait engagées. Alfred et Sarah attendaient les conclusions de l'enquête avec l'entraîneur et le jockey. Le résultat arracha un cri de triomphe à Joseph. Troisième, c'était une place. Il ne perdait pas tout. Alfred Hirsch, lui, ne cachait pas sa déception.

— Pourquoi a-t-elle manqué d'élan dans la ligne droite finale ? demanda-t-il au jockey. Elle avait magnifiquement sauté !

— Regardez, monsieur Hirsch, répondit Freddy Hoche, vous avez l'explication !

Jasmine, dessellée et couverte de son plaid, refusait d'avancer vers l'écurie, le lad tirait en pure perte sur la bride.

— Laisse-la faire ! cria l'entraîneur.

Jasmine répandit des litres d'urine sur le chemin des écuries. Joseph éclata de rire.

— À quoi tient le pognon ! Si cette jument avait pissé avant la course, je touchais la gagne, au lieu d'une petite place ! Heureusement, je me suis couvert avec plusieurs combinaisons sur le jumelé et le trio !

— S'il te plaît, Jo, supplia Sébastienne, tu arrêtes pour aujourd'hui !

— Pourquoi ? Je suis gagnant. La place de Jasmine fera plus de quatre francs et j'ai plusieurs fois le jumelé et le trio dans mes jeux. Je perds ce que j'ai joué gagnant, mais entre la place, les jumelés et les trios, j'ai à peu près cinquante mille balles ! Et toi, tes petits cinquante francs placés font plus de deux cents, c'est pas si mal !

— Raison de plus pour s'arrêter !

— Garde tes conseils pour les boursicoteurs, répondit sèchement Jo en se tournant vers les cotations de la course suivante.

— Je ne supporte pas ça ! s'écria-t-elle.

Sarah, qui n'avait rien perdu de la scène, s'empressa de jouer son rôle d'hôtesse, en les invitant au bar des propriétaires pour fêter la place de Jasmine qui, pour une première sortie à Auteuil, ne s'était pas trop mal comportée, en dépit d'une vessie un peu lourde. En se retrouvant près de Benjamin, Joseph se sentit un peu honteux de sa fièvre de joueur. Il prit Sébastienne par la taille et murmura qu'exceptionnellement, pour elle, il acceptait de s'en tenir à ses gains. Le président se montra encore quelques instants au milieu des propriétaires fêtant leurs victoires, et il donna à sa suite le signal du départ. Joseph estima qu'il fallait laisser passer au moins une course avant de l'imiter, il alla au guichet récupérer ses gains et fit, sans grande conviction, un tout petit jeu. Sébastienne se contenta de toucher ses deux cents francs qu'elle rangea soigneusement dans son porte-monnaie. Comme Joseph la regardait d'un air narquois, elle invoqua ses racines terriennes, et tenta de démontrer que le mépris de l'argent était, aussi, une insulte envers les pauvres.

Joseph, cette fois, préféra ne pas répondre, certain que Sébastienne ne pouvait pas comprendre ce vertige qu'il aimait tant, celui des moments où l'argent n'a pas plus de valeur que les billets du Monopoly, où il ne vaut que par le jeu. Ils quittèrent le champ de courses avant la fin de la réunion. Joseph montra à Sébastienne, intriguée, le manège des bonimenteurs qui invitaient les flambeurs à perdre au bonneteau ce que les chevaux leur avaient laissé.

Ils se dirigèrent vers le métro, où leur présence semblait encore plus déplacée qu'à l'aller, car seuls les perdants quittaient Auteuil par les transports en commun.

En arrivant rue Popincourt, Sébastienne ne put s'empêcher de demander à Joseph ce qu'il comptait faire de l'argent gagné. Il répondit par un ricanement.

— Tu ne crois tout de même pas que je vais le porter à la Caisse d'Épargne ! Se servir du cheval pour faire vivre un écureuil, ce serait absurde…

Cependant, Joseph ne se précipita pas dans une salle de jeu. Les gains d'Auteuil demeurèrent sagement au fond de ses poches et il passa la soirée et la nuit avec Sébastienne.

Ranelagh

Après une journée passée chez lui, un de ces moments, devenus trop rares, où il demeurait en compagnie du général Dumas et du maréchal Brune, Joseph devait se rendre à la Maison de la Radio pour assister, depuis le studio, à la première grande prestation télévisée donnée par Lionel Jospin en prévision des élections européennes. Construit pour abriter tout l'ORTF, le bâtiment circulaire de Radio France avait été volontairement placé à l'écart des vibrations du métro. Mais ce n'était pas trop loin de la station Ranelagh, d'autant plus commode pour Joseph qu'elle se trouvait sur sa ligne. C'était direct, bien qu'un peu long tout de même, trois bons quarts d'heure de trajet. De Buzenval à République, Joseph resta debout : toutes les places assises étaient occupées et il y avait trop de monde pour permettre l'usage des strapontins. Le déménagement de Sébastienne était décidément inopportun. Pourquoi avait-elle quitté la rue Molitor, elle qui appartenait à cette nouvelle vie qui amenait Joseph à fréquenter, de plus en plus souvent, l'ouest de Paris, Alma-Marceau pour l'agence Public Com, La Muette et Saint-Philippe-du-Roule pour Benjamin ? Sans parler des déjeuners auxquels Jacques Croissac associait Joseph, quand il rencontrait ses clients politiques, rue Marbeuf ou avenue Montaigne. Le XXe était un refuge, un lieu pour se retrouver seul, et la présence de Sébastienne à moins de dix minutes de métro ressemblait à une intrusion. Les correspondances de République vidèrent à moitié le wagon et Joseph trouva enfin un coin de banquette. Il se plongea dans la lecture du *Monde*. Toutes les élections cantonales partielles s'avéraient désastreuses pour la gauche. La campagne des élections européennes se présentait mal.

Les protestations des partisans de l'enseignement privé se multipliaient, on annonçait de grandes manifestations. Et le gouvernement devait, aussi, affronter un mouvement social. Le Premier ministre, Pierre Mauroy, avait été conspué sur ses propres terres, par les sidérurgistes de Denain, furieux de voir la gauche annoncer de nouveaux licenciements. Au moins Joseph était-il certain de ne pas chômer avant le scrutin du mois de juin : le Parti socialiste comptait sur Croissac pour habiller sa campagne électorale. Pour Croissac, Joseph était l'homme de la situation. À lui de trouver les formules que les politiques répéteraient à l'antenne. Il devait les suivre jusque dans les studios et, pour commencer, il accompagnait Jospin pour un grand show en direct de la Maison de la Radio.

C'était la première fois que Joseph se montrait publiquement dans ses fonctions de conseiller du parti au pouvoir. Croissac lui avait confié la préparation du premier secrétaire. Des séances de *training*, un de ces mots d'anglais dont on raffolait dans la « com », l'équivalent du latin de cuisine des médecins de Molière. Les agences justifiaient leurs honoraires en laissant croire qu'elles possédaient les secrets d'une nouvelle science. Il s'agissait seulement de préparer les vedettes socialistes à de jolis numéros télévisés. Le jeu n'était pas déplaisant, il fallait imaginer toutes les questions gênantes que poseraient les journalistes, interpréter des personnages différents, celui du politologue, professeur à Sciences-Po, celui du journaliste de gauche complice, un peu cireur de pompes. Joseph prenait un véritable plaisir à se mettre dans la peau de Philippe Tesson, talentueux éditorialiste du *Quotidien de Paris*, le plus agressif des journaux de droite, poursuivant Mitterrand et les socialo-communistes d'une véritable hargne. En quelques séances, Joseph avait acquis une excellente réputation, lui qui ne possédait toujours pas de téléviseur. Il regardait rarement les émissions d'actualité auxquelles ses clients étaient conviés. De la télévision, il connaissait surtout Léon Zitrone présentant le tiercé du dimanche, qu'il regardait chez ses parents presque chaque semaine. Toutefois, depuis quelques mois, il avait découvert, chez Sébastienne, une nouvelle émission qui lui plaisait vraiment, *La Dernière Séance*, vieux films, réclames, actualités d'autrefois et dessins animés, le tout présenté par Eddy Mitchell. C'était sans doute ce décalage qui donnait tant d'efficacité aux questions de Joseph. La télé ne faisait pas partie de son univers. Il datait d'un temps où l'on se groupait devant les vitrines du magasin d'électroménager de la rue d'Avron pour apercevoir les images d'Algérie, la foule des pieds-noirs sur le forum, Massu au balcon du gouvernement général, de Gaulle, pendant sa tournée des popotes, et Pierre Lagaillarde sur les barricades de janvier 1960, en tenue de para. Ces rassemblements avaient peu à peu disparu et, sans ces ambiances de foule, les compétitions sportives avaient, pour Joseph, perdu tout intérêt. Dans la rue, au café, on pouvait se passionner pour l'affrontement Anquetil-Poulidor et suivre l'ascension du Galibier en respirant les douces odeurs répandues par les deux marques bienfaitrices du cyclisme, Gitane et Ricard.

Cependant, Joseph n'avait nul besoin de télé pour connaître, mieux que quiconque, chaque détail de l'actualité. Il ne s'était jamais départi d'une habitude prise lorsqu'il était secrétaire national des étudiants communistes, il commençait toujours ses journées par la lecture de plusieurs quotidiens, guettait l'arrivée du *Monde*, à 15 heures. Quand il passait sur les Grands Boulevards ou sur les Champs-Élysées, Joseph se procurait les journaux étrangers, avec une préférence pour le *Times* de Londres et pour les énormes paquets de papier paraissant à Francfort. Histoire de ne pas perdre l'usage de la langue russe, il jouait aussi à décrypter les informations codées dans les numéros des *Izvestias* et de *Literatournaïa Gazeta* qui arrivaient très irrégulièrement au kiosque de République, côté rue du Temple.

Cette fois, Joseph analysait *Le Monde* d'un œil professionnel. On ne pouvait trouver pire moment pour placer un responsable de la gauche sous les projecteurs. Toute la France protestait !

Lorsque la rame s'arrêta enfin à Ranelagh, Joseph avait eu le temps de formuler mentalement deux ou trois conseils, qu'il espérait transmettre discrètement avant le début de l'émission. Ce qui ne l'empêcha pas de songer à la symétrie des deux quartiers reliés par un long trajet souterrain.

Buzenval, Ranelagh, d'un nom mystérieux à l'autre. Comme il le faisait toujours lorsqu'il se rendait dans un quartier dont il n'était pas familier, Joseph avait préparé son voyage, fouillant dans les dictionnaires et les histoires de Paris. Il voulait, toujours, tout connaître des quartiers où il devait se rendre. Pourquoi cette station avait-elle été baptisée « Ranelagh », et non Mozart, alors qu'elle se trouvait sur l'avenue Mozart qui, comme tout musicien, n'avait pas droit à ses prénoms ? Pas de Wolfgang, ni d'Amadeus ! Quant à Ranelagh, c'était d'autant plus énigmatique qu'il s'agissait de la rue « du » Ranelagh. C'était pourtant un nom propre, arrivé à Paris par la grâce de l'anglophilie du XVIIIe siècle. Il s'agissait du nom d'un bal champêtre qui se tenait à Londres dans la propriété de Lord Ranelagh. On avait créé un espace similaire, entre le village de Passy et les prairies de la Muette, un lieu de plaisirs où les marquises se prenaient pour des bergères. On y donnait des fêtes, pour aristocrates éclairées, célébrant la nature, la musique et l'amour.

D'un bout à l'autre de la ligne 9, on passait donc de l'ancien village de Charonne, avec ses rues rappelant les Vignoles, les Haies et les Maraîchers, à d'autres paysages champêtres, entre Passy et Auteuil, avec cette fois des Vignes, et la trace des plaisirs bucoliques du Ranelagh. Puis, pour atteindre la radio, on trouvait un nom de rue dédié à un grand seigneur très XVIIIe siècle, le marquis de Boulainvilliers, dernier prévôt de Paris sous l'Ancien Régime et propriétaire du château de Passy.

Destinée des noms, Boulainvilliers a quelque chose de champêtre, sans doute par homophonie avec les bougainvilliers. Mais à l'extrémité de la rue de Boulainvilliers, en traversant l'avenue de Versailles, une petite rue descendant vers la Seine honore un bienfaiteur de Paris avec lequel la postérité s'est montrée ingrate, le préfet Eugène René Poubelle. Cet homme-là ne méritait pas de passer dans les poubelles de l'histoire ! Avant lui, les immondices s'entassaient dans les rues et les cours, et Paris était une vaste décharge, envahie par les rats et la vermine, survolée par des millions d'insectes. On avait songé, depuis longtemps, à évacuer les eaux usées, par le fameux système d'égouts souterrains minutieusement décrit par Victor Hugo. Mais on pataugeait encore dans les détritus boueux en 1883, avant l'arrêté préfectoral, signé Poubelle, obligeant les propriétaires d'immeubles à disposer une boîte métallique ronde destinée à recueillir les ordures ménagères.

L'homme qui organisa le corps des éboueurs n'a droit qu'à une toute petite rue, quand les sabreurs du peuple de Paris sont partout honorés, tels La Fayette, Cavaignac, Lamoricière et Thiers !

Cependant, Joseph n'avait pas à traverser l'avenue de Versailles, il suffisait, depuis le métro débouchant sur l'avenue Mozart, de descendre la rue du Ranelagh, puis la rue de Boulainvilliers. Les invités de l'émission étaient priés de se présenter à la porte B, rue de Boulainvilliers, bien que le studio utilisé par Antenne 2 fût situé à l'opposé, porte F. Un planton le conduisit par un dédale de couloirs situé au premier étage du bâtiment circulaire, longeant des studios de radio et des galeries radiales qui donnaient accès aux cellules de montage et aux bureaux de la tour centrale. On y croisait des techniciens qui trimbalaient des micros dans leur panier. Principe de fonctionnement toujours en vigueur à Radio France : muni d'un bon visé par le producteur, le technicien chargé de l'enregistrement d'une émission se procure les micros auprès du magasinier de la radiale C, les installe dans le studio qui lui est affecté et les rapporte après usage. Joseph découvrait cet étrange bâtiment qui, en Mai 68, passait pour le siège du pouvoir absolu. C'était surtout la dernière œuvre du constructivisme gaulliste. Tout un quartier de Paris avait été rebâti, de part et d'autre de la Seine, des tours avaient poussé, rive gauche, sur le terrain des anciennes usines Citroën. Elles prennent de faux airs new-yorkais, les tours de Beaugrenelle, surtout quand on les regarde depuis la rive droite, avec, au milieu de la Seine, la maquette de la statue de la Liberté. Ce n'était pas le goût de Joseph, qui préférait imaginer ces rivages au temps des *Mystères de Paris*, quand de terrifiants brigands se cachaient sur l'île aux Cygnes, qui n'était pas encore un jardin bien soigné quoique fréquenté par les mémères à chien de Passy.

Parvenu dans le studio, après un long périple dans les couloirs de la radio, Joseph retrouva la garde rapprochée du premier secrétaire. Croissac ne se montrait sur les plateaux qu'à l'occasion des prestations du président lui-même et, outre Joseph, il avait délégué Sarah, chargée de disposer les invités visibles dans le champ.

— C'est une véritable catastrophe…, murmura Sarah. Ces gens ont des gueules de trotskistes sur le retour. De quoi lui faire perdre un million de voix.

Il y avait là les moins populaires des élus socialistes et, pour Sarah, les rares femmes étaient des caricatures d'institutrices.

— Au moins, ça ne fait pas trop « caviar », rétorqua Joseph pour la rassurer.

— Ne t'en déplaise, j'ai rameuté en catastrophe quelques jolies filles, dont Sébastienne.

Joseph grimaça. Il restait un petit quart d'heure avant l'antenne, le premier secrétaire était au maquillage. Il fila le rejoindre et le trouva, précisément, en compagnie d'un ancien trotskiste qui venait tout juste de rallier le PS. Joseph l'avait affronté, quelques années plus tôt, dans les assemblées de l'UNEF. Les deux hommes s'amusèrent de ces retrouvailles et s'accordèrent sur les conseils de dernière minute. Il convenait de noyer les revers électoraux sous des considérations alarmistes, d'insister sur la montée de l'extrême droite en soutenant que la droite parlementaire préparait de troubles alliances.

Pendant ce temps, Sarah disposait ses créatures de rêve parmi les invités. Elle avait donné une place de choix à Sébastienne, certaine que son joli visage ferait de beaux plans de coupe. Contrairement aux autres invités du plateau, Joseph ne tenait nullement à se trouver dans le champ des caméras. Il adressa un signe discret à Sébastienne et s'installa au fond du studio, à l'abri des regards. Une nuée de photographes mitrailla Lionel Jospin, c'était un rituel auquel tous les hommes politiques se soumettaient de bonne grâce, histoire d'oublier l'angoisse du direct.

Face à la première série de questions, le premier

secrétaire semblait à son aise. Un peu rigide, comme toujours, mais il trouvait en face de lui un prof de Sciences-Po, un collègue en quelque sorte. Il s'agissait de l'école, Jospin s'efforçait de désamorcer la bombe, jurant qu'on ne toucherait pas à l'école privée, quitte à décevoir les plus farouchement laïques de ses électeurs.

Le second journaliste se montra beaucoup plus agressif. Joseph avait prévu la série des réponses à l'éditorialiste musclé de la droite, mais celui-ci se lança dans une attaque imprévue sur les financements du Parti socialiste. Il avait apporté une morasse de son journal, un scoop à paraître le lendemain matin. Plusieurs personnalités de gauche devaient être entendues, les unes par la Brigade financière, les autres par un juge d'instruction. À peu près calme mais encore plus cassant qu'à son habitude, le premier secrétaire balaya d'un revers de main les allégations de la presse réactionnaire. Il jura que nul dans son entourage n'avait reçu la moindre convocation, ce que l'éditorialiste contesta.

— Je crois savoir, dit-il, que certaines des personnes ayant des ennuis judiciaires ne sont pas très éloignées de vous.

Le mot était assez ambigu pour laisser penser qu'il s'agissait de « l'entourage » ou de certains invités, pas très éloignés, à cet instant.

Un silence pesant régnait sur le plateau.

L'éditorialiste se montra toutefois assez courtois pour ne pas désigner l'une des principales suspectes, placée juste en face de lui.

À moins qu'il ne l'ait pas identifiée. Mais il avait décrit assez clairement l'affaire pour que Joseph sache que, cette fois, Sébastienne était en péril. Il chercha son regard. Elle était manifestement atteinte, mais elle s'efforçait de sourire. Belle idée de Sarah que de la placer comme ornement, au beau milieu de l'estrade des invités ! Joseph regarda les chiffres rouges de la pendule du studio. Il restait encore près d'une demi-heure, vingt-neuf minutes exactement, un véritable calvaire pour Sébastienne, coincée sous les caméras et contrainte de faire bonne figure. Heureusement, le temps imparti à l'éditorialiste de droite était écoulé. La suite fut donc plus détendue, presque complaisante.

Joseph guettait la fin avec angoisse, scrutant sans cesse la pendule.

Lorsque enfin la lumière rouge fut éteinte, au-dessus de la porte du studio, il se leva pour rejoindre Sébastienne. Elle se précipita dans ses bras pour faire tomber l'effroyable pression.

— Respire, souris, dit doucement Joseph, nous allons passer au buffet, juste le temps de saluer… et on s'éclipse, au plus vite…

Sarah vint les rejoindre, ils se retrouvèrent dans la meute bourdonnante des invités qui, comme toujours, se précipitaient sur le buffet tout en commentant avec ravissement la formidable prestation de leur héros. Les basses attaques de la droite ne les affectaient pas. Il y avait là des élus locaux, quelques députés et sénateurs, qui ne pouvaient ignorer le coût des campagnes électorales. Tous savaient que certains des procédés qui permettaient de financer leur action se situaient aux limites de la légalité. Mais ils préféraient ne pas aborder ces sujets. Le système fonctionnait bien, mieux que dans l'ancienne SFIO, pour ceux qui l'avaient connue. Chaque parti disposait de financements plus ou moins licites. Quelques juges avaient ouvert une boîte de Pandore en portant ces histoires-là sur la place publique. Mais les politiques évitaient d'en parler, se bornant à répéter, les uns après les autres, que tout cela n'était pas très bon pour la démocratie.

Joseph, lui, s'inquiétait. Sébastienne était en première

ligne. Et lui qui venait tout juste de sortir de son isolement, qui n'était qu'un conseiller sans responsabilités politiques, se trouvait directement concerné. Certes, en regard de son train de vie officiel, la partie déclarée de ses rémunérations suffisait. Il pouvait justifier devant n'importe quel juge de sa capacité à acquitter le loyer de la rue des Vignoles. Mais il percevait bien plus en espèces, sans jamais interroger Croissac ou Sarah sur la provenance de ces enveloppes. Sa réputation de joueur sans nul doute fiché à la Mondaine ne suffirait peut-être pas à le couvrir en cas d'enquête approfondie sur les relations de Sébastienne. Il était inscrit dans une dizaine de tripots légaux, on le voyait souvent au bar PMU de la rue des Pyrénées ainsi que sur les champs de courses. Mais un bon flic ne tarderait pas à constater que Joseph jouait beaucoup moins depuis qu'il fréquentait Sarah et travaillait avec Croissac.

Il y avait beaucoup de journalistes venus assister à la prestation de Jospin. Sarah, quoique également concernée par l'affaire qui sortait le lendemain dans le quotidien, publiquement mise en cause, avec Alfred, quelques mois plus tôt, jouait de son charme, plaisantait avec les uns et les autres. Une vraie pro de la communication. Sébastienne de Montguyon n'avait pas ce talent de comédienne. Bourgeoise sincèrement passée à gauche, elle avait, sans mesurer le danger ou même l'immoralité du procédé, mis ses connaissances boursières au service de la cause. Elle avait été assez inconsciente pour continuer après la première alerte, en dépit des avertissements de Joseph. Elle avait seulement appris à ne plus conserver les traces écrites des transactions illégales. Mais elle ne voyait pas en quoi il était criminel de financer la juste cause, tout en rendant service à des amis. Il n'y avait, chez Sébastienne, aucune sorte de cynisme. En rejetant l'austère éducation catholique et bourgeoise qu'elle avait reçue, elle avait perdu ses repères moraux, cherchant à se reconstruire une vague philosophie. Joseph la comprenait parfaitement, il savait, lui, ce que l'histoire avait fait de ses propres principes. Au demeurant, il savait aussi qu'en matière d'argent, nul n'était allé aussi loin dans le reniement des principes que les communistes. Mais au moins savaient-ils agir discrètement, en comptant sur des hommes assez dévoués pour ne jamais parler, fût-ce sous la torture. Sébastienne parlait trop. En outre, elle se fiait à de petits affairistes, ses amis de jeunesse, d'études, qui, Joseph en était certain, la balanceraient sans hésiter quand ils se sentiraient en danger.

Il fallait s'éclipser sans avoir l'air de partir comme des voleurs. Sébastienne à son bras, Joseph passa près de Lionel, le salua, promettant au passage un déjeuner à son porte-serviette.

Ils réussirent à gagner une sortie de secours, traversèrent un couloir obscur qui débouchait sur le grand hall, décorés de sculptures de bois dues à François Stahly. Joseph n'épargna pas à Sébastienne un commentaire sur Stahly, vieux surréaliste, ami de Jean Arp. Elle éclata de rire, alors même qu'elle était sur le point de fondre en larmes. Toutes les portes de verre étaient déjà verrouillées, un veilleur de nuit surgi d'on ne sait quel placard leur demanda par quel miracle ils s'étaient retrouvés dans le hall A en venant du studio de télévision situé en F. Joseph usa de beaucoup de diplomatie pour qu'il ne les renvoie pas vers les mondanités qu'ils cherchaient précisément à éviter. Le cerbère, jurant qu'il n'avait pas le droit de rouvrir une des portes de verre donnant sur le quai Kennedy, les guida vers l'entrée B.

La nuit avait amené une de ces pluies fines et brouillasseuses, bien parisiennes. Sébastienne tremblait, de fureur plus que de froid. Elle se demandait comment les journaux avaient appris qu'elle était convoquée par la

Brigade financière. Elle n'en avait parlé à personne, pas même à Joseph. Elle avait espéré le tenir en dehors de tout ça, et elle se sentait honteuse de n'avoir pas suivi ses conseils à la première alerte.

— Il semble évident, observa-t-il, que l'information vient des flics. C'est fait pour te mettre en condition. Affolée par le scandale, tu peux craquer.

— Non ! Je ne lâcherai rien. Mais c'est à la banque que ce sera le plus dur. Je serai obligée de démissionner pour ne pas nuire à la réputation de l'établissement. Mes ennemis habituels me tomberont dessus dès demain matin et, cette fois, le patron ne pourra pas me protéger !

— Ce n'est pas si grave… Tu as assez de ressources pour trouver un autre boulot. Ne t'épuise pas dans une bataille perdue d'avance ! Ce qui compte, c'est d'éviter la condamnation !

— Nous n'en sommes pas encore là… Ils n'ont rien. Mais quand j'entrerai dans la salle de réunion, ils auront tous cette saloperie de journal étalée devant eux… Qu'est-ce que je vais faire ?… Et la convocation, c'est pour la semaine prochaine. D'ici là, je vais me faire massacrer !

— Fais-toi porter pâle ! T'as le palpitant assez chaviré pour que le toubib n'ait pas à se forcer ! Et, en attendant que les bourres t'expédient à Fleury, moi, je te boucle et je te garde…

Le langage de Joseph réconfortait Sébastienne.

En réalité, elle n'avait nul désir de défendre sa carrière dans le monde de la finance. Elle rêvait d'entrer en politique et craignait de devoir y renoncer. En voyant un taxi passer à leur hauteur, Joseph esquissa un signe. Sébastienne retint son bras. Elle ne voulait pas prendre le risque de subir de nouveau un discours de chauffeur, qui maudirait les socialistes, ces voleurs, ces escrocs. Elle avait envie de marcher encore un peu, malgré la pluie, serrée contre Joseph, dans ces rues désertes où ils s'étaient aimés l'été précédent.

Au milieu des façades bourgeoises qui plongeaient la rue de Boulainvilliers dans la nuit, une vitrine éclairée signalait qu'un épicier arabe restait à la disposition des noctambules.

— Il nous faut un remontant ! lança Joseph en entrant dans la boutique.

Il acheta un pur malt, huit ans d'âge, ce qu'on trouvait de mieux. Ils burent au goulot, à tour de rôle, abondamment, plusieurs fois, en remontant jusqu'à la rue du Ranelagh. Sébastienne se détendait ; elle entraîna Joseph dans la rue Robert-Le-Coin, impasse déserte, dont l'éclairage était manifestement déficient.

— Je te veux maintenant, murmura-t-elle, comme la première fois !

Au risque d'encourir de nouvelles poursuites judiciaires, ils s'aimèrent appuyés sur l'entrée de service d'un immeuble bourgeois. La saison n'était plus aux jupes légères, pour se montrer sur le plateau au milieu des socialos, Sébastienne avait choisi un ensemble faussement austère, avec une jupe longue qui s'ouvrait sur le devant. Et, comme elle entendait bien retrouver Joseph après l'émission, elle ne portait pas de collants mais des bas, de sorte que les vêtements ne formaient pas trop d'obstacles. L'émotion et l'alcool se mêlaient dans son désir, Joseph venait en elle, le reste n'avait plus d'importance. Ils burent encore, pour se remettre de l'intensité du plaisir. Sébastienne fut prise de fou rire en réalisant que sa culotte gisait dans une flaque d'eau.

— Encore ! s'esclaffa Joseph. Le XVIe, c'est le cimetière de tes culottes !

— Et pas n'importe lesquelles… mais je ne demande qu'à en perdre encore, à cause de toi.

Elle rit de se retrouver dans une rue, sous la pluie, à

moitié nue, la veste ouverte et le soutien-gorge défait. Joseph l'aida à se redonner une apparence décente, il était temps de filer, l'heure du dernier carrosse approchait.

Ils remontèrent vers le métro Ranelagh et reprirent la direction Mairie-de-Montreuil. C'était un soir de semaine, la rame était pratiquement vide. Ils voyagèrent serrés l'un contre l'autre, en buvant encore quelques rasades. Des passagers allaient et venaient sur de petits trajets, ils furent seuls après Franklin-Roosevelt. Sébastienne défit la braguette de son amant et entreprit de lui rendre toute sa vigueur.

— Tu es complètement folle, souffla Joseph.

Mais sa verge raidissait sous les caresses, et nul ne vint les déranger à Saint-Philippe-du-Roule. Le quai de Saint-Augustin était un désert et, par miracle, les quelques voyageurs aperçus sur les quais à Havre-Caumartin et à Chaussée-d'Antin choisirent d'autres voitures.

À Richelieu-Drouot, un clochard eut toutes les raisons de se féliciter du voyage. Il était monté au moment où Sébastienne, assez saoule pour se croire définitivement à l'abri des regards, posait sa bouche sur le gland gonflé de Joseph.

— Y en a qu'on d'la veine ! beugla le clochard, en découvrant le spectacle. Moi, j'ai même pas de quoi m'payer une pute !

— T'as raison, répondit Joseph, en sortant de sa poche un billet de cinq cents francs. Mais prends-les ! J'ai du pognon et je baise à l'œil ! Faut une justice, non ?

Sébastienne n'osait pas se redresser, Joseph sentait sa bouche qui vibrait, secouée par le rire.

Comme le clochard restait sans réaction, il lui offrit en prime le reste du whisky, un peu moins du quart de la bouteille, mais tout de même, cela changeait des vins provenant de divers pays de la communauté européenne.

— Ça te portera chance ! hurla le clochard en descendant à Strasbourg-Saint-Denis.

Joseph usa de toute sa tendresse pour modérer les ardeurs de Sébastienne, pour ne pas être en flagrant délit d'exhibitionnisme en entrant dans la station République, l'une des plus fréquentées de la ligne, même la nuit. Un petit groupe de jeunes s'installa à l'autre bout du wagon.

Ils restèrent calmement enlacés jusqu'à Saint-Ambroise et regagnèrent, en titubant, la rue Popincourt.

Saint-Augustin

Sébastienne était convoquée par un petit service de police spécialisé dans les investigations financières, qui partageait avec la Direction des renseignements généraux une ancienne annexe de la Sûreté, un bâtiment discret, dissimulé au fond d'une cour, au début du boulevard Malesherbes. Joseph avait tenu à accompagner Sébastienne jusqu'au bout, quitte à affronter les journalistes qui pouvaient traîner dans les parages. Il ne l'avait pas quittée de la semaine.

Sébastienne n'avait pas eu à se forcer pour suivre les conseils de Joseph, tout tournait autour d'elle à l'heure où, normalement, elle aurait dû se rendre au bureau. Joseph suggéra de profiter de sa mine défaite pour appeler n'importe quel médecin, un inconnu, au hasard de l'annuaire, surtout pas un ami ou une relation. Elle semblait si mal qu'un jeune toubib de quartier, incapable de reconnaître les effets d'une cuite associée à un choc émotionnel, signa sans broncher un arrêt de huit jours et recommanda une impressionnante série d'analyses. Il était arrivé au bon moment, la malade était en proie à une véritable crise d'angoisse, parce que Joseph était sorti chercher les journaux et les croissants. Elle avait peur qu'il ne revienne pas, il en mettait du temps ! Joseph n'avait pas résisté au titre de *Paris-Turf* qui annonçait des surprises possibles à Vincennes. Il avait fait un détour par le PMU, avant d'éplucher la presse. Et, pour trouver des croissants encore présentables, en dépit de l'heure, il avait dû remonter derrière l'église Saint-Ambroise, jusqu'à l'avenue Parmentier.

À son retour, il avait trouvé Sébastienne couchée, incapable du moindre mouvement. Il l'avait sortie de sa torpeur avec un plateau, en plaisantant sur la qualité du service, café, thé, croissant et revue de presse complète.

Le Quotidien de Paris publiait l'enquête annoncée. Ce n'était pas un véritable scoop. Un journaliste à la plume hargneuse avait habilement relié trois sortes de financements politiques qui commençaient à intéresser les juges. Des commissions occultes versées par des entreprises, en échange de marchés publics, dans les villes dirigées par la gauche et dans les ministères. Les comptes troubles d'une association qui opérait en Afrique sous la tutelle du gouvernement. Et les fuites d'informations financières. Sébastienne de Montguyon, nommément citée, se voyait accusée de vendre systématiquement ses tuyaux à des spéculateurs, et il s'en fallait de peu qu'elle ne soit responsable de la tourmente monétaire que le pays traversait.

Contrairement aux auteurs de *La Bourgeoisie rose*, le journaliste ne citait ni Alfred et Sarah Hirsch, ni les versements à l'agence de Jacques Croissac. Mais il ne manquait pas de reprendre les révélations de ses confrères et, surtout, de brosser un portrait de Sébastienne en bourgeoise quelque peu dépravée, devenue la maîtresse de Joseph Kaplan, décrit comme un ancien stalinien « venu de Pologne ». L'auteur évitait de préciser la ville natale et l'âge de Joseph à son arrivée à Paris ! Il retraçait, en cinq lignes, la trajectoire de l'ancien dirigeant des étudiants communistes, de manière à laisser entendre qu'il était un « agent des organes ». Autrement dit, un homme de Moscou. Pour illustrer l'article, on avait juxtaposé une photo récente, prise dans la tribune d'Auteuil, où l'on voyait Sébastienne et Joseph avec François Mitterrand, et une autre photo, beaucoup plus ancienne, où l'on reconnaissait le camarade Kaplan à Moscou, avec Alexis Kossyguine. La photo datait de février 1966, elle provenait des archives de *L'Humanité*. *Le Quotidien* reproduisait même la légende d'époque : « Le Premier ministre de l'URSS reçoit la délégation française aux Assises mondiales de la jeunesse pour la paix et l'amitié des peuples. »

Les exagérations polémiques étaient plutôt amusantes. Joseph, manipulateur formé à Moscou, enseignait désormais l'art de la propagande aux dirigeants socialistes. S'il s'accommodait des exploits de sa compagne dans les sanctuaires du capital, c'était de penser, comme Lénine, que les capitalistes seraient prêts à vendre la corde qui servirait à les pendre.

Les nouvelles informations contenues dans ce méchant papier semblaient beaucoup plus inquiétantes que ces délires. On apprenait que les golden boys tuyautés par Sébastienne faisaient l'objet d'une enquête de la Commission des opérations de Bourse, et qu'ils étaient entendus les uns après les autres par la Brigade financière. L'un deux avait même passé quarante-huit heures en garde à vue. Mais aucun de ces doux amis de jeunesse n'avait pris la peine d'avertir Sébastienne.

La signature au bas de l'article laissa Joseph de marbre. Un nommé Antoine-Marie Pelloux, fort bonne plume au demeurant, mais très clairement engagé à droite, voire à l'extrême droite. Ce nom arracha un grognement de rage à Sébastienne.

— Tu le connais ? demanda Joseph, surpris.

— Oh oui ! Un beau parti, le gendre idéal dans les rêves de ma mère ! Pur produit de la bourgeoisie catholique de Versailles. Une dizaine d'années de plus que moi, bonne famille, promis, croyait-on, à un brillant avenir. Il me servait de chaperon quand j'avais seize ans !

— Tu as couché avec ?

— Oh non !... On avait un deal. Il venait me chercher, et il me ramenait... Comme ça, mes parents étaient rassurés. Les siens aussi. Mais on ne passait pas la soirée ensemble, il préférait les garçons. Ce qui ne l'empêche pas de fréquenter assidûment l'église Saint-Nicolas-du-Chardonnet !

— Des garçons de quel âge ?

— Je n'en sais rien... Qu'est-ce que ça peut te foutre ?

— Pour l'instant, il n'a rien que les flics ne sachent déjà. Mais il va continuer à fouiller la merde. Sauf si on arrive à lui accrocher une casserole ! Tu as des copains au pouvoir, c'est le moment de t'en servir.

— Il a raison, Pelloux, tu es toujours un vrai stal ! On ne répond pas à une saloperie par une autre saloperie !

— Ah oui ? Tu crois que tu vas sortir de ce merdier en te servant uniquement d'arguments nobles ?

— Joseph... Qu'est-ce tu dirais si l'on publiait tes petits secrets ?

— Je n'en ai pas... À ma connaissance, je n'ai jamais eu de relations sexuelles avec des mineures !

— Non... Mais tu as connu Sarah quand elle faisait la pute. Imagine que ton fils apprenne par la presse que sa mère était la diva des parties fines de Neuilly !

Joseph ne pouvait articuler la moindre parole. C'était comme un vertige. Il ne parvenait même pas à faire exploser sa colère. Pourquoi Sarah avait-elle tout raconté à Sébastienne ? Passe qu'elle ait voulu se montrer d'une totale honnêteté vis-à-vis d'Alfred ! Mais pourquoi fallait-il qu'elle se mêle à ce point de sa vie, qu'elle affranchisse Sébastienne ? Il regardait la porte avec le désir de tout laisser tomber, de retrouver sa solitude, ses rêves et ses jeux.

— Viens près de moi, murmura Sébastienne en lui prenant doucement la main pour qu'il revienne sur le lit.

— Sarah ne sait pas se taire ! soupira Joseph. Il y a longtemps que tu sais tout ça ?

— Oh non… Je suis allée voir Sarah parce que j'avais besoin de lui parler de toi… de nous. Et quand je lui ai dit pourquoi, elle a décidé de tout me dire !

— Je ne comprends pas…

— C'est assez simple. Je venais de faire un test de grossesse. Benjamin aura bientôt un demi-frère ou une demi-sœur… Qu'est-ce que tu préfères ?

Cette fois, Joseph se retrouva complètement assommé. Il n'avait jamais envisagé de se reproduire, en dépit des plaintes de Rosa qui désirait tant être grand-mère.

— Mais… tu es tout pâle, plaisanta Sébastienne, normalement ce sont les filles qui font des malaises !

— Ça tangue sérieusement dans ma tête ! Il n'y a pas très longtemps que je me suis découvert un fils… Et tu m'en prépares un autre ! Naturellement… je ne peux rien dire !

— Non ! c'est déjà trop tard… À toi de décider si tu l'élèves avec moi…

Joseph cherchait ses mots, il était hors d'état de prendre la moindre décision. Sébastienne approcha ses lèvres des siennes.

— Surtout… ne dis rien maintenant, souffla-t-elle.

Il repoussa le plateau, jeta les journaux à travers la pièce et revint se coucher près d'elle. Il passa une journée étrange et délicieuse, oubliant ce qui le tracassait tant, quelques heures plus tôt.

Au long de la semaine, Joseph fit tout ce qui était possible pour chasser les angoisses de Sébastienne. L'attente de l'audition prenait des allures de vacances amoureuses. Joseph s'occupait de tout, sortait faire les courses et préparait des menus de fête. Il lisait les journaux avant Sébastienne, pour analyser les informations qui la concernaient. L'affaire des marchés publics et celle des escroqueries africaines prenaient beaucoup plus d'importance que la sienne. Peu de journalistes connaissaient les mécanismes qui permettaient d'utiliser en Bourse des informations confidentielles. Le délit d'initié n'était pas facile à établir de manière certaine. Joseph parlait le moins possible de l'affaire avec Sébastienne. Il obtint d'elle les quelques renseignements dont il avait besoin pour discréditer Antoine-Marie Pelloux. Il avait renoncé à le frapper en dessous de la ceinture, mais le personnage avait eu quelques activités de nature à intéresser la presse de gauche qui s'affairait alors à dévoiler les complicités de la droite et des fachos. Pelloux avait milité dans un groupuscule dissous pour antisémitisme. Il s'était fait remarquer au Liban, il avait noué des relations avec une officine de propagande antisémite basée en Syrie.

Joseph profitait de ses sorties pour prendre des contacts, en appelant depuis les cabines téléphoniques. Maurice, pour trouver en Israël quelques informations utiles pour régler le compte du nommé Pelloux. Et, aussi, un vieux camarade, un ancien trotskard, un pabliste, devenu journaliste au *Matin de Paris* et qui ne demandait qu'à l'aider. Joseph appela également Alfred Hirsch, pour dénicher un avocat compétent et discret.

Sébastienne se détendait, jour après jour. La veille de la convocation, Joseph proposa à Sébastienne un petit jeu de rôles. Une répétition de l'interrogatoire qu'elle devait subir. Il se mit à la place du flic, posant une question après l'autre, préparant chaque réponse. Sébastienne craqua, par deux fois, fondant en larmes. Ils passèrent plusieurs heures à ce jeu.

— Je t'acquitte ! lança Joseph, à la fin. Mais à la

condition que tu sortes avec moi ce soir. Pas bien loin. Il y a une soirée latino au Bataclan !

Un peu de punch et des rythmes cubains servirent de veillée d'armes. Sébastienne se sentit transportée de joie quand Joseph l'empêcha de boire un deuxième punch, en ajoutant qu'il ne la laisserait plus toucher à l'alcool.

Joseph réalisa que, pour la première fois depuis leur rencontre, il avait vécu une semaine entière sans quitter Sébastienne. Il ne s'était pas lassé, il la désirait toujours, et ils avaient passé la moitié de cette semaine au lit. Après une nouvelle nuit plus passionnelle que toutes les autres, ils descendirent tranquillement vers le métro Saint-Ambroise. Joseph acheta les journaux et, sur le quai, feuilleta *Le Matin de Paris*.

— J'ai une surprise pour toi, dit-il en lui tendant le journal.

Le journal publiait une enquête exclusive sur quelques hommes de l'extrême droite, sur les étranges ramifications des filières de propagande « révisionniste ». Avec une photo d'Antoine-Marie Pelloux, bien reconnaissable dans une manif de fachos arborant la croix celtique. Sébastienne était abasourdie.

— Comment cela peut sortir… si vite ? demanda-t-elle, tandis qu'ils montaient dans la rame.

— Simple… D'un côté, un ancien pabliste, journaliste au *Matin*, qui bossait déjà là-dessus. Méticuleux, il avait un dossier sur Pelloux. Je l'ai mis en contact avec Maurice, tu sais… Moshé, le fils du fourreur. Il travaille à l'Agence juive. Là-bas, il n'a pas eu trop de mal à dénicher ce qui nous manquait.

L'heure n'était pas idéale pour lire attentivement le journal dans le métro. Il n'était pas certain que le portrait du diffamateur suffise à calmer les flics, mais au moins servait-il à gonfler le moral de Sébastienne. Elle était cette superwoman au service d'une grande banque nationalisée, elle était de gauche, on l'attaquait et elle était décidée à se défendre.

À République, le métro se vidait avant de se remplir, si bien qu'ils purent s'installer sur une banquette vide avant que les passagers montants ne se précipitent sur les places assises. Ils lurent les journaux ensemble. À Richelieu-Drouot, Sébastienne se blottit contre Joseph. C'était la station de la banque.

— Tu crois qu'ils ont lu ça, là-haut ?

— Sûrement… Et les flics aussi. Tu es victime des calomnies d'un facho, et tu vas gagner !

— J'espère… Mais tu sais, j'ai peur de tomber sur un flic facho…

— À la Brigade financière, c'est rare. Je me suis rancardé. Ces mecs ont plutôt la tripe républicaine. Seulement, ils sont très rigoristes. N'espère pas tomber sur un socialo ou un franc-mac prêt à fermer les yeux sous prétexte que tu as agi pour la bonne cause. Avec eux, ça ne marche pas. D'ailleurs ces trucs-là ne marchent plus. Même avec mon pote du *Matin*, il a fallu que je bataille. Il voulait bien se payer le facho du *Quotidien*, mais ton affaire…

— Il ne sait pas que les combines du PS servent aussi à payer son salaire !

— Il ne veut pas le savoir… Il fait semblant de croire à la générosité des actionnaires de son canard.

On venait de passer Havre-Caumartin, ils se levèrent et se frayèrent un chemin jusqu'aux portières, pour descendre sans encombre à Saint-Augustin. Le siège de la Brigade financière se trouvait juste au-dessus de la sortie boulevard Malesherbes, côté rue La Boétie.

Les défenseurs de l'école confessionnelle avaient accroché un calicot sur l'église Saint-Augustin, monument très kitsch, édifié quand Paris partait à la conquête de Courcelles et de la plaine Monceau. « Nous voulons Dieu dans nos écoles ! » Joseph s'amusait de ces manifestations grotesques, de ces gens qui prenaient le gouvernement Mauroy pour une réincarnation du Comité de salut public. La majorité parlementaire s'apprêtait à voter quelques lois laïques fort modérées, elle n'envisageait pas de pousser les prêtres réfractaires sous le rasoir national !

— Je suis prêt à parier que les mecs qui ont accroché ça à l'église s'étrangleraient si un bougnoule du genre de saint Augustin leur disait la messe !

— Tu exagères. C'était un Romain d'Afrique.

— À cette époque… quatrième siècle de l'ère chrétienne, si ma mémoire est bonne, les citoyens romains étaient souvent des autochtones, ou même des enfants d'esclaves affranchis. Ce type avait forcément un peu de sang berbère, grec et punique !

— Et si on s'engueulait sur l'histoire romaine devant l'entrée de la Brigade financière ? J'ai été à l'école des bonnes sœurs, mon joli ! Sais-tu qui a baptisé saint Augustin ? Qui était son maître en théologie ? Je te colle, pour une fois, mon petit Jo ! Saint Ambroise, figure-toi… Tu vois, il y a quand même des choses que je sais et que tu ne sais pas !

Joseph était satisfait. Sébastienne était en forme, elle pouvait affronter ces foutus poulets. De Saint-Ambroise à Saint-Augustin, elle avait accompli le chemin de la rédemption.

Sur le boulevard Malesherbes, une simple plaque indiquait, par une série d'initiales, la présence de quelques services officiels. DCRG. BCRF. Direction centrale des renseignements généraux, Brigade centrale de renseignement financier. Ils pénétrèrent dans la cour. Un drapeau tricolore calamiteux et sale pendouillait sur la façade d'un petit immeuble qui n'avait connu ni ravalement ni peinture depuis son inauguration par Clemenceau.

Joseph guida Sébastienne jusqu'à la porte, le képi qui se tenait dans le vestibule les regarda s'embrasser.

— Je vais t'attendre…, lui dit-il, toute la journée s'il le faut… Je prends mes quartiers de l'autre côté de la place Saint-Augustin, il y a une brasserie entre le boulevard Haussmann et la rue de la Pépinière.

Sébastienne fut interrogée pendant plus de deux heures. Joseph essayait de se concentrer sur les journaux. Il y avait bien quelques événements passionnants. Les manifestations de sidérurgistes, en Lorraine. Et, surtout, la mort de Youri Andropov et son remplacement par un médiocre bureaucrate conservateur, Konstantin Tchernenko. *Le Figaro* semblait assez bien informé sur les conditions dans lesquelles les conservateurs avaient réussi à faire barrage au benjamin du Politburo, Mikhaïl Gorbatchev. Pour Joseph Kaplan, c'était bien la première fois qu'une femme occupait son esprit au point de l'empêcher de se concentrer sur un long article consacré aux combats qui se déroulaient derrière les murs du Kremlin.

Sébastienne revint, fatiguée mais à peu près soulagée. Entendue comme simple témoin, elle n'était pas convoquée par le juge d'instruction. Deux policiers l'avaient interrogée. Duo habituel, bien réglé, le plus jeune se montrait très agressif, posant une question après l'autre, reprenant les réponses en laissant croire qu'elles contredisaient d'autres dépositions. L'autre, son supérieur, calmait le jeu, tout en tendant des pièges. Oui, elle connaissait les dirigeants de cette société de placements, des jeunes gens assez doués pour faire fortune en quelques mois. Elle ne niait pas qu'elle les voyait de temps à autre, quel mal y avait-il à retrouver des condisciples ? Il était naturel que leurs conversations portent sur l'économie et les finances, ils avaient étudié ces sujets ensemble à Boston. Mais elle n'avait jamais violé le secret professionnel. Sébastienne pouvait l'affirmer sans mentir : les tuyaux boursiers ne venaient pas de la banque, mais des réunions d'experts qu'elle fréquentait, à titre militant, en compagnie des conseillers de Mauroy et de Delors. Antoine-Marie Pelloux lui avait très involontairement rendu service en affirmant qu'elle tenait ses informations de sa fonction au sein d'une banque publique. Les enquêteurs pouvaient toujours chercher dans cette direction, ils ne trouveraient rien. Au demeurant, si les limiers de la Brigade financière étaient à peu près au point pour débusquer les fraudes fiscales et les exportations illicites de capitaux, ils avaient des connaissances fort limitées en matière de spéculation boursière. Leur vision du palais Brongniart datait un peu, ils ne mesuraient pas tout à fait les changements survenus depuis les films en noir et blanc où l'on voyait Pierre Brasseur et Jean Gabin s'affronter à la corbeille.

Sébastienne avait gardé son calme lorsque le plus jeune flic lui avait demandé, avec une ironie déplaisante, si elle pensait être victime d'une cabale politique. Elle avait répondu que certains hommes ne supportaient pas l'ascension des femmes, surtout quand il s'agissait d'économie et de politique. Elle avait de quoi impressionner deux fonctionnaires de la Police nationale, Sébastienne. Une fille superbe, bardée de diplômes et totalement sûre d'elle.

En retrouvant Joseph, elle était différente. Elle avouait des vertiges et des envies de femme enceinte. Est-ce qu'à la brasserie Saint-Augustin on pouvait servir un poulet froid avec de la mayonnaise et des pommes à l'huile, comme à la Nation après leur première nuit ? On pouvait, bien sûr. Et puis, elle se sentait un peu serrée dans ses vêtements, une simple impression, mais quel beau prétexte pour traîner Joseph dans ce très joli magasin qu'elle apercevait, juste en face, boulevard Haussmann.

Sébastienne ne termina pas le poulet froid, laissa la moitié des pommes à l'huile et, après avoir essayé toutes sortes de vêtements, décida que rien ne lui convenait, qu'elle n'avait rien de plus pressé à faire que de rentrer chez elle.

Il y avait beaucoup de monde sur les quais de la station Saint-Augustin, le métro était bondé. Joseph obligea un jeune lycéen à se lever pour céder sa place à Sébastienne, puisque, désormais, elle avait droit aux places réservées.

Robespierre

Joseph n'avait pas remis les pieds à Montreuil depuis son exclusion du Parti communiste. Il y revenait parce qu'un groupe d'amis avait choisi de se réunir près de Robespierre, l'une des rares stations qui rappellent le souvenir d'un révolutionnaire. En dépit de sa fréquentation prolétarienne, le métro est un peu réac. La Révolution n'y a guère de place. On se souvient bien de la Convention et des Volontaires, dans le XVe. Quelques généraux se sont imposés, Hoche, juste avant l'église de Pantin, Marceau, stupidement associé à l'Alma, Kléber, loin des Pyramides. Mirabeau est le seul orateur de la Révolution connu dans les souterrains. Les Girondins sont totalement absents, les factions de la Montagne ont disparu, Danton tonne depuis son socle, près des Cordeliers, sans descendre à Odéon, Marat, Saint-Just et les régicides n'ont pas droit aux honneurs, le métro préfère Malesherbes, avocat de Louis XVI. En dépit de Jaurès, Marcel Sembat, Marx Dormoy, Guy Môquet et Fabien, le plan du métro fait la part belle à tous les saints, de saint Cloud à saint Mandé, aux batailles et aux généraux des deux empires, on y rencontre quelques écrivains, quelques savants et inventeurs, des artistes, hommes politiques, un roi d'Angleterre et un président des États-Unis, deux héros de la liberté, Garibaldi et Bolivar, le Commerce et la Trinité, la Nation et la République, mais on n'a même pas songé à la prise de la Bastille, de sorte que la station Bastille tout court semble saluer, comme Châtelet, la trace des anciennes prisons. Cependant, la ligne qui porte aujourd'hui le numéro 9 est parvenue jusqu'à Montreuil en plein Front populaire. Le maire communiste, Daniel Renoult, vieux militant ouvrier qui se trouvait à côté de Jean Jaurès le jour de son assassinat, décida de donner le nom de Robespierre à la rue où l'on perçait la première des trois stations prévues dans la ville. Le député de la circonscription n'était autre que Jacques Duclos, et il prononça, lors de l'inauguration, un éloge enthousiaste et sans nuances de l'Incorruptible. Joseph revenait à Montreuil, lui qui fréquentait désormais les hauteurs d'une gauche où l'on rencontrait rarement des incorruptibles. Mais il avait, aussi, fréquenté le vieux Duclos pendant la campagne présidentielle de 1969, et le petit pâtissier n'avait pas, non plus, l'austérité et la rigueur de l'avocat d'Arras. Les banquets qui suivaient les meetings de Jacques Duclos n'avaient rien à envier aux réceptions officielles de la gauche triomphante. Quand il s'agit de ripailler et de se goberger, communistes et socialistes montrent toujours une parfaite identité de vues. La culture républicaine n'a jamais renié le fameux cassoulet des radicaux. Et si Joseph se rendait à Montreuil, c'est qu'il était invité à se joindre à un banquet républicain. Il avait reçu une lettre, manifestement dactylographiée sur une vieille machine mécanique, Underwood ou Remington. Cela ressemblait aux anciennes convocations des réunions, tapées sur stencil et tirées à la ronéo mais, cette fois, on avait sans doute utilisé une photocopieuse.

Même début, cher (e) camarade, avec le féminin entre parenthèses, même salutation fraternelle pour finir. Quelques vieux amis avaient battu le rappel, ils l'invitaient à se joindre à eux pour reprendre le combat politique.

En débouchant du métro Robespierre, il se demanda si la ville avait changé, en quelques années, ou s'il s'était embourgeoisé au point de se sentir étranger dans cette banlieue rouge dont il avait été conseiller municipal. La dernière règle bolchevique qu'il avait appliquée était d'ailleurs la restitution de son mandat au parti. Curieusement, la politique le renvoyait à Montreuil. Un groupe d'amis envisageait de fonder un nouveau club pour répliquer, disaient-ils, à la vague réactionnaire. Les cléricaux voulaient rallumer la guerre laïque, ils trouveraient à qui parler ! On avait choisi, pour cette première réunion, le café *Le Robespierre*, métro Robespierre. On ne pouvait y tenir un banquet républicain « à la tête de veau » comme autrefois, quand on affichait sa fidélité à la Révolution française en se payant la tête royale en vinaigrette, le 21 janvier, date anniversaire du châtiment de Louis Capet. Choisi pour son nom, le café *Le Robespierre* ne servait pas de tête de veau, mais du couscous. En cette période de montée du racisme, cela convenait aussi. Le patron n'avait pas tout à fait compris le but de la réunion mais, puisqu'il s'agissait de plus de trente couverts, il ne s'était pas fait prier.

Montreuil ne changeait pas seulement dans l'esprit de Joseph. La construction du périphérique avait entamé un étrange processus de dérive vers l'est. La rue de Paris, autrefois, prolongeait la rue d'Avron, on passait du XXe arrondissement à Montreuil par une dizaine de voies tracées en continuité, d'une commune à l'autre. L'extrémité de Paris, jusqu'au village de Charonne, était constituée d'une partie de Montreuil, rattachée à la capitale en 1860. L'ancienne zone et les fortifs ne formaient pas une séparation infranchissable entre Paris et sa banlieue. Enfant, Joseph jouait sur les terrains vagues et, le dimanche, il allait retrouver Eddy qui tenait son stand de *schmatess* dans l'allée centrale du marché qui reliait les deux villes. Et quel marché ! On y trouvait de tout, dans la partie réservée aux marchandises « neuves », celle où se tenait Eddy, comme dans la partie des puces où les brocanteurs étalaient d'extraordinaires bazars. Les puces de Montreuil n'étaient pas envahies par les antiquaires comme celles de Saint-Ouen, c'était un paradis de chineurs, on y trouvait de vieux instruments de musique, des pots de chambre, des meubles, des outils pas toujours rouillés, des fusils Lebel, des casques à pointe, des guitounes de l'armée américaine, des phonos et des disques 78 tours, des cartes postales de tous les lieux et de toutes les époques. Et même des pièces pour les vieilles bagnoles qui se négociaient au bout du marché, vers la porte de Bagnolet. Joseph avait aimé, tôt, les étals de vieux bouquins et de revues anciennes. On y trouvait des auteurs oubliés, des récits incroyables, on se procurait les classiques, dans de belles éditions illustrées qui avaient une autre allure que les livres de poche. Ces bonheurs de lecture s'accompagnaient souvent de découvertes, comme cette lettre d'un poilu si finement calligraphiée, oubliée par une marraine de guerre, entre les pages de *La Légende des siècles*, édition reliée de 1903. Joseph maudissait le périphérique, qui avait réduit le marché au point de ne laisser subsister que deux marchands de vieux livres. Il avait passé sa jeunesse à dénicher des trésors, à voyager sur de vieilles cartes de géographie, à imaginer ceux qui, avant lui, s'étaient penchés sur ces livres. Qui était donc cet enfant de 1897 qui avait reçu l'*Émile* avec une reliure rouge comme prix d'honneur, en classe de cours supérieur d'une école communale de la ville de Paris ? Alfred quelque chose, le nom s'était effacé sur la petite fiche collée dans le livre. Et cette jolie fille avec des anglaises, dont la photo était restée dans *L'Ile des pingouins* ?

Joseph avait tant rêvé, à Montreuil, et le style

banlieusard poussait au ras du périphérique : des tours, le nouveau siège de la CGT… L'ancienne rue qui prolongeait Paris jusqu'à la Croix-de-Chavaux était à l'agonie, blessée à mort par ces constructions semblables à celles de toutes les banlieues. À Robespierre, les vieux immeubles se lézardaient, on y entassait la misère, comme si l'on avait voulu rendre inéluctable la rénovation et la progression du béton. Joseph n'avait pas besoin de consulter les statistiques pour mesurer le changement de population. Montreuil avait recueilli ceux que Paris repoussait inexorablement, ces immigrés venus du Maghreb et de l'Afrique.

En levant les yeux, il aperçut une forme familière, un décor qui hantait jadis l'imaginaire rouge : une haute cheminée d'usine. Elle ne crachait plus de fumée, on y lisait encore une inscription de la CGT, « Non aux licenciements », souvenir d'un combat perdu. À Montreuil, les usines et les ateliers n'étaient plus que des vestiges qui attendaient les démolisseurs. Ce quartier qui autrefois regorgeait d'ateliers de mécanique et d'outillage voyait disparaître le travail industriel.

Joseph poussa la porte du café *Le Robespierre*. Ils avaient un peu changé, les camarades qu'il retrouvait. La quarantaine approchait. On échangeait des nouvelles, en attendant l'arrivée de l'orateur vedette, Jean Poperen. C'était pour lui que Joseph s'était déplacé, pas pour entendre les copains raconter leurs divorces, leurs échecs sentimentaux, leurs déconvenues professionnelles et leurs déceptions politiques. Chez Croissac ou chez Sarah, Joseph côtoyait la gauche heureuse, triomphante, les ministres, les députés de la vague rose et la légion des énarques mués en ardents socialistes. Ici, il retrouvait l'autre face du mouvement. Et d'abord, Daniel, exclu du PC, comme lui, un ancien permanent des jeunesses qui avait foiré ses études pour cause de militantisme. Bien sûr, il s'avança vers Joseph, son ancien chef, dont les sapes semblaient attester une réussite au moins matérielle.

— Salut Jo ! Tu condescends encore à t'aventurer jusqu'à Montreuil ?

— N'exagère pas... je crèche toujours dans le XXe !

— Ouais... Mais on lit les journaux, tu sais ! Tu baises quand même dans la soie !

— Le Nylon Prisu m'a toujours filé des boutons... Et toi, qu'est-ce que tu fous ?

— Ça pourrait être pire ! Quand on m'a viré du PC, j'étais pas une vedette. Rien qu'un petit permanent des jeunesses qui avait foiré ses études. Je me suis retrouvé maître auxiliaire de français. En pleine zone, dans un collège de Villemomble. Maintenant ça va, je suis titulaire. Mais toujours en Seine-Saint-Denis, à me battre avec des mômes en galère perpétuelle !

D'autres s'avançaient vers Joseph. Cela ressemblait à une reconstitution de ligue dissoute, toutes tendances confondues, comme on disait dans les assemblées générales de la Sorbonne. Michèle, la trotsko-féministe, superbe fille, qui ne ressemblait pas à l'idée qu'on se fait d'une astrophysicienne, ce qu'elle était pourtant devenue. Et Claudine, la camarade de médecine, organisatrice des filières d'avortement en Hollande avant la loi Veil, des voyages en autocar qui faisaient la moitié du travail. Fidèle à elle-même, gynéco dans un hôpital de banlieue, elle tentait de convertir les femmes africaines au contrôle des naissances.

Et puis, le plus vieux de la bande, Karim, le dernier établi de chez Renault. Militant du PC algérien, il était retourné au pays après l'indépendance, bien décidé à enseigner la philosophie marxiste au lycée d'Alger. Il avait fait ses valises à toute vitesse, pendant le coup d'État de Boumediene, puis il s'était retrouvé à Prague, où il s'était fâché avec les dirigeants de son parti. De retour à Paris, il comptait parmi les fondateurs de la Gauche prolétarienne. Il s'était fait embaucher chez Renault en cachant ses titres universitaires. Pour les recruteurs de la Régie, une gueule d'Arabe était une preuve d'absence de qualification, un passeport pour le 74, la chaîne de montage de l'île Seguin. Après la dissolution de la GP, Karim était resté à l'usine.

Le boulot lui plaisait, il avait passé un CAP de mécanique en cours du soir. Il travaillait désormais au contrôle des moteurs, tout en militant à la CGT.

— Toi, dit-il à Joseph, même si tu travailles avec les huiles socialos, tu ne seras jamais complètement pourlingue… Y a toujours quelque chose qui reste !

— Qui t'a dit que je travaillais pour les huiles ?

— Quoi, t'as honte ? Mais tout le monde le sait !

La confiance de Karim le bouleversait. Pouvait-il savoir que son vieux camarade Kaplan planchait sur la disparition de Billancourt ?

Joseph avait espéré travailler discrètement chez Croissac, mais la publicité donnée aux frasques de Sébastienne venait de le placer sur le devant de la scène. Les journaux regorgeaient d'anciens étudiants gauchistes qui, découvrant ses relations avec la banquière socialiste, avaient fait quelques commentaires, un peu plus aimables que ceux du *Quotidien de Paris*. La plupart surestimaient son rôle et le décrivaient comme un conseiller politique très écouté, quand il n'était qu'un technicien de l'écrit et de la parole, chargé d'habiller les propos et de leur donner une tonalité de gauche. Karim, manifestement, savait.

— Moi je suis peinard, chez Renault… Depuis qu'ils négocient la réduction des effectifs, ils soignent les délégués ! Surtout les emmerdeurs. Mais on ne laissera rien passer !

Karim surveillait les réactions de Joseph. Mieux valait jouer franc jeu avec lui.

— Ne te fais pas d'illusions, Karim, ils ne vont pas se contenter de réduire… Ils veulent fermer le site !

— Ça, on a compris ! On n'est pas idiots. Mais il faut qu'ils soient corrects. Et toi aussi… Tu aurais dû contacter les copains.

— C'était difficile, à ce stade. J'ai été appelé comme consultant. Pour tout te dire, Dietrich tient particulièrement à ménager la CGT.

— Et toi tu l'aides…

— Deux trois conseils sur la manière de présenter les choses, rien de plus !

— C'est ton boulot. Alors tu leur diras qu'on ne va pas tout casser, on fera le sacrifice de Billancourt pour sauver Renault, mais aucun de nous ne sera sacrifié… Il faut qu'ils y mettent du pognon, pour ceux qui partent en retraite ou au pays… C'est tout !

— Ils le savent. Ils vous joueront du violon pour que tout se passe bien !

Une Renault 25 s'arrêta devant le café, Jean Poperen apparut alors que le gris de Boulaouane commençait à chauffer les esprits.

— Ah, tu es de ce coup-là ! lança Poperen à Joseph. Tant mieux… Dis donc, quand tu prépares Jospin pour la télé, apprends-lui à articuler le mot « la-ï-ci-té » ! Il ne l'a prononcé qu'une seule fois en cinquante-deux minutes d'émission.

Décidément, la discrétion dont Joseph avait espéré entourer son travail s'était transformée en transparence totale. On savait tout de son boulot, on connaissait même sa vie privée.

— Je ne compte pas faire éternellement ce boulot-là, répondit Joseph.

— Mieux vaut que ce soit toi qu'un autre… Si tu

savais où nous en sommes, dans ce foutu parti, soupira le député du Rhône. Il faut qu'on se parle. On a besoin de camarades comme toi.

Joseph approuva instinctivement d'un hochement de tête. C'était une invitation à reprendre vraiment du service. À retourner en politique en soutenant, une fois de plus, un courant minoritaire. L'idée ne lui déplaisait pas.

On passa à table et, devant le couscous royal, Poperen se lança dans un discours brillant, quoique non préparé et apparemment décousu. Les autres dirigeants socialistes dépensaient des fortunes dans les agences de communication pour affiner des petites phrases vides de sens, volontairement débarrassées de ce qu'ils croyaient être l'archaïsme de la vieille gauche. Et depuis la maladresse de Paul Quilès, ils évitaient soigneusement toute référence à la Révolution française et à Robespierre. Historien avant d'être homme politique, Poperen, lui, ne reniait rien, et il méprisait ceux qui tremblaient à la seule évocation des levées en masse et de la Terreur. Devant ce petit groupe de militants fidèles aux vieux principes, il parlait librement, pestant contre ces calotins qui n'avaient toujours pas digéré 1789 et l'abolition des privilèges du clergé.

— Tout à fait entre nous, camarades, les calotins ne sont pas tous à droite ! Il y a dans nos rangs des gens qui sentent le ciboire plus que les Méhaignerie et les Barrot. Eux, au moins, c'est clair. C'est la vieille droite cléricale. Mais nos sociaux-chrétiens sont plus dangereux ! J'en connais un qui croque l'hostie avec gourmandise chaque dimanche et qui, s'il n'était pas ministre, s'en irait manifester avec les siens pour ramener Dieu dans les écoles.

L'assistance riait aux éclats, l'orateur n'avait pas eu besoin de citer le ministre des Finances, Jacques Delors. Il n'avait pas nommé, non plus, les représentants de cette gauche chrétienne, il lui suffisait de dire qu'il les connaissait trop bien depuis l'époque du PSU. Poperen entendait réveiller la gauche laïque et républicaine, le discours passait formidablement bien dans cette assemblée de vieux militants réunis à Montreuil. Des profs, des travailleurs sociaux et un seul ouvrier, toujours le même, Karim. Ailleurs, tout cela passait pour ringard. Mais Joseph aimait ce bon vieux discours et, surtout, les références à la grande histoire républicaine, à ce mouvement qui triomphait des armées de princes, avec des va-nu-pieds commandés par un ancien typographe et des cavaliers conduits par le fils d'une esclave.

Pour le maréchal Brune et le général Dumas, Joseph se sentait disposé à soutenir ce socialiste fidèle aux vieilles valeurs et qui, comme lui, avait commencé au Parti communiste.

Après le discours, Joseph retrouva une de ces discussions d'autrefois, tous voulaient reprendre le combat. Ce n'était pas pour cette gauche qui n'en finissait pas de les décevoir, c'était contre la droite, les cléricaux et les fachos. L'assemblée décida que ce n'était qu'un début, qu'on se reverrait régulièrement. Et pour commencer, on fondait un club, officiellement ouvert à toutes les composantes et à tous les courants de la gauche. Certains jugeaient inopportun de prendre le nom de Club Robespierre quand la gauche venait de renvoyer la guillotine au musée. D'autres rêvaient d'une référence plus radicale encore, Gracchus Babeuf. Joseph s'y opposa, il n'était pas question de se référer à une conspiration, fût-elle celle des égaux. Finalement, on renvoya la formation du club à la prochaine réunion, dont on fixa la date, et l'on décida de lancer un appel à manifester pour l'école laïque.

Le gris de Boulaouane ayant été suivi d'un rouge fortement alcoolisé, les vieilles chansons montaient autour de la table. Joseph remporta un vif succès, avec *La*

Marseillaise anticléricale, « Citoyens, punissons les crimes de ces infâmes calotins / N'ayons pitié que des victimes que la foi transforme en crétins… »

Cette plongée dans la vieille culture le réchauffait. Avant de prendre congé, Poperen entraîna Joseph à l'écart.

— Tout ce qu'on fait ici peut servir… mais toi, tu sais que la politique, c'est autre chose ! Tu devrais t'y remettre, vraiment.

— C'est une proposition ?

— Ça y ressemble ! Rue de Solferino, on cherche à me marginaliser. J'ai besoin de renforts. On en reparle ?

— Parfois, ça me démange de m'y remettre… À d'autres moments, j'ai plutôt envie de me consacrer à des travaux historiques.

— Il n'y a pas d'incompatibilité. On se voit vite !

Joseph demeura songeur. Sa position marginale commençait à lui peser. La communication politique lui permettait de vivre confortablement mais ce n'était, à ses yeux, qu'une solution provisoire. Et il devait cette position à Sarah, ce qui devenait problématique, maintenant qu'il devait se construire une image de père. Eddy pouvait bien vivoter, avec sa camelote et son bazar installé sur les marchés, il avait vécu une épopée glorieuse. Joseph se retrouvait à Montreuil, au milieu de ces bras cassés de l'histoire, de cette génération qui avait rêvé de la Révolution et ne supportait pas la fadeur de sa propre histoire. Ils étaient pathétiques, les copains, avec leur nostalgie, leur désir de restaurer les combats du passé. Mais il était peut-être temps de passer à autre chose.

Les autres continuaient à boire et à chanter, la réunion se transformait en banquet d'anciens combattants. Joseph régla sa part et se dirigea vers la sortie. En passant devant le comptoir, il remarqua une photo posée près du percolateur.

Le patron du café *Le Robespierre* avait près de lui la photo d'un roi. Sa Majesté Hassan II, roi du Maroc et commandeur des croyants. C'était vraiment l'endroit idéal pour réunir des républicains décidés à reprendre le combat pour la laïcité !

Il s'engouffra dans la bouche de métro Robespierre, à contresens de la foule colorée qui, à cette heure tardive, revenait vers les taudis et les habitations populaires. Quelques voyageurs attendaient sur le quai en direction du centre de Paris : des Africains, travailleurs nocturnes, veilleurs ou ouvriers d'entretien, partant prendre leur service.

Franklin-Roosevelt

Sébastienne s'était installée dans une rue qui conservait encore quelque chose de populaire. Mais il lui fallait un toubib dans l'avenue Montaigne. Ce choix suscitait l'ironie de Joseph. Il ne savait pas grand-chose des médecins, n'en consultait aucun. Il n'ouvrait même pas les convocations de la médecine du travail, sachant qu'aucun commanditaire de travaux de plume n'observait la loi obligeant à la présentation du certificat de contrôle sanitaire. Il se targuait de n'être pour rien dans le déficit de la Sécurité sociale. Son comportement paraissait proprement effrayant aux yeux d'une jeune femme du début des années quatre-vingt, toujours au fait des derniers préceptes à suivre pour ménager son corps. Séances de gym, piscine, jogging, rendez-vous réguliers avec toute une gamme de médecins, diététiciens, kinés, dentistes, et même ophtalmos, en l'absence de tout trouble de la vision. Elle surveillait son poids, son cœur, son sang, ses urines, et lisait attentivement les rubriques médicales des magazines. Joseph, lui, mangeait n'importe quoi, fumait, buvait volontiers, et ne pratiquait aucune sorte d'exercice physique, excepté la marche, clope au bec, dans les rues de Paris. Il aimait raccourcir ses nuits à force de café et de tabac, réduire au minimum les heures d'inconscience.

La grossesse de Sébastienne soulignait, très naturellement, l'opposition de leur comportement. Au retour de sa toute première visite chez le gynécologue, Sébastienne demanda à Joseph s'il connaissait son groupe sanguin.

— Je n'en ai strictement aucune idée, répondit-il.

— J'ai absolument besoin de savoir. Nous pourrions être incompatibles, c'est rare, mais ce sont des choses qui arrivent.

— Nous verrons bien. Rien ne nous oblige à prévoir le pire.

— Je te prends un rendez-vous chez un médecin… Il te prescrira une série d'analyses. On ne se promène pas sans sa carte de groupe sanguin… en cas d'accident…

— Je n'irai pas chez ton toubib et moins encore dans un labo ! Et je me contrefous des risques d'accident.

— Tu as tort, vu la manière dont tu marches dans les rues ! Tu traverses souvent sans regarder, n'importe où…

— Il faut aussi que je surveille ma façon de marcher ?

— Joseph… nous attendons un enfant, rends-toi compte !

— Ma mère a attendu le sien à la prison de la Roquette et au Lager, Block 14. Note, elle était au grand air, en dépit de quelques fumées malsaines. Dans les quinze années qui ont suivi, j'ai été tripoté par tous les médecins possible et imaginables… les Russes, la Croix-Rouge, et ici, je connais tous les hôpitaux, les dispensaires et jusqu'à la Polyclinique des camarades métallos, rue des Bluets, où tu ferais bien d'aller, au lieu d'enrichir les charlatans diplômés ! Quant à moi, je ne veux plus entendre parler de toubib, de radio ou de prise de sang. Est-ce clair ?

Sébastienne tentait toujours de lutter contre ce refus obstiné. Elle ne parvenait jamais à le convaincre de prendre soin de lui. Depuis l'été, elle lui avait proposé maintes fois de prendre des jours de repos, de changer d'air. Dans leur entourage, tout le monde prenait des congés, mais Joseph refusait systématiquement toute invitation, à la montagne, au bord de la mer, et dans toutes les contrées de rêve où se précipitaient les gens de leur condition.

— J'ai perdu le désir de voyager, répétait Joseph. Si ça me reprend, ce sera pour découvrir quelques métropoles. Au-dessous du million d'habitants, c'est irrespirable !

Par deux fois, Sébastienne avait tenté de forcer le mouvement. En hiver, lorsqu'elle vivait encore rue Molitor, elle avait « accepté » une invitation dans les Alpes, qu'elle ne pouvait décommander, de peur de vexer des amis charmants.

— Il faut que tu découvres la montagne sous la neige. Tu ne résisteras pas. C'est très facile le ski… Tu vas adorer.

— Tu diras à tes amis charmants que je ne m'imagine pas une seconde avec un bonnet sur la tête, des fringues de Nylon et des bouts de bois sous les pieds…

— Mais tu n'as jamais essayé la glisse, c'est une sensation extraordinaire.

Sa seule réponse fut un « Merde » sonore et une porte claquée. Joseph s'enferma plusieurs jours chez lui, refusant de répondre aux appels de Sébastienne. Elle était assez amoureuse pour venir frapper à sa porte, s'excuser et promettre de respecter, à l'avenir, ce qui rendait Joseph si différent de tous les autres. Mais elle ne put s'empêcher de récidiver au printemps. L'océan lui manquait, non pas les Charentes, elle ne voulait plus subir sa famille à Saint-Georges-de-Didonne. Mais on lui avait indiqué un hôtel délicieux à Belle-Île-en-Mer… l'endroit idéal pour oublier les convocations de la police et songer à la manière dont ils accueilleraient l'enfant qu'elle portait. Cette fois, elle ne fut punie que d'une soirée de mutisme et s'excusa encore.

Elle était enceinte de plus de quatre mois lorsque Joseph accepta d'assister à une échographie. Il s'équipa pour le trajet en partant la rejoindre à Franklin-Roosevelt. Il avait acheté toute la presse, y compris *Paris-Turf*, car il y avait une très belle nocturne à Vincennes. Mais il se plongea dans un inédit de Sartre qui venait de paraître, *Carnets de la drôle de guerre*. Confronté à un événement gigantesque, ce pauvre Jean-Paul se faisait proprement consternant. Les *Carnets* prouvaient seulement qu'il était le seul du fameux trio de normaliens à n'avoir rien compris au nazisme et à la guerre. Paul Nizan, désespéré par la trahison communiste, se battait en héros. Lieutenant de l'armée française, il allait mourir à Dunkerque. Raymond Aron prendrait bientôt le parti de rejoindre de Gaulle à Londres. Dans sa casemate de la ligne Maginot, Sartre ne voyait rien venir. Il se plaignait de la vulgarité des soldats français et du cruel manque d'interlocuteurs pour mener des discussions élevées, le soir à la veillée.

Levant les yeux des *Carnets* de Sartre, Joseph vit le nom de Franklin D. Roosevelt. L'autre bout de la guerre ! En dépit de ses intrigues d'Afrique du Nord contre de Gaulle, Paris libéré avait témoigné sa gratitude envers le grand allié, lui sacrifiant Montaigne et les Champs-Élysées car, jusqu'en 1945, la station se nommait Champs-Élysées-Montaigne. L'actuelle avenue Franklin-D.-Roosevelt témoignait, entre les deux guerres, d'une autre gratitude. Elle portait le nom de Victor-Emmanuel III, roi d'Italie, entré en guerre en 1915 aux côtés des Alliés. Un tout petit roi surnommé « le nabot », qui régna avec Mussolini comme Duce, participa à l'accueil triomphal d'Adolf Hitler – moment conservé dans un inoubliable film d'actualité utilisé par Ettore Scola pour *Une journée particulière*. Franklin D. Roosevelt avait obligé le petit roi au renversement d'alliances et à l'abdication, il méritait bien de récupérer son avenue, du rond-point des Champs-Élysées à l'église Saint-Philippe-du-Roule.

La RATP en rajouta, immolant Montaigne et les Champs-Élysées sur l'autel de l'amitié franco-américaine.

La station, refaite en raison du changement de nom, fut longtemps la plus luxueuse de Paris, sur les deux lignes qui s'y croisent, Vincennes-Neuilly et Mairie-de-Montreuil/Pont-de-Sèvres. La ligne de Neuilly suit, depuis Concorde, la perspective des Champs-Élysées. Celle du Pont-de-Sèvres passe sous l'avenue Franklin-D.-Roosevelt depuis Saint-Philippe-du-Roule et s'engage sous l'avenue Montaigne jusqu'à son extrémité, à Alma-Marceau. Le souterrain piétonnier qui relie les deux lignes et les différents accès contourne le rond-point des Champs-Élysées comme s'il devait traverser dans les clous. Mais en débarquant sur le quai direction Pont-de-Sèvres, Joseph n'avait nul besoin de l'emprunter, la sortie la plus proche étant celle qui débouche à l'angle de l'avenue Montaigne. À force de lire Sartre, on finit toujours par se tromper. Joseph s'engagea donc dans le couloir, réalisa trop tard son erreur et en commit aussitôt une autre, en choisissant de sortir du côté des numéros pairs de l'avenue des Champs-Élysées, qu'il fut donc contraint de retraverser. Sans tenir aucun compte des feux, il zigzagua entre les voitures et entendit quelques insultes et autres coups de klaxon. Sébastienne, qui venait d'une réunion de travail à l'Étoile, vit Joseph au moment où il traversait. Il arrivait vers elle en riant.

— Ça ne me fait plus rire ! avoua-t-elle, un peu tristement. Et je rappelle que tu ne connais toujours pas ton groupe sanguin !

— Qui donc oserait me renverser, moi, sur les Champs !

Elle prit sur elle, sans exprimer son agacement devant les gamineries de Joseph.

— Excuse-moi, dit-il, j'ai lu Sartre dans le métro. Je crois que ça rend con.

— Je me fous de Sartre ! C'est important ce que nous allons faire. Est-ce que tu veux connaître le sexe du bébé ?

— C'est déjà possible ?

— Je suis au cinquième mois… Il a un sexe, non ? Alors, tu regardes ou non ?

— Il faut que je regarde ? demanda Joseph, brutalement angoissé.

— Pourquoi es-tu venu ? Tu verras ton fils ou ta fille sur un écran. Suivant la position, on saura ou non.

— Il n'y aura plus de suspense, c'est un peu comme si on nous racontait la fin d'un film qui vient de commencer… J'ai horreur de ça.

— Ce n'est pas un film ! Et puis moi, j'ai envie de savoir.

— Pourquoi ? Tu vas tricoter de la layette ? C'est fini le rose ou le bleu, on leur fait des fringues de toutes les couleurs !

— Tu n'es qu'un crétin ! Je veux connaître mon enfant. Il est en moi, je le sens bouger… Et puis, il faut peut-être suivre un régime différent selon qu'il s'agit d'un garçon ou d'une fille. Si ça ne t'intéresse pas, tu n'es pas obligé de venir !

— Je t'ai dit que j'acceptais cet enfant !

— Accepter ? C'est tout ce que tu trouves à dire ?

— Ah ! Le verbe « vouloir » est un des plus irréguliers de la langue française. Avec le verbe « faire ». Comme quoi, il est plus simple d'aimer, de chanter, que de vouloir et de faire.

Sébastienne serrait les dents. Ils s'engagèrent dans l'avenue Montaigne, indifférents aux vitrines des grands couturiers, des parfumeurs et des bijoutiers.

Lorsque Sébastienne s'arrêta devant une porte cochère de chêne massif, Joseph s'étonna de ne pas y trouver de plaque signalant un cabinet médical. Le docteur

Bernstein, professeur à la faculté de médecine de Paris, n'était signalé que par son nom sur l'interphone.

— Bernstein ! fit Joseph. Nous voilà bien…

— Il sera ravi de te connaître, c'est un type extraordinaire, dit Sébastienne en appuyant sur la sonnette.

— Un professeur de médecine, c'est forcément un type bien. Son père devait faire les marchés comme le mien, ou coudre des pantalons. Mais lui, il a écouté sa mère et il a fait de bonnes études, au lieu de courir les réunions et les filles…

Un vieil ascenseur de bois ciré les mena à la porte d'un luxueux cabinet. Une assistante assez mignonne leur ouvrit, ils ne restèrent pas bien longtemps dans la salle d'attente. Assez cependant pour que Joseph remarque que les tableaux n'étaient pas des copies. Un Braque, nature morte, période cubiste, tout de même. Des toiles plus récentes. Un Combas, pas si mal. Et, surtout, un très joli Rothko. Lorsque l'assistante les conduisit jusqu'au docteur Bernstein, Joseph sentit comme un pincement au cœur, en reconnaissant, dans le couloir, une série de dessins, acquisitions récentes, qui provenaient de l'exposition de Paola.

En dehors d'une petite sculpture de Jean Arp posée sur le bureau, il y avait dans le cabinet tout ce qui angoissait Joseph. La table d'examen, les appareils. Bernstein était un type rondouillard, au crâne prématurément dégarni, entouré de cheveux bouclés où le gris commençait à nuancer le brun très soutenu.

— Vous êtes l'heureux père…, dit-il en tendant la main à Joseph, asseyez-vous… J'ai quelques questions avant l'examen.

Il s'installa derrière le bureau, sortit le dossier médical, ouvert au nom de Sébastienne de Montguyon. La partie concernant le père de l'enfant ne comportait que le nom et le prénom.

— Je suis content de vous voir, lança Bernstein. J'essaie, autant que possible, d'assurer le suivi complet des grossesses jusqu'à l'accouchement, échographies comprises. Je sais tout de madame, elle est en parfaite santé… mais avant que ma collègue nous rejoigne pour l'échographie, je voudrais remplir les petites cases… Vous êtes né… à Cracovie, c'est bien ça. Tiens ! je n'ai pas votre date de naissance exacte, votre amie ne connaît que le mois et l'année !

— C'est normal… Les papiers ont été établis le 7 février 1945, dans un hôpital de campagne de l'armée soviétique à Cracovie. Mais en fait, on nous a trouvés le 27 janvier, ma mère et moi, à Auschwitz !

— Ce n'est pas banal…, dit Bernstein en souriant. Pendant ce temps, nous passions juste de longues vacances dans les Cévennes !… Question de chance… Pas de séquelles ?

— Ni typhus, ni choléra… La tête, c'est autre chose, plaisanta Joseph.

— Avez-vous été malade en dehors de la rougeole et autres maladies infantiles ?

— Jamais.

— Pas d'accident, d'opération ?

— Rien…

— Je sais déjà que vous ne voyez aucun médecin… Mais vous allez avoir un enfant, vous approchez de la quarantaine… vous fumez. J'aimerais bien que vous fassiez un bilan. Un électrocardiogramme, une radio des poumons et les analyses sanguines de base…

— J'y penserai…, grogna Joseph. En attendant, c'est elle qui est enceinte, non ? Vous ne deviez pas l'examiner ?

— Joseph, gémit Sébastienne, écoute ce qu'on te dit !

— Docteur Bernstein, reprit Joseph, je ne voudrais pas vous froisser, mais je suis totalement réfractaire à la médecine. Pour l'instant, ça m'a réussi.

— C'est ce que vous pensez. Je ne peux vous forcer à rien.

— Et ça, c'est quoi ? coupa Sébastienne en posant sur la table un tube de cachets anti-allergiques. J'ai trouvé ça dans ta corbeille. Et ce n'est pas le premier.

— Vous êtes sujet aux allergies ? demanda Bernstein, mais c'est important… C'est parfois héréditaire. Si nous le savons, nous ferons très tôt des analyses sur l'enfant. Il y a des traitements très efficaces.

— Mais ce n'est rien, maugréa Joseph. Je n'ai pas d'asthme, ni d'eczéma… des petites réactions quelquefois, quand il y a des animaux… ou à la campagne, mais je n'y vais jamais, c'est plus sûr.

— Mais qui vous donne les médicaments ? Il faut une ordonnance pour ça !

— Je me débrouille…

Joseph se garda bien de révéler qu'il fauchait les médicaments dans l'armoire à pharmacie de Rosa.

— Bien…, soupira Bernstein. Nous allons nous occuper de madame. Mais j'ai rarement rencontré un tel *goyische kop* ! Vous imaginez qu'il y a un complot des blouses blanches contre vous ?

Il se leva pour enfiler une blouse et des gants stériles en se détournant de Joseph, pour ne parler qu'à Sébastienne.

— Je vous admire, madame ! Il est buté comme un vieux juif…

— Désolé Herr Doktor ! intervint Joseph. La science ne peut rien contre cette maladie !

Sébastienne avait les larmes aux yeux. Elle retira ses vêtements et monta sur la table d'examen en refusant l'aide de Joseph. Bernstein commença à l'ausculter. Joseph, instinctivement, détourna le regard.

— Vous voulez entendre le cœur de votre enfant ? proposa Bernstein en retirant le stéthoscope de ses oreilles. Il est très bien, régulier… Ah, il vient de bouger !

Joseph s'avança péniblement comme si l'espace qui le séparait de la table était une muraille infranchissable.

— Écoutez, insista Bernstein, c'est tout de même beau !

Joseph semblait absent. Il prit le stéthoscope, écouta un instant et remercia. Il détourna totalement le regard quand le médecin passa à l'examen gynécologique, mais il prit la main de Sébastienne.

— Tu es fou ! souffla-t-elle.

— Je le sais…

— Tu gâches tout…

— Mais non…

L'associée de Bernstein pour les échographies vint les rejoindre. À la vue de la gelée qu'elle répandait sur le ventre de Sébastienne, Joseph avait pâli. Il était secoué de spasmes qu'il essayait de réprimer en déglutissant. Il fit un pas en arrière, cherchant des yeux la sortie.

— Reste, je t'en supplie !…

La voix de Sébastienne contenait plus de tristesse que de colère.

L'échographe lui souffla quelques mots entre femmes, pestant contre les hommes, ces mauviettes qui ne supportent rien.

— Regardez donc l'écran, monsieur Kaplan, ordonna Bernstein. Voyez… sa tête, son corps… On voit très bien… Nous savons tout maintenant ! Vous voulez voir, madame, je tourne l'écran vers vous.

Sébastienne retrouvait le sourire, elle cherchait la main de Joseph.

— Je le savais, fit-elle joyeusement en regardant l'écran.

— Tu savais quoi ? demanda doucement Joseph en lui reprenant la main.

— Tu ne vois pas ? Mais c'est une fille !

— À n'en pas douter, commenta Bernstein. En principe, un garçon a quelque chose qui, dans cette position, se verrait très nettement.

C'était fini, Joseph détourna de nouveau le regard, pour ne pas assister au nettoyage de la substance visqueuse. Mais il aida tout de même Sébastienne à descendre de la table et à enfiler sa robe.

Il paya la consultation et l'échographie, en s'amusant du montant des honoraires.

— La vie de gosse de riche, ça commence avant la naissance !

Sur l'avenue Montaigne, Sébastienne refusa le bras de Joseph. Que signifiaient ses élans de tendresse, puisqu'il refusait de partager totalement sa vie ? Il voulait bien former un couple parental, il aimait l'expression, mais à la condition de ne rien changer à ses habitudes. Sébastienne détestait cette sensation de n'être acceptée qu'à moitié. Il marchait à côté d'elle sans piper mot. Elle laissa exploser sa colère sur les marches du métro.

— Tu n'as pas besoin de me raccompagner. C'est direct, je suis parfaitement capable de rentrer seule.

— Je ne veux pas t'abandonner !

— Naturellement ! Tu préfères que je prenne l'initiative. Tu veux qu'on règle tout de suite les problèmes de droit de visite et de pension ? Tu préfères attendre la naissance de… Ah… comment fera-t-on pour le prénom ? Je choisis seule, je te soumets une liste ?

— Sébastienne, je t'en prie… Je suis plus concerné que tu ne l'imagines. Mais à ma manière !

— C'est si facile de parler ! Tu devrais d'ailleurs exploiter un peu plus ton talent en ce domaine… Mais tu vois, les gens normaux préparent une naissance, organisent leur vie…

— Je ne fais pas partie des gens normaux. Je suis un résidu de l'histoire, j'ai trop de difficultés avec le présent pour conjuguer le futur.

— Je ne te demande pas de planifier ta vie pour vingt ans ! Quatre mois, ce serait déjà un bon début.

Sébastienne parlait de plus en plus fort, ils étaient arrivés sur le quai direction Montreuil. Joseph essayait de baisser le ton.

— Tu es gêné ? hurla Sébastienne. Je crie en public, ça ne se fait pas ! Mais rien ne t'oblige à prendre le métro avec moi.

— Voyons, dit-il doucement, ne t'énerve pas !

— Je ne m'énerve pas, c'est toi qui m'énerves. Toi… et ta fille, qui me donne des coups !

Joseph l'empoigna par le bras pour la faire monter dans la rame, en donnant au passage quelques coups de coude à un grand type qui tentait de s'arroger l'unique place assise disponible.

— Madame est prioritaire, c'est écrit sur la vitre ! lança Joseph.

— Ça ne se voit pas ! fit le type, furieux.

— Et alors, rétorqua Joseph, vous piquez la place des gonzesses, sauf quand elles ont un énorme bide ?

Dans l'état de tension où il se trouvait, Joseph eût volontiers échangé quelques coups, sous n'importe quel prétexte. Une grosse dame, assise en face de Sébastienne, détendit l'atmosphère.

— C'est au début que c'est le plus dur ! Y connaissent rien, les hommes ! Moi, je sais ce que c'est, ma p'tite, les gnards, j'en ai eu quat', sans compter les deux qu'j'ai fait sauter ! Ah ! pour nous les faire, ils sont là… Mais après !

— Vous avez raison, répondit Sébastienne. Monsieur crâne, maintenant, dans le métro. Il joue les chevaliers servants… Tu étais moins fier, tout à l'heure, chez le médecin…

— Oh ça, fit la grosse, y z'aiment pas ça, le toubib. Y font les durs, mais s'y devaient accoucher, on les entendrait gueuler, tiens, si c'était à Saint-Antoine, à Nation, que ça porterait facile jusqu'à la porte de Saint-Cloud. D'ailleurs, les miens, y se sont tous tirés avant que j'accouche… sauf le dernier ! Normal, çui-là, y peut bien supporter les quat', et moi avec, y branle rien ! S'fait virer de partout, l'cossard ! Même au chômedu, y z'en veulent pus, alors comme j'y fais bouillir la marmite, y va pas se trisser comme ça. C'est pas gras, mais chez moi, il est peinard, il a de la graille, du pinard, la télé et une femme dans son pieu ! J'suis p'tête pas une pineupe comme vous, mais pour tirer son coup, ça lui va bien. Oh, remarque, c'est bon pour moi aussi, parce que les mômes, j'les ai pas eus avec le Saint-Esprit… Manquerait plus que ça… Mais j'vous embête…

— Mais non, dit Sébastienne, moi je vous trouve formidable !

— T'es gentille… T'es à quel mois ? Quatre ? Cinq ? T'as fait le plus dur… Après, on dégueule plus trop. Moi c'était surtout pour les filles qu'j'avais tout le temps l'boyau qui giclait… Bon oùssékon est ? Richelieu-Drouot… J'descends à Montmartre… le tantôt j'fais les crêpes et les casse-dalles, dans une guérite. C't'une bonne gâche, y a des pourliches, des fois… L'matin, j'tiens les chiottes, à Troca… Oh, des fois, c'est bien dégueulasse ! Ah y en a, ils laissent une piécette de rien, mais alors… Bon, on y est… Deux boulots de six heures, que j'me tape ! Enfin, c'est toujours mieux que l'tapin ! Allez… à la r'voyure !

— Quelle pêche ! s'exclama Sébastienne. Je devrais prendre exemple !

— Je ne te vois pas très bien, dans le genre poissarde racontant sa vie à tout un wagon, mais tu peux essayer, pour voir !

— J'essaie ? Tu veux que je débite tout, ici… Par quoi je commence ? Je leur parle de ton ego, de ta petite vie que tu ne voudrais surtout pas changer, même pour notre fille ? Je recommence plus fort, tu veux ?

— Qu'est-ce que tu cherches ?

— Tu le sais… Je veux que tu sois avec moi, vraiment.

Les stations défilaient beaucoup trop lentement pour Joseph. Plus il cherchait à calmer Sébastienne, et plus elle s'agitait, parlait fort. À Strasbourg-Saint-Denis, il récupéra une place sur la banquette à côté d'elle, ce qui lui permettait, enfin, de lui parler doucement. Il fit quelques promesses, plus ou moins sincères. Il ne garderait son studio que pour travailler. Un bureau personnel. Mais, dorénavant, il rentrerait tous les soirs rue Popincourt. Pour le reste, il ferait des efforts. Il surmonterait même son aversion pour les médecins, pourvu qu'elle cesse de l'apostropher publiquement.

— De toute façon, dit Sébastienne lorsqu'ils descendirent sur le quai à Saint-Ambroise, il faut que j'apprenne à me tenir en public… Il y a des jours que je veux t'en parler, mais tu n'es jamais là, tu te dérobes… Je vais changer de vie. Adieu la banque, j'entre totalement en politique !

— Avec la gamelle que tu traînes ?

— Juridiquement, ça n'ira nulle part. Ils n'ont rien, tu le sais bien. Et donc, ça ne me gênera pas pour être en position éligible, sur la liste des européennes. C'est pratiquement fait. Les accords ont été un peu laborieux, mais il y a si peu de femmes dans les premières places que je suis hors d'atteinte…

— Une jolie fille au ventre rond, incollable sur les relations monétaires en Europe, ça fait bien sur une liste… Et si tu es élue, tu feras comment, avec ta fille ?

Il s'entendit prononcer une expression fautive, devenue courante, « on fait comment », effroyable emploi de cet affreux verbe « faire », omniprésent dans la langue française. Cette variation, sortie de sa propre bouche, était une mesure des changements autour de lui : au commencement le *Que faire* de Lénine semblait répondre au « Qu'est-ce que j'vais faire ? J'sais pas quoi faire ! » d'un film-culte de Godard. Les temps devenaient tragiquement positifs. Il importait de faire !

— Ne crains rien ! répliqua Sébastienne. Je ne t'obligerai pas à pouponner. Je trouverai bien une nounou qui m'accompagnera à Strasbourg et à Bruxelles !

— Je veux bien pouponner un peu, ce n'est pas le problème… Mais passer du statut d'amant d'une banquière de gauche à celui de conjoint régulier d'une députée socialo, ce n'était pas prévu au programme !

— Il faudra que tu t'y fasses !

C'était encore le verbe « faire » qui soulignait leur différence. Sébastienne ne cessait de proclamer qu'elle s'était *faite* « en tant que femme », traçant sa voie contre sa famille, et lui, Joseph, devait s'y *faire*.

Sitôt arrivé dans le loft, il se versa une rasade de son breuvage préféré, le whiskey d'Irlande. Elle demandait beaucoup, Sébastienne. Elle s'allongea sur la banquette du salon, les deux mains sur son ventre.

— Viens, dit-elle, viens l'écouter…

Joseph s'approcha pour sentir les mouvements de l'enfant et rassurer sa compagne. Il se laissa aller à quelques promesses, acceptant de vivre totalement avec elle ou, plutôt, selon les mots de Sébastienne, de s'impliquer un peu plus. Il restait, dans l'appartement, beaucoup d'espaces qui devaient nécessairement être aménagés pour accueillir dignement la petite princesse. Et puis les prénoms, il fallait qu'il y songe, aux prénoms. Et même au nom !

— Comment ça, au nom ? demanda Joseph. Un enfant reconnu porte le nom de son père !

— Je veux le porter aussi !

Joseph redoutait cette exigence depuis plusieurs semaines, mais il se garda de refuser trop brutalement.

— Tu ne peux pas faire ça aux socialos ! Montguyon, ça fleure bon le terroir… Avec Kaplan, tu leur feras perdre des voix !

— Tu oublies la particule ! De Montguyon, ça fait réac… Je n'avais pas pensé à cet aspect des choses… Qu'est-ce qui serait pire pour ma famille ? Leur nom sur la liste des socialos, assassins de l'école libre, de Montguyon, bien en vue sur les affiches et les bulletins de vote, sous le nez de leurs voisins, à la mairie de Versailles… ou leur fille de plus en plus perdue, affublée d'un nom juif !

— Rien ne t'empêche de faire les deux… Tu peux garder ton nom de jeune fille pour les élections.

— Mon nom de jeune fille ? s'écria joyeusement Sébastienne, tu veux dire que tu acceptes ?

— Je n'ai rien dit de définitif. J'envisageais seulement l'hypothèse. Nous en étions au divorce, tout à l'heure. Autant commencer par le mariage ! Nous ferons au plus simple. Deux témoins à la mairie du XIe… Et sans rien changer de plus dans notre vie !

Sébastienne rayonnait, elle avait gagné sur l'essentiel. Elle voulait une fête, des invités, des fleurs mais, par prudence, elle n'en parla pas. Joseph avait complètement changé de ton, s'excusant même de sa méchante humeur chez le médecin. Il se mit à envisager l'avenir en employant le « nous », pronom qui, dans son langage, n'avait désigné jusque-là que de grands collectifs. Il parla de lui d'une manière inhabituelle, de cette paternité qui l'effrayait. Il réalisait qu'il avait été, lui, plus protégé que n'importe quel enfant. La mort ou la plus douce des enfances, ce n'était qu'une question de mois, de jours. De hasard. Rosa et Eddy s'en étaient sortis, c'était tout.

— On dira un jour, soupira-t-il, que c'était une chance d'avoir des parents qui revenaient du pire… Le Lager de ma mère, la prison où mon père attendait d'être fusillé ! J'étais, pour eux, un miracle absolu. Je ne suis pas certain de les égaler pour mes propres enfants. Mais je m'en veux de leur cacher Benjamin… Cette fois, au moins, je peux leur offrir quelque chose !

Marcel-Sembat

Puisque sa vie devait changer, Joseph décida de s'engager un peu plus auprès de Croissac. Il avait le profil, terme franchement jubilatoire, pour préparer les esprits au bouleversement qui se préparait, du Point-du-Jour à l'île Seguin. Il était chargé de préparer l'avenir dans le passé, d'écrire et de filmer l'histoire de Renault et de ses ouvriers. La direction de la Régie finançait l'opération, confiée à l'agence Public Com, pour associer les salariés aux futures mutations, c'était la formule employée.

Quelques années plus tôt, Joseph n'aurait pas hésité à dénoncer cette opération de collaboration de classe. Il y songeait encore, en se rendant dans les locaux affectés à ce travail. Un ancien atelier annexe, près du bâtiment occupé par les services de loisir du comité d'entreprise, vers la place Marcel-Sembat. Un lieu prédestiné pour préparer l'Union sacrée. Pionnier du socialisme, militant ouvrier, Marcel Sembat avait été l'un des fondateurs de la SFIO, orateur au verbe haut, il était la voix des prolétaires à la Chambre. Mais au lendemain de l'assassinat de Jean Jaurès, il était devenu le plus ardent des partisans de la guerre. Il couvrait sa trahison d'un langage de gauche, fustigeant les socialistes allemands ralliés au Kaiser, appelant la classe ouvrière à défendre la République, au nom des soldats de l'an II et même des communards. Il y avait un peu de Sembat, sous la mission de Joseph, il devait valoriser les combats ouvriers, reconstruire l'histoire de la forteresse rouge, pour préparer la liquidation de Billancourt.

Les journaux qu'il découvrit ce matin-là au kiosque du métro Saint-Ambroise sonnaient le glas de l'ancienne l'histoire. La photo d'un bureaucrate aux cheveux blancs s'étalait sur toutes les unes. Un personnage lourd, figé dans un sourire, arborait fièrement des médailles sur la poitrine. Konstantin Tchernenko venait de prononcer son premier discours, il durcissait la politique de l'URSS. Joseph acheta toute la presse, de *L'Humanité* au *Figaro*. Entre Saint-Ambroise et Marcel-Sembat, il avait le temps de lire la totalité des commentaires. Il s'amusa fort en découvrant, dans *Le Matin*, l'éditorial d'un grand kremlinologue : Andropov était, disait-il, un grand réformiste, on ne pouvait en douter, puisque la brièveté de son règne ne lui avait pas permis d'entreprendre ses réformes. La maladie, la mort étaient les preuves d'un combat terrible, le cancer d'Andropov était celui du système lui-même. Les morts vivants se succédaient au Kremlin ! Joseph songeait à ce temps, si proche, celui de Sartre préconisant la prudence dans la critique du régime soviétique, pour ne pas désespérer Billancourt. On l'avait choisi, lui, Joseph Kaplan, en raison de son passé, pour rappeler le temps des espérances. Le passé de l'avenir radieux !

À Marcel-Sembat, Joseph devait rencontrer les responsables de la CGT, associés à son travail. Il y avait bien des années qu'il n'était pas entré dans un local syndical. Par réflexe, sur les marches du métro, il plaça *L'Humanité* à l'extérieur de son paquet de journaux. Pour la circonstance, le quotidien communiste retrouvait les rites d'un autre temps. Message de condoléances aux travailleurs et aux peuples de l'URSS, endeuillés par la disparition de

Youri Andropov, salut fraternel au camarade Konstantin Tchernenko.

Peu familier de Boulogne, Joseph choisit une sortie au hasard et se retrouva du mauvais côté de l'avenue du Général-Leclerc qui, avec la place Marcel-Sembat, sépare les deux parties de la ville, Boulogne, de plus en plus bourgeoise à mesure de l'approche du bois, et Billancourt, de moins en moins ouvrière à mesure de la disparition des usines. Il était déjà loin, le temps du Point-du-Jour, de l'ouvrier Gabin, les taudis s'étaient effacés devant les immeubles de rapport, Boulogne, déjà, envahissait Billancourt. Là-bas, vers la Seine, on achevait de détruire les studios où l'on avait tourné toutes les merveilles du cinéma français, au temps du noir et blanc, du parlant, de René Clair, de Jean Renoir, de Carné et de Prévert. Les tonnes de gravats évacuées par les bennes avaient été les supports des décors d'Alexandre Trauner, elles avaient supporté des cintres et des projecteurs qui éclairaient la silhouette d'Arletty et le visage de Michèle Morgan. De l'ancien Billancourt, il ne restait guère que Renault, ville dans la ville, avec ses bâtiments de brique aux verrières noircies, tant de fois surmontés des drapeaux rouges de la révolte. Tout disparaîtrait bientôt, comme les décors de cinéma et les studios eux-mêmes.

Joseph traversa fort périlleusement le carrefour Marcel-Sembat et se dirigea vers le vieux bâtiment où l'attendaient les responsables de la CGT Renault. Une première prise de contact, pour s'assurer de leur coopération. Ils avaient accepté de travailler avec lui en dépit de son passé de renégat. Le pardon aux hérétiques n'était pourtant pas dans la tradition de cette Église, mais il y avait longtemps que Joseph ne fréquentait plus les petites chapelles de la dissidence communiste et du trotskisme. Et puisqu'ils devaient travailler avec une agence, sur un projet financé par la direction, les anciens camarades de

Joseph préféraient que le maître d'œuvre comprenne leur langage. Pour cela, il fallait avoir reçu, comme lui, la formation de la vieille maison. Joseph, cependant, n'arrivait pas sans quelque appréhension au local du comité d'entreprise, qui faisait face à l'atelier où il allait s'installer. Le CE avait constitué un groupe pour suivre le travail de Joseph sur la mémoire de l'usine. Il ne ferait rien sans eux, c'était la condition de son entrée dans les murs. Il les connaissait bien, les cégétistes qui l'attendaient. Albert, Sylvain, Élie… les hommes du parti. Benoît, le vieux trotskard qu'ils avaient fini par accepter, avec les années, parce que son intégrité et son intelligence forçaient le respect. Et puis Karim, son pote, l'Algérien, l'éternel dissident, qui s'était imposé dans ce groupe, obtenant au passage un petit rabiot sur ses heures de délégation.

— T'as le temps de lire, toi ! lança Albert en considérant le paquet de journaux que Joseph serrait sous son bras.

En vérité, la revue de la presse parisienne se faisait de plus en plus légère, en dépit de quelques naissances ou renaissance des années soixante-dix, les titres jadis familiers disparaissaient aussi inexorablement que les usines.

— Quand il y a un événement de cette importance, ça me paraît essentiel ! répondit simplement Joseph.

— Tu appelles ça un événement ? demanda Karim. Ils sont vieux là-bas, c'est normal qu'ils y passent les uns après les autres !

Désormais, la mort d'un dirigeant soviétique laissait les prolos indifférents, et les militants eux-mêmes l'accueillaient à grand renfort de plaisanteries. On avait tant pleuré, dans cette même usine, le 5 mars 1953, en apprenant la mort de Staline. Dans les ateliers, les ouvriers cessaient le travail, le temps d'un hommage silencieux à « l'homme que nous aimions le plus ». À l'autre bout de la ligne de métro, à Maraîchers, Joseph, qui n'avait que huit ans, partageait ce chagrin. Rosa l'avait consolé :

— Allons, Jojo, l'homme que nous aimons le plus, toi et moi… c'est papa ! Ils trouveront quelqu'un de bien pour remplacer le camarade Staline.

Joseph se souvenait, aussi, des discussions passionnées, à la fin du mois d'août 1968. La section Renault-Billancourt du Parti communiste n'avait jamais connu une assemblée aussi agitée. C'était la première fois que le parti critiquait une action de l'Armée rouge ! Pour bien des militants, le monde avait commencé à s'effondrer ce jour-là, la frontière entre le bien et le mal s'était définitivement perdue dans les ruelles de Prague. Partisans ou adversaires du Printemps de Prague, les militants vivaient ces heures comme un chagrin d'amour, à la mesure de ce qu'ils avaient cru, espéré, de cet immense pays, la patrie des travailleurs !

L'ambiance n'était plus la même, en ce printemps 1984. Qui se souciait de la disparition d'un dirigeant soviétique et de la désignation de son successeur ? L'usine tournait, comme n'importe quel jour. Joseph était bien le seul à songer ainsi au passé, mais c'était la raison même de sa présence. Il était agréablement surpris de l'accueil des cégétistes. Ils ne cachaient pas qu'ils avaient « émis des réserves » lorsque son nom avait été avancé. Ils avaient demandé des garanties, Joseph leur avait soumis un projet écrit, il les connaissait assez pour aller au-devant de leurs désirs.

C'était un boulot de pute, comme tous ceux que Croissac lui commandait. La grande histoire mise au service de la communication d'entreprise ! Mais c'était tout de même l'histoire et Joseph pouvait donc, selon le mot de Croissac, qui n'en percevait d'ailleurs pas le cynisme, rentabiliser sa passion.

Il se retrouvait, comme autrefois, dans un local syndical, exposant un projet, écoutant les remarques et les critiques. Il viendrait avec une équipe pour tout filmer, les hommes et les machines. Il interrogerait les anciens, il chercherait dans les archives les images des vieux combats, des grèves historiques. Et l'on verrait l'histoire avancer, avec les modèles, sur les chaînes, la Juva, le 1 000 Kilos, la 4 CV, la Dauphine. Il y avait, bien sûr, des points obscurs. Mais la version communiste de l'histoire des années sombres convenait parfaitement à l'image de Renault. P'tit Louis s'était mal conduit, mais les ouvriers avaient résisté ! Ce n'était pas l'exacte vérité, les camions et les chars ne s'étaient pas construits tout seuls, mais on n'insisterait pas trop.

Joseph passa sans trop de difficultés l'examen. Il répondit calmement aux piques de Sylvain et d'Élie, les plus sectaires du groupe, il les rassura, même. Il avait gardé le sens de classe, lui qui s'apprêtait à convoler avec une grande bourgeoise, bientôt parlementaire socialiste. Après la réunion, ce fut Karim que l'on chargea de guider Joseph dans tous les recoins de l'usine. Joseph n'y était entré qu'à deux reprises, lors d'une visite, rituellement organisée pour les élèves de l'école centrale du PC, et, un peu plus tard, en journaliste de *L'Humanité*, pour assurer le compte rendu d'une grève. Beaucoup de choses avaient changé, depuis cette époque, les modèles les plus récents ne sortaient plus des chaînes de Billancourt. On y fabriquait des moteurs, on montait encore la 4L, que la Régie voulait arrêter depuis plusieurs années, mais dont les commandes ne s'épuisaient pas.

— Ici, maintenant, tu as besoin d'un interprète, dit Karim, en emmenant Joseph sur la passerelle qui conduisait au « 74 », l'atelier mythique des grèves d'autrefois.

Karim, en fait, connaissait la langue de la nouvelle aristocratie ouvrière, l'arabe d'Algérie.

— C'est simple, dit-il à Joseph. L'échelle de qualification descend vers le sud. Tout en bas, c'est le Mali et le Sénégal, au-dessus les Marocains, un peu de Tunisiens, les Algériens au contrôle et à la mécanique, et les Gaulois à la maîtrise ! Et quand tu vois un blond à la manutention, si c'est pas un Berbère, c'est que c'est vraiment un con ! Pour toi… c'est une abstraction, un concept, la classe ouvrière. Maintenant, tu peux voir !

— Karim, tu as fait autant d'études que moi ! Tu enseignais la philo, à Alger. Tu es entré ici pour militer…

— Oui… Ils m'ont pris parce que j'avais une gueule d'Arabe. Les maos venus de Normale sup se faisaient repérer tout de suite. Moi, j'étais mao à l'époque, mais avec une gueule d'Arabe… Si j'avais dit aux types de l'embauche que j'étais licencié en philo, ils ne m'auraient pas cru. Ils ont juste regardé ma gueule, et comme je savais lire et écrire, ils m'ont pris comme magasinier !

— Pourquoi es-tu resté, Karim ? Le temps des établis est passé depuis si longtemps !

— Je suis le baisé de l'histoire, mon pauv' Joseph… L'âge et la gueule ! Je date de la guerre d'Algérie ! Après l'indépendance, je suis rentré, comme prof. Boumediene m'a viré, le PC aussi… Je suis revenu ici, j'ai bossé dans une boîte à bac et j'ai été voir du côté de la gauche prolétarienne. Ils m'ont envoyé à la base… Maintenant, c'est chez moi. Les maos se sont recyclés, dans les médias ou chez les socialos, moi, j'suis là, chez Renault, et je resterai jusqu'au bout ! Et je vais surveiller ton boulot… Déconne pas, Joseph, n'oublie pas d'où tu viens !

— Je n'oublie rien ! Surtout ici. Mais c'est quand même marrant que mon boulot de pubard m'envoie à l'usine !

— Toi… tu ne fais que passer. Tu vas faire un joli film, une expo, un livre peut-être… On parlera de toi.

La finesse de Karim surprenait toujours Joseph.

L'opération Renault changeait son statut. Croissac s'en était occupé, il aimait jouer les mentors, surtout quand l'opération lui ouvrait de nouveaux marchés. Il avait joué de ses relations pour faire publier l'ouvrage de Joseph sur le général Dumas et le maréchal Brune, ce qui permettait de le présenter, désormais, comme un historien. Croissac poussait aussi Joseph à faire valoir son talent de conteur, par quelques chroniques dans des journaux qui n'avaient rien à lui refuser. Joseph célébrerait bientôt quelques anniversaires historiques. Pour Croissac, la commande du mémorial Renault n'était qu'un commencement, il envisageait de vendre le concept à d'autres entreprises, à des villes et à des régions touristiques. L'histoire, disait-il, ne devait plus rester entre les mains des profs. Le public adorait ça, il y avait de l'argent à faire, Joseph ne savait pas que sa passion pouvait devenir une valeur marchande. Il se laissait guider, c'était toujours mieux que de corriger l'image des dirigeants socialistes. Il savait, certes, que Croissac calculait tout. Joseph était l'ami de sa précieuse associée, Sarah, elle-même mariée à un investisseur dont il avait besoin. Et Sébastienne était désormais une étoile montante en politique. Joseph, sans y penser, avait fort judicieusement choisi les mères de ses enfants. Il croyait, pourtant, s'être retrouvé lui-même, en reprenant le métro à Marcel-Sembat, au terme d'une journée de travail à Billancourt.

Porte-de-Saint-Cloud

Joseph se tenait en retrait de la campagne électorale, dont il avait conçu les slogans avec Croissac. Passe d'être conseiller occulte des socialos, mais prince consort de leur nouvelle diva ! Lorsque Sébastienne battait les estrades, il se retirait dans son antre de la rue des Vignoles, pour y retrouver le général Dumas et le maréchal Brune. Il s'était attelé à un roman historique, *Les Mousquetaires de la Révolution*. Plus que jamais, Joseph arpentait Paris, sur les traces de ses héros, il passait devant la guillotine dressée sur la place du Trône-Renversé, croisant Fouquier-Tinville qui, sans un regard pour ses victimes, regagnait sa demeure champêtre du village de Charonne.

Le Paris du printemps 1984 bruissait de complots royalistes. Les prêtres réfractaires agitaient l'opinion contre la loi Savary, Joseph pouvait bien vivre dans sa fiction, le ministre de l'Éducation nationale était l'homonyme d'une figure du consulat. L'église Saint-Ambroise, comme beaucoup d'autres, affichait son hostilité à la réforme du financement des écoles privées. Joseph fredonnait de vieux couplets anticléricaux lorsqu'il longeait l'église pour aller rejoindre Sébastienne. Ils sortaient de moins en moins ensemble, elle était désormais une vedette de l'actualité, on la reconnaissait dans la rue et les restaurants. L'obligation de discrétion convenait à Joseph, il aimait traiter Sébastienne en maîtresse clandestine, alors même qu'ils s'apprêtaient à passer devant le maire du XIe arrondissement. Elle exigea, à quelques jours du scrutin, qu'il se montre rien qu'une fois à ses côtés, en public. Il était réticent, mais il ne s'agissait jamais que de foot.

Le Paris-Saint-Germain disputait un match de coupe d'Europe des clubs sur son terrain, au Parc des Princes. Paris contre une équipe italienne, Naples, c'était une belle sortie pour une candidate à la députation européenne. Une idée de Sarah, une fois de plus. Chargée par Croissac de la campagne des élections européennes, elle en avait profité pour propulser l'image de Sébastienne. Un choix strictement professionnel ! jurait-elle. Avec Lionel Jospin comme chef de file, le PS paraissait trop rigide.

— Il faut une image un peu plus glamour en campagne, répétaient en chœur Croissac et Sarah.

L'idée agaçait Joseph. Mais quand il se risquait à la contester, Croissac rétorquait en souriant qu'il avait été le premier à craquer. Sébastienne, benjamine de la liste, faisait entrer le socialisme sur le papier glacé des magazines. Une jolie femme avec un ventre qui s'arrondissait ! Sarah la montrait chaque fois qu'elle le pouvait. Un match de foot, c'était parfait ! On ne pouvait pas laisser toute la tribune à la droite, représentée par le maire de Paris. Les caméras négligeraient les hommes politiques, les autres candidats dont la présence était plus attendue. On ferait à peine attention à Jospin, député de Paris, qui semblait toujours s'ennuyer dans les tribunes. Il était même foutu de parler de son sport favori, le basket, devant un public qui n'aimait que le foot ! Sébastienne, elle, ferait un malheur. Elle n'avait jamais regardé un match de foot, ignorait tout des règles du jeu, mais avec un peu de préparation, elle serait capable de surprendre par la pertinence de ses commentaires.

C'était une occasion rêvée pour construire l'image

d'une fille sympa, moderne. Sébastienne se rendit donc à une séance de formation à l'agence, où un journaliste sportif se chargea, vidéo à l'appui, de son initiation. En deux heures, elle savait tout du corner et du penalty et semblait connaître chacun des héros de Paris. La veille du match, elle demanda à Joseph de lui faire réciter sa leçon, de manière à retenir les places des joueurs du PSG et celles des plus redoutables de leurs adversaires napolitains. Bonne élève, toujours, elle sut tout des milieux de terrain et des libéros.

— Tu es prête pour la guerre des goals, lâcha Joseph à la fin de la séance.

Il dut répéter le calembour, ce n'était décidément pas la forme d'esprit de Sébastienne qui, de surcroît, ne se souvenait plus du *De bello*. Culture positive, moderne, aux antipodes de ces vieilleries qui passionnaient Joseph. Non, elle ne voulait pas savoir qui était ce saint Cloud, petit-fils de Clovis, devenu saint pour échapper au poignard de son oncle Clotaire. Cela ne servait à rien, elle devait délivrer un message positif.

Joseph ne s'indignait même plus en découvrant les diverses recettes qu'on utilisait en campagne. L'entrée de Sébastienne en politique avait suscité des commentaires plutôt bienveillants. Il y avait bien quelques allusions aux vilaines affaires dont elle s'était mêlée, mais Sébastienne plaisait aux journalistes. Bardée de diplômes, tête pensante en économie, domaine jusque-là réservé aux hommes, elle se retrouvait couverte d'éloges jusque dans les journaux les plus hostiles à la gauche. Pour la presse féminine, Sébastienne devint rapidement une star en annonçant qu'elle prendrait deux jours de congés, au beau milieu de la campagne, pour se marier dans la plus stricte intimité. Un grand hebdomadaire avait aussitôt proposé d'acheter l'exclusivité des photos. Croissac trouvait l'idée « intéressante », mot qu'il employait pour tester délicatement les résistances de ses interlocuteurs. Joseph répondit qu'on pouvait toujours vendre le mariage de Sébastienne, mais qu'il n'y viendrait pas.

Il se surprenait, pourtant, à accepter son propre rôle. Ce n'était pas si désagréable, de découvrir une déclaration d'amour de Sébastienne dans un grand magazine féminin qui l'avait interrogée sur l'homme de sa vie. En deux ou trois mots, faussement pudiques, elle avait dit toute son admiration, parlant de son indépendance d'esprit, de sa manière de communiquer ses passions. Il lui avait fait découvrir le vieux cinéma américain, Aragon et Perec, Alexandre Dumas, Victor Hugo, les rues de Paris, les généraux de la Révolution et les courses de chevaux.

Il avait pesté en découvrant sa propre photo en médaillon, au milieu d'une interview de sa compagne. Il avait refusé de répondre à une journaliste qui le harcelait au téléphone, et ne s'était montré à aucune manifestation publique. Mais il ne pouvait laisser Sébastienne, seule, au Parc des Princes. Par principe, il lui annonça négativement qu'il se faisait un devoir de l'accompagner.

— Je déteste Landowski, dit-il dans un grognement, mais je ne vais pas te laisser au milieu de ces supersportifs.

Sébastienne découvrit que Landowski n'était pas le milieu de terrain du PSG, mais un sculpteur à qui l'on devait les affreuses fontaines de la porte de Saint-Cloud. Du pur style préfasciste, grandiloquent et faussement dépouillé. Deux cylindres géants d'autant plus détestables qu'ils donnaient de la majesté à la plus sinistre des entrées de Paris, la barrière de Saint-Cloud, par laquelle le général Galliffet pénétra dans la ville insurgée au premier jour de la Semaine sanglante.

— Ils ont érigé ces fontaines pour célébrer, sans oser le dire, la défaite de la Commune ! Et Landowski a fait pire ! précisa Joseph. Nous lui devons la statue de Paul

Déroulède et le monument aux morts de la ville de Bordeaux ! Mais… nous irons, puisqu'il le faut !

Il n'était cependant pas question de déroger à ses habitudes, d'accepter qu'une voiture vienne les prendre. Porte de Saint-Cloud, c'était direct ! Et Joseph aimait particulièrement les métros du dimanche après-midi. Une famille portugaise endimanchée monta à Oberkampf pour descendre à Franklin-Roosevelt. À mesure des correspondances à Strasbourg-Saint-Denis, Havre-Caumartin et Miromesnil, le wagon s'emplissait de jeunes, presque exclusivement des garçons qui, de toute évidence, se rendaient au Parc, avec drapeaux, trompettes et maillots du PSG.

En face d'eux, sur la banquette, une femme lisait un magazine où Sébastienne figurait dans la rubrique des personnalité montantes. Levant les yeux, elle crut à une hallucination et regarda de nouveau la photo.

— C'est vous ? demanda-t-elle en rougissant.

— Oui, c'est bien elle, répondit Joseph en riant.

— Vous n'avez pas peur ? interrogea la femme.

— Pourquoi devrais-je avoir peur ? s'inquiéta Sébastienne.

— Vous ne devriez pas vous montrer ! Après ce que vous avez fait, vous, les socialo-communistes ! Moi, je vais à Versailles, figurez-vous… Ils sont déjà des millions là-bas… C'est foutu, pour vous !

— Vous devriez changer de place, madame, répliqua fermement Joseph. Mon amie n'est qu'une douce sociale-démocrate, mais moi, je suis un vrai bouffeur de curé et je ne vais pas me laisser emmerder par une pauvre grenouille de bénitier. Foutez-moi le camp ! Allez, vite !

N'imaginant pas une seconde que la violence de Joseph était feinte, la femme se précipita à la portière et changea de wagon au premier arrêt.

— Joseph, ce n'est pas très politique ! protesta Sébastienne. Nous sommes en campagne, tout de même !

— Tu es en campagne. Moi, je vais au match !

— J'espère que tu te tiendras un peu mieux là-bas !

— Parce qu'il y aura des caméras ? Ne t'en fais pas. Je voulais seulement te montrer que nous ne sommes plus libres ! Il n'y a pas si longtemps, nous pouvions tout faire, dans la rue et même dans le métro.

— C'est un très joli souvenir…

— Un souvenir, comme tu le dis ! Désormais, nous devrons faire attention, partout.

— Je reconnais que c'est le prix à payer. Mais c'est tellement important pour moi !

— Je sais. Et je me surprends ! Je suis doublement enchaîné et je n'ai même pas envie de me plaindre.

— Serait-ce une déclaration d'amour ?

— Malheureusement, oui. Tu me fais faire des choses incroyables. C'est bien la première fois que je vais voir un match de foot ! Le dernier que j'ai regardé, c'était la demi-finale de la Coupe du monde 1958. Kopa, Fontaine, Piantoni, Roger Marche ! En Suède… contre le Brésil ou l'Argentine, je ne sais même plus ! Enfin, moi, j'étais avec les copains devant la vitrine du marchand de télés de la rue d'Avron. Il y avait tout le quartier sur le trottoir. On regardait l'image muette sur l'écran, on écoutait le son au transistor. La France a perdu et, comme je suis très mauvais joueur, le foot ne m'a plus intéressé. Sauf sur le terrain vague, porte de Montreuil. On faisait les buts avec nos fringues, mais on jouait sérieux !

La station Porte-de-Saint-Cloud avait gardé des allures de terminus, comme celle de la porte de Montreuil, avait des quais doubles qu'on n'avait pas modifiés lors de la prolongation. Plutôt que de suivre la foule des supporters dont les cris et les trompettes résonnaient dans le couloir qui menait directement au Parc des Princes, Joseph préféra la sortie la plus proche, côté avenue de Versailles. Et il y avait là un tabac ouvert en permanence, jour et nuit, à côté du dépôt d'autobus.

On apercevait à peine les fontaines Landowski au milieu de la place, tant il y avait d'autocars, les uns chargés de supporters, les autres emmenant à Versailles une foule de partisans de l'école libre. Sans compter les bus gris des CRS, littéralement débordés par le télescopage des deux manifestations ! Le tout produisait un effroyable vacarme, mêlant les clameurs et les cris, les klaxons furieux et les trompettes des supporters. On frisa l'incident grave lorsque Joseph et Sébastienne franchissaient le boulevard périphérique pour gagner l'entrée des officiels et des invités de marque. Les flics chargés de la circulation barraient la route de la Reine, obligeant les manifestants à gagner Versailles par le pont de Sèvres et la nationale 10, plutôt que par le pont de Saint-Cloud et l'autoroute A13. Les occupants d'un bus immatriculé dans la Meuse, imaginant qu'il y avait là une entrave à la liberté de manifester, sortirent sur la chaussée en entonnant le chœur de *Nabucco*, qui servait d'hymne aux partisans de l'école libre. Les supporters au crâne rasé qui se trouvaient à quelques mètres n'étaient pas totalement incultes. Reconnaissant les accents de la musique de Verdi, ils crurent à une provocation des supporters italiens et, bousculant le cordon de CRS, se jetèrent sur les parents d'élèves des écoles Saint-Joseph et Notre-Dame de Bar-le-Duc dans la Meuse. Deux petites explosions provoquèrent un début de panique dans la foule des amateurs de foot. Joseph reconnut une odeur familière, un parfum de jeunesse en ce début de printemps. Les lacrymogènes ! Une escouade de CRS arrivée en renfort sépara rapidement les belligérants, renvoyant les uns à la tribune Boulogne du Parc et obligeant les autres à remonter dans le bus. Joseph s'amusait fort de l'indignation de ces petits-bourgeois de province, qui se croyaient victimes d'une agression socialo-communiste.

— Dommage que ça s'arrête si vite ! lança-t-il. Calotins contre skins, les bourres entre les deux, c'est un beau match… Si je n'étais le chaperon officiel d'une socialo, je pousserais volontiers tout ce monde à la castagne !

— Ça t'amuse ? soupira Sébastienne. Moi, ces types au crâne rasé me foutent vraiment la trouille !…

— Attends ! Ce n'est pas fini !

Précédés et suivis par les gendarmes mobiles, les bus des tifosis de Naples arrivaient par la route de la Reine. À la vue des flics, des drapeaux italiens et des couleurs de Naples, les supporters du PSG foncèrent en hurlant sur le premier cordon de CRS. Ce fut un choc rapide mais extrêmement violent. Les gendarmes sautèrent aussitôt des cars avec boucliers et bidules, et isolèrent les trublions.

Les skins se repliaient en bon ordre, avec une gestuelle alternant salut fasciste et bras d'honneur accompagnés de quelques vociférations à l'adresse des ritals. Ils avancèrent entre deux haies de flics vers la tribune Boulogne, tandis que Joseph et Sébastienne présentaient leurs cartons de VIP pour atteindre l'entrée des nomenklaturistes. Un lieu feutré d'où l'on entendait à peine les vociférations des groupes de supporters, placés aux deux extrémités du stade et contenus à grand-peine par des nuées de poulets. Il y en avait tant, entre les tribunes et la pelouse, que le Parc des Princes pouvait passer pour un élevage en batterie. Les VIP se congratulaient et se saluaient, comme s'ils ignoraient tout des événements qui se déroulaient à quelques mètres. Côté artistes et vedettes du show-biz, c'était un beau casting, quelque peu ringard, et, dans la catégorie politique, on voyait, à la coupe branchée des costards, que les socialistes avaient nettement l'avantage.

— Tu as de la chance ! ricana Joseph. Les candidats de droite ne se montreront pas trop au stade, ils sont tous à Versailles… juste retour des choses… Les Versaillais sont entrés dans Paris par la barrière de Saint-Cloud, ils refont le chemin en sens inverse !

Il y avait du beau linge, dans le salon officiel du Parc des Princes, et Joseph s'y sentait beaucoup moins à l'aise que dans celui de l'hippodrome d'Auteuil. Il ne put échapper à la caméra qui filmait toutes les entrées. On le vit, donc, tenant le bras de Sébastienne, serrant des mains, embrassant Sarah et Benjamin. Comme prévu, la tribune officielle était plus à gauche qu'à l'ordinaire. On se forçait à sourire, on parlait foot. La rumeur grossissait encore la foule rassemblée là-bas, à Versailles, pour une cause qui semblait surgie du passé. Un député socialiste donnait des explications embarrassées à un groupe d'élus napolitains venus accompagner leur équipe. Ils étaient d'autant plus surpris de cette guerre laïque rallumée en France, qu'à Naples, l'équilibre des forces obligeait communistes et démocrates-chrétiens à dialoguer en permanence pour gérer la ville.

Joseph reconnut un visage dans le groupe d'élus italiens. Un camarade connu jadis à Prague, à l'Union internationale des étudiants, et qui était devenu député des quartiers rouges de Naples. Antonio !

— Kaplané ! cria-t-il, reconnaissant Joseph. Depuis quand tu aimes le foot ?

Joseph sourit. Présenta Sébastienne. Avoua les raisons de leur présence.

— Très mauvaise idée, dit Antonio. Napoli va vous pulvériser !

Dans la tribune Boulogne, les skins vociféraient des

slogans anti-italiens, sans plus de considération pour l'origine romaine de leur salut du bras tendu. Les cris des Napolitains ne valaient guère mieux, mais au moins étaient-ils entrecoupés de chansons et de mandoline. Lorsque les équipes entrèrent sur le terrain, les supporters du PSG se déchaînèrent contre leur propre gardien de but.

— Qu'est-ce qu'ils crient ? demanda Sébastienne.

— Ils veulent l'envoyer au zoo !

— Au zoo, pourquoi au zoo ?

— Il est black, donc, pour eux, il s'est gouré de cage.

— Je ne peux pas y croire !

— Tout est normal ! répliqua Joseph. Les autres ne sont pas à Versailles par piété, ils veulent seulement des écoles sans gosses d'immigrés. Ici, ils sont plus francs.

Sur le terrain, les Parisiens accumulaient les fautes, rataient toutes les occasions de marquer. Les sifflets fusaient de toutes parts. La tribune Boulogne était déchaînée, les projectiles volaient sur les flics arrivés au trot pour prévenir l'émeute, qui éclata, inévitablement, lorsque Naples marqua son premier but. Mieux valait, d'ailleurs, en finir au plus vite, une escouade de CRS monta à l'assaut de la tribune Boulogne pour embarquer les meneurs, juste avant la mi-temps. La bagarre fut d'une rare violence, les flics étaient hystériques parce que deux des leurs avaient été sérieusement amochés au début de l'assaut. Sébastienne, de plus en plus effarée, regardait les secouristes se frayer un chemin entre les belligérants. L'ordre fut à peu près rétabli à la reprise. Il était grand temps puisque, désormais, le goal napolitain se trouvait à portée de projectiles, juste devant la tribune Boulogne, mais hors d'atteinte des joueurs parisiens, constamment acculés à une position défensive. Le PSG ne tarda pas à aggraver sa situation, encaissa un deuxième but puis, après une faute grave d'un de ses joueurs, un troisième sur penalty. Le public, naturellement, conspuait l'arbitre, mais sans grande conviction, en l'absence des meneurs skins.

Le résultat final laissait peu d'espoir au PSG qui, battu à domicile, ne pouvait espérer se refaire au pied du Vésuve.

Joseph entendait filer dès la fin du match mais la police, prudente, avait demandé aux VIP de rester dans le salon d'honneur jusqu'à l'évacuation totale du stade. Champagne, félicitations très sportives adressées aux représentants de la ville de Naples. Joseph, lui, refaisait le monde avec Antonio, reprenant l'histoire du communisme à l'endroit où, ensemble, ils l'avaient laissée : à Prague, quelques années plus tôt.

Havre-Caumartin

Les vitrines du Printemps présentaient des maillots de bain et des robes légères sur fond de sable, d'étoiles de mer, de voiles marines et de filets de pêche. Génie toujours renouvelé des étalagistes-décorateurs, sans qui les saisons ne seraient pas toujours visibles depuis les trottoirs de Paris. Les badauds de ce dimanche de juin rêvaient devant ces superbes filles, parfaitement imitées, mannequins déambulant sur le quai d'un port de plaisance reconstitué. Ce n'était pas la splendeur de Noël, avec ses jeux de construction géants, ses automates et ses palais pour princesses de cire, ce n'était que l'été, saison chargée de rêves qui laissaient Joseph indifférent. Pour Joseph, l'océan méritait le désir au temps où la rue du Havre menait directement à New York ou à Singapour par la gare Saint-Lazare, où l'on s'embarquait pour rejoindre un cargo mixte à Rouen ou quelque transatlantique amarré au Havre. La gare Saint-Lazare était morte avec le *France*, Le Havre n'était fait que de souvenirs, le dernier paquebot, le dernier président de la IVe République, Gabin sur le quai des Brumes, le rude hiver de Raymond Queneau et quelques chansons de Mac Orlan. À la gare Saint-Lazare, les grandes lignes avaient rétréci, elles menaient au mieux à Caen, l'essentiel du trafic conduisait vers les banlieues, Bécon-les-Bruyères, Nanterre-la-Folie ou Versailles-Rive-Droite. Sous terre, le

RER de Havre-Caumartin concurrençait la gare et les autobus chers à Raymond Queneau.

Joseph ne s'aventura pas dans les couloirs interminables qui permettaient de rejoindre le RER à Auber et même les lignes de métro de la station Opéra. En tête du quai à Havre-Caumartin, direction Pont-de-Sèvres, il monta prestement les marches de la sortie boulevard Haussmann, côté grands magasins. Il avait simplement rendez-vous avec Sébastienne, il craignait de la trouver déprimée, comme toujours lorsqu'elle revenait de Versailles, voyage qu'elle avait entrepris plusieurs fois depuis le début de sa grossesse. Elle avait espéré se réconcilier avec sa famille, qui refusait de recevoir Joseph, lequel ne tenait d'ailleurs pas à les rencontrer, sauf pour voir à quoi pouvaient ressembler ces gens d'un autre monde. L'exotisme, à ses yeux. Les Charentes, une lignée bourgeoise, des militaires et des magistrats, propriétaires terriens ! Chaque récit de Sébastienne fascinait Joseph. Il regrettait la disparition du second écouteur sur les téléphones, lorsqu'elle parlait à sa mère. Il lui semblait assister à une séance de spiritisme, à une tentative de dialogue avec les voix du passé. Surtout lorsque Sébastienne avait appelé ses parents pour leur demander d'assister à son mariage. Il aurait voulu entendre Madame de Montguyon dire qu'elle serait morte de honte en accompagnant à la mairie sa fille si visiblement enceinte. Joseph et Sébastienne s'étaient donc mariés en présence de quelques amis, Sarah et Alfred, leurs témoins, Rosa et Eddy. En sortant de la mairie du XIe, ils avaient bu le champagne au Cadran de Voltaire. Sébastienne avait aimé la joie de Rosa, sa manière de savourer, comme une revanche de la vie, cette petite fête improvisée dans ce café.

C'était Rosa qui avait choisi le Cadran, un bistro ordinaire, mais pas pour elle. Son fils se mariait en juin 1984, presque quarante ans après son premier signe de vie. Elle avait eu un vertige, Rosa, dans le panier à salade qui la menait à la Roquette, en 1944. À la terrasse du Cadran de Voltaire, les gens semblaient ignorer la guerre. Ce devait être, pour Rosa, la dernière image de vie. Elle avait d'abord attribué le vertige aux coups, à la gifle du flic qui l'interrogeait. Un geste de rage, il savait bien qu'elle ne parlerait pas. Rosa était entrée à la Roquette avec l'image de ces gens qui souriaient à la terrasse du café. Elle y repensait, dans sa cellule, pendant son transfert à Drancy, et au long de son voyage vers l'enfer. Elle ne pensait pas en revenir. Les Allemands évitaient d'exécuter les femmes résistantes en France, ils les emmenaient chez eux pour les décapiter. Elle avait connu pire que le billot et la hache, mais elle avait tenu, pour cet enfant qu'elle portait. Et il le trouvait médiocre, Joseph, le champagne du Cadran !

Elle avait répondu d'une phrase que Sébastienne trouvait extraordinaire :

— Et dire que j'ai survécu pour faire vivre cet imbécile.

Rosa avait enlacé Sébastienne, en lui murmurant que ça n'avait guère d'importance, que l'essentiel, c'était leur fille. Sébastienne aurait tant voulu trouver pareille tendresse chez sa propre mère. Elle voulait essayer, une dernière fois, de briser le mur qui la séparait des siens.

Elle avait choisi le dimanche des élections pour se rendre à Versailles, espérant changer à la dernière minute le vote de ses parents. Elle admettait que ces vieux réactionnaires n'accordent pas leur suffrage à une liste socialiste, même secrètement, histoire de donner un coup de pouce à leur fille. Mais c'est qu'ils votaient Le Pen ! Ils ne pouvaient se ranger derrière Simone Veil, qui conduisait la principale liste de la droite.

Sébastienne avait vaguement espéré que la naissance

imminente d'une petite-fille soit de nature à faire tomber les préjugés. Mais il n'y avait rien à faire. Elle fut surprise de trouver ses parents seuls un dimanche, à l'heure du café. Elle s'attendait à retrouver ses sœurs et leur marmaille. Elle comprit vite la signification de ce « Viens donc à l'heure du café », étrange réponse à son « Je viendrais bien vous voir dimanche ». Ils avaient expédié leur déjeuner dominical et éloigné les branches saines de leur descendance, sous quelque prétexte. Sans doute avaient-ils prétendu qu'ils remplissaient un devoir civique, il leur arrivait de se porter volontaires pour la tenue du bureau de vote.

Sébastienne réalisa vite qu'elle avait fait le chemin de Versailles pour se conforter dans ses propres choix. Ce qu'elle entendait lui semblait irréel. Ces gens si distingués, ses parents, aimaient un Le Pen, jusque dans sa vulgarité. On avait besoin d'un homme tel que lui pour sauver cette pauvre France, submergée d'étrangers, ruinée par un gouvernement de profiteurs. Ah, il n'y avait pas de quoi être fier d'être charentais, quand on voyait Mitterrand. Ils prononçaient « Mitt'rand », comme tous ceux qui le haïssaient. Et leur fille, acoquinée avec ces gens-là ! Il n'était guère surprenant qu'elle fût, déjà, éclaboussée par un scandale. Et elle prétendait qu'elle devenait raisonnable parce qu'elle attendait un gosse de ce Kaplan ?

L'enfant qu'elle portait n'était pas seulement conçu dans le péché, il avait des origines improbables, car, enfin, tout de même, sans être antisémite, ces gens, on ne sait même pas d'où ils viennent ! Et s'il y avait une maladie, une tare dans la famille ?

— Est-ce qu'il portera notre nom ? demanda Madame de Montguyon.

— Elle ! rétorqua Sébastienne. C'est une fille, figurez-vous que, de nos jours, on peut le savoir... Et rassurez-vous, elle s'appellera Kaplan. Comme moi. Je suis mariée depuis trois jours. Je redeviens donc fréquentable !

— Et… tu t'es mariée où ?… demanda le père, sur un ton suspicieux.

— Mais, répondit Sébastienne, surprise, à la mairie de mon arrondissement.

— À la mairie ! répliqua le père, vaguement soulagé. Au moins ce n'était pas à la synagogue !

Il prononçait toujours ce mot dans un souffle, comme s'il s'agissait de quelque chose de mystérieux et de terrible. Sébastienne l'avait toujours entendu pester contre la synagogue et la loge, ces deux lieux où l'on s'entendait secrètement pour mener le monde.

— Malheureusement, répondit-elle, avec un calme qu'elle ne se connaissait pas, Joseph ne veut pas entendre parler de la synagogue ! Moi… j'aurais aimé briser un verre et danser toute la soirée, un mariage juif, au moins, c'est une fête !

— Oui, oui, avec des sarabandes, lâcha Monsieur de Montguyon.

Sébastienne était sidérée. Elle les savait obtus et, en dépit de leurs dénégations, toujours attachés aux idées de leur jeunesse, celles qui avaient valu la francisque au grand-père. Mais elle ne s'attendait pas à les trouver à ce point effrayés de partager leur descendance avec un juif.

Au grand effroi de sa mère, Sébastienne lança au sol un verre de cristal, du saint-louis, trésor familial. Si elle hésita devant le vase Ming, c'est qu'elle venait de découvrir qu'une nouveauté trônait sur le buffet du salon. Une Sainte Vierge des plus kitsch, en porcelaine, une de ces statues que l'on vend dans les bazars de Lourdes. Cela n'allait pas très bien avec les meubles, les tableaux et les objets de bon ton de cet intérieur bourgeois.

— Il y a quelqu'un de malade, dans la famille ? demanda-t-elle à ses parents.

Sa mère demeurait pétrifiée et son père se retenait, n'osant tout de même pas lever la main sur une femme enceinte. Ils n'avaient pas besoin de répondre. C'était bien elle, la malade. Madame de Montguyon avait fait le pèlerinage de Lourdes pour demander la guérison de sa fille. Sébastienne passa de la colère au rire et reprit immédiatement le chemin de la gare de Versailles-Rive-Droite, bien décidée à ne jamais revenir. Désormais, cette famille qu'elle trouvait odieuse, effroyable, quand elle s'était rebellée, lui paraissait seulement ridicule et grotesque. Elle se sentait plus légère, elle avait eu besoin de cette rencontre comme d'une scène de rupture. Elle comprenait ce mot terrible que Joseph répétait toujours en riant. Quelle chance d'avoir une mère déportée ! Sébastienne transmettait cette chance à sa fille, dont Rosa serait la seule grand-mère. Et plus elle voyait ses propres parents, et plus elle pardonnait à Joseph sa manière de préserver son propre espace, de s'enfermer des jours entiers avec ses livres et sa machine à écrire et de se cacher derrière le répondeur téléphonique. Il avait décroché, cette fois, quand elle avait appelé depuis la gare de Versailles. Non, il n'avait pas oublié de voter, il savait aussi qu'il devait la rejoindre à la soirée « résultats » organisée par Sarah dans les locaux de la financière Alfred Hirsch, les trois étages supérieurs d'un bel immeuble en angle, à l'extrémité de la rue Tronchet. C'était un peu bruyant, mais depuis la salle de conférence, la vue plongeait sur les superbes artères percées par Haussmann, le boulevard qui porte son nom, la rue Auber, la rue du Havre, avec en face la rue Tronchet, assez large pour laisser voir, à son extrémité, l'église de la Madeleine. Joseph n'avait pas oublié la soirée prévue rue Tronchet. Prudente, Sarah lui avait d'ailleurs laissé un message dans l'après-midi, il n'avait pas répondu parce qu'il travaillait à son roman, mais elle lui avait donné la première estimation de sortie des urnes. Des chiffres secs, qui annonçaient un cataclysme dans la vie politique.

— Ce n'est pas la peine de se précipiter, dit Joseph, il n'y aura pas suspense, tu es élue... Les socialos ne s'en tirent pas trop mal, un petit 20 %, ça pouvait être pire... mais tu verras Le Pen et sa bande à chaque session ! Ils font un carton. Selon les estimations, nous avons entre 11 et 13 % de salopards...

— Dont les grands-parents de ta fille ! souffla tristement Sébastienne. C'est une raison de plus pour que tu viennes me retrouver un peu plus tôt. Je veux te voir, tout de suite, en débarquant du train de Versailles !

— Sais-tu ce que tu me demandes ? Je suis avec Brune et Danton, aux Cordeliers, et il faut que je les laisse pour Tronchet, avocat de Louis Capet, parce que tu écourtes ta visite à Versailles !

— Non seulement je suis prête à tout entendre à propos de Tronchet, mais je veux bien réviser mon cours de droit sur le Code civil. C'est lui aussi... Mon train est dans cinq minutes. Quatre, maintenant. Tu as tout juste le temps de filer prendre le métro, nous serons en même temps à Havre-Caumartin.

Sébastienne raccrocha sans attendre la réponse et se demanda tout au long du voyage si Joseph serait bien au rendez-vous. Elle descendit lentement les escaliers de la gare Saint-Lazare, passa de la cour de Rome à la cour du Havre, elle se sentait libre, comme le jour de sa première escapade d'enfant quand, fuyant Versailles et son école de bonnes sœurs, elle était venue s'étourdir dans la cohue des grands magasins. Le quartier l'avait surprise, à l'époque, c'était bien un de ces lieux de perdition dont on parlait avec effroi dans sa famille. Elle s'était demandé si toutes les filles rebelles finissaient vraiment comme celles qui tapinaient dans la rue de Provence, derrière les Galeries-Lafayette. À cet âge, Sébastienne était déjà résolue à échapper à sa famille. Elle y était parvenue, elle était députée européenne, elle se faisait à cette idée en longeant lentement la rue du Havre, espérant retrouver l'énergumène qui représentait tout ce que l'on détestait chez les de Montguyon. Un rouge ! Un intellectuel et, pour tout dire, un juif. Et encore, ils ne savaient pas, eux, qu'il était aussi flambeur, instable, imprévisible. Joseph était bien capable de ne pas venir, de se terrer dans son antre, ou même de disparaître en jurant qu'il avait mieux à faire que de fêter l'élection d'une sociale-démocrate.

Il l'attendait, à l'angle de la rue du Havre et du boulevard Haussmann, appuyé sur la rambarde de la station Havre-Caumartin. Il y avait une belle lumière sur le carrefour, ce jour était un des plus longs de l'année, à quelques jours du solstice. Joseph trouva Sébastienne superbe lorsqu'elle s'avança vers lui, pressant joyeusement le pas en l'apercevant. Elle se précipita dans ses bras et se mit à sangloter sur son épaule, ne sachant plus pourquoi, tant se mêlaient la joie et le chagrin, la rage et l'excitation.

— J'ai besoin de toi, Joseph, je n'ai plus que toi !

— Allons…, dit-il. Tu as quelques millions d'électeurs et quelques amis.

— Ma famille, c'est toi. Et ta famille !

— Je sais… Mais ce soir, tu vas montrer le visage résolu d'une jeune élue qui ne craint pas les affreux. Je connais Sarah. Elle a organisé cette soirée pour toi, pour que tu ne sois pas mêlée à tes camarades au siège du PS. Mais je te parie ce que tu veux qu'il y aura au moins une caméra de télé.

Joseph ne se trompait pas, une camionnette surmontée d'une antenne relais stationnait déjà rue Tronchet devant le siège de la financière Alfred Hirsch. Des câbles couraient sur les escaliers. On avait dressé un joli buffet dans la grande salle lambrissée, vestige d'un autre temps, rendue inutile par les moyens de communication moderne. Mais Alfred tenait à conserver les locaux tels qu'ils étaient lorsque son père y avait installé ses sociétés dans les années vingt. Les bureaux eux-mêmes avaient subi bien des transformations pour accueillir les nouvelles techniques, on y vivait à l'heure de l'informatique, mais le bureau directorial et la salle de conférence gardaient le charme du passé. Un style qui devait autant à la nostalgie et à la piété filiale d'Alfred qu'à la raison sociale de son groupe. Placements financiers, investissements dans la presse, l'audiovisuel et la publicité, à quoi s'ajoutait le hobby transmis sur quatre ou cinq générations de Hirsch, l'achat et la vente de tableaux et de sculptures. Comme dans l'appartement de la Muette, cette activité s'accrochait aux cimaises du vestibule. Les choix n'étaient pas les mêmes, ils attestaient moins le goût d'Alfred Hirsch que son sens des valeurs, son métier consistant, entre autres choses, à guider les investissements des financiers sur le marché de l'art.

Outre les amis, Sarah avait réuni un petit aréopage d'artistes et de vedettes qui n'avaient rien à refuser à Madame Hirsch. Ils étaient de gauche, bien sûr, et s'ils venaient saluer l'élection de Sébastienne, c'était pour témoigner de leur dégoût devant l'irruption des fascistes sur la scène politique.

Jacques Croissac, qui avait passé une partie de la journée avec le président, arriva juste après Sébastienne et Joseph. Il était là en coup de vent, par amitié, on l'attendait, bien sûr, au siège du PS, rue de Solferino. Il était rayonnant quand la plupart des invités affichaient des visages tendus. Après avoir salué ses hôtes et congratulé Sébastienne, il fit quelques commentaires à voix basse, s'adressant essentiellement à Joseph.

— On ne pouvait pas espérer mieux, surtout dans les conditions actuelles. Au-dessus de 20 %, pour un parti de gouvernement, ce n'est pas terrible mais, enfin, avec un bon remaniement, ils s'en sortent ! Et la droite n'a pas la majorité sans l'extrême droite…

— Autrement dit, grinça Joseph, si le Front national n'existait pas, il faudrait l'inventer. C'est à peu près ce que vous avez fait, non ?

— Tu exagères toujours, répondit Croissac d'un ton enjoué. Tu les as entendus, pendant la campagne ? Ils disaient la même chose que Le Pen ! Maintenant, ils ont ça dans les pattes. Ils croyaient que la vague de l'école privée allait emporter le gouvernement et Mitterrand avec lui ! Ils l'ont sous-estimé. Le vieux a quelques cartes à jouer et ça va être passionnant.

— Ça sera sans moi ! Avec les fachos, on ne joue pas, on cogne.

— Joseph ! Tu n'es plus à la Sorbonne. Nous sommes dans un monde de représentation. Les idées des fachos existent. Elles étaient dans la droite. On vient de les isoler, de le faire représenter…

— Comment osez-vous dire une chose pareille ? s'insurgea Alfred Hirsch. Et chez moi !

— Vous me comprenez mal, dit Croissac en adoucissant le ton, parce qu'il ne pouvait se permettre une rupture avec Hirsch, précieux partenaire en bien des affaires. Je suis comme vous, Alfred ! Le Pen et sa bande incarnent tout ce que je hais. Je les méprise. Mais au moins, avec eux, les choses sont claires. Les autres sont des faux-culs, vous le savez bien, combien d'hommes politiques, propres sur eux, pensent exactement comme ces ordures…

— Sans doute, coupa Joseph. Je pense même que les élégants bourgeois de Vichy étaient plus dégueulasses que les voyous de Doriot. Mais on ne répand pas la vérole pour éviter une épidémie de grippe !

— Décidément tu es très bon, toi… Bonne formule ! Écoutez, il faut qu'on en reparle calmement. Nous sommes tous un peu échauffés, alors qu'au fond nous sommes d'accord…

— En ce qui me concerne, répondit sèchement Alfred, je suis en plein accord avec mon ami Joseph. Mais je crains fort, mon cher Croissac, de vous voir entraîné dans une stratégie scabreuse.

Sébastienne écoutait en serrant les dents. Elle se savait entraînée, elle aussi, alors même qu'elle était entrée en politique pour vivre en accord avec ses convictions.

— Je crois, moi, lança-t-elle crânement, que notre objectif prioritaire doit être de faire tomber cette poussée de fièvre.

— Très bien, s'exclama Croissac. Quand la caméra sera sur vous, dites-le avec ce ton. C'est très très bon.

— Oui…, soupira Joseph, ça fait partie du jeu… Mais tu ne peux pas y échapper.

— Donc, je refuse toute déclaration, dit Sébastienne. Sarah, s'il te plaît, va dire aux types de la deux que je suis fatiguée, que j'ai des contractions. Je parlerai plus tard. J'ai besoin de réfléchir.

— Non, dit doucement Joseph. Moralement, tu aurais toutes les raisons de tout lâcher. Mais l'effet serait pire. La vraie dégueulasserie de ce calcul sur les fachos, c'est qu'en dénonçant la magouille, on la renforce. Un jeu de cons ! Il faut que tu parles, avec toute ta sincérité.

Les invités s'agglutinaient devant les écrans de télé que Sarah avait fait installer. À la minute de la clôture du scrutin, les estimations s'affichaient et le score du Front national provoquait des réactions indignées. Croissac était satisfait des réactions qu'il sentait dans ce panel d'artistes et d'intellos.

— Au moins, tous ces gens qu'on n'entendait plus depuis 81 vont se motiver, souffla-t-il à Joseph.

— C'est bien ça…, dit Joseph. Tout marche comme prévu. Bravo encore. Et ne vous inquiétez pas… Je m'occupe de Sébastienne. Pour le reste, je termine le contrat Renault, mais je ne travaille plus sur les campagnes politiques…

— On verra ça, dit Croissac, qui percevait la distance que Joseph installait en le vouvoyant de nouveau.

Le stratège pubard prit congé, il devait se rendre rue de Solferino, et il était d'autant plus pressé que l'apparition attendue de Le Pen sur les écrans de télé menaçait de faire monter la colère d'Alfred Hirsch.

L'équipe télé s'installait pour prendre la réaction de Sébastienne.

— Bois un coup et… maquille-toi, conseilla doucement Joseph. Souligne tes jolis yeux… Allez, il faut que je te le chante ? « Biche oh ma biche lorsque tu soulignes… » Ah, tu ris, c'est bien. Tu veux que je fasse le clown derrière la caméra ?

Sarah aida Sébastienne à se refaire un visage. Joseph tira un carnet de sa poche pour griffonner quelques mots, qu'il soumit à Sébastienne.

— C'est très bien ! s'exclama-t-elle. Je commence par ça ? « Je me suis engagée en politique parce que je ne veux pas que l'enfant que je porte vive dans un monde de haine. » Et si je disais qu'elle est juive ?

— Non… surtout pas ! Elle aura bien le temps de l'être… Tu auras trois minutes, ça passe vite… reprends ce que tu disais tout à l'heure, mais d'une autre manière. Tu vas t'employer à les combattre et tu ne laisseras rien passer… Allez, vas-y, ils font signe.

Sébastienne se retrouva en direct, l'équipe présente sur place n'avait qu'une fonction technique, le présentateur vedette l'interrogeait depuis le studio de l'avenue Montaigne, avec des « Vous m'entendez ? » qui rappelaient les duos Intervilles de Zitrone et Guy Lux.

— Sébastienne de Montguyon, quel effet ça fait d'être

la benjamine des europarlementaires français, peut-être même celle du parlement de Strasbourg ?

Joseph tremblait pour elle. Il fallait répondre, improviser, et caser plus tard la phrase préparée. Sébastienne surmonta son trac avec une maîtrise qui surprit le présentateur.

— Je suis surtout une femme qui s'apprête à assumer des responsabilités politiques et à être mère. Je veux prouver que ce n'est pas incompatible.

Et elle enchaîna sur la phrase préparée par Joseph.

— Parce que si je me suis engagée, c'est que je ne veux pas que l'enfant que je porte vive dans un monde de haine. Et ceux qui se font élire en attisant le racisme me trouveront sur leur chemin.

— Très bien..., répondit le présentateur. Restez avec nous, justement j'ai sur le plateau un des nouveaux députés élus sur la liste du Front national.

— Je ne veux pas lui parler, répondit fièrement Sébastienne.

Le visage ricanant d'un élu Front national apparut sur l'écran.

— Nous voyons, lança-t-il, que les socialistes sont de grands démocrates ! Nous représentons, ce soir, des millions de Français et l'on ne veut pas nous parler !

— Je ne vous parle pas à vous, monsieur. Mais avec ces Français que vous abusez, bien sûr, je veux dialoguer...

— Madame de Montguyon, vous êtes si loin d'eux ! Votre enfant fréquentera une école où l'on parle français...

— Cet enfant a des grands-parents immigrés qui parlent un excellent français...

— Et surtout, il ne vivra pas dans une cité submergée par l'immigration... Sa mère sait toujours trouver de l'argent...

— Non, je vous en prie…, coupa le présentateur, pas d'attaques personnelles !

— Je peux répondre, protesta Sébastienne. J'ai été calomniée, mais la justice m'a donné raison !

— Évidemment, vos amis sont au pouvoir !

— Non, non…, cria le présentateur. Ce n'est pas le sujet et nous avons dépassé le temps. Merci, Sébastienne de Montguyon, nous nous rendons maintenant au ministère de l'Intérieur où l'on attend les premiers résultats officiels…

Avant que l'antenne ne soit coupée, Sébastienne eut le temps de lancer un sonore « La politique, pour vous, c'est la haine et la calomnie ».

Les invités l'applaudirent longuement, tandis qu'elle reprenait son souffle en s'appuyant sur le bras de Joseph. C'était bien la première fois qu'il l'enlaçait ainsi, devant une centaine de personnes.

Sarah trouva que le moment était venu de révéler la surprise qu'elle avait préparée pour Joseph, et surtout pour Sébastienne. Une pièce montée et du champagne, pour fêter tout à la fois l'élection et le mariage.

— Joseph trouvera que c'est une superstition dépassée… mais chez nous, les jeunes mariés cassent un verre sous leurs pieds !

— Avec joie ! répondit Sébastienne.

Au bruit du verre brisé répondirent quelques *mazel tov* qui enchantèrent Sébastienne. D'autant que Sarah avait préparé une seconde surprise, elle avait fait venir un petit ensemble de musique yiddish, violons et clarinette, offrant à Sébastienne la fête dont elle rêvait à l'insu de Joseph. En d'autres circonstances, il aurait protesté. Mais cette musique qui surgissait après la tension de la soirée avait quelque chose de magique. Après un peu de vodka, il chanta en yiddish avec les musiciens une chanson qui avait rythmé son enfance, *als de rebbe sing, singen alle hassi-i-dim.*

À la fin de la soirée, tandis que les visages des fachos apparaissaient une nouvelle fois sur les écrans muets, Joseph lança les vieux chants des combats antifascistes, ceux de la guerre d'Espagne et ceux d'Allemagne. Sébastienne, épuisée, s'endormait dans un fauteuil. Il était temps de ramener la nouvelle députée qui, en dépit de la fatigue, refusait obstinément de monter dans un taxi, de peur de tomber sur un chauffeur lepéniste triomphant. Elle ne voulait pas, non plus, qu'on les raccompagne. Elle avait bien le temps de monter dans les lourdes Renault 25 des ministres et des parlementaires. Et ni les trains de première classe, ni les avions qu'elle emprunterait bientôt, dans ses nouvelles fonctions, ne pouvaient avoir le charme d'un dernier métro entre Havre-Caumartin et Saint-Ambroise. Surtout dans la rame presque déserte du dimanche soir, où elle pouvait faire le voyage affalée sur la banquette, la tête sur l'épaule de Joseph.

Croix-de-Chavaux-Jacques-Duclos

Les grilles de la station Croix-de-Chavaux n'étaient pas fermées, mais le silence des souterrains confirmait les mots rituels tracés à la craie sur un tableau noir. Trafic perturbé, à la suite d'un arrêt de travail d'une catégorie de personnel. L'employé avait d'ailleurs écrit « traffic », avec deux *f*, sans confondre l'anglicisme désormais substitué au mot français « circulation » et le commerce douteux qui renvoyait aux origines de la croix de Chavaux. Le croisement des routes de Paris et de Vincennes était jadis bordé de prairies et d'écuries, et l'on y tenait l'un des plus grands marchés de chevaux de poste et de berlines pour voyageurs au long cours. Les chevaux étaient devenus des chavaux, déformation sans doute due aux accents des cochers et des marchands. Il n'y a pas de trace de calvaire à cet endroit, mais les routes y dessinaient une croix.

Cette croix amusait Joseph autant que la grève impromptue. Il était venu assister au second baptême de la station, qui devenait Croix-de-Chavaux-Jacques-Duclos. Le petit pâtissier affublé de cette étrange croix, lui qui n'avait jamais sacrifié l'anticléricalisme sur l'autel de la main tendue aux travailleurs chrétiens ! Et une grève des conducteurs le jour où l'on honorait l'orateur de juin 1936 ! Joseph n'avait pas été invité aux cérémonies, les renégats sont à jamais indésirables sur les lieux de leur forfait. Mais Sébastienne devait se montrer à Montreuil. Élue sur une liste nationale, elle devait trouver un point d'ancrage. Le Parti socialiste avait décidé de la parachuter à Montreuil, en vue des prochaines échéances. Une de ces vacheries dont les appareils ont le secret : elle n'avait aucune chance de détrôner le député et le maire communistes, elle pouvait, au mieux, espérer s'implanter dans un canton. Et encore, Joseph, qui connaissait les lieux, avait étudié les résultats des derniers scrutins, les communistes déclinaient, mais ils devançaient encore les socialistes d'une dizaine de points.

— C'est une saloperie de t'envoyer là-bas ! dit Joseph, quand Sébastienne lui annonça qu'on l'expédiait en terre de mission. Tu vas arpenter les marchés jusqu'aux cantonales de mars, pour finalement te désister en faveur d'un stal de banlieue. Et dans cinq ans, aux municipales, tu auras un strapontin d'adjointe sur une liste d'union de la gauche. Ce sont des remerciements fraternels ! Tu leur as donné une nouvelle image, tu bosses comme une malade pour le Parlement européen où les vedettes du parti se montreront deux fois par an… et ils t'envoient au casse-pipe !

— Je sais… Mais je vais relever le défi. J'ai le temps. Mon boulot au Parlement et mon activité à Montreuil me rendront incontournable !

Elle ne demandait rien à Joseph, mais il était décidé à l'aider. Il s'en tenait à ce qu'il avait dit le soir des élections, il refusait désormais de travailler avec Croissac, d'écrire les jolis textes de cette gauche morale et humaniste qui jouait le spectre du fascisme. La rigueur de Joseph semblait incongrue dans le monde de la pub, mais Croissac avait besoin de lui à Billancourt. Il se contenta de le traiter de cabochard, sur le ton du copinage. Similitude de mondes antagoniques. On se tue et on se dit tu.

On se tutoyait, à la Convention comme au Comité central ! Comme dans les journaux, les médias et les agences de pub. Joseph mettait le vous entre Croissac et lui, s'efforçant de ramener leur relation à ce qu'elle était, un simple pacte marchand.

Croissac était persuadé que Joseph reviendrait, parce qu'il s'était habitué au train de vie que lui procurait le conseil politique. Le travail sur la mémoire ouvrière de Renault ne permettait pas les mêmes largesses. Et tout était officiel, strictement contrôlé, sans ces enveloppes si précieuses pour un flambeur. Joseph ne l'entendait pas ainsi. Les premiers chapitres des *Mousquetaires de la République* lui avaient permis de décrocher un contrat. Rien d'exceptionnel, mais il espérait bien s'imposer comme romancier de l'histoire. Il se passerait de la politique pour vivre, tout en aidant Sébastienne sur le terrain. Il ne se moquait plus de son engagement, il se plaisait à jouer les Pygmalion de la politique. Elle faisait un chemin qu'il connaissait trop bien, il voulait la protéger de cette terrible illusion de la fraternité d'armes. Il n'avait jamais retrouvé d'ennemis aussi redoutables que ses propres camarades. Et ceux de Sébastienne l'envoyaient dans la forteresse rouge, en combattante sacrifiée ! Ils n'avaient cure d'utiliser ses talents, ils la redoutaient, elle leur inspirait cette crainte génératrice de toutes les haines, parce qu'elle réussissait dans ses entreprises tout en étant désarmante de sincérité. Et encore, ils ignoraient la plus belle des victoires de Sébastienne. C'était pour se rapprocher de Joseph qu'elle ne voulait plus être une banquière, ou même une brillante technocrate de gauche, mais une militante. Version luxe, avec un mandat, une indemnité confortable et des frais de mission. Une militante, tout de même. Elle avait forcé son admiration et il était désormais le premier de ses partisans.

À Montreuil, ils sauraient pourquoi cette Sébastienne

de Montguyon tenait à s'appeler Kaplan. Elle attribuait l'évolution de Joseph à la perspective de la paternité, ce qui n'était pas totalement inexact. Elle viendrait bientôt, cette petite fille, on cherchait son prénom. Joseph pestait contre l'ingénieur Benz, il l'aurait nommée Mercedes, sa fille, à cause de Dumas, si ce foutu Boche n'en avait fait une bagnole ! Alexandra, peut-être, les Dumas formaient quatre générations d'Alexandre. Elle leur reprocherait peut-être un jour Alexandra Kollontaï, formidable révolutionnaire passée au service de Staline pour sauver un fils et un amant. Alexandra Kaplan, cela sonnait bien tout de même.

Le terme approchait au moment de la première sortie publique de Sébastienne, au cœur de sa terre de mission, dans la salle des billets de la station Croix-de-Chavaux-Jacques-Duclos. On y avait installé un pupitre d'orateur et quelques chaises pour les personnalités. En dehors des officiels de la RATP et de la mairie, la cérémonie n'avait attiré que quelques vétérans, nostalgiques des discours enflammés et de l'époustouflant talent d'orateur de ce petit bonhomme. Il était resté dans l'histoire pour son fameux « Poher et Pompidou, c'est bonnet blanc et blanc bonnet ». Son charme tenait à un style oratoire suranné, à sa gourmandise des mots que n'égalait que son appétit.

— En vérité, c'était un effroyable personnage, expliqua Joseph en briefant Sébastienne dans le taxi qui se traînait dans d'épouvantables embouteillages, comme toujours lorsque le métro se trouve paralysé par la grève.

— Tu exagères, il avait la sincérité pour lui…

— C'est l'image qu'il a laissée ! Un bon vieillard demeuré fidèle à l'idéal communiste. Mais… il pouvait proposer aux occupants de légaliser *L'Huma* et même le parti, quand Staline s'était entendu avec Adolf. Un an plus tard, il était le plus patriote des résistants. Il a épousé toutes les lignes, il pouvait tuer et risquer la mort. Au moins, ça ne manquait pas de panache !

Joseph imita Duclos en citant de mémoire : « Il y en a qui, en Union soviétique, cherchent les poux dans la crinière du lion. Eh bien moi, en Union soviétique, je n'ai pas vu les poux, j'ai vu le lion, debout contre l'impérialisme ! »

— Oh, dites donc, s'exclama le chauffeur, on croit l'entendre ! Lui, c'était quelqu'un !

— Tu vois…, souffla Joseph, ce qui reste… les saloperies s'oublient, les crimes n'ont aucune importance. Tu paries que je fais craquer le chauffeur avec une vieille chanson stalinienne ?

— « Staline au cœur des camarades… »

— Tais-toi !

— Pourquoi ?… demanda le chauffeur. Et il reprit : « Staline au cœur des camarades / Met la victoire entre nos mains / Paris vengé à Stalingrad / Paris sera libre demain. » Ah, vous êtes trop jeune ! J'étais au parti, moi aussi ! Et quasi pâtissier, comme Duclos. Ouvrier chocolatier chez Suchard. C'était là, boulevard Voltaire… ça a fermé ! Vingt ans de boîte, quinze mois de chômage. Bien content d'être taxi, mais on est tout seul dans la caisse. C'est pas comme l'usine !

— Camarade ! lança Joseph. Nous allons à l'inauguration d'une plaque à la mémoire de Jacques… Un grand métinge au métropolitain !

— Fallait le dire… Mais faudra pas que la copine accouche dans le taxi !

Dès lors, le chauffeur se montra exceptionnel, se faufilant sur le boulevard Voltaire et la place de la Nation, plutôt que d'aller se coincer dans les artères étroites, par la rue de Charonne. Puis il obliqua dans la rue des Pyrénées, pour éviter la porte de Vincennes et les extérieurs, récupéra la rue d'Avron et réussit à franchir la porte de Montreuil, pour surfer jusqu'à la place Jacques-Duclos.

Joseph chantait « Le Grand Métinge du métropolitain ».

— « Y avait Basile, le leader indomptable, / Camélinat l'orgueil du parti / Y sont montés, tous deux sur une table, / Pour exposer la question sur le tapis. »

Ce n'était pas un bath de chouette métinge qui les attendait au métropolitain. Une cérémonie destinée à inscrire un dirigeant communiste sur le plan du métro, un seul, sur une ligne qui comptait deux socialistes, Marcel Sembat et Léon Blum. C'était justice, Duclos lui-même avait inauguré la station Robespierre en 1936. Un superbe discours qui justifiait, en douce, la version stalinienne de la Terreur.

Sébastienne, elle, n'avait pas à prononcer de discours, l'essentiel était d'être citée parmi les personnalités dans l'édition de Seine-Saint-Denis du *Parisien*, et de figurer aux informations régionales sur FR3-Ile de France. Ce n'était qu'un premier correctif apporté à l'image de Sébastienne, visage glamour des campagnes socialos, handicapée dans l'électorat populaire par ses origines sociales, son style et sa fulgurante carrière de cadre supérieure.

Les élus communistes toisaient avec leur morgue habituelle cette jeune bourgeoise venue les défier sur leurs terres. Mais le plus ancien resta comme pétrifié en voyant auprès d'elle Joseph Kaplan. Un fantôme ! Il se devait de lui serrer la main, il était le mari d'une élue socialiste qui venait honorer la mémoire de Jacques Duclos. Joseph s'amusa fort de leur hypocrisie. Le passé n'existait pas, il était un camarade de gauche que l'on pouvait traiter en allié, comme s'il n'avait jamais été « au parti ».

L'ambiance était toutefois des plus fraîches. Le

président venait de congédier Pierre Mauroy, les communistes avaient refusé de participer au nouveau gouvernement, divine providence qui permettait à Laurent Fabius de présenter une image jeune et moderniste. Pour un peu, on l'aurait pris pour Pierre Mendès France, bête noire de Jacques Duclos.

On ne pouvait pas refuser une chaise à Sébastienne dans son état, et l'on ne pouvait, non plus, interdire à Joseph de prendre place derrière elle. Les discours convenus évoquant la carrière de Jacques Duclos étaient autant de chefs-d'œuvre d'écriture de l'histoire.

Joseph souriait, il y avait bien des années qu'il n'avait pas écouté sans broncher de tels morceaux de langue de bois. La France devait tout au député de Montreuil, on ne disait pas qu'il avait été battu en 1958, mais seulement qu'il était devenu sénateur. Le Front populaire et la Résistance, c'était lui, la prolongation de ligne au-delà de la porte de Montreuil jusqu'à la mairie, c'était encore lui. Il faisait si peur aux puissants qu'on l'avait accusé d'expédier des pigeons voyageurs à son ami Ho Chi Minh, parce qu'il était aussi l'ami du guide de l'héroïque peuple vietnamien.

Joseph se sentait projeté des années en arrière. Il n'y eut pas la moindre allusion à la grève, on pouvait croire que les rames s'étaient arrêtées pour participer à l'hommage au grand homme. Mais, excepté les cadres qui accompagnaient le président de la RATP et un poinçonneur retraité vêtu de sa vieille vareuse gris-bleu, aucun travailleur du métro ne s'était montré à la cérémonie.

Après les discours, on dévoila la plaque et l'on convia discrètement les quelques invités de marque à un vin d'honneur, offert par la RATP dans l'ancien vestiaire des traminots. Une vaste pièce, protégée par l'inscription « Entrée interdite au public ». Le local du personnel avait été aménagé en un temps où chaque station employait au moins deux poinçonneurs par entrée, un chef placé dans la cage située au milieu du quai, deux guichetiers, un ouvrier d'entretien au moins et un balayeur. Le tout multiplié par le nombre de services nécessaires pour assurer toutes les fonctions d'une station pendant les dix-neuf heures d'ouverture quotidienne, sept jours sur sept, dimanche et jours fériés compris.

Et la station Croix-de-Chavaux ne comptait pas de préposée au lavatory-WC-cireur, installation que l'on ne trouvait que dans les terminus et les correspondances.

Joseph estima que, depuis le remplacement des tourniquets automatiques, la disparition des chefs de station et la réduction des personnels de guichet, le nombre d'emplois par station avait diminué dans une proportion de 20 à 2, soit 90 %. Comme on avait également supprimé un poste dans chaque rame, celui du préposé à l'ouverture et à la fermeture des portières, c'était une véritable hécatombe.

Sébastienne se montra brièvement à la petite réception, faisant savoir aux uns et aux autres qu'en tant que parlementaire européenne, elle travaillait sur les problèmes de transport et de logement dans les grandes villes. On pouvait compter sur elle en Seine-Saint-Denis, et tout particulièrement à Montreuil. Tout le monde comprenait qu'elle allait entreprendre ce travail de fourmi qui, en jargon politique, se nomme le terrain. Marchés, permanences, rencontres avec les associations, contacts, réunions et cérémonies. On la jaugeait. Cette femme-là n'allait pas se contenter d'un rôle de potiche ou même d'assistante sociale.

Mais ce serait pour plus tard. Elle se sentait mal, dans l'atmosphère confinée de cette petite salle souterraine. Elle cherchait à surmonter le vertige qui venait. Mais elle n'était pas seule, une autre se manifestait en elle. Joseph voyait Sébastienne lutter contre la douleur.

— Nous avons un autre rendez-vous, dit-il pour justifier leur départ précipité.

Ils remontèrent à la surface, à la recherche d'un taxi.

— Je crois bien que ce sont des contractions… normalement c'est un peu tôt.

— Ici même, à la croix des Chevaux, le futur maréchal Brune a fait réquisitionner les voitures et les chevaux ! Ces routes-là menaient aux frontières de l'Est… Je réquisitionne à mon tour !… Un fiacre ! Cocher !

Un chauffeur de taxi, qui passait à vide, fit un signe négatif, comme s'il était occupé. Joseph vociféra une insulte, persuadé que le chauffeur redoutait qu'elle accouche dans la voiture, événement qui revient régulièrement dans les pages faits divers des journaux.

Joseph commençait à paniquer. Tout semblait bloqué, jusqu'à la porte de Montreuil et bien au-delà. Il fallait traverser Paris un jour de grève de métro. Et Sébastienne, quoique décidée à s'implanter dans une banlieue populaire, avait maintenu son inscription dans une clinique des quartiers chic, recommandée par le bon docteur Bernstein. Rue Chardon-Lagache, à Auteuil, l'autre extrémité de Paris, quand des dizaines de milliers de bagnoles formaient autant de murailles infranchissables. Il se décida à appeler une ambulance. Naturellement, la cabine publique de la place était dans un état pitoyable. Fil arraché, combiné brisé. Il y avait un café, heureusement, bien que l'accueil n'y fût pas des plus aimables.

— On reste chez soi quand on arrive à ce point, moralisa la patronne en tournant les pages d'un annuaire qui datait de quelques années. Ah, voilà, ambulances… Tenez, appelez du comptoir…

Après trois tentatives infructueuses, une sonnerie occupée, un « monsieur, nous n'avons qu'une voiture et elle est partie pour un infarctus », un numéro qui n'était plus attribué, ce qui arrive avec les vieux annuaires,

Joseph dénicha une ambulance. Elle venait de Romainville, au moins vingt minutes, il faudrait tenir. Non, il n'avait pas besoin de connaître le tarif, il se foutait de savoir si les circonstances donnaient droit à la prise en charge.

Sébastienne avait passé le stade de l'inquiétude. Elle avait pris place sur la banquette où une cliente avait entrepris de la rassurer en lui racontant ses propres accouchements.

— Ah, la première fois, forcément, on panique. Mais c'est pas si terrible, vous verrez… Pis, pour le dernier, avec leur péritruc, enfin le machindurale, on ne sent plus rien… Surtout si c'est un gars, les filles c'est plus dur… Dites donc, j'vous ai pas vue à la télé ?

Joseph commanda un double scotch, ce qui permit à la patronne d'affirmer que dans ces moments-là, les hommes, vraiment, à croire que c'étaient eux qui les faisaient, les mômes.

— Tenez, donnez-lui ça, à votre dame, du sirop d'orgeat dans de l'eau, c'est sucré, ça la fera tenir… parce qu'ils vont pas lui donner à grailler tout de suite… Bon, ça je le compte pas, le double ouisky et le téléphone, ça fait quinze… Des cigarettes ? Dix-sept alors…

Joseph posa le sirop d'orgeat devant Sébastienne, tout allait bien, les contractions étaient encore espacées, elle avait le temps d'arriver à la clinique. Il ne tenait pas en place. Son verre à la main, il se posta sur le trottoir sous prétexte de guetter l'ambulance.

Autour de la Croix-de-Chavaux, il voyait des prairies et des vergers. Les sans-culottes arrivaient du faubourg pour faire appliquer les réquisitions de chevaux. Ils avaient pillé le château de Charonne et libéré les filles du couvent de l'Adoration perpétuelle, qui s'étaient enfuies dans les champs, recouverts aujourd'hui par la rue des Pyrénées et la rue des Haies. Ils n'avaient pas intérêt à planquer leurs bourrins, les maquignons, s'ils ne voulaient pas que leur tête se promène au bout des piques !

La CX break à lampe bleue se rangea enfin devant le bistrot. L'ambulancier aida Sébastienne à s'installer sur le brancard.

— C'est un premier ? Alors… ne vous en faites pas, vous avez tout votre temps… Je ne devrais même pas vous prendre. Et ce sera à votre charge !

Cette manière de parler d'argent à ce moment-là, décidément, insupportait Joseph. De surcroît, l'ambulancier refusait de le laisser monter. Question de règlement. Il n'y avait pas de siège pour l'accompagnateur, il n'avait pas eu le temps de le remonter après le précédent transport. Un blessé grave, du sang partout, il avait dû nettoyer et désinfecter. Et puis, sans cette foutue grève, il ne se serait pas dérangé pour un transport en maternité. La présence du père ne s'imposait pas. Il employait des expressions toutes faites, techniques et réglementaires. Joseph n'insista pas, il rassura Sébastienne. Il trouverait un moyen de la rejoindre avant la naissance d'Alexandra, il n'avait plus de doute quant au prénom.

Il resta longtemps à la Croix-de-Chavaux, à guetter un taxi.

Ce n'étaient pas des pur-sang qui partaient à la rencontre des troupes du duc de Brunswick. De bonnes grosses bêtes, assez solides pour tirer les pièces de 75 et les chariots chargés de tonneaux de poudre et de boulets. Joseph entendait le fracas des roues et les hennissements des chevaux. Un escadron de cavaliers aux montures disparates dépassait les bataillons de Volontaires qui emplissaient la route.

Aussi loin que portait son regard, la route était obstruée et il n'apercevait aucune voiture surmontée d'une lumière. Il sentit comme un grondement sous ses pieds.

Non, ce n'étaient pas les fourgons des armées de l'an I, mais un métro qui entrait dans la station. Joseph dévala les escaliers, sauta par-dessus le portillon et déboucha sur le quai à temps pour sauter dans la rame.

Mouvement d'humeur imprévu, et donc mal préparé, la grève s'étiolait déjà. Des grappes humaines attendaient à chaque arrêt, prenant d'assaut les rames, bousculant les infortunés qui ne descendaient pas assez vite. Les gens pestaient contre les syndicats, les conducteurs du métro qui ne faisaient pas leurs trente-neuf heures, loin de là, sans parler des avantages et de la retraite ! Et ils se plaignaient et ils prenaient Paris en otage ! Joseph souriait tout seul en songeant à l'idée qu'il se faisait, jadis, de la solidarité entre les travailleurs. Elle naissait dans un monde étrange, sa fille.

Jamais cette ligne ne lui avait paru si longue, de Croix-de-Chavaux à Michel-Ange-Auteuil. Le métro s'arrêta plusieurs fois entre les stations, excitant à chaque fois ceux qui pestaient contre la grève. Est-ce qu'elle l'attendrait pour naître, Alexandra ? Il avait promis d'assister à l'accouchement, de surmonter la répulsion que lui inspiraient toujours les hôpitaux et même la simple vue du matériel médical. Mais il était de plus en plus angoissé à mesure de l'avance du métro qui le rapprochait de la clinique. Pourquoi les naissances ne se passaient-elles plus comme dans les westerns, où l'on ne voyait que des matrones portant des linges et des bassines d'eau chaude pendant que le futur père attendait, en buvant du bourbon, qu'on lui amène un enfant tout habillé ? À quoi servaient-elles, d'ailleurs, les bassines d'eau chaude ? On ne voyait jamais ce qui se passait derrière la porte.

Il descendit à Michel-Ange-Auteuil, fila rue Chardon-Lagache. Sébastienne n'était pas là depuis bien longtemps, on venait tout juste de l'examiner. Classée dans l'espèce des primipares, premières contractions, col légèrement dilaté, elle devait passer la nuit dans une chambre sous surveillance, mais la sage-femme estimait qu'elle n'accoucherait pas avant le lendemain matin. Outre ses habituelles angoisses en milieu hospitalier, Joseph devait subir tout un vocabulaire singulièrement dénué de poésie. On lui permit tout de même de rester une partie de la soirée auprès de Sébastienne, mais on l'invita fermement à rentrer dormir. En tout état de cause, il devait ramener le sac de voyage qu'elle avait soigneusement préparé.

Joseph ne suivit pas exactement le plan suggéré par le personnel de la clinique. Il reprit le métro jusqu'à Buzenval, arpenta les rues pour retrouver la topographie de l'ancien village de Charonne, et celle des buttes et des coteaux qui le séparaient de Montreuil. Puis, il regagna sa table de travail, commença à décrire les réquisitions de chevaux dans l'ambiance survoltée de la patrie en danger. À l'heure du premier métro, il ingurgita du café chez Ahmed, passa par Saint-Ambroise pour récupérer les affaires de Sébastienne et retourna à la clinique.

Alexandra Kaplan prenait son temps, elle ne devait naître qu'au bout de la nuit suivante, qui était celle du 13 au 14 juillet. Un an plus tôt Joseph flambait, solitaire, devant une station fermée au public depuis cette guerre dont il était né. Il regardait sa fille qu'on auscultait soigneusement avant de l'habiller, l'image d'une couverture taillée dans le manteau d'un soldat soviétique passa devant ses yeux. Et, quand on lui demanda de laisser la mère et l'enfant se reposer, puisque tout allait pour le mieux, il retourna comme un automate vers le métro. Il fit le trajet en dormant et ne se réveilla qu'à Saint-Ambroise.

Sèvres, mai 2005.

Du même auteur :

ROMANS

Au chic ouvrier, Hallier/Albin Michel
Les bouches se ferment, Albin Michel
Les Amoureux de la veuve, Olivier Orban
Au nouveau chic ouvrier, Grasset
Candide 2, le retour, Flammarion
Le Camion du froid, Éden productions

POLARS (SIGNÉS KONOP)

Pas de kaddish pour Sylberstein, Gallimard, Série noire
Poulet Casher, Gallimard, Série noire
Salades russes à l'ancienne, Bibliophane/Daniel Radford

ESSAIS ET DOCUMENTS

La Momie de Lénine, Garnier
La Place de la Nation, Olivier Orban
L'Amour de la politique, Grasset
L'Âge démocratique, Grasset
La France du tiercé, La Manufacture
Chante, petit coq, chante, Grasset
Les Filières noires, Denoël
Manuel de survie au front, Mille et une nuits
Le jour où Haider..., Éditions du Rocher
Pour en finir avec la France éternelle, Grasset
La Faute des juifs, Balland
La Gauche en folie, Balland

PAMPHLETS

Vive le centenaire du PCF, Hallier/Albin Michel
Réflexion sur la question goy (avec Brice Couturier), Lieu Commun
Loto-satisfaction, Régine Deforges
Éloge de la fourrure, Le Seuil, Point virgule
Les Cent-Jours, Bibliophane/Daniel Radford
Prix littéraires : la grande magouille, Jean-Claude Gawsewitch Éditeur

RÉCIT

Né après, La Martinière

COLLECTIF

Des papous dans la tête, L'Anthologie, Gallimard

Composition réalisée par FACOMPO (Lisieux)

Achevé d'imprimer en septembre 2006 en France sur Presse Offset par

BRODARD & TAUPIN

GROUPE CPI

La Flèche (Sarthe).
N° d'imprimeur : 38062 – N° d'éditeur : 76326
Dépôt légal 1re publication : octobre 2006
LIBRAIRIE GÉNÉRALE FRANÇAISE – 31, rue de Fleurus – 75278 Paris cedex 06.

31/1568/0